KB231397

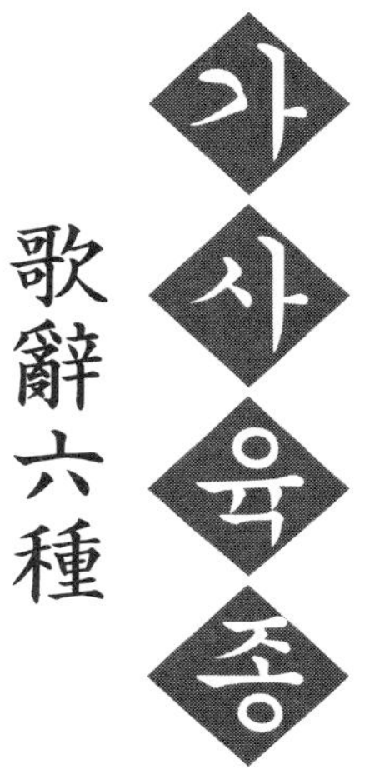

歌辭六種

이상원

보고사

서문

　이 책은『가사육종』원본을 발굴하여 소개하고 개별 작품별로 꼼꼼한 주석을 가한 것이다.『가사육종』은 그 동안 원본을 베낀 전사본만 존재할 뿐 정작 원본의 행방은 묘연한 상태였다. 이 가사집은 아사미 린타로라는 일본인이 수집한 것인데, 그가 수집한 대부분의 책들이 미국의 UC 버클리 동아시아도서관 아사미 문고에 보관된 까닭에 이 또한 여기에 있을 걸로 여겨졌었다. 하지만 아사미 문고에서『가사육종』원본은 발견되지 않았다.

　행방이 묘연하던『가사육종』원본은 우연한 계기에 일본 궁내청 서릉부에 있는 것이 확인되었다. 궁내청 서릉부에서는 2004년에 이 가사집을 촬영하여 마이크로필름본을 만들었고, 이 마이크로필름본을 국립중앙도서관에서 2005년에 입수하였다. 이렇게 소재조차 파악되지 않던『가사육종』이 국내로 들어왔지만 이것이 세상에 알려진 것은 이로부터도 몇 년이 지난 후의 일이다.

　2009년 한 연구자에 의해『고금가곡』의 원본이 발견되었다.『고금가곡』역시 아사미 린타로가 수집한 책으로 알려졌으나 원본의 행방을 알 수 없는 책이었다. 그런데 이것이 국립중앙도서관에 소장된 마이크로필름 형태의 자료에서 발견이 된 것이다.『고금가곡』이 아닌『가사유취(歌詞類聚)』라는 이름으로. 이 소식을 접한 뒤 직접 확인해보고 싶은 마음에 국립중앙도서관을 찾았다.『가사유취』를 수록한 마이크로필름본에는 총 6종 7책의 자료가 함께 존재하고 있었는데, 그 중『옥루연가(玉樓宴

歌)』라는 제목의 자료가 있는 것을 확인하고 이를 열람하는 과정에서 이것이 『가사육종』 원본이라는 것을 직감할 수 있었다.

이렇게 『가사육종』 원본과 인연을 맺은 덕분에 이를 소개하는 논문을 쓰게 되었고, 나아가 연구자들이 보다 손쉽게 이용할 수 있도록 하기 위해 이 가사집을 제대로 정리해서 책을 내야겠다는 욕심을 갖게 되었다. 하지만 자료를 정리하는 것이 생각보다 쉽지가 않았다. 한문사본을 뒤집어 이면에 필사한 것이어서 작품 판독 과정부터 어려움이 많았다. 또한 이 가사집의 첫 번째 작품인 〈옥루연가〉의 경우 워낙 많은 인물이 등장하고 많은 전고가 사용된 까닭에 주석 작업 또한 여의치가 않았다. 그런 와중에 다른 복잡한 일들도 많이 생겨나고, 잠깐 건강에 이상신호가 나타나기도 했다. 하여 몇 번이고 접을 생각을 하기도 했었다. 그러다 보니 원래 한 2년이면 충분하겠다고 생각했던 것이 그 배가 넘는 4년이 훌쩍 지난 시점에 겨우 결실을 보게 되었다.

대학원 공부 과정에서 원전 자료를 열람하고 복사하기 위해 이 도서관, 저 도서관을 돌아다닐 때가 있었다. 또 때로는 그렇게 돌아다니는 것이 귀찮아서 적당히 2차 자료를 활용하여 발표문을 작성했다가 스승에게 크게 혼난 적도 있었다. 그럴 때마다 간절하게 드는 생각이 굳이 원전을 확인하지 않아도 될 정도로 완벽한 2차 자료집이 있으면 얼마나 좋을까 하는 것이었다. 이 책은 그 때 내가 소망했던 바로 그 완벽한 2차 자료집을 실천하기 위해 노력한 결과물이다. 그리하여 한 글자도 잘못 판독한 글자가 없도록 하기 위해 확인에 확인을 거듭했다. 또한 원전에 사용된 한자 이체자의 경우 컴퓨터로 입력 가능한 것은 모두 원전과 동일한 글자로 처리하였다.

2차 자료집이 자료집으로서의 기능을 온전히 수행하는 데 있어 원전의 충실한 재현 못지않게 중요한 것이 사전이나 관련 서적을 참고하지 않더라도 작품을 읽고 이해할 수 있도록 만들어 주는 것이다. 이에 이 책에서

는 최대한 많이, 그리고 자세하게 주석을 달려고 애를 썼다. 또한 이 가
사집과 여기에 수록된 작품들에 대한 기본적인 이해를 돕기 위해 작품
주석에 앞서 해제를 붙였다.

　앞으로 『가사육종』이나 여기에 수록된 작품을 연구하는 연구자들이
더 이상 국립중앙도서관을 가지 않고 이 책만 가지고도 연구를 진행할
수 있다면 더 바랄 게 없을 것 같다. 그런 연구자들이 많이많이 나와서
흔쾌히 출판을 허락해준 보고사에도 약간이나마 보탬이 될 수 있기를 희
망해 본다.

이천십삼년 시월에
무등을 보며
이상원 씀

차 례

일러두기

1. 이 책은 『가사육종』 원본을 발굴하여 소개하고 개별 작품별로 꼼꼼한 주석을 가한 것이다.

2. 이 책은 일본 궁내청 서릉부에 소장되어 있는 『옥루연가』를 저본으로 하였다.

3. 작품 입력은 원전을 최대한 충실하게 재현하는 것을 원칙으로 하였다. 따라서 한자 이체자의 경우 컴퓨터로 입력 가능한 것은 모두 원전과 동일한 글자로 처리하였으며, 컴퓨터 입력이 불가능한 일부에 한해 기준자로 바꾸어 처리하였다. 참고로 이 책에 사용된 이체자를 표로 정리하면 다음과 같다.

이체자	기준자	이체자	기준자	이체자	기준자	이체자	기준자
阁(각)	閣	囘(려)	閭	乗, 桒(승)	乘	旌(정)	旌
间(간)	間	厯(력)	曆	縄(승)	繩	诸(제)	諸
减(감)	減	歴(력)	歷	雙(쌍)	雙	条(조)	條
强(강)	強	聨(련)	聯	児(아)	兒	従(종)	從
舉(거)	擧	齢(령)	齡	楽(악)	樂	坐(좌)	坐
撃(격)	擊	楼(루)	樓	悪(악)	惡	遟(지)	遲
鵑(견)	鵑	満(만)	滿	薬(약)	藥	真(진)	眞
逕(경)	逕	莽(망)	莽	養(양)	養	珎(진)	珍
経(경)	經	梦, 夣(몽)	夢	壌(양)	壤	桼(진)	秦
軽(경)	輕	门(문)	門	閻(염)	閻	賛(찬)	贊
継(계)	繼	问(문)	問	獵(엽)	獵	参(참)	參

高(고)	高	盘(반)	盤	营(영)	營	惨(참)	慘
穀(곡)	穀	羧(발)	發	穎(영)	穎	攙(참)	攙
観(관)	觀	輩(배)	輩	吳(오)	吳	剏(창)	創
関(관)	關	舤(범)	帆	误(오)	誤	閶(창)	閶
教(교)	敎	変(변)	變	卧(와)	臥	贱(천)	賤
寇(구)	寇	邉(변)	邊	徃(왕)	往	鉄(철)	鐵
宮(궁)	宮	駢(변, 병)	駢	瑤(요)	瑤	疊(첩)	疊
勧(권)	勸	屏(병)	屏	欝(울)	鬱	體(체)	體
闕(궐)	闕	瓶(병)	瓶	鴛(원)	鴛	楚(초)	楚
樻(궤)	櫃	餠(병)	餠	为(위)	爲	葱(총)	蔥
竒(기)	奇	逢(봉)	逢	闰(윤)	閏	揔(총)	摠
鸞(난)	鸞	冨(부)	富	㤙(은)	恩	聡(총)	聰
单(단)	單	甞(상)	嘗	陰(음)	陰	麁(추)	麤
断(단)	斷	状(상)	狀	膓(장)	腸	凬(풍)	風
坮, 臺(대)	臺	廂(상)	廂	塲(장)	場	闲(한)	閑
图(도)	圖	喪(상)	喪	墙(장)	墻	凾(함)	函
瀆(독)	瀆	叙, 敍(서)	敍	将(장)	將	圗(합)	閤
莘(등)	等	説(설, 열)	說	壮(장)	壯	虚(허)	虛
楽(락)	樂	设(설)	設	荘(장)	莊	许(허)	許
乱(란)	亂	诚(성)	誠	蔵(장)	藏	侠(협)	俠
鑾(란)	鑾	昕(소)	所	酱(장)	醬	荧(형)	熒
鸞(란)	鸞	蘓(소)	蘇	锵(장)	鏘	恵(혜)	惠
来(래)	來	鎻(쇄)	鎖	灾(재)	災	虎(호)	虎
莱(래)	萊	収(수)	收	专(전)	專	画(화)	畫
両(량)	兩	数(수)	數	闐(전)	闐	凶(흉)	兇
粮(량)	糧	獣(수)	獸	點(점)	點	黒(흑)	黑
麗(려)	麗	肅(숙)	肅	之(정)	定	戯(희)	戲

4. 주석은 〈신선가〉를 제외한 여섯 작품을 대상으로 하였으며, 한자와 중세국어에 익숙지 않은 젊은 세대들도 쉽게 이해할 수 있도록 하기 위해 최대한 많이, 그리고 자세하게 달려고 노력했다. 〈신선가〉의 경우는 일본 궁내청 서릉부에 소장된 이후에 추가 필사된 작품이므로 주석 대상 작품에서 제외했다. 다만 필요할 경우 참조할 수 있도록 하기 위해 원문 입력 대상 작품에는 포함시켰다.

5. 주석 표제어가 현재의 음과 다른 중세국어 표기이거나, 한자와 한글의 음이 일치하지 않는 경우 정확한 현재의 표기를 다시 적은 뒤 주석을 달았다. 이 때 옛날과 지금, 표준어와 방언의 음가 차이를 넘어 명백하게 한자의 독음을 잘못 표기한 경우에는 정확한 독음을 제시하고 그것의 잘못이라고 밝혔다.

   예) ·典樂官(즌악관) : 전악관(典樂官). ← 일반적인 경우
   　　·鶉居鷇食(슌거곡식) : 순거구식(鶉居鷇食)의 잘못. ← 명백히 오독인 경우

6. 필요할 경우 연구자가 직접 원전을 확인할 수 있도록 하기 위해 원전을 영인하여 수록하였다. 여기에 사용된 저본은 국립중앙도서관 고전운영실에 소장되어 있는 마이크로필름본이다. 이 마이크로필름본은 일본 궁내청 서릉부에서 2004년에 촬영한 것을 국립중앙도서관에서 2005년에 입수한 것이다. 한편 〈농가월령가〉의 4월령과 5월령, 그리고 12월령 일부에는 곳곳에 메모지가 붙어 있어 원문이 잘 보이지 않기 때문에 각 단별로 메모지를 젖히고 촬영하였다. 따라서 이 부분의 경우 동일한 한 면이 1단, 2단, 3단 순으로 세 차례 반복되어 나오고 있으므로 이 점을 잘 헤아려 참고하기 바란다.

7. 약호(기호)는 다음과 같이 구분하여 사용하였다.

- 단행본인 경우 : 『 』
- 단행본 속의 편명인 경우 : 「 」
- 작품명인 경우 : 〈 〉
- 원문 직접 인용 : " "
- 강조 또는 간접 인용 : ' '
- 한글 표기와 한자 표기의 음가가 같은 경우 : ( )
- 한글 표기와 한자 표기의 음가가 다른 경우 : [ ]

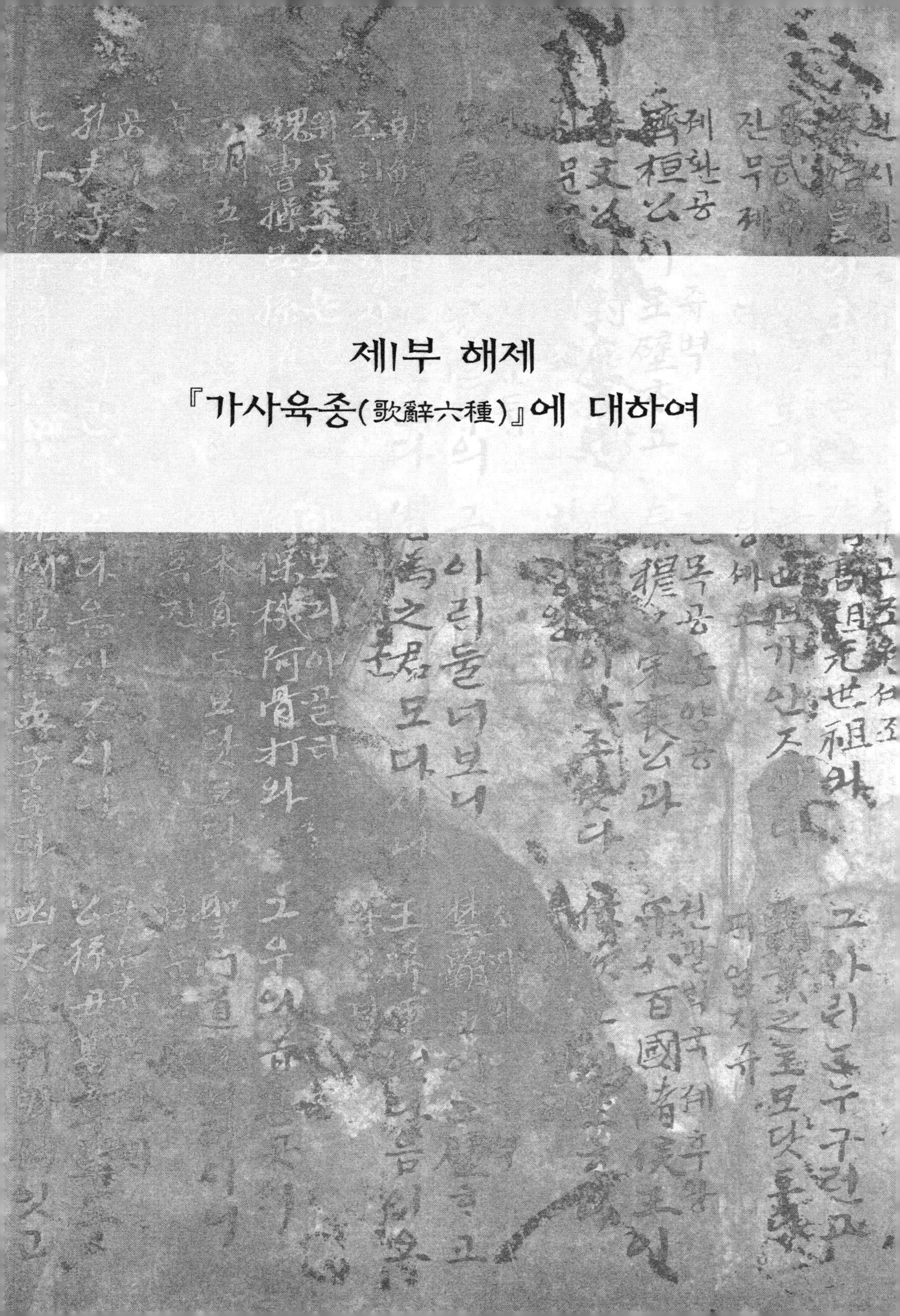

제1부 해제

『가사육종(歌辭六種)』에 대하여

『가사육종(歌辭六種)』에 대하여

1.

　『가사육종(歌辭六種)』은 일본인 아사미 린타로[淺見倫太郎, 1868~1943]가 수집하여 소장하던 가사집이다. 수집자이자 최초 소장자인 아사미 린타로는 동경제국대학교 법과대학을 졸업한 뒤 검사를 거쳐 판사에 임용되었고, 을사늑약 다음해인 1906년 통감부의 고문변호사로 한국에 파견된 인물이다. 이후 1910년 일본에 의한 강제 한일합병이 이뤄지자 아사미는 조선총독부의 판사와 고등법원 판사로 활동하게 된다. 판사 생활을 하면서 그는 일종의 문화재 위원 같은 것을 겸하게 되었는데, 이 과정에서 조선시대 왕족이나 양반가문에서 나온 책들을 집중적으로 사들인 것으로 알려지고 있다. 『가사육종』 역시 이 때 수집된 것으로 보인다.

　이렇게 수집된 조선의 고서들은 1917년 서울에 있는 미쯔이 물산을 통해 일본의 미쯔이 문고로 보내졌다. 그 후 1920년대에 미쯔이 문고에서는 이 책들을 보관하기 위해 특별 도서 보관소를 만들고 아사미 문고라는 별도의 이름으로 보관하게 된다. 그런가 하면 아사미 린타로 또한 1918년 한국 생활을 마치고 일본으로 돌아가게 되었으며, 그 후 그는 모교인 동경제대 법대에서 박사학위를 받은 것으로 알려졌다. 이후 아사미는 법학자로 활동한 것으로 보이지만 당시 주류 학계의 견해와 지나치게 다른 주장을 펼쳐 학계에서 추방당한 것으로 전해지고 있다. 그리고 그 이후 그의 행적에 대해서는 자세히 알려진 바가 없다. 한편 1945년 일본이 패망하고 미 군정이 실시되게 되는데, 이 때 미 군정은 재벌 해체를 최우선 과제로 삼았었기 때문에 미쯔이 재단에 대해서도 자산동결 등의 조처를 내리게 된다. 이로 인해 자금 압박을 견디지 못한 미쯔이 재단은 결국 해체되게 되었으며, 미쯔이 문고에서 보관하던 아사미 문고의 책들은 1950년 7천5백 달러에 미국 UC버클리로 팔리게 되었다.

이런 내력으로 인해 아사미가 수집한 『가사육종』 역시 미국 UC버클리 동아시아도서관 아사미 문고에 보관되어 있을 것으로 추정되어 왔다. 그러나 예상과 달리 UC버클리 아사미 문고에는 이 책이 존재하지 않았으며, 엉뚱하게도 일본 궁내청 서릉부에 보관되어 있다는 것이 최종적으로 확인되었다. 이렇게 『가사육종』이 대부분의 아사미 문고와 다른 길을 가게 된 것은 처음부터 미쯔이 재단에 넘어가지 않았기 때문일 것이다. 이와 관련 이 책에 대해서 아사미가 개인적으로 특별한 애착을 가졌기 때문일 거라거나 또는 수집한 자료를 전부 미쯔이 재단에 보낸 1917년 이후에 수집된 자료였기 때문일 거라는 등 몇 가지 추정이 가능하지만 정확한 내용은 알 수가 없다.

아무튼 이 책은 아사미 본인이 개별적으로 소장하고 있었던 것으로 보이고, 이런 상황은 적어도 1928년 초까지 지속되었다. 이는 남창 손진태(孫晉泰, 1900~?)와 일본인 마에마 교사쿠[前間恭作, 1868~1942]의 전사본에 기록된 내용을 통해 알 수 있다. 현재 서울대학교 중앙도서관 남창문고에 소장된 손진태의 전사본인 『가사육종(歌辭六種)』의 목차 뒤에는 "一九二八, 二月, 得淺見倫太郞氏藏本而寫."라고 적혀 있으며, 일본 동양문고에 소장된 마에마의 전사본인 『坡平尹氏家手錄 無名寫本 歌

詞六種』의 해제 뒤에는 "昭和戊辰四月望日抄謄畢."이라 적혀 있다. 이로써 손진태와 마에마는 각각 1928년 2월과 4월에 아사미로부터 직접 원본을 빌려 이를 토대로 전사하였음을 확인할 수 있다. 따라서 이 책이 궁내청 서릉부로 넘어간 것은 이 이후라 하겠는데 정확히 언제인지는 단언하기 어렵다. 다만 이 책의 마지막에 추록된 〈신선가(神仙歌)〉의 존재를 통해 보았을 때 궁내청 서릉부로 옮겨간 시기는 1928년에서 그리 멀지 않은 때일 것으로 추정된다.

　〈신선가〉는 원래의 『가사육종』에는 존재하지 않던 작품이다. 손진태와 마에마의 전사본에 이 작품이 전혀 필사되어 있지 않은데다 1928년 4월에 마에마가 작성한 해제에도 이에 대한 언급이 전혀 없는 것으로 보아 〈신선가〉는 후대에 추록된 작품임이 분명하다. 그런데 이를 추록한 인물은 『화랑세기(花郎世紀)』 진위 논란으로 나라를 떠들썩하게 한 박창화(朴昌和, 1889~1962)가 거의 확실하다. 이에 대해서는 뒤에서 좀 더 논하기로 하고 그와 궁내청 서릉부의 인연을 살펴보면, 그는 1928년부터 궁내청 용역 업무를 본 것으로 추정되고 있으며, 1933년 12월에 궁내청 서릉부에서 조선전고 조사를 담당하는 사무촉탁에 임명되어 1942년까지 근무한 것으로 알려져 있다. 이렇게 볼 때 박창화가 〈신선가〉를 추록한 것은 1933년~1942년이라 할 수 있고, 따라서 『가사육종』이 궁내청 서릉부로 옮겨진 것도 이 무렵으로 볼 수 있다. 대체로 보아 『가사육종』의 소장자(처)가 아사미에서 궁내청 서릉부로 바뀌게 된 것은 1930년대로 추정된다.

2.

이 책의 성격은 마에마의 전사본 제목에서 잘 드러나고 있다. 마에마는 이 책의 제목을 『坡平尹氏家手錄 無名寫本 歌詞六種』이라 붙였다. 여기서 보듯 이 책은 파평윤씨 가문에서 필사되어 전해오던 편자 미상의 필사본으로 가사 여섯 작품이 수록된 가사집이라 할 수 있다. 원래 제목이 없는 상태였기 때문에 편의상 『가사육종』이라 불렀는데, 가사의 표기는 전사자에 따라 다르게 적었다. 즉 손진태는 '歌辭'로 적은 반면 마에마는 '歌詞'로 적고 있다. 비록 여섯 작품에 불과하지만 여러 가지 성격의 가사가 섞여 있으므로 '歌辭'로 적는 것이 타당하다 하겠다.

이 가사집의 필사자는 파평윤씨 가문의 일원이다. 이 가사집은 한문 사본을 뒤집어 그 이면에 필사한 것인데, 마에마의 해제에 따르면 표지의 뒷장 반고지(反古紙) 몇 장은 모두 조문장(弔問狀)으로 파평윤씨 가문에 보낸 것이라 한다. 이로써 파평윤씨 가문에서 이 가사집이 만들어졌다는 것은 추정할 수 있으나 구체적으로 필사자가 누군지에 대해서는 알 길이 없다. 한편 여러 조문장 중 한 장에는 조운철(趙雲澈, 1792~?)이라는 사람이 을유년(1825년) 3월 8일에 썼다는 것이 기록되어 있다. 이로써 이 가사집의 필사 연대는 적어도 1825년 이후라는 것을 알 수 있다.

이 가사집은 총 3차에 걸쳐 순차적으로 필사된 것으로 보인다. 맨 먼저 〈옥루연가〉와 〈농가월령가〉 등 사대부가사가 필사된 것으로 보이고, 다음으로 〈춘면곡〉·〈강촌별곡〉·〈어부사〉 같은 가창가사가 필사되었으며, 마지막으로 서울 중간계층의 유흥 체험이 반영된 〈노인가〉가 필사된 것으로 생각된다. 먼저 1차 필사가 이루어진 시기는 1830년 전후로 추정된다. 1825년 3월에 보낸 조문장을 뒤집어 쓴 것이므로 1825년 이후 어느 시점에 첫 필사가 이루어졌다고 할 수 있는데, 통상 반고지를 활용하여 필사하는 경우 2~30년의 간격이 있는 것은 드물며 대체로 10년 이

내가 일반적이다. 참고로『청구영언(靑丘永言)』(가람본)의 경우 한문사본의 필사 시기가 1801년인데 이를 뒤집어 시조 작품을 필사한 시기는 1805년으로 4년밖에 차이가 나지 않는다. 이런 사실을 참조할 때『가사육종』의 1차 필사 시기는 1830년경으로 생각된다. 다음으로 2차 필사는 1차 필사 시기에서 가까운 시점에 이루어진 것으로 보인다. 필체에 큰 차이가 없어 동일인이 덧붙인 것으로 판단되기 때문이다. 마지막으로 3차 필사는 2차 필사 이후 꽤 시간이 경과한 시점에 이루어진 것으로 보이지만 그것이 1850년을 넘지는 않을 것으로 추정된다. 3차 필사의 대상 작품인 〈노인가〉의 경우 여러 유형이 존재하고 있는데 기존 연구에 따르면 이들은 대체로 노인자탄형 → 소년경계형 → 노소대립형 → 노인비판형으로 변주되어 간 것 같다고 한다. 그런데『가사육종』에 수록된 〈노인가〉는 이 중 가장 이른 시기에 생성된 것으로 보이는 노인자탄형에 속한다. 노소대립형에 속하는 〈백발가〉가 수록된『초당문답가』가 19세기 후반의 산물로 알려지고 있음을 감안할 때 노인자탄형인 〈노인가〉는 19세기 전반기 막바지에는 형성되었다고 보는 것이 자연스러울 듯하다. 결국『가사육종』은 1830년~50년 사이에 형성되었다고 할 수 있다.

한편 현재 일본 궁내청 서릉부에 소장된 서명은 '玉樓宴歌'이다. 하지만 이는 궁내청 서릉부에서 책을 정리하는 과정에서 임의로 첫 번째 작품의 제목을 책 전체의 제목으로 붙인 것에 불과하다. 이 책의 표지에는 아무 제목도 쓰여 있지 않다.

표지를 제외한 본문은 총 51장이다. 이 중 작품을 적은 것은 46장이며, 나머지 5장은 공백으로 남아 있다. 원래는 작품을 적은 것이 42장이고 9장이 공백으로 남겨져 있었으나 〈신선가〉가 추록되면서 이렇게 바뀌었다. 각 작품별 장수(면수)를 밝히면 다음과 같다.

〈옥루연가〉 : 15장(29면)
〈농가월령가〉 : 18장(36면)
〈춘면곡〉 : 2장(4면)
〈강촌별곡〉 : 2장(4면)
〈어부사 구장〉 : 1장(2면)
〈노인가〉 : 3.5장(7면)
〈신선가〉 : 4.5장(9면)
공백 : 5장

한 면은 3단 10행으로 이루어져 있다. 〈노인가〉와 〈신선가〉를 제외한 다섯 작품에서는 한자어의 경우 한자를 적고 그것의 오른쪽 또는 왼쪽 옆에 한글을 병기하였다. 오른쪽 또는 왼쪽 여백을 활용하여 한글음을 적었고, 음을 잘못 읽은 경우도 꽤 있는 것으로 보아 첫 필사 당시에 한글을 병기했다기보다는 나중에 추가로 적어 넣은 것으로 판단된다. 한편 〈농가월령가〉의 사월령과 오월령 전부, 그리고 십이월령의 일부에는 곳곳에 작은 메모지를 붙이고 일문 주석을 달아 놓았다. 이는 최초 소장자였던 아사미 린타로가 작품에 대한 이해를 도모하기 위해 작성한 것으로 보인다.

3.

『가사육종』에 수록된 여섯 작품은 성격적으로 크게 세 가지 종류로 구분된다. 우선 앞의 두 작품인 〈옥루연가〉와 〈농가월령가〉는 장편의 사대부가사에 속한다.

〈옥루연가〉는 2음보 1구 기준으로 총 862구에 이르는 방대한 분량의 사대부가사이다. 게다가 숱한 전고와 수많은 인물들, 그리고 각종 기구와 제도들이 등장하기 때문에 읽기가 쉽지 않은 난해한 작품이다. 하지만 작품 전편에 걸쳐 조선후기 소중화 의식을 밑바탕에 깔고 있으며, 작품의 핵심 내용도 꿈에 조선 국왕이 천상의 옥루경연에 참가하여 옥황상제를 독대하고 청나라 정벌에 대한 밀명을 받아온다는 북벌론을 강조하고 있기 때문에 조선후기 사대부 사회에서는 꽤 많이 유통된 것으로 보인다.

옥누연가, 장서각 소장, 1책 27장
옥루연가, 동국대 도서관 소장, 1책 9장
율곡신가(옥루연가·도덕가·해주구곡담가), 서울대 규장각한국학연구원, 1책 30장
옥루연기, 국립중앙도서관 소장, 1책 16장
옥루연기, 단국대 율곡기념도서관, 1책 18장
옥루연기, 단국대 율곡기념도서관, 1책 21장
몽중가, 『악부』, 고려대학교 소장

『가사육종』에 수록된 것을 제외하더라도 위에서 보는 바와 같이 7종의 이본이 존재하고 있으며, 그것도 〈옥루연가〉형·〈옥루연기〉형·〈몽중가〉형 등 세 가지 유형으로 나타나고 있다. 이렇게 이 작품이 널리 유통된 것은 내용적으로 북벌론과 소중화 의식이 중심적 배경을 차지하고 있는데다, 형식적으로 몽유록의 양식적 틀을 빌려 표현하고 있는 것과 깊은 관련이 있어 보인다. 특히 공자, 맹자, 주자의 춘추대의 정신이 조선으로 이어진 것이라는 소중화 의식이 조선후기 서인 노론계 사대부사회에 큰 반향을 불러일으켰다고 볼 수 있다. 〈옥루연가〉·〈도덕가〉·〈해주구곡담가〉 등을 하나로 묶어 『율곡신가』라 명명하고 있는 규장각

본이 이를 단적으로 입증하고 있다. 또한 지금 우리에게 어렵게 다가오는 전고나 인물들이 조선후기 사대부 사회에서는 오히려 자신들이 배운 내용을 가사로 확인하는 즐거움으로 다가올 수도 있었을 것이다.

이 작품은 다음 내용을 참조할 때 18세기 후반 정조 때 창작된 것으로 추정된다.

> 海東(히동) 一隅(일우) 朝鮮國(조션국)의
> 禮樂(예악) 文物(문믈) 彬彬(빈빈)ᄒ다.
> 檀君(단군) 箕子(긔ᄌ) 나린 德化(덕화)
> 小中華(소듕화) 되여셔라.
> 我太祖(아티조) 洪功偉烈(홍공위열)
> 三代(삼대) 以上(니샹) 聖君(셩군)이라.
> <u>四百年(ᄉ빅년) 宗社慶(종ᄉ경)이</u>
> <u>聖子神孫(셩ᄌ신손) 継継(계계)ᄒ셔</u>
> <u>千年(쳔년) 黃河(황하) 一淸運(일쳥운)의</u>
> <u>太平聖主(틱평셩쥬) 셔시거다.</u>

〈농가월령가〉는 다산 정약용(丁若鏞, 1762~1836)의 둘째 아들인 정학유(丁學游, 1786~1855)가 지은 월령체 장편가사이다. 이 작품을 정학유의 작품으로 보는 것은 일부 필사본에 '운포처ᄉ 작'이라 기록되어 있으며, 이 운포(耘逋)가 바로 정학유의 호이기 때문이다. 하지만 『가사육종』에는 작가와 관련된 정보가 전혀 나타나 있지 않다. 이 작품은 서사, 정월령~십이월령, 그리고 결사로 구성되어 있는 월령체 장편가사로서 농가에서 행해진 월별 행사와 세시풍속을 제시하고 농업에 힘쓸 것을 권유한 것이다. 월별로 절기가 달라지고 그에 따라 행사와 세시풍속도 달라지기 때문에 각 월령은 내용이 제각각 다르게 구성된다고 할 수 있다. 그런데 이런 내용적 구성의 차이는 작품의 분량에도 자연스럽게 영향을 미치기 때문에 월령별 분량의 편차가 생각보다 크게 나타남을 볼 수 있다.

월령	구수	주요 행사 및 세시풍속
서사	34구	·
정월	76구	한해 농사 준비, 설 풍속(나무시집보내기, 세배, 연날리기, 널뛰기, 윷놀이), 대보름 풍속(달맞이, 약밥, 귀밝이술, 부럼 깨기, 더위팔기, 횃불싸움).
이월	54구	춘경(春耕), 가축 기르기, 약재 캐기, 좀생이보기, 영등날바람점.
삼월	100구	모판 준비, 파종, 치포(채소밭 가꾸기), 잠농 준비, 과목 접붙이기, 장 담그기, 한식 상묘(上墓).
사월	68구	이른 모내기, 누에치기, 분봉(分蜂), 초파일현등(懸燈), 천렵.
오월	98구	보리타작, 이모작 모심기, 고치따기, 단오 풍속(그네뛰기, 창포비녀, 약쑥 뜯기).
유월	100구	대우(사이짓기), 김매기, 장 관리, 삼 삶기 및 길쌈, 유두 풍속(천신, 유두국).
칠월	72구	칠석물, 김매기, 벌초하기, 김장 채소 심기, 면화 수확.
팔월	76구	추수, 추석 풍속(성묘, 며느리 근친), 추경(秋耕).
구월	70구	중양절 풍속(천신), 늦은 추수와 타작, 면화 타기, 기름 짜기.
시월	146구	김장하기, 집안 정리 및 수리, 강신날 행사.
십일월	52구	메주 쑤기, 동지 풍속(팥죽 쑤기), 길쌈하기, 돗자리 만들기.
십이월	40구	설빔 장만, 설음식 장만, 묵은세배.
결사	48구	·
합계	1,034구	·

서사와 결사를 논외로 하더라도 40구(십이월령)에서 146구(시월령)까지 큰 편차를 보이고 있다. 〈농가월령가〉는 농가에서 그 달에 챙겨야 하는 농사와 세시풍속에 대해 읊은 작품이다. 따라서 농사일과 세시풍속이

풍부한 달일수록 내용도 풍성할 가능성이 높다. 농한기이면서 세시풍속도 많지 않은 2월, 11월, 12월 등이 상대적으로 적은 분량인 반면에 농사일이 많거나 세시풍속이 풍부한 정월, 3월, 5월, 6월, 8월 등이 상대적으로 많은 분량을 차지한 것에서 이를 확인할 수 있다. 그런데 설과 대보름, 그리고 추석이 있는 달이어서 농사일보다 세시풍속이 주가 되는 달인 정월과 8월에 비해 세시풍속보다 바쁜 농사일에 초점이 맞추어진 3월과 6월이 훨씬 많은 분량을 보이고 있다. 이로써 〈농가월령가〉에서 보다 중시된 것은 역시 그 달의 농사일에 관한 것이라 할 수 있다.

한편 〈농가월령가〉에서 가장 많은 분량을 차지하고 있는 달은 10월령이다. 10월은 한해 농사가 다 끝난 달이어서 농사일이 거의 없는 달이다. 그런데 왜 다른 달에 비해 분량이 압도적으로 많은 것일까? 이는 순전히 강신날 행사에 대한 내용을 길게 읊은 때문이다. 10월령 146구 중 무려 116구가 강신날 행사에 대한 내용이다. 그리고 이 중 96구가 동장님이 하는 말이다. 그러면 동장님이 하는 말은 어떤 내용일까? "孝悌忠信(효제충신) 大强(대강) 알아 / 道理(도리)를 일치 말소."로 요약되는 당부의 말씀이 대부분을 차지하고 있다. 여기서 보듯 〈농가월령가〉는 각 월별로 농가에서 행해야 하는 농사일과 집안일을 제시하는 데 상당히 치중을 하고 있으면서도 궁극적으로는 향약을 매개로 한 농촌사회의 질서 유지에 초점이 맞춰진 작품이라 할 수 있다.

다음으로 〈춘면곡〉, 〈강촌별곡〉, 〈어부사〉는 원래는 16~17세기에 사대부가 창작한 가사였으나 18세기 이후 도시 유흥공간으로 유입되어 가창가사로 널리 성창된 공통점을 가진 작품들이다.

〈춘면곡〉은 112구로 된 애정가사이다. 따뜻한 봄날 춘흥에 겨운 화자가 기생집을 찾았다가 그곳 기생에게 사랑에 빠지게 된 후 뜻하지 않은 이별 상태에서 상사의 정을 절절히 토해내는 작품이다. 원래는 강진 진사 이희징(李喜徵, 1647~?)이 창작한 것으로, 남도의 강진 병영에서 불리던 노래였다. 그 후 이 노래는 18세기로 접어들면서 서울의 유흥공간에 진입하게 되었고, 18세기 중반 이후가 되면 가창가사의 대표곡으로 자리 잡게 된다. 나아가 19세기 중엽 이후에는 서도에서도 이 곡이 불렸다고 한다. 이를 반영하듯 현재 11종 이상의 이본이 존재하는 것으로 알려지고 있으며, 이들 이본은 장형·중형·단형의 세 계열로 나눌 수 있다. 『가사육종』에 수록된 〈춘면곡〉은 이 중 장형에 속한다.

〈강촌별곡〉은 차천로(車天輅, 1556~1615)가 지은 은일가사 계열의 작품으로 92구로 구성되어 있다. 세상에서 버림받은 화자가 산수 간에 일간 모옥을 지어 놓고 그곳에서 지내는 이러저러한 탈속적 흥취를 노래한 것이다. 그런데 이 작품 역시 18세기 이후에는 서울의 가창공간에서 매우 성창된 것으로 보인다. 흔히 조선후기 서울의 가창공간에서 불린 대표적인 가창가사를 일러 십이가사라 하는데 〈강촌별곡〉은 이 십이가사의 목록에는 포함되어 있지 않다. 하지만 이 작품 역시 십이가사에 버금가는 가창가사로 널리 불렸다는 것이 여러 가지로 확인 된다. 이 작품은 〈강촌별곡〉이라는 명칭 외에 〈강촌사〉·〈낙빈가〉·〈낙빈사〉 등 다양한 명칭들로 유통된 것이 보이고 있으며, 또한 이들 사이에는 가사의 착종이 상당히 많이 일어나고 있다. 뿐만 아니라 이본에 따라 작가 표기도 차천로, 이황, 이이, 작자미상 등으로 다양하게 나타나고 있다. 이 모든 것이 이 작품의 활발한 유통을 입증하는 것이라 할 수 있다.

〈어부사〉는 고려말부터 전하던 12장의 장가 〈어부가〉를 농암 이현보(李賢輔, 1467~1555)가 9장으로 개작한 바로 그 작품이다. 이 작품 역시 조선후기 사회에서 사대부의 풍류방과 중간계층의 유흥공간을 망라하여 광범위하게 유통되었다. 그리하여 가창가사를 수록한 가집과 각종 가사집에 상당히 많이 수록된 것을 볼 수 있다. 그런데 이들 가집과 가사집에 수록된 〈어부사〉를 검토해보면 8장과 9장의 두 종류가 존재함을 볼 수 있다. 대부분의 책에 수록된 〈어부사〉가 9장인 데 비해 『가곡원류』에 실린 〈어부사〉만 유일하게 8장이다. 현행 〈어부사〉는 8장으로서『가곡원류』의 〈어부사〉를 직접적으로 계승한 것이다. 하지만『가곡원류』이전인 19세기 초·중반까지만 하더라도 9장의 〈어부사〉가 당연한 것이었다.『가사육종』에 수록된 〈어부사〉역시 9장의 〈어부사〉이다.

마지막으로 〈노인가〉는 198구로 된 작품인데 앞의 작품들과 필체가 완전히 다르다. 뿐만 아니라 앞의 작품들에서는 한자어의 오른쪽 또는 왼쪽 옆에 한글음을 병기하고 있는 데 비해 이 작품에서는 한글음을 전혀 병기하지 않았다. 따라서 이 작품은 앞의 작품들을 필사한 사람이 아닌, 후대의 다른 필사자가 첨가한 것임을 알 수 있다.

필사자가 달라진 것보다 더욱 중요한 문제는 이 작품의 지향이 앞의 작품들과는 차이가 있다는 점이다. 1차로 필사된 〈옥루연가〉와 〈농가월령가〉, 2차로 필사된 〈춘면곡〉·〈강촌별곡〉·〈어부사〉의 사이에는 일정한 차이도 존재하지만, 작가가 사대부이고 담론 특성 또한 사대부담론을 지향하고 있다는 공통점이 있다. 이것이 이들 작품을 하나의 가사집으로 포괄할 수 있었던 근본 동인이라 할 수 있다. 그런데 〈노인가〉의 경우 이들 작품과 지향하는 세계가 다른 것처럼 보인다.

어졔날 靑春 젹의 업던 親舊 졀노 와셔
듀란화각 놉흔 집의 白玉盤 교ᄌ상의
슐맛도 조커이와 안쥬도 출는ᄒ다.
ᄎ례로 느러 안져 줍거니 권커니
몃 슌비 도라가니 풍월도 ᄒ여 볼가?
일각인들 쌔질소냐 뉘되 졋되 싱황 양금이며
五音 六律 가진 풍뉴 次第로 노되홀 졔
각기 소장 불너되여
흥가흥 處士歌는 낙민가로 和씁ᄒ고

다졍흔 相思歌는 春眠曲 和答ᄒ고
허탄ᄒ다 漁父辭는 梅花曲 和答ᄒ고
듯기 죠흔 길고낙은 권쥬가로 和答ᄒ고
쳐량ᄒ다 노고가는 화계타졍 화답ᄒ고
괴망흔 남힝 친구 화발흔 무면 친구
용졸흔 션비 친구 테셜구진 활냥 친구
복식 죠흔 딕젼별감 눈치 만흔 보도보장
세 만안 졍원ᄉ령 슉긔 죠흔 나장이며
돈 줄 쓰는 션젼 시졍 미 줄 치는 각ᄉ 슈령
픽가즈졔 난봉들과 허랑 밍랑 무록비
逐日相逢 교유ᄒ니 늙는 쥴 몰는고나.

〈노인가〉의 화자가 젊은 시절을 회상하는 장면이다. 요점만 간추리면 온갖 친구들을 만나 화려한 풍류를 즐겼다는 내용이다. 그런데 이 풍류 마당에 등장하는 노래들을 보면 서울의 유흥공간에서 불리던 가창가사가 중심을 이루고 있다. 그리고 이 유흥공간에서 날마다 만나 유흥을 함께 즐긴 친구들을 보면 대전별감, 포도부장, 정원사령, 나장, 선전(縇廛) 시정(市井) 등 서울 중간계층이 핵심이다. 따라서 〈노인가〉는 19세기 서울 중간계층의 유흥 체험이 반영된 작품이라 할 수 있다. 이 점에서 이 작품은 앞의 다섯 작품과 뚜렷이 구별된다고 하겠다.

4.

이제 글을 마무리하면서 〈신선가〉에 대해 간략히 언급해 두고자 한다. 이 작품은 작가가 이지함(李之函, 1517~1578)으로 표기되어 있으며 총 248구로 구성되어 있다. 내용은 우리나라를 신선의 땅으로 규정하고 신선의 땅에 태어났으므로 선술에 착념하는 것이 마땅함을 역설한 것이다. 그러나 〈신선가〉가 이지함의 작품이라고 믿기에는 어려운 점이 너무도 많다. 우선 그 어떤 문헌에도 이지함이 〈신선가〉라는 가사를 지었다는 기록이 존재하지 않는다. 뿐만 아니라 작품의 내용 중에는 다음과 같이 이지함 이후 시대에 대한 얘기가 등장함을 볼 수 있다.

> 임진의 왜난 보고 병자의 호난 맛나
> 고생을 하고서도 오히려 못 째치며
> 편당의 쌈만 하고 다른 염 업섯스니
> 이리고 아니 亡할 나라가 어대 잇나?

이지함은 임진왜란 이전에 사망한 인물임에도 임진왜란과 병자호란에 대한 언급이 나오고 있다. 따라서 이지함이 작가가 될 수 없다는 것은 명백하다 하겠다. 결국 후대의 위작이라는 얘긴데, 그럼 언제 누가 지었을까? 위의 인용문 마지막에서 그 단서를 포착할 수 있다. "이리고 아니 亡할 나라가 어대 잇나?"라는 표현은 편당을 나누어 싸움만 일삼다가 나라가 망했다는 말이니, 이 작품은 20세기 이후에 창작된 것이다. 〈신선가〉는 앞의 작품들과 필체가 확연히 다를 뿐만 아니라 또한 다른 작품과 달리 짝수 면에서 필사를 시작하고 있다. 〈신선가〉를 제외한 여섯 작품은 모두 홀수 면에서 필사를 시작하고 있다. 특히 〈농가월령가〉의 경우 〈옥루연가〉가 29면에서 끝나고 30면이 온전히 비었음에도 불구하고 그냥 공백으로 남겨두고 31면에서 필사를 시작하고 있다. 이로써 새로운 작품의 경우 장을 달리하여 적는 것이 이 책의 필사 원칙이었음을 알 수 있다. 그런데 〈신선가〉의 경우 앞의 〈노인가〉가 83면에서 끝났는데 84면에서 바로 필사를 시작했다. 이는 〈신선가〉가 이 책의 필사 원칙을 숙지하지 못한, 후대의 다른 필사자에 의해 추록된 작품임을 말해주는 것이다. 추록 시기는 앞서 이미 언급한 바와 같이 손진태와 마에마가 아사미로부터 원본을 빌려 전사한 1928년을 올라갈 수 없고 그 이후라고 봐야 한다.

한편 이 작품이 20세기 이후에 창작되었음을 앞서 알 수 있었고, 필사 또한 20세기에 이루어졌다면 필사자가 바로 작가일 수밖에 없다. 즉 이 작품은 1928년 이후 『가사육종』이 일본 궁내청 서릉부로 옮겨진 상태에서 누군가가 새로 지어 필사한 것이다. 그 누군가는 박창화일 가능성이 매우 높다. 그는 궁내청 서릉부에서 조선전고 조사를 담당하는 사무촉탁으로 근무했기 때문에 당연히 『가사육종』을 접했을 것이다. 또한 신선에서 화랑의 도가 나왔다는 작품의 내용과 굴공·길공·을공·달문 등 작품에 등장하는 인물들이 그의 유작인 『화랑세기』나 『위화진경』의 내용과 일맥상통한 면을 보여주고 있다. 따라서 〈신선가〉는 박창화의 위작으로 판단된다.

■ 참고문헌

이상원, 「조선후기 가사의 유통과 가사집의 생성 –『가사육종』을 중심으로」, 『한민족어문학』 제57집, 한민족어문학회, 2010.

제2부
작품 주석

옥루연가 · 농가월령가 · 춘면곡 · 강촌별곡 · 어부사 · 노인가 · 신선가

1

玉樓宴歌 옥루연가

天皇(텬황) 地皇(디황) 開闢(개벽) 後(후)의

人皇(인황)[1] 九州(구쥬)[2] 分張(분쟝)ᄒ니

千萬古(쳔만고) 興亡(흥망) 事蹟(ᄉ젹)

南柯一夢(남가일몽)[3] 아니런가?

鴻濛日月(홍몽일월)[4] 太古(티고) 初(초)의

素樸(소박)[5] 玄風(현풍)[6] 混同(혼동)ᄒ니

構木爲巢(구목위소)[7] 鶉居鷇食(슌거곡싁)[8]

---

1 天皇(텬황)·地皇(디황)·人皇(인황) : 천황(天皇)·지황(地皇)·인황(人皇). 중국 고대 신화에 나오는 세 임금인 천황씨(天皇氏), 지황씨(地皇氏), 인황씨(人皇氏)를 가리킴.

2 九州(구쥬) : 구주(九州). 중국 고대에 전국을 나눈 9개의 주. 요순시대(堯舜時代)와 하(夏)나라 때에는 기(冀)·연(兗)·청(靑)·서(徐)·형(荊)·양(揚)·예(豫)·양(梁)·옹(雍)이며, 은(殷)나라 때에는 기·예·옹·양·형·연·서·유(幽)·영(營)이고, 주(周)나라 때에는 양·형·예·청·연·옹·유·기·병(幷)이다.

3 南柯一夢(남가일몽) : 한갓 허망한 꿈을 뜻하는 말. 옛날 당나라 때 순우분(淳于棼)이 자기 집 남쪽에 있는 홰나무 밑에서 취하여 자다가 대괴안국(大槐安國) 남가군(南柯郡)을 다스려 이십 년간 부귀를 누리다가 깨어보니 꿈이었다는 고사에서 나온 말이다.

4 鴻濛日月(홍몽일월) : 해와 달이 아직 질서가 없는 혼돈 상태.

5 素樸(소박) : 소(素)는 염색하지 않은 실을 가리키는 말이고, 박(樸)은 갓 벌채하여 아직 다듬지 않은 원목을 가리키는 말이다. 그래서 소박은 가공되지 않은 사물의 원형으로 아무 것도 꾸미지 않은 것을 가리킨다.

6 玄風(현풍) : 현(玄)은 인간 인식을 초월한 우주 생성의 근원으로서 도(道)의 현묘함을 가리키는 말이고, 풍(風)은 바람과 같이 느낄 수는 있지만 구체적으로 표현하기 어려운 어떤 분위기를 가리키는 말이다. 그래서 현풍은 깊고 오묘한 어떤 경지나 분위기를 가리킨다.

7 構木爲巢(구목위소) : 나무를 얽어 집을 지음.

8 鶉居鷇食(슌거곡싁) : 순거구식(鶉居鷇食)의 잘못. 메추라기처럼 거처가 일정치 않고

멧멧 히나 지나간고?

伏羲(복희) 神農(신농) 黃帝(황제) 堯舜(요순)[9]

継天立極(계텬입극)[10] 호신 후의

司徒之職(스도지직)[11] 典樂官(즌악관)[12]이

庠序(샹셔)[13] 學校(학교) 여러내여

文章(문쟝) 貴賤(귀천) 分別(분별)호고

禮樂(예악) 教化(교화) 宣布(션포)호니

人物(인믈)이 赫赫(혁혁)호고

風俗(풍속)이 熙熙(희희)호다.

九年(구년) 洪水(홍슈) 懷襄患(회양환)[14]은

새 새끼같이 주는 대로 먹음. 『장자(莊子)』「외편(外篇)」〈천지(天地)〉에 나오는 말로 모든 것을 자연에 맡긴 채 생활한다는 뜻이다.

9 伏羲(복희) 神農(신농) 黃帝(황제) 堯舜(요순) : 복희(伏羲) 신농(神農) 황제(黃帝) 요순(堯舜). 중국 고대 신화에 나오는 오제(五帝). 복희는 태호(太昊)라 불렸으며, 뱀 몸에 사람 머리를 하고 있으며, 사람들에게 처음으로 사냥법과 불을 활용하는 법을 가르쳤다. 신농은 염제(炎帝)라고 불렸으며, 사람 몸에 소의 머리를 가졌고, 태양신이자 농업신으로 농경을 처음으로 가르쳤다. 황제는 헌원씨(軒轅氏)로서 사람들에게 집 짓는 법과 옷 짜는 법을 가르쳤으며, 수레를 발명했다. 요는 성이 도당(陶唐), 이름이 방훈(放勳)이며, 제곡(帝嚳)의 손자로 희화(羲和) 등에게 명하여 역법(曆法)을 정하였다. 순은 성이 우(虞) 또는 유우(有虞), 이름이 중화(重華)이며, 전욱(顓頊)의 6세손으로 치수사업을 성공시켜 홍수 피해를 막았다. 한편 복희·신농·황제는 삼황(三皇)으로 분류되기도 한다.

10 継天立極(계텬입극) : 계천입극(繼天立極). 천명을 받아 임금의 자리에 오름.

11 司徒之職(스도지직) : 사도지직(司徒之職). 사도(司徒)라는 직책. 사도는 고대 중국에서 호구·논밭·재화·교육에 관한 일을 맡아보던 관리임.

12 典樂官(즌악관) : 전악관(典樂官). 중국 상고 때 음악을 맡았던 벼슬.

13 庠序(샹셔) : 상서(庠序). 고대 중국의 지방 학교. 향교(鄕校)를 주(周)나라에서는 상(庠), 은(殷)나라에서는 서(序)라고 부른 데서 나온 말이다.

14 九年(구년) 洪水(홍슈) 懷襄患(회양환) : 구년(九年) 홍수(洪水) 회양환(懷襄患). 구년간 계속된 홍수가 산을 에워싸고 언덕을 넘어 하늘까지 번지는 데서 오는 근심을 뜻한다. 『서경(書經)』「우서(虞書)」〈요전(堯典)〉에 나오는 "湯湯洪水方割, 蕩蕩懷山襄陵, 浩浩滔天.(넘실대는 홍수가 바야흐로 폐해를 끼쳐서 탕탕하게 산을 에워싸고 언덕을 넘어 질펀하게 하늘까지 번지다.)"에서 유래한 말이다. 여기서 '懷'는 "사면을 에워싸는 것(包其四面也)"을

先後天(선후텬)의 運氣(운긔)런가?

八年(팔년) 玄圭(현규) 利導(니도)ᄒᆞ야[15]

地平天成(디평텬셩) 底績(져적)ᄒᆞ니[16]

夏后氏(하후시)[17] 아니런들

吾其魚矣(오기어의)[18] 免(면)홀손가?

惟精惟一(유정유일) 允執厥中(윤집궐듕)[19]

三聖(삼셩)[20] 傳授(젼슈) 心法(심법)이오

三杯揖遜(삼비읍손)[21] 지ᄂᆞ 후의

뜻하고, '襄'은 "높이 그 위로 나오는 것(駕出其上也)"을 의미한다.

15 八年(팔년) 玄圭(현규) 利導(니도)ᄒᆞ야 : 팔년(八年) 현규(玄圭) 이도(利導)하여. 우임금이 재위 8년 동안 나라를 잘 다스린 것을 말한다. 『서경(書經)』「하서(夏書)」〈우공(禹貢)〉에 "東漸于海, 西被于流沙, 朔南曁, 聲教訖于四海, 禹錫玄圭, 告厥成功.(동쪽으로 바다에 무젖고, 서쪽으로 유사에 입혀지며, 북쪽과 남쪽에 이르러 성교가 사해에 다 미치자, 우왕이 검은 규를 올려 성공을 아뢰었다.)"라는 기록이 보인다. 여기서 '玄圭'는 검은 빛의 옥으로 만든 홀을 가리킨다.

16 地平天成(디평텬셩) 底績(져적)ᄒᆞ니 : 지평천성(地平天成) 저적(底績)하니. 천지가 잘 다스려지는 공적을 이루었으니. '地平天成'은 『서경(書經)』「우서(虞書)」〈대우모(大禹謨)〉에 나오는 "帝曰, 兪, 地平天成, 六府三事允治, 萬世永賴時乃功.(제순이 말씀하셨다. 그러하다. 땅이 다스려짐에 하늘이 이루어져서 육부와 삼사가 진실로 다스려져 만세가 영원히 힘입음은 이 너의 공이다.)"에서 유래한 말이다.

17 夏后氏(하후시) : 하후씨(夏后氏). 중국 하나라 창시자 우(禹)임금을 가리킨다. 요(堯)의 치세에 대홍수가 발생하여 섭정인 순(舜)이 그에게 치수(治水)를 명하자, 13년간 고심 노력한 끝에 사업에 성공하고, 천하를 9주(九州)로 나누었다. 순이 죽자 인망(人望)을 모은 그가 제위를 계승하여, 나라이름을 하(夏)로 고치고 안읍(安邑)에 도읍하였다.

18 吾其魚矣(오기어의) : 『춘추좌씨전(春秋左氏傳)』에 나오는 "微禹, 吾其魚乎.(우임금이 아니었다면, 우리는 물고기가 되었을 것이다.)"에서 유래한 말이다.

19 惟精惟一(유정유일) 允執厥中(윤집궐듕) : 유정유일(惟精惟一) 윤집궐중(允執厥中). 정성을 다하고 한결같이 하여야 진실로 그 중심을 잡을 것이다. 『서경(書經)』「우서(虞書)」〈대우모(大禹謨)〉에 나오는 "人心惟危, 道心惟微, 惟精惟一, 允執厥中.(인심은 위태롭고 도심은 은미하니 정성을 다하고 한결같이 하여야 진실로 그 중심을 잡을 것이다.)"에서 유래한 말이다. 요가 순에게 고할 때 단지 '允執厥中'이라고만 하였는데, 순이 우에게 명할 때엔 앞과 같이 자세히 말했다고 한다.

20 三聖(삼셩) : 삼성(三聖). 요(堯), 순(舜), 우(禹) 세 성인.

一局交爭(일국교징)[22] 되단 말가?

殷湯(은탕)[23]으로 武丁(무정)[24]신지

六七(뉵칠) 賢聖(현셩) 나려오고

文武(문무)[25] 周公(쥬공)[26] 밋쳐와셔

制禮(졔례) 作樂(작악) 다시 ㅎ니

三綱(삼강)[27] 五常(오상)[28] 煥明(환명)ㅎ고

五音(오음)[29] 六律(뉵율)[30] 和暢(화챵)ㅎ다.

21　三杯揖遜(삼비읍손) : 삼배읍손(三杯揖遜). 요·순·우 사이의 선양(禪讓)을 석 잔 술에 견준 말임. 『채근담(採根談)』에 나오는 "唐虞揖遜三杯酒, 湯武征誅一局棋.(요순이 선양한 게 석 잔 술이라면, 탕무가 걸주를 친 건 한 판 바둑이라네.)"에서 유래한 말이다.

22　一局交爭(일국교징) : 일국교쟁(一局交爭). 은나라 탕왕(湯王)과 주나라 무왕(武王)이 각각 하나라 걸왕(桀王)과 은나라 주왕(紂王)을 친 것을 한 판의 바둑에 견준 말이다.

23　殷湯(은탕) : 은나라 탕왕. 중국 고대 상(商)나라—또는 은나라—를 창건한 왕. 하나라 걸왕을 명조(鳴條)에서 격파하여 패사시키고 박(亳)에 도읍하여 국호를 상(商)이라 정하여, 제도와 전례를 정비하고 13년간 재위하였다.

24　武丁(무정) : 무정(武丁). 중국 상(商 : 殷)나라의 23대 임금. 고종(高宗). 59년간 재위했음. 부열(傅說)을 재상으로 발탁하여 정치를 안정시킴으로써 은나라 최고의 번영기를 누렸다.

25　文武(문무) : 주(周)나라 문왕(文王)과 무왕(武王). 문왕은 주나라의 기초를 닦은 명군으로 덕치에 힘썼고, 상나라와 화평주의적 태도를 취했으며 제후들의 신뢰를 얻었다. 무왕은 문왕의 차남으로 왕위에 오른 후에 폭군 주왕(紂王)을 주살하고 상나라를 멸망시켰다.

26　周公(쥬공) : 주공(周公). 문왕의 아들이자 무왕의 아우로, 이름은 단(旦)이다. 무왕을 도와 주(紂)를 치고, 성왕(成王)을 도와 왕실의 기초를 세웠으며, 제도와 예악을 정비하여 주나라의 문화 발전에 크게 이바지했다.

27　三綱(삼강) : 유교(儒敎)의 도덕(道德)에 있어서 근본(根本)이 되는 세 가지 강목(綱目). 즉 임금과 신하, 어버이와 자식, 남편과 아내 사이에 마땅히 지켜야 할 도리로서 군위신강(君爲臣綱), 부위자강(父爲子綱), 부위부강(夫爲婦綱)을 가리킴.

28　五常(오상) : 오륜(五倫). 사람이 지켜야 할 다섯 가지 도리인 부자유친(父子有親), 군신유의(君臣有義), 부부유별(夫婦有別), 장유유서(長幼有序), 붕우유신(朋友有信)을 가리킴.

29　五音(오음) : 궁(宮)·상(商)·각(角)·치(徵)·우(羽)의 다섯 소리.

30　六律(뉵율) : 육률(六律). 십이율 가운데서 양성(陽聲)인 태주(太簇), 고선(姑洗), 황종(黃鐘), 유빈(蕤賓), 이칙(夷則), 무역(無射)의 여섯 음을 가리킴. 음성(陰聲)인 대려(大呂), 협종(夾鐘), 중려(仲呂), 임종(林鐘), 남려(南呂), 응종(應鐘)의 여섯 음은 육려(六呂)라 함.

春秋時節(츈츄시졀)[31] 混乱(혼난)ᄒ야
乱臣賊子(난신젹ᄌ)[32] 紛紛(분분)ᄒ니
尼丘山(이구산)[33] 조흔 元氣(원긔)
天縦聖人(텬죵셩인)[34] 니러나셔
君師之位(군ᄉ지위) 未得(미득)ᄒ고
素王之權(소왕지권)[35] 擅行(츤힝)[36]ᄒ야
麟経(인경)[37] 一部(일부) 王春脈(왕츈ᄆ)[38]이
天下(텬하) 忠逆(츙역) 襃貶(포폄)[39]ᄒ니

---

31 春秋時節(츈츄시졀) : 춘추시절(春秋時節). 춘추시대(春秋時代). 중국 주나라가 동쪽으로 도읍을 옮긴 기원전 770년부터 기원전 403년까지 약 360년간의 전란 시대. 공자(孔子)가 역사책인 『춘추(春秋)』에서 이 시대의 일을 서술한 데서 붙여진 이름이다.

32 乱臣賊子(난신젹ᄌ) : 난신적자(亂臣賊子). 나라를 어지럽히는 신하와 어버이를 해치는 자식.

33 尼丘山(이구산) : 중국 산동성 곡부현 동남쪽에 있는 산. 숙량흘(叔梁紇)과 안징재(顔徵在)가 이 산에 기도하여 공자를 낳았다고 한다.

34 天縦聖人(텬죵셩인) : 천종성인(天縦聖人). 하늘이 내신 성인. 공자(孔子)를 가리킴.

35 素王之權(소왕지권) : 소왕(素王)의 권세. 소왕(素王)은 왕위에 있지 않으면서 임금의 덕망이 있는 사람으로, 공자(孔子)를 말함.

36 擅行(츤힝) : 천행(擅行). 오로지 혼자서 결단하여 행함.

37 麟経(인경) : 인경(麟經). 『춘추(春秋)』의 다른 이름. 『춘추』는 공자가 지었다고 하는 노(魯)나라의 역사책이다. 은공(隱公) 원년부터 쓰기 시작하여 애공(哀公) 14년 봄 "西狩獲麟(서쪽으로 사냥을 나갔다가 기린을 잡았다.)"으로 마쳤으므로 인경이라 함.

38 王春脈(왕츈ᄆ) : 왕춘맥(王春脈). 『춘추』의 대일통론(大一統論)을 가리킴. 대일통이란 일통(一統)을 중히 여긴다는 의미로 천리가 행해지는 대원칙이나 세상을 경륜하는 큰 법 같은 것을 가리킨다. 『춘추』 첫머리에 나오는 "元年春王正月"에서 유래한 말이다. 이를 『춘추공양전(春秋公羊傳)』에서는 "元年者何? 君之始年也. 春者何? 歲之始也. 王者孰謂? 謂文王也. 曷爲先言王而後言正月? 王正月也. 何言乎王正月? 大一統也.(원년이란 무엇인가? 군주가 즉위한 첫 해이다. 봄이란 무엇인가? 한해의 시작이다. 왕이란 누구를 말하는가? 문왕을 일컫는다. 어찌 왕을 먼저 말하고 정월을 뒤에 말한 것인가? 왕이 정한 달력의 정월이기 때문이다. 어찌 왕의 정월이라고 말한 것인가? 천하가 천자를 중심으로 통일돼 있어야 하기 때문이다.)"라고 풀이하고 있다.

39 襃貶(포폄) : 옳고 그름이나 선하고 악함을 판단하여 결정함.

五百年運(오빅년운)[40] 聖人門(셩인문)의

萬世爲土(만셰위토) 開基(기긔)[41] ᄒ고

亞聖(아셩)[42]의 麁拳大踢(츄권대척)[43]

所願學孔(소원흑공)[44] 일워ᄂᆡ여

継徃聖(계왕셩) 開来學(기ᄂᆡ흑)[45]과

辨異端(변니단) 闢邪説(벽ᄉ셜)[46]이

岩岩(암암) 泰山(틱산) 氣象(긔샹)[47]으로

千載真儒(천ᄌᆡ진유) 되시거다.

天地(텬지) 劫運(겁운)[48] 嘉平世(가평셰)[49]의

---

40 五百年運(오빅년운) : 오백년운(五百年運). 오백 년은 요순으로부터 은나라 탕왕에 이르기까지, 탕왕으로부터 주나라 문왕에 이르기까지, 문왕으로부터 공자에 이르기까지를 대략 계산한 것이다. 오백 년 운은 이렇게 오백 년에 한 번씩 성인이 태어나는 운수를 가리키는 말이다.

41 開基(기긔) : 개기(開基). 공사를 하려고 터를 닦기 시작함.

42 亞聖(아셩) : 아성(亞聖). 공자(孔子)에 버금가는 사람이라는 뜻으로, 맹자(孟子)를 가리킴.

43 麁拳大踢(츄권대척) : 추권대척(麤拳大踢). 큰 주먹과 큰 발이라는 뜻으로 맹자의 큰 기상을 일컫는 말이다.

44 所願學孔(소원흑공) : 소원학공(所願學孔). 원하는 것은 공자를 배우는 것이라는 뜻임. 『맹자(孟子)』「공손추 상(公孫丑上)」에 나오는 "吾未能有行焉, 乃所願則學孔子也.(내 행함이 있지 못하거니와 내가 원하는 것은 공자를 배우는 것이다.)"에서 유래한 말이다.

45 継徃聖(계왕셩) 開来學(기ᄂᆡ흑) : 계왕성(繼往聖) 개래학(開來學). 옛 성인들의 가르침을 이어받아 후세의 학자들에게 가르쳐 전함.

46 辨異端(변니단) 闢邪説(벽ᄉ셜) : 변이단(辨異端) 벽사설(闢邪說). 이단(異端)을 구분하고 사설(邪說)을 물리침.

47 岩岩(암암) 泰山(틱산) 氣象(긔샹) : 암암(岩岩) 태산(泰山) 기상(氣象). 돌이 첩첩이 쌓인 태산과 같은 기상.

48 劫運(겁운) : 액이 낀 운수.

49 嘉平世(가평셰) : 가평세(嘉平世). 진시황(秦始皇) 시절. 사마천(司馬遷)의 『사기(史記)』에 "진(秦) 혜문공(惠文公) 12년에 처음으로 납제(臘祭 : 고대 중국에서 한 해가 끝날 때에 조상신에게 지내던 제사)를 지냈는데, 시황 31년에 납제의 명칭을 가평(嘉平)으로 바꾸었다."는 기록이 있다.

焚詩書(분시셔)[50]는 무슴 일고?

漢家(한가)의 三章約法(삼장약법)[51]

四百年(스빅년)의 洪業(홍업)[52]이오

晋世(진셰)의 莊老之學(장노지학)[53]

六朝(뉵됴)[54] 乾坤(건곤) 다시 되고

唐朝(당조)의 綺麗文字(긔려문즈)[55]

五季(오계)[56] 風雨(풍우) 쏘 되거다.

無往不復(무왕불복)[57] 天運(텬운)으로

---

50 焚詩書(분시셔) : 분시서(焚詩書). 진시황이 학자들의 정치적 비판을 막기 위하여 의약, 점복, 농업에 관한 것을 제외한 민간의 모든 서적을 불태운 일. BC 221년 천하를 통일한 시황제는 법가(法家)인 이사(李斯)를 발탁하여, 종래의 봉건제를 폐지하고 군현제(郡縣制)를 시행하는 등 철저하게 법가사상에 기반을 둔 각종 통일정책을 시행했다. 그러나 이 같은 법가 일색의 정치에 대해 유가를 비롯한 다른 학파들은 이에 반대하고 공공연하게 자기 학파의 학설을 주장했다. 이에 시황제는 이사의 진언을 받아들여 진(秦)의 기록, 박사관(博士官)의 장서, 의약·복서(卜筮)·농업 서적 이외의 책은 모두 몰수하여 불태워버렸다. 또 이것을 위반하는 자, 유교경전을 읽고 의논하는 자, 정치를 비난하는 자 등은 모두 극형에 처한다고 정했다.

51 三章約法(삼쟝약법) : 삼장약법(三章約法). 약법삼장(約法三章). 한(漢)나라 고조(高祖) 유방(劉邦)이 진(秦)나라를 멸한 뒤에 진나라의 가혹했던 법률을 폐하고 법규(法規) 삼장(三章)만으로 나라를 다스린 것을 가리킴. 그 내용은 첫째 살인자(殺人者)는 사형(死刑)에 처하고, 둘째 남을 헤치거나 도둑질한 자는 벌하며, 셋째 그 밖의 진의 법은 모두 폐한다는 등이다.

52 四百年(스빅년)의 洪業(홍업) : 사백년(四百年)의 홍업(洪業). 전한(前漢, BC202~AD8)과 후한(後漢, 23~220)을 합친 기간이 약 400여 년에 이르므로 이렇게 말한 것임.

53 莊老之學(장노지학) : 장로지학(莊老之學). 노장학(老莊學). 노장사상(老莊思想)을 근본으로 하여 그 뜻을 서술하는 학문.

54 六朝(뉵됴) : 육조(六朝). 중국의 왕조 이름. 후한(後漢) 멸망 이후 수(隋)의 통일까지 건업(建業), 곧 지금의 남경(南京)에 도읍한 오(吳), 동진(東晉), 송(宋), 제(齊), 양(梁), 진(陳)을 총칭하는 말이다.

55 綺麗文字(긔려문즈) : 기려문자(綺麗文字). 아름답고 화려한 당시(唐詩)를 가리킴.

56 五季(오계) : 다섯 왕조가 자주 갈린 계세(季世)라는 뜻으로 중국의 후오대(後五代)를 이르는 말임. 당(唐)나라와 송(宋)나라와의 사이 53년 동안에 흥망(興亡)한 다섯 왕조인 후량(後梁)·후당(後唐)·후진(後晉)·후한(後漢)·후주(後周)를 가리킨다.

宋德(송덕)이 隆盛(융셩)ᄒ야

五星(오셩)이 聚奎(취규)ᄒ고[58]

太平運(틱평운) 도라와셔

洙泗(슈ᄉ)[59]의 나린 믈결

濂洛(염낙)[60]으로 흘너들어

河南程氏(하남졍시) 両夫子(냥부ᄌ)[61]와

考亭先生(고졍션싱)[62] 니러나셔

春秋大義(츈츄대의)[63] 煥然(환년) 吾道(오도)

孔孟(공ᄆᆡᆼ) 以後(니후) 程朱(졍쥬)로다.

胡元(호원)의 百年運(빅년운)[64]이

---

57 無往不復(무왕불복) : 가서 돌아오지 않는 것은 없음. 주자(朱子)의 『대학장구(大學章句)』 서문에 나오는 "天運循環, 無往不復.(하늘의 운수는 돌고 돌아서 다시 돌아오지 않는 법은 없다.)"에서 유래한 말이다.

58 五星(오셩)이 聚奎(취규)ᄒ고 : 오성(五星)이 취규(聚奎)하고. 다섯 개의 별이 규성(奎星)에 모이고. 규성은 이십팔수(二十八宿)의 열다섯째 별로서, 이 별이 밝으면 천하가 태평하다고 한다.

59 洙泗(슈ᄉ) : 수사(洙泗). 수수(洙水)와 사수(泗水). 수수와 사수는 공자의 고향인 곡부(曲阜)에 있는 하천이므로 공자를 가리킴.

60 濂洛(염낙) : 염락(濂洛). 염계(濂溪)와 낙수(洛水). 염계에는 주돈이(周敦頤)가 살았고, 낙수에는 정호(程顥)와 정이(程頤) 형제가 살았으므로 염락은 이 세 사람을 가리킴.

61 河南程氏(하남졍시) 両夫子(냥부ᄌ) : 하남정씨(河南程氏) 양부자(兩夫子). 정호(程顥)와 정이(程頤) 형제를 가리킴. 정호와 정이가 하남성(河南省) 낙양(洛陽) 출신이므로 이렇게 일컬은 것임.

62 考亭先生(고졍션싱) : 고정선생(考亭先生). 주희(朱熹)를 가리킴. 고정(考亭)은 복건성(福建省) 건양현(建陽縣) 서남쪽에 있는 지명으로, 주희가 만년에 창주정사(滄洲精舍)를 건립하고 강학하던 곳이다.

63 春秋大義(츈츄대의) : 춘추대의(春秋大義). 공자가 찬술한 『춘추』에 기술된 포폄의 기준. 맹자가 "군부(君父)를 시해하는 난신적자(亂臣賊子)가 배출되는 혼란기에 공자께서 명분을 바로잡고 인륜을 밝혀 세태를 바로잡고자 『춘추(春秋)』를 지었다."고 한 이래로 예(禮)와 명분을 중시하는 정치 이념이 춘추대의의 기본 골격으로 이해되고 있다.

64 百年運(빅년운) : 백년운(百年運). 1271년부터 1368년까지 중국을 지배한 원(元)나라 역사 기간을 가리킨다.

長夜乾坤(쟝야건곤) 쏘 지나고

紅羅日月(홍나일월)[65] 大明天地(대명텬디)

聖帝(셩졔) 明君(명군) 継起(계긔)ㅎ샤

先王(선왕)[66] 文物(문믈) 다시 내고

儒門道統(유문도통)[67] 멀니 여러

三百年(삼빅년)[68] 文明世界(문명셰계)

億萬洪福(억만홍복) 期約(긔약)더니

蒼茫(챵망)[69] 万事(만亽) 甲申年(갑신년)[70]의

天下(텬하) 臣民(신민) 無祿(무녹)[71]이라.

衣冠(의관) 法度(법도) 掃地(소디)ㅎ고[72]

披髮左袵(피발좌임)[73] 되단 말가?

乾陽(건양)[74] 一脈(일믹) 不盡理(블진니)ᄂ

碩果不食(셕과블식)[75] 나마 이셔

65 　紅羅日月(홍나일월) : 홍라일월(紅羅日月). 다음의 대명천지(大明天地)와 같은 뜻임. 홍라(紅羅)는 명(明)나라의 별칭이다.

66 　先王(선왕) : 선왕(先王). 옛날의 어진 임금.

67 　儒門道統(유문도통) : 유가(儒家)의 도통(道統). 도통은, 도는 영구불변으로서 역대의 성인(聖人)이 계승하여 내려왔다고 보고 그 전승 계보를 밝힌 것이다. 정주학(程朱學)이 유학의 정통임을 주장하기 위해 주자가 도통을 주장한 이래 이것이 널리 수용되었다.

68 　三百年(삼빅년) : 삼백년(三百年). 1368년에서 1644년까지 존속한 명(明)나라 역사를 대략적으로 표현한 것이다.

69 　蒼茫(챵망) : 창망(蒼茫). 넓고 멀어서 푸르고 아득한 모양.

70 　甲申年(갑신년) : 명나라가 멸망한 1644년을 가리킴.

71 　無祿(무녹) : 녹을 다 타먹지 못하고 죽는다는 뜻.

72 　掃地(소디)ㅎ고 : 소지(掃地)하고. 없애고. 소지(掃地)는 땅바닥을 깨끗이 한다는 뜻으로 흔적도 없이 만드는 것을 가리킨다.

73 　披髮左袵(피발좌임) : 상투를 풀고 옷깃을 좌측으로 여미는 것. 곧 청(淸)나라의 복식을 말함.

74 　乾陽(건양) : 하늘의 양기(陽氣).

75 　碩果不食(셕과블식) : 석과불식(碩果不食). 큰 과실(果實)은 다 먹히지 않는다는 뜻으

海東(히동) 一隅(일우) 朝鮮國(조선국)의

禮樂(예악) 文物(문믈) 彬彬(빈빈)ᄒ다.[76]

檀君(단군)[77] 箕子(긔ᄌ)[78] 나린 德化(덕화)

小中華(소듕화)[79] 되여셔라.

我太祖(아틱조) 洪功偉烈(홍공위열)[80]

三代(삼대)[81] 以上(니샹) 聖君(셩군)이라.

四百年(ᄉ빅년) 宗社慶(종ᄉ경)이

聖子神孫(셩ᄌ신손) 継継(계계)ᄒ셔

千年(쳔년) 黃河(황하) 一淸運(일쳥운)[82]의

로, 어떤 현상이 단절되지 않고 미약하게나마 지속되는 것을 의미함. 『주역(周易)』「박괘(剝卦)」의 "上九, 碩果不食, 君子得輿, 小人剝廬.(상구는 큰 과일이 먹히지 않음이니, 군자는 수레를 얻고 소인은 집을 허물리라.)"에서 유래한 말이다.

76 彬彬(빈빈)ᄒ다 : 빈빈(彬彬)하다. 문조와 바탕이 잘 갖추어져 훌륭하다.

77 檀君(단군) : 우리 민족의 시조로 받드는, 고조선(古朝鮮)의 첫 임금.

78 箕子(긔ᄌ) : 기자(箕子). 중국 은(殷)나라의 성인. 이름은 서여(胥餘). 주(周)나라 무왕(武王)이 은나라를 멸망시키자 기자는 동쪽으로 도망하여 조선왕이 되었으며, 조선의 백성들에게 예의·양잠·방직·8조법금 등을 가르쳤다고 한다. 하지만 이러한 기자동래설(箕子東來說)은 중국문헌에서도 기원전 3세기 이후의 것에만 나타난다는 점에서 신빙하지 않는 견해가 우세하다. 한편 고려시대와 조선시대에는 기자숭배사상이 강하여 기자조선의 실체를 인정하였었다.

79 小中華(소듕화) : 소중화(小中華). 조선시대 우리 민족의 문화를 높여 부르던 말. 원래는 중국에서 우리 민족의 문화를 평가하여 자신들의 중화(中華)에 버금간다고 한 말이었으나, 문화민족인 화(華)와 오랑캐인 이(夷)를 엄격히 구분하고 성리학을 국가 이념으로 정립시키는 과정에서 우리 문화가 설 자리를 찾기 위하여 점차 강조되었다. 17세기에는 중화인 명(明)이 청(淸)에 의해 멸망함으로써, 중국에서는 중화 문명이 끊어졌고 예의의 나라[禮義之邦]인 조선만이 유일한 화라고 하는 논리로 발전했다. 이러한 개념에 바탕을 둔 소중화 의식은 병자호란에서 패배한 후 조선의 정체성을 확인하고 문화적 자존심을 지키는 구실을 하였다.

80 洪功偉烈(홍공위열) : 위대한 공적.

81 三代(삼대) : 중국 상대(上代)의 하(夏), 은(殷), 주(周) 세 왕조(王朝).

82 千年(천년) 黃河(황하) 一淸運(일청운) : 천년(千年) 황하(黃河) 일청운(一淸運). 항상 흐린 황하의 물이 천 년에 한 번 맑아지는 운세. 성인(聖人)이 출현하여 태평성대를 이룩할

太平聖主(틔평셩쥬) 셔시거다.

堯之日月(요지일월) 舜乾坤(슌건곤)이

긋씌는 엇더턴지

康衢烟月(강구년월) 擊壤歌(격양가)[83]와

薰殿南風(훈전남풍) 五絃琴(오현금)[84]을

오날날 다시 보니

그 아니 거룩ᄒ가?

어졔밤 쑴을 ᄭᅮ니

엇지 그리 恍惚(황홀)ᄒ고?

玉皇上帝(옥황상제)[85] 下詔(하조)[86]히샤

조짐을 나타내는 말이다.

83 康衢烟月(강구년월) 擊壤歌(격양가) : 강구연월(康衢烟月) 격양가(擊壤歌). 요임금이 천하를 다스린 지 50년이 되었을 때, 과연 천하가 잘 다스려지고 백성들이 즐거운 생활을 하고 있는지 직접 확인하고자 평민 차림으로 거리에 나섰다. 넓고 번화한 네거리에 이르렀을 때 아이들이 노래 부르며 놀고 있어 그 노랫소리를 유심히 들었다. "우리 백성들을 살게 하는 것은, 그대의 지극함 아닌 것이 없다. 느끼지도 못하고 알지도 못하면서, 임금의 법을 따르고 있다네.(立我烝民, 莫匪爾極, 不識不知, 順帝之則.)" 이 노래를 〈강구요(康衢謠)〉라고 한다. 요임금은 다시 발길을 옮겼다. 한 노인이 길가에 두 다리를 쭉 뻗고 앉아 한 손으로는 배를 두드리고 또 한 손으로는 땅바닥을 치며 장단에 맞추어 노래를 부르고 있었다. 이를 〈격양가〉라고 하는데, 그 노랫말은 다음과 같다. "해가 뜨면 일하고, 해가 지면 쉬고, 우물 파서 마시고, 밭을 갈아 먹으니, 임금의 덕이 내게 무슨 소용이 있으랴?(日出而作, 日入而息, 鑿井而飮, 耕田而食, 帝力于我何有哉.)"『열자(列子)』「중니편(仲尼篇)」참조.

84 薰殿南風(훈전남풍) 五絃琴(오현금) : 훈전남풍(薰殿南風) 오현금(五絃琴). 순임금이 처음으로 오현금(五絃琴)을 만들어 남훈전(南薰殿)에서 〈남풍가(南風歌)〉를 노래하니 천하백성이 화락(和樂)하고 태평을 구가(謳歌)하였다고 한다. 〈남풍가〉는 다음과 같다. "남풍의 훈훈함이여, 우리 백성들의 억울함을 풀어주겠네. 남풍의 때맞음이여, 우리 백성들의 재산을 늘려주겠네.(南風之薰兮, 可以解吾民之慍兮, 南風之時兮, 可以阜吾民之財兮.)"『공자가어(孔子家語)』「변락편(辨樂篇)」참조.

85 玉皇上帝(옥황상제) : 옥황상제(玉皇上帝). 하늘을 다스리는 신으로 하늘에 있는 신령들 중에서 가장 높은 위치에 있는 신.

86 下詔(하조) : 조서(詔書)를 내림.

天下(텬하) 侯王(후왕) 朝會(조회)ᄒ니

우리 聖主(셩쥬) 承命(승명)[87]ᄒ샤

六龍御天(뉵뇽어텬) ᄒ옵신다.

三公(삼공)[88] 六卿(뉵경)[89] 侍衛(시위ᄒ고)

五軍門(오군문)[90]이 陪從(비종)ᄒ니

千乘萬騎(쳔승만긔)[91] 擁護(옹호)ᄒ고

八鸞(팔난)[92] 和鳴(화명)[93] 鏘鏘(장장)[94]이라.

祖宗江漢(조종강한)[95] 믈을 ᄯ라

銀河水(은하슈)를 溯流(소뉴)[96]ᄒ야

紅雲(홍운)[97] 紫霞(ᄌ하)[98] 깁흔 곳의

羽旄(우모)[99] 雲旗(운긔)[100] 느러셧다.

---

87 承命(승명) : 임금이나 어버이의 명령을 받듦.

88 三公(삼공) : 영의정, 좌의정, 우의정 등의 삼정승.

89 六卿(뉵경) : 육경(六卿). 육조(六曹)의 판서.

90 五軍門(오군문) : 오군문(五軍門). 임진왜란 이후 오위(五衛)를 개편하여 둔 다섯 군영. 훈련도감(訓鍊都監), 총융청(摠戎廳), 수어청(守禦廳), 어영청(御營廳), 금위영(禁衛營)을 이른다.

91 千乘萬騎(천승만긔) : 천승만기(千乘萬騎). 수레 천 대와 말 만 마리. 곧 매우 많은 수레와 말.

92 八鸞(팔난) : 팔란(八鸞). 임금이 타는 수레에 장식으로 달아 놓은 여덟 개의 방울.

93 和鳴(화명) : 여러 가지 악기가 조화되어 울림.

94 鏘鏘(장장) : 옥이나 쇠붙이가 맑게 울리는 소리, 또는 그 모양.

95 祖宗江漢(조종강한) : 조종강한(朝宗江漢)의 잘못. 『서경(書經)』「하서(夏書)」〈우공(禹貢)〉에 나오는 "江漢, 朝宗于海.(강수와 한수가 바다에 조회한다.)"에서 유래한 말이다. 여기서 강한(江漢)은 양자강(揚子江)과 한수(漢水)를 가리키며, 조종(朝宗)은 제후가 천자를 알현하던 일을 가리킨다. 따라서 이는 강물이 바다로 흐르는 것을 제후가 천자를 알현하는 일에 비유한 것이다.

96 溯流(소뉴) : 소류(溯流). 물길을 거슬러 올라감.

97 紅雲(홍운) : 붉은 구름. 옥황상제가 있는 곳은 항상 붉은 구름이 감돌고 있어서 누구도 그 얼굴을 볼 수 없다고 함.

98 紫霞(ᄌ하) : 자하(紫霞). 신선이 사는 곳에 서리는 노을을 가리킴.

一介(일개) 小臣(소신) 微賤蹤(미천종)[101]이
鶴(학)을 타고 隨駕(슈가)[102]ᄒ니
九天(구텬)[103] 閶闔(챵합)[104] 너른 들의
玉轎(옥교)[105] 뒤의 ᄯ라드니
塗山(도산)[106] 日月(일월) 玉帛禮(옥븩예)[107]로
萬國(만국) 衣冠(의관) 會同(회동)이라.
平生(평싱) 쳐음 壯觀(쟝관)이오
世上(세상) 업ᄂ 器具(긔구)로다.
三淸(삼쳥)[108] 星月(셩월) 五城(오셩)[109] 안의
十二樓(십이누)[110]가 玲瓏(영농)ᄒ고
白玉樓(븩옥누)[111] 너른 집의
上帝(상졔)긔셔 殿座(젼좌)[112]ᄒ셔

99　羽旄(우모) : 새의 깃으로 만들어 기(旗)에 꽂는 물건.

100　雲旗(운긔) : 운기(雲旗). 구름무늬를 수놓은 기.

101　微賤蹤(미쳔종) : 미천종(微賤蹤). 미천한 몸.

102　隨駕(슈가) : 수가(隨駕). 임금의 거둥 시 임금의 가마를 수행(隨行)하는 것.

103　九天(구텬) : 구천(九天). 하늘을 9개의 방위로 나누어 이르는 이름. 중앙은 균천(鈞
天), 동쪽은 창천(蒼天), 북동쪽은 변천(變天), 북쪽은 현천(玄天), 북서쪽은 유천(幽天),
서쪽은 호천(昊天), 남서쪽은 주천(朱天), 남쪽은 염천(炎天), 남동쪽은 양천(陽天)이다.

104　閶闔(챵합) : 창합(閶闔). 신화나 전설에 나오는 하늘의 문.

105　玉轎(옥교) : 위를 꾸미지 아니하고 만든, 임금이 타는 가마.

106　塗山(도산) : 중국 절강성(浙江省) 소흥현(紹興縣) 남쪽에 있는 지명으로, 하(夏)나라
우왕(禹王)이 치수작업을 하다가 아내가 될 도산씨(塗山氏)를 만난 곳이다.

107　玉帛禮(옥븩예) : 옥백례(玉帛禮). 옛날 중국의 제후들이 조근(朝覲)이나 빙문(聘問)
때에 옥과 비단을 예물(禮物)로 바친 것을 가리킴.

108　三淸(삼쳥) : 삼청(三淸). 신선이 산다는 옥청(玉淸)·상청(上淸)·태청(太淸)의 3경
(境)을 가리킴.

109　五城(오셩) : 오성(五城). 천상(天上) 백옥경(白玉京)에 있다는 다섯 개의 성.

110　十二樓(십이누) : 십이루(十二樓). 천상(天上) 백옥경(白玉京)에 있다는 열두 누각.

111　白玉樓(븩옥누) : 백옥루(白玉樓). 옥황상제(玉皇上帝)의 궁전(宮殿).

山龍繡裳(산농슈상)[113] 儼臨(엄님)[114]ᄒ니

蕩蕩(탕탕) 巍巍(외외) 難明(난명)이라.[115]

彤庭(동졍)[116] 玉階(옥계)[117] 九級(구급)[118] 上(상)의

列仙(열션) 儀仗(의장)[119] 羅列(나열)ᄒ니

靑龍(쳥농) 白虎(빅호) 朱雀(쥬작) 玄武(현무)[120]

前後(젼후) 左右(좌우) 環衛(환위)[121]ᄒ고

二十八宿(이십팔슈)[122] 五方神將(오방신쟝)[123]

各方位(각방위)의 버러 잇다.

句芒神(구망신)[124] 祝融神(축융신)[125]은

---

112 殿座(젼좌) : 전좌(殿座). 임금 등이 정사를 보거나 조하(朝賀)를 받으려고 정전(正殿)이나 편전(便殿)에 나와 앉던 일, 또는 그 자리.

113 山龍繡裳(산농슈상) : 산룡수상(山龍繡裳). 산과 용을 수놓은 옷. 천자와 제후의 예복은 황색이나 적색 바탕을 사용하였으며, 저고리에는 용·산·꿩 등을, 치마에는 마름·쌀·도끼 등을 수놓았다.

114 儼臨(엄님) : 엄림(儼臨). 근엄하게 임함.

115 蕩蕩(탕탕) 巍巍(외외) 難明(난명)이라 : 넓고도 드높음을 밝히기 어려울 정도로다.

116 彤庭(동졍) : 동정(彤庭). 궁궐의 뜰을 이르는 말. 옛날 임금이 거처하던 궁궐의 뜰을 붉게 색칠하였기 때문에 붙여진 이름이다.

117 玉階(옥계) : 궁궐 안의 섬돌.

118 九級(구급) : 천자(天子)의 당(堂, 대청).

119 儀仗(의장) : 천자(天子)나 왕공(王公) 등 지위가 높은 사람이 행차할 때에 위엄을 보이기 위하여 격식을 갖추어 세우는 병장기(兵仗器)나 물건. 의(儀)는 위의(威儀)를, 장(仗)은 창이나 칼 같은 병기를 가리킨다.

120 靑龍(쳥농) 白虎(빅호) 朱雀(쥬작) 玄武(현무) : 청룡(靑龍) 백호(白虎) 주작(朱雀) 현무(玄武). 동서남북의 네 방위를 맡은 신.

121 環衛(환위) : 대궐을 사방으로 둘러싸서 호위함.

122 二十八宿(이십팔슈) : 이십팔수(二十八宿). 하늘의 적도를 따라 그 남북에 있는 별들을 28개의 구역으로 구분하여 부른 이름.

123 五方神將(오방신쟝) : 오방신장(五方神將). 다섯 방위를 지키는 방위신(方位神)의 일종. 동의 청제(靑帝), 서의 백제(白帝), 남의 적제(赤帝), 북의 흑제(黑帝), 중앙의 황제(黃帝)를 가리킴.

124 句芒神(구망신) : 오행신(五行神) 중 하나로 봄을 담당하는 목신(木神).

靑紅(쳥홍) 衣裳(의샹) 燦爛(찰난)ㅎ고

飛廉神(비염신)[126] 玄冥神(현명신)[127]은

白黑(빅흑) 冠冕(관면)[128] 鮮明(션명)ㅎ다.

文曲星(문곡셩)[129] 武曲星(무곡셩)[130]은

文武將相(문무장샹) 輔弼(보필)이오

南斗星(남두셩)[131] 北斗星(북두셩)[132]은

南北門戶(남북문호) 樞機(츄긔)[133]로다.

月宮(월궁) 姮娥(항아)[134] 玉妃仙(옥비션)[135]

西王母(셔왕모)[136] 麻姑仙(마고션)[137]은

---

125 祝融神(축융신) : 축융신(祝融神). 오행신(五行神) 중 하나로 여름을 담당하는 화신(火神).

126 飛廉神(비염신) : 비렴신(飛廉神). 바람을 관장하는 신인 풍신(風神)의 이름. 문맥상 오행신(五行神) 중 하나로 가을을 담당하는 금신(金神)인 욕수신(蓐收神)이 와야 옳다.

127 玄冥神(현명신) : 오행신(五行神) 중 하나로 겨울을 담당하는 수신(水神).

128 冠冕(관면) : 갓과 면류관.

129 文曲星(문곡셩) : 문곡성(文曲星). 북두칠성(北斗七星) 또는 구성(九星) 중의 넷째로, 녹존성의 다음이며 염정성의 위에 있는 별. 전설에는 과거나 문학을 관장하는 별로 등장한다.

130 武曲星(무곡셩) : 무곡성(武曲星). 북두칠성(北斗七星) 또는 구성(九星) 중의 여섯째로, 염정성의 다음이며 파군성의 위에 있는 별. 수명이나 재물을 관장하는 별로 알려져 있다.

131 南斗星(남두셩) : 남두성(南斗星). 남두육성(南斗六星). 남쪽 하늘의 궁수자리에 속하는 6개의 별을 합쳐서 부르는 말. 인간의 삶 또는 장수를 주관하는 것으로 알려져 있다.

132 北斗星(북두셩) : 북두성(北斗星). 북두칠성(北斗七星). 북쪽 하늘의 큰곰자리에서 가장 뚜렷하게 보이는, 국자 모양을 이룬 일곱 개의 별. 인간의 죽음을 주관하는 것으로 알려져 있다.

133 樞機(츄긔) : 중추(中樞)가 되는 아주 중요한 것이나 자리, 또는 기관(機關).

134 姮娥(항아) : 달에 있는 궁에 산다는 선녀. 항아(嫦娥) 또는 항희(嫦羲)라고도 한다. 하나라 때 제후인 예(羿)의 아내였는데, 예가 서왕모(西王母)로부터 구해온 불사약(不死藥)을 훔쳐 월궁(月宮)으로 달아나 두꺼비(또는 토끼)가 되었다고 한다.

135 玉妃仙(옥비션) : 옥비선(玉妃仙). 선계(仙界)의 양귀비(楊貴妃, 719~756). 양귀비가 죽은 뒤 봉호도(蓬壺島)라는 선계(仙界)에 옥비태진원(玉妃太眞院)이라는 궁전을 짓고 살았다는 전설이 전한다.

136 西王母(셔왕모) : 서왕모(西王母). 중국의 신화, 전설 등에 등장하는 여신. 성은 양

雲母屛(운모병)[138] 水晶簾(슈정염)[139]의

霓裳羽衣(예샹우의)[140] 넙느럿고

廣成子(광셩즈)[141] 赤松子(젹송즈)[142]와

安期生(안긔싱)[143] 呂東賓(여동빈)[144]은

驂鸞鶴(참난학)[145] 모다 드러

香案(힝안)[146] 前(젼)의 周旋(쥬션)[147]훈다.

(楊), 이름은 회(回). 『산해경(山海經)』에 따르면 곤륜산(崑崙山)에 살며 사람 얼굴에 호랑이의 이빨, 표범의 털을 가진 신인(神人)이라고 한다. 그러나 일반적으로는 불사의 약을 가진 선녀라고 전해진다. 『목천자전(穆天子傳)』에 의하면 서주(西周) 전기의 목왕이 서촉 곤륜산에 사냥을 나갔다가 서왕모를 만나 즐기느라 돌아오는 것을 잊었다고 한다. 또 한나라 무제가 장수를 원하고 있을 때 그를 가상히 여겨 하늘에서 선도(仙桃) 일곱 개를 가지고 내려와 주었다고 한다.

137 麻姑仙(마고선) : 마고선(麻姑仙). 마고할미. 중국 전설에 나오는 손톱이 긴 선녀. 새의 발톱같이 긴 손톱을 가지고 있어 가려운 곳을 시원하게 긁어준다고 한다.

138 雲母屛(운모병) : 운모로 만든 병풍.

139 水晶簾(슈정염) : 수정렴(水晶簾). 수정 구슬을 꿰어서 만든 아름다운 발.

140 霓裳羽衣(예샹우의) : 예상우의(霓裳羽衣). 무지갯빛 치마와 새의 깃으로 만든 저고리라는 뜻으로 신선이나 선녀의 옷을 가리킴.

141 廣成子(광셩즈) : 광성자(廣成子). 중국 상고시대의 신선. 공동산(崆峒山 / 空同山) 석실 중에 머물며 수도하고 있었는데, 황제(黃帝)가 그 소문을 듣고 찾아가 지도(至道)와 치신(治身)의 요점을 물었다는 이야기가 『장자(莊子)』 「외편(外篇)」 〈재유(在宥)〉 등에 전한다.

142 赤松子(젹송즈) : 적송자(赤松子). 신농씨(神農氏) 때에, 비를 다스렸다는 신선. 종종 곤륜산에 내려와 서왕모(西王母)의 석실에 머물며 비와 바람을 타고 놀았다고 전해진다. 신농씨의 어린 딸이 그를 따라가 천상의 신선이 되었다고 한다. 『열선전(列仙傳)』 참조.

143 安期生(안긔싱) : 안기생(安期生). 진(秦)나라 때 산동성(山東省) 낭아산(琅玡山) 밑에서 태어나 신선술을 익혀 신선이 된 인물. 해변에서 약을 팔고 살았는데, 사람들은 그를 천세옹(千歲翁)이라 불렀다. 진시황이 동유(東遊)하였을 때 그를 불러 사흘 동안 이야기하고 금과 옥을 하사하였으나 받지 않고 떠났다고 한다. 『열선전(列仙傳)』 참조.

144 呂東賓(여동빈) : 당나라 사람으로 이름은 여조(呂祖) 또는 여암(呂嵒)이며, 동빈(東賓)은 그의 자임. 도교 팔선(八仙)의 한 사람임. 과거에 두 번 실패한 다음 종리권(鍾離權)을 만나 신선술을 전수받았다. 신선이 된 후 그는 교룡(蛟龍)을 죽이는 등 세상 사람들을 구제하는 데 많은 힘을 기울였다고 한다. 『열선전(列仙傳)』 참조.

145 驂鸞鶴(참난학) : 참란학(驂鸞鶴). 난조(鸞鳥)와 학을 탐.

萬古帝王(만고졔왕) 블너 드려

天上人間(쳔상인간) 慶宴(경년)[148]ᄒ니

風雲(풍운)이 際會(졔회)[149]ᄒ고

日月(일월)이 光華(광화)로다.

明堂(명당)[150]의 옛 威儀(위의)[151]를

上界(상계)의 다시 버려

五色雲緞(오싁운단)[152] 御幕(어막)[153] 안의

玉旒金相(옥뉴금상)[154] 列位(열위)[155]ᄒ니

上上座(상상좌) 第一層(졔일층)의

누고 누고 안즈신고?

三皇(삼황)[156] 五帝(오졔)[157] 나리 안싀

禹湯(우탕)[158] 文武(문무)[159] 次苐(차졔)[160]로다.

---

146 香案(힁안) : 향안(香案). 향로·촛대·제물 등을 올려놓는 긴 탁자.

147 周旋(쥬션) : 주선(周旋). 주위를 둘러섬.

148 慶宴(경년) : 경연(慶宴). 경사스러운 잔치.

149 際會(졔회) : 제회(際會). 좋은 때를 만나 뜻이 잘 맞음.

150 明堂(명당) : 옛날 중국에서 천자(天子)가 정치를 행하던 건물. 고대 궁궐건축의 원형으로서 천자가 모든 의례(儀禮)를 거행하던 곳이다.

151 威儀(위의) : 격식을 갖춘 태도나 차림새.

152 五色雲緞(오싁운단) : 오색운단(五色雲緞). 오색으로 칠한 구름무늬가 새겨진 비단.

153 御幕(어막) : 임금이 임시로 머무르는 곳에 치는 장막.

154 玉旒金相(옥뉴금상) : 옥류금상(玉旒金相). 옥으로 된 술과 금빛 관이라는 뜻으로 면류관을 가리킴. 문맥적으로는 면류관을 쓴 여러 제왕들을 가리킨다.

155 列位(열위) : 품계에 따라 정해진 위치.

156 三皇(삼황) : 주 1) 참조.

157 五帝(오제) : 오제(五帝). 주 9) 참조.

158 禹湯(우탕) : 하나라 우왕과 은나라 탕왕. 주 17) 및 주 23) 참조.

159 文武(문무) : 주 25) 참조.

160 次苐(차제) : 차제(次第). 차례(次例)의 원래 말.

三代(삼ᄃᆡ)[161] 以下(니하) 創業主(챵업쥬)는

그 아ᄅᆡ로 列坐(열좌)[162]ᄒ니

漢高祖(한고조)[163]가 主壁(쥬벽)ᄒ고[164]

唐太宗(당ᄐᆡ종)[165]이 對座(ᄃᆡ좌)[166]로다.

宋太祖(송ᄐᆡ조)[167] 明太祖(명ᄐᆡ조)[168]는

次次(ᄎᄎ)로 안즈셧다.

그 아ᄅᆡ를 살펴보니

中興之主(듕흥지쥬)[169] 모다시니

---

161 三代(삼ᄃᆡ) : 삼대(三代). 주 81) 참조.

162 列坐(열좌) : 자리에 죽 벌여서 앉음.

163 漢高祖(한고조) : 한나라 제1대 황제인 유방(劉邦, BC247?~BC195). 강소성(江蘇省) 풍현(豊縣) 패(沛) 땅에서 농부의 아들로 태어났다. 진(秦)나라 말기에 이르러 각지에서 군웅이 봉기하자, 그도 군사를 일으켜 패공(沛公)이라 칭하였다. 항우(項羽)보다 먼저 함양(咸陽)을 공략하여 진왕의 항복을 받았으며 한왕(漢王)이 되었다. 그 후 4년간에 걸친 항우와의 쟁패전에서 승리하여 천하통일의 대업을 이루었다.

164 主壁(쥬벽)ᄒ고 : 주벽(主壁)하고. 정면 벽을 바라보고 앉고. 주벽(主壁)은 방문에서 바라보이는 정면 벽임.

165 唐太宗(당ᄐᆡ종) : 당태종(唐太宗). 당나라 제2대 황제인 이세민(李世民, 599~649). 수(隋)나라 양제(煬帝)의 폭정으로 내란의 양상이 짙어지자, 수나라 타도의 뜻을 품고 태원(太原) 방면 군사령관이었던 아버지 이연(李淵 : 초대 황제)을 설득하여 군사를 일으켜, 장안(長安)을 점령하고 당나라를 수립하였다. 그 뒤 군웅을 평정하고 통일을 실현시켰으며, 626년 아버지의 양위를 받아 즉위하였다. 공정한 정치로 후세 제왕의 모범이 되었다.

166 對座(ᄃᆡ좌) : 대좌(對座). 서로 마주하여 앉음.

167 宋太祖(송ᄐᆡ조) : 송태조(宋太祖). 송나라 제1대 황제인 조광윤(趙匡胤, 927~976). 오대십국(五代十國) 시대 후주(後周)의 세종(世宗)을 도와 거란 및 10국 정벌에 출정하였다가 세종 병사 후 공제(恭帝)에게서 선양받아 즉위하고 국호를 송이라 하였다. 건국 후에도 정벌을 계속하여 중국 대륙을 재통일하는 기틀을 마련했다. 문치주의에 의한 중앙집권적 관료제를 확립하였고 과거제도를 정비하여 어시(御試)를 시작하였다.

168 明太祖(명ᄐᆡ조) : 명태조(明太祖). 명나라 제1대 황제인 주원장(朱元璋, 1328~1398). 안휘성(安徽省) 봉안현(鳳陽縣) 호주(濠州)의 빈농 출신으로, 홍건적에서 두각을 나타내어 각지 군웅들을 굴복시키고 명나라를 세웠다. 동시에 북벌군을 일으켜 원나라를 몽골로 몰아내고 중국의 통일을 완성하였으며, 한족(漢族) 왕조를 회복시킴과 아울러 중앙집권적 독재체제의 확립을 꾀하였다.

夏少康(하소강)[170] 殷高宗(은고종)[171]과

周宣王(쥬선왕)[172]이 몬져 안고

漢光武(한광무)[173] 漢昭烈(한소열)[174]은

그 다음의 안즈시고

晉高宗(진고종)[175] 唐肅宗(당슉종)[176]과

宋高宗(송고종)[177] 景泰帝(경틔제)[178]라.

---

169 中興之主(듕흥지쥬) : 중흥지주(中興之主). 쇠퇴하여 가는 나라를 다시 일으킨 임금.

170 夏少康(하소강) : 하나라 제6대 임금. 제5대 상(相)의 유복자로 태어났으며, 성장 후 자신의 아버지를 죽이고 나라를 탈취한 한착(寒浞)의 무리를 몰아내고 하나라 통치를 회복하였다.

171 殷高宗(은고종) : 은나라 제23대 임금인 무정(武丁). 주 24) 참조.

172 周宣王(쥬선왕) : 주선왕(周宣王). 주나라 제11대 임금인 희정(姬靜). 변방의 이민족들을 토벌하여 주나라를 중흥시킨 군주로 평가받고 있음. 재위 후반기에는 독단적 정치와 끊임없는 정벌로 국력이 약해져 주나라 멸망의 원인을 제공했다.

173 漢光武(한광무) : 후한(後漢)의 초대 황제인 유수(劉秀, BC6~AD57). 전한(前漢) 고조(高祖) 유방(劉邦)의 9세손으로, 전한을 멸망시킨 왕망(王莽)의 군대를 격파하고 한 왕조를 재건하였다. 학문을 장려하고 유교존중주의를 택해 예교주의(禮敎主義)의 기초를 다졌다.

174 漢昭烈(한소열) : 삼국시대 촉한(蜀漢)의 제1대 황제인 유비(劉備, 161~223). 220년 조비(曹丕)가 후한의 헌제(獻帝)로부터 양위를 받아 위(魏)의 황제가 되자, 221년 유비는 한의 정통을 계승한다는 명분으로 국호를 촉한이라 하고 황제로 즉위하였다.

175 晉高宗(진고종) : 미상. 진나라에는 고종이 없다. 문맥적으로 보아 진나라 멸망 후 동진(東晉)을 세운 사마예(司馬睿, 276~322)가 아닌가 한다. 사마예의 묘호는 중종(中宗)이다.

176 唐肅宗(당슉종) : 당숙종(唐肅宗). 당나라 제9대 황제인 이형(李亨, 711~762). 756년 안사의 난으로 현종(玄宗)과 함께 사천(四川)으로 피난하던 도중에 마외역(馬嵬驛)에서 금군(禁軍)의 일부를 이끌고 북상(北上)하여 영무(靈武)에서 스스로 황위에 올랐다. 그 뒤 당군을 정비하고 곽자의(郭子儀), 이광필(李光弼) 등을 앞세워 장안과 낙양을 되찾았다.

177 宋高宗(송고종) : 남송(南宋)의 제1대 황제. 1127년 금(金)나라 군사가 송나라를 침략하여 휘종(徽宗)과 흠종(欽宗)을 포로로 잡아가자, 응천부(應天府 : 지금의 하남성 商丘)에서 즉위하였다. 그 후 금군을 피하여 강남(江南)으로 건너가서 1138년 항주(杭州)를 임시수도로 정하고 임안부(臨安府)라 하였다.

178 景泰帝(경틔제) : 경태제(景泰帝). 명(明)나라 제7대 황제인 주기옥(朱祁鈺, 1428~1457). 1449년 오이라트족의 침략으로 정통제(正統帝)가 친정을 나갔다가 포로로 잡히는 토목의 변[土木之變]이 발생하였다. 이에 명나라 조정은 황제의 이복동생인 주기옥을 새

그 아릭를 다시 보니

閏位之君(윤위지군)[179] 안즈시니

秦始皇(진시황)[180]이 主壁(쥬벽)ᄒ고

晋武帝(진무졔)[181]가 對座(ᄃᆡ좌)로다.

隋高祖(슈고조)[182] 元世祖(원셰조)[183]와

淸世祖(쳥셰조)[184]가 안즈 잇다.

그 아릭는 누구런고

霸業之主(픽업지쥬)[185] 모닷도다.

황제로 옹립하고 연호를 경태(景泰)로 개원하였다.

179 閏位之君(윤위지군) : 정통이 아닌 임금.

180 秦始皇(진시황) : 진나라의 제1대 황제(BC259~BC210, 재위 BC247~BC210). 기원전 221년에 천하를 통일하고 자칭 시황제(始皇帝)로 군립하였다. 군현제(郡縣制)에 의한 중앙 집권을 확립하고, 분서갱유(焚書坑儒)를 일으켜 사상을 통제하는 한편 도량형과 화폐를 통일시켰다. 아방궁(阿房宮)과 만리장성(萬里長城)을 축조하는 등 위세를 떨쳤다. 말년에는 신선술과 불로장생술에 심취하기도 했다.

181 晋武帝(진무졔) : 진무제(晉武帝). 서진(西晉) 제1대 황제인 사마염(司馬炎, 236~290). 삼국(三國)의 하나인 위(魏)나라 원제(元帝)의 선양을 받아, 낙양(洛陽)에 도읍을 정하고 진(晉)나라를 세웠다. 280년 오나라의 항복을 받아 천하를 재통일하였다.

182 隋高祖(슈고조) : 수고조(隋高祖). 수나라의 제1대 황제인 문제(文帝) 양견(楊堅, 541 ~604). 선비족(鮮卑族)이거나 선비족과의 혼혈인 무장(武將) 집안 출신으로 추정되고 있다. 581년 북주(北周) 정제(靜帝)의 선양을 받아 수나라를 세웠으며, 589년 남조(南朝)의 진(陳)을 평정하여 남북조를 통일하였다.

183 元世祖(원셰조) : 원세조(元世祖). 원나라의 시조인 쿠빌라이[忽必烈, 1215~1294]. 칭기즈칸[成吉思汗]의 손자로, 1259년 남송(南宋)을 몸소 무찌르던 형 몽케칸이 사천(四川)의 병영에서 병사하자 몽골제국 제5대 칸의 자리에 올랐다. 그 후 막내아우인 아리크부카와의 싸움에서 승리한 그는 도읍을 연경(燕京 : 北京)으로 옮기고, 나라 이름을 원이라 하였다. 1279년 남송을 멸망시킴으로써 이민족 최초로 중국 통일을 이루었다.

184 淸世祖(쳥셰조) : 청세조(淸世祖). 청나라의 제3대 황제인 순치제(順治帝, 1638~1661). 태조(太祖) 누르하치의 손자이자 태종(太宗)의 제9자. 태종이 후계자를 정하지 않고 죽자 제왕회의(諸王會議)에서 추대되어 6세에 즉위하였다. 1659년 영명왕(永明王)을 운남(雲南)으로부터 미얀마로 내몰아 명(明)나라의 잔존 세력을 대부분 평정하였다. 명나라의 정치체제를 계승하고 한인을 등용하였으며, 명나라 말기의 폐정(弊政)을 바로잡아 인심의 안정에 힘을 기울여 중국 지배의 기초를 닦았다.

齊桓公(졔환공)[186]이 主壁(쥬벽)ᄒ고

晋文公(진문공)[187]이 對座(디좌)로다.

秦穆公(진목공)[188] 宋襄公(송양공)[189]과

楚莊王(초장왕)[190]이 아즈셧다.

千八百國(천팔빅국) 諸侯王(제후왕)이

位次(위차)[191]로 列坐(열좌)ᄒ니

箕尾分野(긔미분야)[192] 彩雲(치운) 中(듕)의

朝鮮國王(조선국왕) 上座(상좌)로다.

---

185 霸業之主(픠업지쥬) : 패업지주(霸業之主). 제후 중 우두머리.

186 齊桓公(졔환공) : 제환공(齊桓公). 중국 춘추시대 제나라의 제15대 왕(재위 BC685~
BC643). 성은 강(姜), 이름은 소백(小白). 춘추오패(春秋五霸)의 한 사람. 관중(管仲)을 등용
하여 부국강병에 힘썼으며, 제후를 규합하여 맹주가 되고 패업을 완성하였다.

187 晋文公(진문공) : 진문공(晉文公). 중국 춘추시대 진(晉)나라의 왕(BC697~BC628). 이
름은 중이(重耳). 춘추오패의 한 사람. 내란(內亂)으로 인하여 19년 동안 망명(亡命) 생활을
하다 62세에 고국으로 돌아와 즉위한 후, 선정을 펴서 국력을 충실히 하였다. 재위 기간은
기원전 636년~기원전 628년이다.

188 秦穆公(진목공) : 중국 춘추시대 진(秦)나라의 제9대 왕(재위 BC659~BC621). 대부(大
夫) 백리해(百里奚)를 등용하여 선정을 베풀었으며, 국력을 신장하여 국토를 넓혀 천리에
달했다. 서융(西戎)의 패자(霸者)라 불리었다.

189 宋襄公(송양공) : 중국 춘추시대 송나라의 왕(?~BC637). 이름은 자부(玆父). 제나라의
환공에 이어 중국의 맹주(盟主)가 되어 초나라와 홍(泓)에서 싸울 때 상대편에게 인정을
베풀다가 오히려 패하여 죽임을 당하였다. 뒤에 이를 두고 '송양지인(宋襄之仁)'이라는 말
이 생겼다.

190 楚莊王(초장왕) : 초장왕(楚莊王). 중국 춘추시대 초(楚)나라의 왕(재위 BC614~
BC591). 이름은 여(侶). 춘추오패의 한 사람. 진(晉)나라 경공(景公)의 군대를 격파하고 중
원(中原)의 패자(霸者)가 되었다.

191 位次(위차) : 위계(位階)의 고하(高下)에 의한 차례.

192 箕尾分野(긔미분야) : 기미분야(箕尾分野). 기미(箕尾)는 이십팔수(二十八宿) 중 일곱
째인 기성(箕星)과 여섯째인 미성(尾星)을 가리키며, 분야(分野)는 천체의 별자리를 구획으
로 나누어 방위로 구분한 것을 말한다. 기미분야는 동북 방향에 해당한다. 따라서 중국을
중심으로 한 지상(地上)의 영역을 하늘의 이십팔수에 배당하여 나눌 경우 조선은 기미분야
에 속하는 것으로 인식되어 왔다.

그 아리 둘너보니

僭僞之君(참위지군)[193] 모다시니

楚覇王(초픠왕)[194]이 主壁(쥬벽)ᄒ고

王莽(왕밍)[195] 更始(경시)[196] 다음이오

魏曹操(위됴조)[197] 吳孫權(오손권)[198]과

六朝(뉵조)[199] 五季(오계)[200] 诸君(제군)이오

阿保機(아보긔)[201] 阿骨打(아골타)[202]와

193　僭僞之君(참위지군) : 군주도 아니면서 군주 행세를 한 거짓 임금.

194　楚覇王(초픠왕) : 초패왕(楚覇王). 중국 초(楚)나라 항우(項羽, BC232~BC202)를 높여 이르는 말. 이름은 적(籍)이며, 우(羽)는 자이다. 진(秦)나라가 혼란에 빠지자 봉기하여 진을 멸망시킨 뒤 서초(西楚) 패왕(覇王)이라 칭하고 한(漢)의 유방(劉邦)과 천하를 놓고 다투었으나, 각지에 봉한 제후를 통솔하지 못하여 해하(垓下)에서 유방에게 포위되어 자살했다.

195　王莽(왕밍) : 왕망(王莽, BC45~AD23). 중국 전한의 정치가. 자는 거군(巨君). 자신이 옹립한 평제(平帝)를 독살하고 제위를 빼앗아 국호를 신(新)으로 명명하였다. 재위 기간은 8~23년이다. 후한을 세운 유수(劉秀)에게 피살되었다.

196　更始(경시) : 중국 한(漢)나라 용릉대후(舂陵戴侯)의 증손 유현(劉玄). 평림병중(平林兵中)에 있으면서 경시장군(更始將軍)이라 불렸다. 그 후 신시(新市)·평림(平林)의 장군들에게 추대되어 황제의 자리[淮陽王, 23~25]에 올랐으나 사람됨이 용렬하여 여망을 잃게 되었다. 이에 유수(劉秀)가 제장들의 추대를 받아 호남(湖南)에서 황제의 자리에 올랐다.

197　魏曹操(위됴조) : 위조조(魏曹操). 중국 삼국시대 위나라의 시조(155~220). 자는 맹덕(孟德). 황건(黃巾)의 난을 평정하는 데 공을 세웠으며, 군웅을 물리치고 화북(華北)을 거의 통일하여 위왕(魏王)이라 일컬었다. 적벽대전에서 유비(劉備)·손권(孫權)의 연합군에 패하여, 그 세력이 강남(江南)에는 미치지 못하였다. 뛰어난 문학가이기도 하여 이른바 건안문학(建安文學)의 흥륭(興隆)에 기여하였다.

198　吳孫權(오손권) : 중국 삼국시대 오나라의 초대 황제(182~252). 자는 중모(仲謀). 200년에 형 손책(孫策)이 죽자 그 뒤를 이어 주유(周瑜) 등의 보좌를 받아 강남(江南)의 경영에 힘썼다. 220년 조조가 죽고 그의 아들 조비(曹丕)가 한나라의 제위(帝位)를 찬탈하여 황제로 즉위하고 유비도 촉한(蜀漢)의 황제가 되자, 손권도 이에 맞서서 황위에 올라 연호를 황룡(黃龍)이라 하고 도읍을 건업(建業 : 南京)으로 정하였다.

199　六朝(뉵조) : 육조(六朝). 주 54) 참조.

200　五季(오계) : 주 56) 참조.

201　阿保機(아보긔) : 아보기(阿保機). 중국 요(遼)나라의 제1대 황제인 야율－아보기(耶律阿保機, 872~926). 묘호는 태조(太祖). 당나라 말기에 거란족의 칸(Khan)이 되어 916년에

鐵木眞(철목진)[203]도 모닷도다.

그 우의 놉흔 곳의

聖門道統(성문도통) 여러시니

孔夫子(공부즈)[204] 안즈시고

七十弟子(칠십졔즈)[205] 侍立(시닙)ᄒ고

그 다음 안즈시니

雛國(츄국)[206] 亞聖(아셩) 孟子(밍즈)[207]로다.

公孫丑(공손츄)[208] 萬章(만장)[209] 輩(비)도

황제라 칭하였으며, 발해를 멸망시키고 만주·몽골고원을 지배하였다. 재위 기간은 916 ~926년이다.

202 阿骨打(아골타) : 중국 금(金)나라의 제1대 황제인 아구다(1068~1123)의 음역어. 아구 다는 여진(女眞) 완안부(完顔部)의 족장(族長)으로서 여진 부족들을 통합하여 1115년 금을 건국하여 황제가 되었으며, 1120년 북송(北宋)과 동맹을 맺어 요(遼)를 협공하여 1122년 중 경(中京)과 연경(燕京)을 점령해 요를 실질적으로 멸망시켰다.

203 鐵木眞(철목진) : 철목진(鐵木眞). 칭기즈칸(成吉思汗, ?~1227)의 아명(兒名)인 테무 진의 음역어. 몽골제국의 건국자. 몽골의 유목 부족을 통일하고, 중국과 중앙아시아 및 동 유럽 일대를 정복하여 인류 역사에서 가장 넓은 영토를 지닌 몽골 제국의 기초를 쌓았다. 손자 쿠빌라이 칸이 중국을 정복하고 원(元)을 세우자 태조(太祖)에 추증되었다.

204 孔夫子(공부즈) : 공부자(孔夫子). 공자(孔子, BC551~BC479). 자는 중니(仲尼), 이름 은 구(丘)이다. 노(魯)나라 창평향 추읍(昌平鄕 鄹邑 : 지금의 山東省 曲阜의 남동)에서 출 생하였다. 춘추 말기에 주나라의 봉건질서가 쇠퇴하여 사회적 혼란이 심해지자, 주왕조 초 의 제도로 복귀해야 한다고 생각했다. 그의 가장 대표적인 사상은 인(仁)이며, 극기복례(克 己復禮 : 자신을 이기고 예로 돌아옴)를 그 핵심으로 여기고 있다. 그는 인을 단지 도덕규범 이 아닌 사회질서 회복에 결정적 역할을 할 수 있는 정치사상으로 생각했다.

205 七十弟子(칠십졔즈) : 칠십제자(七十弟子). 본래는 칠십이현(七十二賢) 또는 칠십이 제자(七十二弟子)라고 함. 공자의 제자 중에서 육예(六藝)에 통한 일흔두 사람을 일컬음.

206 雛國(츄국) : 추국(鄒國)의 잘못. 전국시대 나라 이름으로 맹자(BC372?~BC289?)가 태 어난 곳임.

207 孟子(밍즈) : 맹자(孟子). 중국 전국시대의 유교 사상가. 이름은 맹가(孟軻). 지금의 산동성(山東省) 추성시(鄒城市)에 있었던 추(鄒)에서 출생하였다. 공자의 손자인 자사(子 思)의 문하생에게서 배웠다. 도덕정치인 왕도(王道)를 주장하였으나 이는 현실과 동떨어진 이상적인 주장이라고 생각되어 제후에게 채택되지 않았다. 그래서 고향에 은거하여 제자교 육에 전념하였다.

函丈筵(함장년)[210]의 뫼셔 잇고
光風霽月(광풍제월)[211] 周濂溪(쥬염계)[212]와
金聲玉色(금성옥싁)[213] 伯程子(빅졍ᄌ)[214]라.
叔程子(슉졍ᄌ)[215] 邵康節(소강절)[216]과

---

208 公孫丑(공손츄) : 공손추(公孫丑). 제(齊)나라 사람으로 맹자의 제자임.

209 萬章(만장) : 제(齊)나라 사람으로 맹자의 제자임.

210 函丈筵(함장년) : 함장연(函丈筵). 함장(函丈)의 자리. 함장(函丈)은 스승을 달리 이르는 말이다. 스승과의 관계에서 존경을 표하거나 가까이 모신다는 뜻으로 한 장(丈)의 여지를 둔 데서 유래한 것이다.

211 光風霽月(광풍제월) : 광풍제월(光風霽月). 비가 갠 뒤의 바람과 달처럼, 마음결이 명쾌하고 집착이 없으며 시원하고 깨끗한 인품을 형용한 말. 송나라 시인 황정견(黃庭堅)이 주돈이(周敦頤)의 인품을 평하여 "胸懷灑落, 如光風霽月.(마음결이 시원하고 깨끗함이 마치 맑은 날의 바람과 비 갠 날의 달과 같도다.)"이라 한 데서 유래한 것이다.

212 周濂溪(쥬염계) : 주렴계(周濂溪). 중국 송나라의 유학자 주돈이(周敦頤, 1017~1073). 염계(濂溪)는 그의 호임. 도가사상의 영향을 받아 새로운 유교이론을 창시하였다. 우주의 근원인 태극(太極 : 無極)으로부터 만물이 생성하는 과정을 도해(圖解)하여 태극도(太極圖)를 그리고, 세계는 태극→음양→오행→남녀→만물의 순서로 구성된다고 하였다. 또 도덕과 윤리를 강조하고 우주생성의 원리와 인간의 도덕원리는 본래 하나라는 이론을 제시하였다.

213 金聲玉色(금성옥싁) : 금성옥색(金聲玉色). 금성옥진(金聲玉振)과 같은 말. 금(金)은 종(鐘)이고 옥(玉)은 경(磬)으로, 음악에서 팔음(八音)을 합주할 때 먼저 종을 쳐서 그 소리를 베풀고, 마지막에 경을 쳐서 그 운(韻)을 거두어 주악(奏樂)을 끝내는 것을 말한다. 음악이나 문장 등의 시작과 끝이 조리가 있게 연결되는 것을 뜻하며, 지덕(智德)을 겸비하고 있음을 비유하여 이르는 말로 많이 사용된다.

214 伯程子(빅졍ᄌ) : 백정자(伯程子). 중국 송나라의 유학자 정호(程顥, 1032~1085). 자는 백순(伯淳), 호는 명도(明道). 동생 정이(程頤)와 함께 이정자(二程子)로 불리는데 이 때 정이와 구분하기 위한 명칭이 백정자(伯程子)임. 이기일원론(理氣一元論), 성즉리설(性則理說)을 주창하였다. 그의 사상은 동생 정이를 거쳐 주자(朱子)에게 큰 영향을 주어 송나라 새 유학의 기초가 되었고, 정주학(程朱學)의 중핵을 이루었다.

215 叔程子(슉졍ᄌ) : 숙정자(叔程子). 중국 송나라의 유학자 정이(程頤, 1033~1107). 자는 정숙(正叔), 호는 이천(伊川). 형 정호(程顥)와 함께 이정자(二程子)로 불리는데 이 때 정호와 구분하기 위한 명칭이 숙정자(叔程子)임. 정호와 함께 주돈이에게 배웠고, 형과 아울러 정주학(程朱學)의 창시자로 알려졌다.

216 邵康節(소강절) : 소강절(邵康節). 중국 송나라의 유학자 소옹(邵雍, 1011~1077). 자는 요부(堯夫), 호는 안락선생(安樂先生). 강절(康節)은 그의 시호(諡號)임. 이정지(李挺之)에

張橫渠(장횡거)[217] 司馬公(ㅅ마공)[218]과

集羣賢(집군현) 朱夫子(쥬부즈)[219]와

濂洛諸賢(염낙졔현)[220] 다 모닷다.

흔 구셕 깁흔 곳의

異端學者(니단학즈) 모다시니

釋迦如来(셕가여닉)[221] 몬져 안고

靑牛老人(쳥우노인)[222] 對座(딕좌)로다.

게 도가의 도서선천상수(圖書先天象數)의 학을 배워 신비적인 수리 학설인 상수론(象數論)을 제창하였다.

217　張橫渠(장횡거) : 중국 송나라의 유학자 장재(張載, 1020~1077). 자는 자후(子厚)이며 횡거(橫渠)는 그의 호임. 『정몽(正蒙)』이라는 책에서 송나라 최초로 기일원(氣一元)의 철학사상을 전개했다. 우주의 만유(萬有)는 기(氣)의 집산에 따라 생멸·변화하는 것이며 이 기의 본체는 태허(太虛)로서, 태허가 곧 기라고 설파하였다.

218　司馬公(ㅅ마공) : 사마공(司馬公). 중국 송나라의 유학자이자 정치가 사마광(司馬光, 1019~1086). 자는 군실(君實), 호는 우부(迂夫)·우수(迂叟). 죽은 뒤 온국공(溫國公)에 봉해졌으므로 사마온공(司馬溫公)이라고도 한다. 상수학(象數學)을 중심으로 한 천인상관(天人相關)의 철학을 남겼으며, 편년체 역사서인 『자치통감(資治通鑑)』을 편찬했다. 정치적으로는 왕안석(王安石)의 신법(新法)에 반대하고 구법(舊法)으로 통치할 것을 주장했다.

219　朱夫子(쥬부즈) : 주부자(朱夫子). 주자(朱子, 1130~1200). 중국 남송의 유학자. 이름은 희(熹), 자는 원회(元晦), 호는 회암(晦庵). 주렴계(周濂溪), 장횡거(張橫渠), 이정자(二程子)의 설을 종합 정리하여 주자학(朱子學)으로 집대성하였다. 주자의 학문은 이기설(理氣說 : 존재론), 성즉리(性卽理)의 설(윤리학), 격물규리(格物竅理)와 거경(居敬)의 설(방법론), 경전의 주석이나 역사서의 저술, 구체적인 정책론으로 되어 있고, 그 모두에 중세 봉건사회의 근간인 신분적 계급질서의 관점이 관철되고 있다.

220　濂洛諸賢(염낙졔현) : 염락제현(濂洛諸賢). 염계(濂溪)와 낙수(洛水) 주변에 살던 여러 학자라는 뜻으로, 일반적으로 송대(宋代)의 대표적인 유학자들을 가리키는 말로 쓰인다.

221　釋迦如来(셕가여닉) : 석가여래(釋迦如來). 석가모니(釋迦牟尼)를 신성하게 이르는 말. 불교를 창시한 인도의 성자(聖者). 성(姓)은 고타마(Gautama)이고 이름은 싯다르타(Siddhārtha)이다. 왕족(王族)의 태자(太子)로 출생하여 결혼하고 아들까지 있었지만, 인생 문제에 깊이 괴로워하다가 29세에 출가하여 수행하였다. 35세 때 크게 깨달음을 얻고 각지에서 교화를 실시하였으며, 80세 때 입적(入寂)하였다.

222　靑牛老人(쳥우노인) : 청우노인(靑牛老人). 도가(道家)의 시조인 노자(老子)를 가리킴. 노자가 청우(靑牛)를 타고 서역으로 갔다는 이야기가 있어 이렇게 불림. 노자는 성이

莊子(장즈)[223] 列子(열즈)[224] 荀子(슌즈)[225] 韓子(한즈)[226]

淮南子(회남즈)[227]와 抱朴子(포박즈)[228]라.

그 겻희를 곳쳐 보니

山林處士(산임쳐亽) 모다시니

巢父(소부)[229] 許由(허유)[230] 卞隨(변슈)[231] 務光(무광)[232]

이(李), 이름이 이(耳)이고, 자는 담(聃)이다. 현상의 배후에 불가지(不可知)의 실재(實在)인 도(道)를 설정하여, 우주생성설과 음양의 자연학을 도입하여, 세계는 도(道)로부터 나오고 도에 의하여 생성·사멸의 운동을 한다고 보았다. 인의(仁義) 등 도덕이나 지혜에 의하여 인위적으로 민을 지배하려고 하는 유가에 대하여, 무위자연(無爲自然)의 정치사상과 무위무욕(無爲無欲)의 처세술을 주장했다.

223　莊子(장즈) : 장자(莊子). 노자의 사상을 계승한 도가(道家)의 대표자. 이름은 주(周). 장자는 노자와 마찬가지로 도(道)를 천지만물의 근본원리라고 보며, 도가 개별적 사물들에 전개된 것을 덕(德)이라고 한다. 도가 천지만물의 공통된 본성이라면 덕은 개별적인 사물들의 본성이다. 덕을 회복하려면 습성에 의하여 물든 심성(心性)을 닦아야 하는데, 장자는 그 방법으로 심재(心齋 : 마음을 재계하여 평형을 유지함)와 좌망(坐忘 : 잡념을 떠나 무아의 경지에 들어감)을 들었다.

224　列子(열즈) : 열자(列子). 중국 전국시대의 사상가. 이름은 어구(禦寇). 노자, 장자와 더불어 중국 도가(道家)의 기본 사상을 확립한 3명의 철학가 가운데 한 사람이다.

225　荀子(슌즈) : 순자(荀子). 중국 전국시대 말기의 사상가. 이름은 황(況), 자는 경(卿)이다. 예(禮)로써 사람의 성질을 교정할 것을 주장했으며, 맹자(孟子)의 성선설(性善說)에 대하여 성악설(性惡說)을 제창하였다.

226　韓子(한즈) : 한자(韓子). 한비자(韓非子). 중국 전국시대 말기 법가(法家)의 대표자. 순자의 성악설과 노장의 무위자연설을 받아들여 법가의 학설을 집대성하였다. 욕망의 충족을 목표로 투쟁하는 이기적인 존재라고 인간을 규정하고, 그로부터 절대전제군주의 법에 의한 지배가 사회의 질서를 가져온다는 지배계급의 사상을 설파하였다.

227　淮南子(회남즈) : 회남자(淮南子). 중국 전한(前漢)의 사상가 유안(劉安, BC179?~BC122). 한(漢) 고조 유방의 손자로, 회남왕(淮南王)에 책봉되었다. 노장을 주축으로 여러 파의 사상을 통합하려 했고, 도가사상에 의거한 통일된 이론으로 당시 유교 중심의 이론과 대항하려 했다.

228　抱朴子(포박즈) : 포박자(抱朴子). 중국 동진(東晉)의 도사(道士) 갈홍(葛洪, 283~343?). 자는 치천(稚川)이며, 포박자(抱朴子)는 그의 호임. 영리를 탐하지 않았으며, 유교 윤리와 도교의 비술(祕術)을 결합하려고 애썼다. 평생 신선도(神仙道)를 수행하였고, 『신선전(神仙傳)』을 편찬했다.

229　巢父(소부) : 중국 고대의 고사(高士). 속세를 떠나서 산의 나무 위에서 살았기 때문에

鬼谷先生(귀곡션싱)[233] 나와 잇고

商山四皓(상산ᄉ호)[234] 黃石公(황셕공)[235]과

紫陽眞人(ᄌ양진인)[236] 나왓도다.

桐江七里(동강칠니)[237] 一漁父(일어부)ᄂᆞᆫ

생긴 이름임. 요임금이 그에게 나라를 맡기고자 하였으나 이를 거절하였다고 한다.

230　許由(허유) : 중국 고대의 고사(高士). 요임금이 왕위를 물려주려 하였으나 받지 않고 기산(箕山)에 들어가 은거하였으며, 또 자신을 구주(九州)의 장(長)으로 삼으려 하자 그 말을 듣고 자기의 귀가 더러워졌다며 영수(潁水) 강물에 귀를 씻었다고 한다.

231　卞隨(변슈) : 변수(卞隨). 중국 하나라 말기의 은사(隱士). 은나라 탕왕이 하나라 걸왕을 친 후 그에게 천하를 물려주려 하자 변수는 주수(椆水)에 몸을 던져 죽었다고 한다. 『장자(莊子)』「잡편(雜篇)」〈양왕(讓王)〉 참조.

232　務光(무광) : 중국 하나라 말기의 은사(隱士). 은나라 탕왕이 하나라 걸왕을 친 후 변수에게 천하를 물려주려다 실패한 후 다시 무광에게 천하를 물려주려 하였다. 그러자 무광은 여수(廬水)에 몸을 던져 죽었다고 한다. 『장자(莊子)』「잡편(雜篇)」〈양왕(讓王)〉 참조.

233　鬼谷先生(귀곡션싱) : 귀곡선생(鬼谷先生). 중국 전국시대 초(楚)나라의 사상가. 이름은 왕후(王詡) 혹은 왕선(王禪)이라 전한다. 영천(潁川)·양성(陽城)의 귀곡지방에 은둔하였기 때문에 귀곡자(鬼谷子)라 하였다. 전국칠웅(戰國七雄)이 천하의 패권을 다투던 시대에, 권모술수의 외교책을 우자(優者)의 도(道)라고 주장한 종횡가(縱橫家)의 비조이다. 합종책(合縱策)을 주장한 소진(蘇秦)과 연횡책(連橫策)을 주장한 장의(張儀)는 모두 그의 제자들이다.

234　商山四皓(상산ᄉ호) : 상산사호(商山四皓). 중국 진(秦)나라 말기에 난리를 피하여 섬서성(陝西省) 상산(商山)에 들어가서 숨은 네 사람. 동원공(東圓公), 하황공(夏黃公), 녹리선생(甪里先生), 기리계(綺里季)를 가리킴. 이들이 모두 눈썹과 머리카락이 희었다는 데서 붙여진 명칭이다.

235　黃石公(황석공) : 황석공(黃石公). 중국 진(秦)나라 말기의 은사(隱士)이자 병법가(兵法家). 장량(張良)에게 병서(兵書)를 전하여 주었다는 노인(老人)으로, 장량은 이 병서를 읽고 한나라 고조 유방의 천하 평정을 도왔다고 한다.

236　紫陽眞人(ᄌ양진인) : 자양진인(紫陽眞人). 중국 송나라의 도사(道士) 장백단(張伯端, 984~1082). 자는 평숙(平叔). 유랑생활을 하다가 성도(成都)에 이르렀을 때 어떤 이인(異人)을 만나 그에게 금액(金液)을 주자, 그가 단결(丹訣 : 丹藥을 조제하는 기술)을 알려주어서 이름과 호를 각각 용성(用成)과 자양(紫陽)으로 바꾸고 내단수련(內丹修煉)에 힘썼다고 한다. 후에 도교의 한 종파인 남종(南宗) 제1대 조사로 추대되어 자양진인(紫陽眞人)으로 추앙되었다.

237　桐江七里(동강칠니) : 동강칠리(桐江七里). 동강(桐江)은 중국 절강성(浙江省)에 있는 전당강(錢塘江)의 한 지류이다. 이곳에는 물살이 빠른 구간이 칠 리에 걸쳐 있는데, 이를

嚴子陵(엄ᄌ능)[238]이 너도 오고

潯陽一曲(심양일곡) 五柳村(오뉴촌)의

陶淵明(도년명)[239]이 자늬 왔나?

一塢白雲(일오빅운)[240] 陶弘景(도홍경)[241]과

泉石膏盲(천셕고밍)[242] 游巖(유암)[243]이오

가리키는 말이다. 보통 칠리탄(七里灘)이라고 많이 부른다. 엄자릉(嚴子陵)이 은거하며 낚시질한 곳이다.

238 嚴子陵(엄ᄌ능) : 엄자릉(嚴子陵). 중국 한나라의 엄광(嚴光, BC37~AD43). 자릉(子陵)은 그의 자임. 유수((劉秀)와 절친한 사이였으나 유수가 후한(後漢)의 광무제(光武帝)로 등극하자 부춘산(富春山)에 은거하여 양가죽옷을 입고 낚시질하며 지냈다. 광무제가 세 번이나 불렀으나 끝내 나가지 않았다.

239 陶淵明(도년명) : 도연명(陶淵明). 중국 동진(東晉) 말기부터 남조(南朝)의 송대(宋代) 초기에 걸쳐 생존한 중국의 대표적 시인(365~427). 이름은 잠(潛), 호는 오류선생(五柳先生). 연명(淵明)은 그의 자임. 심양(潯陽)의 시상(柴桑, 현재 江西省 九江市의 서남)에서 태어났다. 41세(405년) 때 벼슬을 완전히 그만두고 〈귀거래사(歸去來辭)〉를 지은 뒤 전원으로 돌아가 몸소 농사를 지으며 살았다.

240 一塢白雲(일오빅운) : 일오백운(一塢白雲). 도홍경(陶弘景)이 구곡산(句曲山)에 은거하며 수차례에 걸친 임금의 부름에도 응하지 않자, 어느 날 임금이 사람을 보내 "山中何所有"라고 물었는데, 이에 도홍경이 "山中何所有, 嶺上多白雲, 只可自怡悅, 不堪持贈君.(산중에 무엇이 있냐고요, 산마루에 흰 구름이 많지요. 다만 홀로 즐길 수 있을 뿐, 임에게 가져다드릴 수는 없네요.)"이라 답했다는 데서 유래한 말이다.

241 陶弘景(도홍경) : 유·불·도 삼교(三敎)에 능통했던 중국 남조(南朝)의 양(梁)나라 학자(456~536). 자는 통명(通明), 호는 은거(隱居). 일찍이 관직을 사퇴하고 구곡산(句曲山)에 은거하여 학업에 정진하였다. 양나라 무제(武帝)의 신임이 두터웠으며, 국가의 길흉·정토(征討) 등 대사(大事)에 자문역할을 하여 산중재상(山中宰相)이라고 불리었다.

242 泉石膏盲(천셕고밍) : 천석고황(泉石膏肓)의 잘못. "샘과 돌이 고황에 들었다."라는 뜻으로, 자연을 사랑하는 마음이 고질병처럼 깊음을 비유하는 고사성어이다. 중국 당나라 때의 전유암(田游巖)이라는 은사(隱士)의 고사(故事)에서 유래되었다.

243 游巖(유암) : 중국 당나라 때의 은사(隱士) 전유암(田游巖). 기산(箕山)에 은거하여 옛날 허유(許由)가 기거했던 곳 근처에 살면서 스스로 허유동린(許由東隣)이라고 불렀다. 조정에서 여러 번 등용하려고 불렀으나 그는 나아가지 않았다. 나중에 고종이 숭산(嵩山)에 행차하였다가 그가 사는 곳에 들러 "선생께서는 편안하신가요?"라고 안부를 물었다. 이에 전유암은 "臣所謂泉石膏肓, 煙霞痼疾者.(신은 샘과 돌이 고황에 든 것처럼 자연을 벗하는 것이 고질병이 되었습니다.)"라고 대답하였다고 한다. 『당서(唐書)』〈은일전(隱逸傳)〉 참조.

終南捷往(종남첩쥬)[244] 盧藏用(노장뇽)[245]과

白衣山人(빅의산인) 李泌(니필)[246]이라.

金華山(금화산)[247]의 陳圖南(진도남)[248]과

豹林谷(표임곡)[249]의 种放(츙방)[250]이오

西湖處士(셔호쳐스) 林和靖(임화졍)[251]과

244 終南捷往(종남첩쥬) : 종남첩경(終南捷徑)의 잘못. 성공에 이르는 지름길이라는 뜻. 당(唐)의 노장용(盧藏用)이 관리가 되는 기회를 엿보며 수도 장안(長安) 부근의 종남산(終南山)에 은거하였는데, 후에 은자라는 큰 명성을 얻고, 마침내 왕의 부름을 받아 높은 관리가 되었다는 고사에서 유래한 말이다.

245 盧藏用(노장뇽) : 노장용(盧藏用). 중국 성당(盛唐) 시대의 문인. 수도 장안 부근의 종남산에 은거하다 왕의 부름을 받아 관직에 진출했다. 사마승정(司馬承禎)이라는 사람이 조정의 부름을 받아 하산하였다가 관직을 사양하고 돌아가는데 노장용이 전송을 하게 되었다. 노장용이 종남산을 가리키며 "종남산은 참으로 영험이 있는 산이지요."라고 하자 사마승정은 "내가 보기에는 벼슬길로 가는 지름길일 뿐이오(以僕視之, 仕宦之捷徑耳)."라고 했다는 고사가 전한다. 『신당서(新唐書)』〈노장용전(盧藏用傳)〉 참조.

246 李泌(니필) : 이필(李泌, 722~789). 중국 당나라 때의 명신. 자는 장원(長源). 현종은 태자(후의 숙종)에게 그와 포의교(布衣交)를 맺게 하고 그를 선생이라 부르게 하였다. 안사의 난이 일어났을 때는 숙종을 찾아가 계책을 건의하여 나라를 위기에서 구했다. 후에 업후(鄴侯)에 봉해졌다. 자신이 나설 필요가 없다고 판단할 때는 끝까지 은거하였고, 필요하다고 생각할 때는 출사하여 나라를 위해 헌신함으로써 출처(出處)에 모범을 보인 인물로 평가받고 있다.

247 金華山(금화산) : 화산(華山 : 陝西省 華陰縣 소재)의 잘못. 진도남이 은거한 곳은 금화산이 아니라 화산이다. 금화산은 사천성(四川省) 사홍현(射洪縣)에 있는 산으로, 당나라 때 진자앙(陳子昂)이 머문 곳이다. 진자앙과 진도남을 착각한 것으로 보인다.

248 陳圖南(진도남) : 중국 오대(五代) 말 송(宋) 초의 도인(道人). 이름은 단(摶), 자호는 부요자(扶搖子)이며, 도남(圖南)은 그의 자임. 송 태종(宋太宗)이 희이선생(希夷先生)이란 호를 하사하였다. 후당(後唐) 때 과거에 응시했으나 낙방하고 무당산(武當山)에 은거하였으며, 그 후 화산(華山)으로 옮겼다. 『주역(周易)』에 정통하여 사람의 뜻을 미리 알았고 생사를 예견했다고 한다. 『송사(宋史)』〈은일열전(隱逸列傳)〉 참조.

249 豹林谷(표임곡) : 표림곡(豹林谷). 중국 종남산(終南山)에 있는 골짜기 이름.

250 种放(츙방) : 충방(种放). 중국 송나라 때의 은사(隱士). 자는 명일(明逸). 어머니를 모시고 종남산(終南山) 표림곡(豹林谷)에 숨어 살며 손수 밭 갈아 자급자족하고 후진양성에 힘써 그를 따라 배우는 자들이 많았다. 만년에 진종(眞宗)의 부름을 받고 나가 좌사간(左司諫)이 되었으나 곧 자기 어머니의 명으로 산으로 돌아와서는 거기서 죽었다.

佛門天子(불문텬ᄌ) 陳萬(진만)²⁵²이라.

天下英雄(텬하녕웅) 다 모도니

許多(허다) 名色(명ᄉᆡ)²⁵³ 無限(무한)ᄒ다.

容成(뇽셩)²⁵⁴ 義和(희화)²⁵⁵ 曆象官(역샹관)²⁵⁶과

岐伯(기빅)²⁵⁷ 扁鵲(편작)²⁵⁸ 醫藥(의약)이오

唐擧(당거)²⁵⁹ 呂公(여공)²⁶⁰ 相人術(샹인슐)²⁶¹과

君平(군평)²⁶² 季主(계쥬)²⁶³ 卜筮(복셔)²⁶⁴로다.

---

251 林和靖(임화정) : 임화정(林和靖, 967~1028). 중국 송나라 때의 시인. 중국 송나라 때의 시인. 이름은 포(逋), 자는 군복(君復). 화정(和靖)은 인종(仁宗)이 내린 시호임. 일생 독신으로 서호(西湖)의 고산(孤山)에 은거하며 매화 300본을 심고 학 두 마리를 기르며 풍류 생활을 즐겼으므로 서호처사(西湖處士) 또는 고산처사(孤山處士)로 불린다.

252 陳萬(진만) : 중국 명나라 초기의 승려. 주원장(朱元璋)이 명 태조로 등극한 뒤에 진만을 불러 불문의 천자로 삼았다고 한다.

253 名色(명ᄉᆡ) : 명색(名色). 어떤 부류에 붙여져 불리는 이름.

254 容成(뇽셩) : 용성(容成). 옛날 중국 황제(黃帝) 때 역법(曆法)을 만들었다는 사관(史官).

255 義和(희화) : 옛날 중국 요임금 때 천문(天文)의 일을 관장하던 희중(義仲), 희숙(義叔), 화중(和仲), 화숙(和叔) 등 네 형제를 통틀어 이르는 말.

256 曆象官(역샹관) : 역상관(曆象官). 해, 달, 별 따위의 천체가 나타내는 여러 가지 천문 현상과 관련된 사무를 맡아보던 관리.

257 岐伯(기빅) : 기백(岐伯). 옛날 중국 황제(黃帝) 때의 명의(名醫).

258 扁鵲(편작) : 중국 전국시대의 명의(名醫). 성은 진(秦), 이름은 월인(越人). 장상군(長桑君)으로부터 의술을 배워 환자의 오장을 투시하는 경지에까지 이르렀다고 전한다.

259 唐擧(당거) : 당거(唐擧). 중국 전국시대 위나라의 이름난 관상가(觀相家).

260 呂公(여공) : 중국 진(秦)나라 말기의 관상가. 한 고조 유방의 관상을 보고 자신의 딸 여치(呂雉 : 呂太后)를 그에게 시집보낸 것으로 전한다.

261 相人術(샹인슐) : 상인술(相人術). 사람의 관상을 보고 길흉을 판단하는 것.

262 君平(군평) : 엄군평(嚴君平). 중국 한나라 때 복술가(卜術家) 엄준(嚴遵). 군평(君平)은 그의 자임. 종신토록 벼슬길에 나가지 않고 성도(成都)의 시장에서 점치는 것으로 업을 삼아 생계를 유지하였다. 『노자(老子)』를 즐겨 읽었으며, 『노자지귀(老子指歸)』를 저술하였다.

263 季主(계쥬) : 계주(季主). 중국 전국시대 말기 초나라의 복술가 사마계주(司馬季主). 『주역』에 통달했으며, 장안(長安)의 동쪽 시장에서 점을 쳤다고 한다. 『사기(史記)』 〈일자

離婁(니누)[265] 師曠(스광)[266] 聡明人(총명인)과

黼黻文章(보불문장)[267] 音樂(엄악)이오

公輸(공슈)[268] 輪扁(윤편)[269] 匠石手(장석슈)는

方圓曲直(방원곡직) 繩墨(승묵)[270]이오

田騈(전변)[271] 愼到(신도)[272] 公孫龍(공손뇽)[273]은

堅白同異(건빅동니)[274] 詭談(궤담)이오

열전(日者列傳)〉 참조.

264 卜筮(복셔) : 복서(卜筮). 앞날의 운수나 길흉 따위를 점치는 일.

265 離婁(니누) : 이루(離婁). 옛날 중국 황제(黃帝) 때의 전설적 인물. 시력(視力)이 매우 뛰어나 백 보 떨어진 곳에서도 털끝을 볼 수 있었다고 전한다.

266 師曠(스광) : 사광(師曠). 중국 춘추시대 진(晉)나라의 악사(樂師). 소리를 들으면 잘 분별하여 길흉(吉凶)을 점쳤다고 한다.

267 黼黻文章(보불문장) : 임금이 예복으로 입던 하의(下衣)인 곤상(袞裳)에 놓은 수(繡). 黼는 흑색과 백색으로 도끼 모양을 수놓은 것이고, 黻은 흑색과 청색으로 아(亞)자 모양을 수놓은 것이며, 청색과 적색인 것은 文, 적색과 백색인 것이 章이다.

268 公輸(공슈) : 공수(公輸). 중국 춘추시대 노(魯)나라의 장인(匠人)인 공수반(公輸盤). 노반(魯班)이라고도 한다.

269 輪扁(윤편) : 중국 전국시대 제(齊)나라에서 수레바퀴를 만들던 장인인 편(扁)이라는 사람. 輪은 직업을 나타내고 扁은 이름을 나타냄. 『장자(莊子)』「외편(外篇)」〈천도(天道)〉 참조.

270 繩墨(승묵) : 먹줄. 먹통에 딸린 실줄.

271 田騈(전변) : 전변(田騈). 중국 전국시대 제나라의 사상가. 사람은 모든 지각(知覺)과 분별(分別)을 버리고 만물의 자연·평등을 직시하여 거기에 따라야 한다는 귀제설(貴齊說 : 萬物平等說)을 주장했다. 이는 장자(莊子)의 제물설(齊物說)에 영향을 미쳤다.

272 愼到(신도) : 중국 전국시대 조(趙)나라의 사상가. 제나라의 직하(稷下)에서 학문을 강론했으며, 황로도덕술(黃老道德術)을 배워 명성이 높았다. 당시 군주의 권위를 세울 것을 주장하며 세(勢)를 중시하는 이론을 내세워 법(法)과 세의 작용을 강조했다. 현명함과 지혜만으로는 사람들을 복종시킬 수 없고, 어느 정도의 법도와 권세에 의거해야 국가를 다스릴 수 있다고 보았다. 이러한 사상은 법가(法家) 이론의 중요한 부분이 되었다.

273 公孫龍(공손뇽) : 공손룡(公孫龍). 중국 전국시대 조(趙)나라의 사상가. 자는 자병(子秉). 혜시(惠施)·등석(鄧析)과 더불어 명가(名家)에 속하는 학자로, 명실(名實 : 명목과 실체)의 불일치를 비판하고 명실합일(名實合一)을 주장하였다. 『한서(漢書)』에 『공손룡자(公孫龍子, 14편)』가 기록되어 있으나 현재 그 중 6편만 남아 있다.

蘓秦(소진)[275] 張儀(장의)[276] 淳于髡(순우곤)[277]은

縱橫反覆(종횡반복) 辯舌(변셜)[278]이오

平原(평원)[279] 孟嘗(밍상)[280] 信陵君(신능군)[281]은

274　堅白同異(건빅동니) : 견백동이(堅白同異). 중국 전국시대 조나라의 사상가 공손룡이 논한 궤변. 눈으로 돌을 볼 때에는 빛이 흰 것은 알 수 있으나 단단한 것은 알 수 없으며, 손으로 돌을 만질 때에는 그 단단한 것은 알 수 있지만 빛이 흰 것은 알 수 없으므로 견백석(堅白石)의 존재는 동시에 성립할 수 없다는 개념의 논법으로서, 시(是)를 비(非)라, 비(非)를 시(是)라, 동(同)을 이(異)라, 이(異)를 동(同)이라고 우겨대는 변론을 가리킨다.

275　蘓秦(소진) : 중국 전국시대의 책사(策士)로 종횡가(縱橫家)의 한 사람. 자는 계자(季子). 동주(東周)의 낙양(洛陽)에서 태어나 장의(張儀)와 함께 제(齊)의 귀곡선생(鬼谷先生)에게 웅변술을 배웠다. 처음에는 진(秦)의 혜왕(惠王)에게 유세했으나 기용되지 않았다. 후에 연(燕)의 문후(文候)에게 기용되어 동방 6국을 설득하고 합종동맹(合從同盟)을 체결해 진에 대항했다. 이로써 혼자서 6국의 상인(相印 : 재상의 인장)을 가지게 되었고, 스스로 무안군(武安君)이라 칭하여 이름을 떨쳤다.

276　張儀(장의) : 중국 전국시대 위(魏)나라의 정치가·유세가(遊說家). 귀곡선생(鬼谷先生)에게서 종횡(縱橫)의 술책을 배우고, 뒤에 진(秦)나라의 재상이 되어 연횡책을 6국에 유세(遊說)하여 열국으로 하여금 진나라에 복종하도록 힘썼다.

277　淳于髡(슌우곤) : 순우곤(淳于髡). 익살과 다변(多辯)으로 유명했던 중국 전국시대 제나라의 학자(BC385~BC305). 천한 신분 출신으로, 몸도 작고 학문도 잡학(雜學)에 지나지 않았으나 기지가 넘치는 변설로 제후를 섬겨 사명을 다하고, 군주를 풍간(諷諫)하기도 했다. 『사기(史記)』 〈골계열전(滑稽列傳)〉 참조.

278　辯舌(변셜) : 변설(辯舌). 말을 잘하는 재주.

279　平原(평원) : 평원군(平原君). 중국 전국시대 조나라의 공자(公子). 본명은 조승(趙勝). 무령왕(武靈王)의 아들로, 혜문왕(惠文王)·효성왕(孝成王) 때 재상을 지냈다. 삼천 명의 식객을 부양하였으며, 그 중 스스로를 천거하였다는 모수(毛遂)가 유명하다. 제나라의 맹상군(孟嘗君), 초나라의 춘신군(春申君), 위나라의 신릉군(信陵君)과 함께 전국(戰國) 말기 사군(四君)의 한 사람으로 불린다. 『사기(史記)』 〈평원군·우경 열전〉 참조.

280　孟嘗(밍상) : 맹상군(孟嘗君). 중국 전국시대 제나라의 공자(公子). 본명은 전문(田文). 제 위왕(威王)의 막내아들이자 선왕(宣王)의 이복동생인 정곽군(靖郭君) 전영(田嬰)의 아들로 태어났다. 재상이 되었을 때 천하의 인재를 초빙하여 식객이 삼천 명에 이르렀다고 하며, 진(秦)나라에 사신으로 갔다가 죽을 뻔하였으나 식객 중에 남의 물건을 잘 훔치는 사람과 닭의 울음소리를 잘 흉내 내는 사람이 있어 그들의 도움으로 죽음을 모면한 이야기로 유명하다. 『사기(史記)』 〈맹상군열전〉 참조.

281　信陵君(신능군) : 신릉군(信陵君). 중국 전국시대 위(魏)나라의 공자(公子). 본명은 위무기(魏無忌). 위 소왕(昭王)의 아들이다. 진(秦)나라 군대가 조나라의 서울 한단(邯鄲)을

游閑公子(유한공ᄌ)[282] 豪傑(호걸)이라.

陶朱(도쥬)[283] 猗頓(긔돈)[284] 石崇(셕슝)[285]이는

冨擬王公(부의왕공)[286] 行樂(힝낙)이오

燕趙悲歌(연됴비가) 遊俠客(유협긱)[287]은

曹沫(됴말)[288] 聶政(셥졍)[289] 荊卿(형경)[290]이오

포위·공격하자, 평원군(平原君)을 도와 진나라 군대를 물리쳤다. 이 때 결정적인 역할을 한 후영(侯嬴)과 주해(朱亥)가 그의 대표적인 식객이었다. 『사기(史記)』〈위공자열전〉 참조.

282 游閑公子(유한공ᄌ) : 유한공자(游閑公子). 의식 걱정이 없이 한가롭게 노는 사람이나 부귀한 집안의 자제를 일컫는 말.

283 陶朱(도쥬) : 도주(陶朱). 중국 춘추시대 월(越)나라의 재상이었던 범려(范蠡)의 다른 이름. 자는 소백(少伯). 회계(會稽)에서 패한 구천(句踐)을 도와 오왕(吳王) 부차(夫差)를 멸망시키고 제나라로 가서 이름을 바꾸고 장사꾼이 되었으며, 후에 산동(山東)의 도(陶)에 가서 도주공(陶朱公)이라고 자칭하고 큰 부(富)를 쌓았다. 재산을 모으는 재주가 뛰어나 세 번 천금(千金)을 벌었다고 한다. 『사기(史記)』〈화식열전(貨殖列傳)〉 참조.

284 猗頓(긔돈) : 의돈(猗頓)의 잘못. 중국 춘추시대 노나라 사람. 원래는 가난한 선비였으나 도주공(陶朱公)이 돈을 많이 모았다는 소문을 듣고 달려가 축재의 술을 배웠으며, 10년 후 거부가 되어 그 이름이 천하에 알려지게 되었다고 한다.

285 石崇(셕슝) : 석숭(石崇, 249~300). 중국 진(晉)나라의 부호(富豪). 자는 계륜(季倫). 형주(荊州) 자사(刺史)를 지냈고, 항해와 무역으로 거부가 되었다. 낙양(洛陽) 서쪽에 금곡원(金谷園)이라는 별장을 지어두고, 백여 명의 처첩(妻妾)을 거느렸으며, 집안의 하인도 8백여 명이나 되었다고 한다. 그래서 중국은 물론 한국 등 동아시아 지역에서 오랜 기간 동안 부자의 대명사처럼 여겨졌다.

286 冨擬王公(부의왕공) : 재산이 왕공(王公)에 버금감. 왕공에 버금가는 부자.

287 燕趙悲歌(연됴비가) 遊俠客(유협긱) : 연조비가(燕趙悲歌) 유협객(遊俠客). 중국 전국시대 연(燕)과 조(趙) 두 나라에는 악의(樂毅), 형가(荊軻), 고점리(高漸離) 등 세상사에 비분강개하여 비통한 노래를 부르는 의기로운 사람이 많았는데, 이를 가리키는 말이다.

288 曹沫(됴말) : 조말(曹沫). 중국 춘추시대 노나라의 장수. 노나라 장공과 제나라 환공이 회맹(會盟)할 때 제나라 환공의 목에 비수를 들이대고 강제로 빼앗긴 영토를 돌려받은 인물이다. 『사기(史記)』〈자객열전〉 참조.

289 聶政(셥졍) : 섭정(聶政). 중국 전국시대의 자객(刺客). 엄중자(嚴仲子)를 위해 한(韓)나라 재상 협루(俠累)를 죽인 인물이다. 『사기(史記)』〈자객열전〉 참조.

290 荊卿(형경) : 중국 전국시대의 자객(刺客) 형가(荊軻)의 다른 이름. 연(燕)나라 태자 단(丹)의 식객이 되어 진왕(秦王) 정(政 : 후의 始皇帝)을 죽여 달라는 부탁을 받고, 진에서 도망해온 장수 번오기(樊於期)의 목과 연나라 독항(督亢 : 河北省 固安縣)의 지도를 가지고

竹林七賢(쥭임칠현)[291] 放達士(방달ᄉ)[292]는

劉伶(유녕)[293] 山濤(산도)[294] 阮籍(완젹)[295]이라.

雲龍風凥(운뇽풍호)[296] 一堂會(일당회)[297]의

萬古朝廷(만고조졍) 排瓣(비판)[298]ᄒ니

経筵官(경년관)[299] 密邇地(밀니디)[300]의

帝子(제ᄌ) 師傅(ᄉ부) 몬져 셧다.

胄筵(쥬연)[301] 契敎(계교)[302] 樂夔(악기)[303]와

가서 진왕을 알현하고 죽이려 하였으나 실패하고 오히려 죽임을 당하였다. 『사기(史記)』
〈자객열전〉 참조.

291　竹林七賢(쥭임칠현) : 죽림칠현(竹林七賢). 중국 위(魏)·진(晉)의 교체기에 노장(老
莊)의 무위사상(無爲思想)을 숭상하며 죽림에 모여 청담(淸談)으로 세월을 보낸 일곱 명의
선비. 산도(山濤), 왕융(王戎), 유령(劉伶), 완적(阮籍), 완함(阮咸), 혜강(嵇康), 상수(尙秀)
가 이에 해당한다.

292　放達士(방달ᄉ) : 방달사(放達士). 세속에 구애받지 않는 선비.

293　劉伶(유녕) : 유령(劉伶). 중국 위(魏)·진(晉) 교체기의 사상가. 자는 백륜(伯倫). 죽
림칠현의 한 사람으로 장자의 사상을 실천하였으며, 신체를 토목(土木)으로 간주하여 의욕
의 자유를 추구하고 술을 즐겼다. 술의 덕을 칭송하는 〈주덕송(酒德頌)〉을 지었다.

294　山濤(산도) : 중국 위(魏)·진(晉) 교체기의 사상가(205~283). 자(字)는 거원(巨源). 노
장사상(老莊思想)에 심취해 죽림칠현의 한 사람이 되었다. 40세가 지나서 관직에 올랐으며,
이부상서(吏部尙書)가 되어 사람을 잘 가려 등용하였다.

295　阮籍(완적) : 완적(阮籍, 210~263). 중국 위(魏)·진(晉) 교체기의 사상가·문학자. 자
는 사종(嗣宗). 일찍이 보병교위(步兵校尉) 벼슬을 지내서 보통 완보병(阮步兵)이라고 불
렸다. 술과 기행(奇行)으로 자신을 위장하고 살았으며, 곤란한 처세와 고독한 사상을 시문
에 의탁하였다. 혜강(嵇康)과 함께 죽림칠현의 중심인물이다.

296　雲龍風凥(운뇽풍호) : 운룡풍호(雲龍風虎). 구름을 타고 하늘로 오르는 용과 바람을
타고 달리는 범이라는 뜻으로, 의기와 기질이 서로 맞거나 성주(聖主)가 현명한 신하를 얻
음을 비유적으로 이르는 말.

297　一堂會(일당회) : 한 당회(堂會) 또는 같은 당회. 당회는 서원(書院)·향교(鄕校) 등을
중심으로 한 유림(儒林)들의 결사(結社)를 가리킨다.

298　排瓣(비판) : 배판(排判)의 잘못. 벌려서 차림.

299　経筵官(경년관) : 경연관(經筵官). 임금 앞에서 경사(經史)를 진강(進講)하는 자리에
참석하는 관원.

300　密邇地(밀니디) : 밀이지(密邇地). 임금을 가까이하는 곳.

伊尹(이윤)[304] 傳說(부열)[305] 甘盤(감반)[306]이오

微子(미즈)[307] 箕子(긔즈)[308] 微仲(미듕)[309]이오

周公(쥬공)[310] 召公(소공)[311] 畢公(필공)[312]이라.

301　胃筵(쥬연) : 주연(冑筵). 주자(胄子)를 가르치는 곳. 주자(胄子)는 천자로부터 경대부에 이르기까지의 적자(嫡子)를 가리킨다. 『서경(書經)』「우서(虞書)」〈순전(舜典)〉에 보면 순이 기(夔)에게 전악(典樂)을 맡기고 주자(胄子)를 가르치라고 명하는 내용이 나온다. "帝曰, 夔, 命汝典樂, 教胄子, 直而溫, 寬而栗, 剛而無虐, 簡而無傲.(제순이 말씀하기를, '기야, 너에게 전악을 명하노니 주자를 가르치되, 곧으면서도 온화하고, 너그러우면서도 엄하며, 강하되 사나움이 없고, 간략하되 오만함이 없게 하라.'고 하셨다.)"

302　契教(계교) : 설교(契敎)의 잘못. 설의 가르침이라는 뜻. 설은 중국 상(商)나라의 시조로 전해지는 전설상의 인물이다. 황제의 증손 제곡(帝嚳)의 제2부인인 간적(簡狄)이 현조(玄鳥 : 제비)의 알을 삼키고 설을 낳았다고 하며, 그래서 현왕(玄王)이라고도 한다. 우(禹)의 치수(治水)를 도와준 공이 있어 순(舜)은 설에게 사도(司徒)라는 벼슬을 주어 백성을 가르치게 하고, 상(商)에 봉하여 자(子)라는 성(姓)을 주었다고 전한다. 『서경(書經)』「우서(虞書)」〈순전(舜典)〉 참조.

303　樂夔(악기) : 음악을 맡은 기(夔). 기는 순에게 전악(典樂)으로 발탁되어 음악으로 세상을 교화시킨 인물이다.

304　伊尹(이윤) : 중국 하나라 말기부터 은나라 초기에 걸친 정치가. 이름은 지(摯). 은나라 탕왕(湯王)을 도와 은 왕조 성립에 큰 역할을 하였으며, 은 왕조의 기초를 닦았다.

305　傅說(부열) : 중국 은나라 고종(高宗) 때의 재상. 토목공사(土木工事)의 일꾼이었는데 당시의 재상으로 등용되어 정치를 안정시킴으로써 은나라 최고의 번영기를 누리게 하였다.

306　甘盤(감반) : 중국 은나라 고종(高宗) 때의 현신(賢臣). 고종이 즉위하기 전에 글을 가르친 스승이었는데, 후에 고종이 즉위하자 그를 등용해서 정승으로 삼았다.

307　微子(미즈) : 미자(微子). 중국 은나라 마지막 임금인 주왕(紂王)의 이복형. 이름은 계(啓)이며, 미(微)에 봉해져 미자(微子)라고 불렸다. 폭군인 주왕에게 여러 번 간했으나 들어주지 않자, 제기를 가지고 떠나서 은나라 선조의 제사를 받들었다. 은이 멸망한 뒤에 주(周) 성왕(成王)으로부터 송(宋)의 제후로 봉해졌다. 비간(比干), 기자(箕子)와 함께 은 말기 세 명의 어진 사람[三仁]으로 꼽힌다.

308　箕子(긔즈) : 기자(箕子). 중국 은나라 마지막 임금인 주왕의 숙부. 성은 자(子), 이름은 서여(胥余)이며, 기(箕)에 봉해져 기자(箕子)라고 한다. 주왕의 폭정에 대해 간언을 하다 받아들여지지 않자 미친 척을 하여 유폐(幽閉)되었다. 은이 멸망한 뒤 석방되었으나 유민들을 이끌고 주(周)를 벗어나 북쪽으로 이주하였다. 비간(比干), 미자(微子)와 함께 은 말기 세 명의 어진 사람[三仁]으로 꼽힌다.

309　微仲(미듕) : 미중(微仲). 미자(微子)의 아우. 미중연(微仲衍)으로 알려져 있기도 하다. 미자(微子)가 죽은 뒤 송(宋)을 다스리는 계승자가 되었다. 공자의 직계 조상이다.

綿蕞禮儀(면찰예의)[313] 叔孫通(숙손통)[314]과

布衣位極(포의위극)[315] 張良(쟝양)[316]이오

明堂图畫(명당도화)[317] 霍光(곽광)[318]이와

310　周公(쥬공) : 주공(周公). 주 26) 참조.

311　召公(소공) : 중국 주나라 초기의 정치가. 이름은 석(奭). 문왕(文王)의 아들이자 무왕(武王)과 주공(周公)의 아우. 주공과 함께 성왕(成王)을 도와 주나라의 기초를 확립하였다. 주공과 소공은 각각 주를 동서로 나누어 다스렸다.

312　畢公(필공) : 중국 주나라 초기의 정치가. 이름은 고(高). 문왕(文王)의 아들이자 무왕(武王)·주공(周公)·소공(召公)의 아우. 성왕(成王) 때 태사(太史)가 되었고, 성왕이 죽은 뒤 소공과 함께 강왕(康王)을 보필했다.

313　綿蕞禮儀(면찰예의) : 면최예의(綿蕞禮儀)의 잘못. 새로 제정하거나 정돈한 조정의 의식 또는 법도. 숙손통(叔孫通)과 그의 제자들이 면최(綿蕞)를 이용해 한나라 초창기 조정의 의례를 정비한 데서 유래한다. 면(綿)은 실로 엮은 긴 밧줄로서 각각의 지위에 따라 서야할 반열을 표시하기 위해 사용하였고, 최(蕞)는 모시풀을 묶어 만든 풀다발로서 개인이 서야할 각각의 위치를 표시하기 위해 사용하였다. 『사기(史記)』〈유경·숙손통 열전(劉敬叔孫通列傳)〉 참조.

314　叔孫通(슉손통) : 숙손통(叔孫通). 중국 한(漢)나라 초기의 유학자. 호는 직사군(稷嗣君). 원래 진(秦)나라 박사였으나 후에 유방에게 귀의하였다. 고조(高祖)를 섬겨 조의(朝儀)를 정하였고, 혜제(惠帝) 때는 봉상경(奉常卿)으로서 종묘(宗廟) 등의 의법(儀法)을 정하였다.

315　布衣位極(포의위극) : 선비 재상이라는 말로, 초야에서 재상 역할을 한다는 뜻. 포의(布衣)는 벼슬이 없는 선비를, 위극(位極)은 신하로서 오를 수 있는 최고의 지위를 뜻한다. 장량(張良)은 한나라의 창업에 공을 세웠으나 건국 후에는 정치에 전혀 관여하지 않았으며, 단지 후계자 문제로 여후에게 자문을 해줬다고 한다. 또한 후에 유후(留侯)에 책봉(冊封)되었으나 벼슬에 뜻을 두지 않고 신선술을 배우려고 적송자(赤松子)를 따라갔다고 전한다.

316　張良(쟝양) : 장량(張良). 중국 한나라 창업의 공신(功臣). 자는 자방(子房). 한(韓)의 세족(世族)으로, 진(秦)이 한(韓)을 멸하자 그는 자객들과 사귀면서 한의 회복을 도모하다 실패하자 유방(劉邦)에 합세했다. 유방의 모신(謀臣)으로 공을 세우고 유후(留侯)에 책봉(冊封)되었다. 소하(蕭何)·한신(韓信)과 함께 한나라 창업의 삼걸(三傑)로 일컬어진다.

317　明堂图畫(명당도화) : 명당(明堂)은 고대 중국에서 천자가 정치를 행하던 집임. 주나라가 쇠하여 정사가 해이하게 되자 명당도 무너져서 후세에 그 제도를 아는 자가 드물었다. 그러다가 한나라 무제(武帝)가 제남(濟南) 사람 공옥대(公玉帶)가 바친 도면에 따라서 태산(泰山) 북동쪽에 있는 주나라의 명당터라는 곳에다 명당을 다시 세웠다. 또한 무제는 기린각(麒麟閣)을 세워 공신 11인의 초상을 그려 걸었는데 곽광(霍光)이 가장 윗자리를 차지하였다고 한다.

草堂魚水(초당어슈)[319] 孔明(공명)[320]이라.

百官班(빅관반) 文武臣(문무신)이

濟濟威儀(뎨뎨위의)[321] 엇더흔고?

領議政(영의졍)[322]의 風后(풍후)[323] 셔고

左右相(좌우샹)[324]의 稷契(직설)[325]이라.

四嶽(亽악)[326] 九官(구관)[327] 十二牧(십이목)[328]과

---

318 霍光(곽광) : 중국 한나라의 정치가. 자는 자맹(子孟). 무제를 섬기다가 무제가 죽자 실권을 장악하였다. 어린 소제를 보좌하여 대사마 대장군(大司馬大將軍)이 되었으며, 소제 가 죽은 뒤 선제를 즉위시켜 20여 년 동안 권력을 누렸다.

319 草堂魚水(초당어슈) : 초당어수(草堂魚水). 제갈량(諸葛亮)이 남양(南陽)의 초당(草 堂)에 있다가 그를 삼고초려(三顧草廬)한 유비(劉備)와 수어지교(水魚之交)의 관계를 맺은 것을 가리킴. 어수(魚水)가 임금과 신하의 친밀함을 비유하는 말로 쓰이게 된 것은 다음의 이야기에서 연유한다. 유비와 제갈량과의 사이가 날이 갈수록 친밀하여지는 것을 관우(關 羽)와 장비(張飛)가 불평하자, 유비가 그들을 불러 "나에게 공명이 있다는 것은 고기가 물 을 가진 것과 마찬가지다. 다시는 불평을 하지 말도록 하게.(孤之有孔明, 猶魚之有水也. 願諸君勿復言.)"라고 타일렀다. 이리하여 관우와 장비는 다시는 불평하지 않았다고 한다. 『삼국지(三國志)』「촉지(蜀志)」〈제갈량전(諸葛亮傳)〉 참조.

320 孔明(공명) : 제갈량(諸葛亮, 181~234). 중국 삼국시대 촉한(蜀漢)의 정치가 겸 전략 가. 공명(孔明)은 그의 자임. 시호는 충무(忠武). 뛰어난 군사 전략가로, 유비를 도와 오(吳) 나라와 연합하여 조조(曹操)의 위(魏)나라 군사를 대파하고 파촉(巴蜀)을 얻어 촉한을 세웠 다. 유비가 죽은 후에 무향후(武鄕侯)로서 남방의 만족(蠻族)을 정벌하고, 위나라 사마의와 대전 중에 병사하였다.

321 濟濟威儀(뎨뎨위의) : 제제위의(濟濟威儀). 위엄 있는 태도나 차림새. 제제(濟濟)는 위의(威儀)가 있는 모양을 가리킨다.

322 領議政(영의졍) : 영의정(領議政). 조선시대 의정부의 으뜸 벼슬.

323 風后(풍후) : 중국 고대 황제(黃帝)의 신하. 황제가 바닷가에서 만나 재상에 등용한 인물이다. 황제와 치우(蚩尤) 간의 전쟁 때 북두칠성을 본뜬 지남거(指南車)라는 수레를 만들어 방향을 잃고 혼란에 빠진 황제군을 위기에서 구했다.

324 左右相(좌우샹) : 좌우상(左右相). 좌상(左相)과 우상(右相). 좌상은 좌의정, 우상은 우의정의 다른 이름이다. 좌의정과 우의정은 의정부에 속하여 백관(百官)을 통솔하고 일반 정치 및 외교의 일을 맡아 하던 정일품 벼슬을 가리킨다.

325 稷契(직설) : 중국 고대 순임금 때의 명신(名臣)이었던 직(稷)과 설(契). 직은 성이 희 (嬉)이고 이름이 기(棄)로, 순임금 때 사람들에게 농사를 가르쳐 그 공으로 후직(后稷 : 농사 를 관장하던 벼슬)의 지위에 오른 인물이다. 설에 대해서는 주 302) 참조.

祖己(조긔)[329] 祖伊(조이)[330] 膠鬲(교편)[331]이라.

思皇多士(사황다〻)[332] 十乱臣(십난신)[333]과

君陳(군진)[334] 君牙(군아)[335] 召穆公(소목공)[336]은

夏殷周(하은쥬) 名臣(명신)으로

正卿(졍경)[337] 判書(판셔)[338] 寵擢(총탁)[339]ᄒ고

---

326 四嶽(〻악) : 사악(四嶽). 중국 고대 요순시대 때 사방에 있는 제후의 일을 총괄하던 벼슬 이름.

327 九官(구관) : 중국 고대 요순시대 때의 아홉 가지 관명. 사공(司空), 후직(后稷), 사도(司徒), 사(士), 공공(共工), 우(虞), 질종(秩宗), 전악(典樂), 납언(納言)을 이른다.

328 十二牧(십이목) : 중국 고대 요순시대 때 12주(州)를 다스리던 관리.

329 祖己(조긔) : 조기(祖己). 중국 은나라 고종(高宗) 때의 명신. 고종의 아들이다. 『서경(書經)』「상서(商書)」〈고종융목(高宗肜目)〉참조.

330 祖伊(조이) : 중국 은나라 말기의 현신(賢臣). 조기(祖己)의 후손으로, 주나라의 덕이 날로 성하는데도 주왕(紂王)이 악을 고치지 않으므로 이에 충간(忠諫)하였으나 소용없자 은나라를 떠났다. 『서경(書經)』「상서(商書)」〈서백감려(西伯戡黎)〉참조.

331 膠鬲(교편) : 교격(膠鬲)의 잘못. 주나라 문왕(文王) 때의 현신. 어염전(魚鹽廛)에서 일하다가 문왕에게 등용되었다.

332 思皇多士(사황다〻) : 사황다사(思皇多士). 훌륭한 많은 선비들. 『시경(詩經)』「대아(大雅)」〈문왕지십(文王之什)〉에 나오는 말인데, 이 장은 주나라 문왕(文王)이 많은 인재를 등용한 것을 칭송한 것이다.

333 十乱臣(십난신) : 주나라 무왕(武王)을 도운 열 사람의 공신(功臣). 곧 주공(周公), 소공(召公), 태공망(太公望), 필공(畢公), 영공(榮公), 태전(太顚), 굉요(閎夭), 산의생(散宜生), 남궁괄(南宮适), 문모(文母)를 말함.

334 君陳(군진) : 중국 주나라 성왕(成王) 때의 현신. 주공이 죽자 그의 뒤를 이어 성왕을 보좌했다. 『서경(書經)』「주서(周書)」〈군진(君陳)〉참조.

335 君牙(군아) : 중국 주나라 목왕(穆王) 때의 현신. 대사도(大司徒)를 지냈다. 『서경(書經)』「주서(周書)」〈군아(君牙)〉참조.

336 召穆公(소목공) : 중국 주나라 여왕(厲王)·선왕(宣王) 때의 현신. 이름은 호(虎). 여왕에게 폭정을 멈출 것을 간언(諫言)하였으며, 국인폭동(國人暴動)으로 여왕이 쫓겨나자 주정공(周定公)과 함께 천자를 대신해 함께 정무를 관리하는 공화제(共和制)를 실시했다. 그 후 여왕이 죽자 여왕의 아들인 희정(姬靜)을 선왕으로 세워 주 왕실을 회복시켰다.

337 正卿(졍경) : 정경(正卿). 조선시대 정이품(正二品) 이상의 벼슬인 의정부(議政府)의 참찬(參贊), 육조(六曹)의 판서(判書), 한성부(漢城府)의 판윤(判尹), 홍문관(弘文館)의 대제학(大提學) 등을 아경(亞卿)에 대한 대칭으로 일컫던 말.

管仲(관듕)[340] 晏子(안ᄌ)[341] 晉叔向(진슉향)[342]과

吳季札(오계찰)[343] 鄭子産(정ᄌ산)[344]과

臧孫達(장손달)[345] 孫穆子(손목ᄌ)[346]와

欒武子(난무ᄌ)[347] 范文子(범문ᄌ)[348]ᄂ

春秋(츈츄) 씨 賢臣(현신)으로

---

338 判書(판셔) : 판서(判書). 조선시대 육조(六曹)의 으뜸 벼슬. 품계는 정이품이다.

339 寵擢(총탁) : 사랑하여 발탁함.

340 管仲(관듕) : 관중(管仲). 중국 춘추시대 제나라의 재상. 이름은 이오(夷吾). 환공(桓公)을 도와 군사력의 강화, 상공업의 육성을 통하여 부국강병을 꾀하였으며, 환공을 중원(中原)의 패자(霸者)로 만들었다.

341 晏子(안ᄌ) : 안자(晏子). 중국 춘추시대 제나라의 재상. 이름은 영(嬰), 자는 평중(平仲). 영공(靈公)·장공(莊公)·경공(景公)의 3대에 걸쳐 재상을 지냈다.

342 晉叔向(진슉향) : 진숙향(晉叔向). 진(晉)나라의 숙향(叔向). 중국 춘추시대 진나라의 현자(賢者). 성은 양설(羊舌), 이름은 힐(肸) 또는 숙힐이며, 숙향은 그의 자임. 평공(平公) 때 교육계(敎育係)로 벼슬하였다. 제(齊)나라의 안영(晏嬰), 오(吳)나라의 계찰(季札), 정(鄭)나라의 자산(子産)과 함께 당대의 대표적인 현인으로 불렸다.

343 吳季札(오계찰) : 오(吳)나라의 계찰(季札). 중국 춘추시대 오나라의 공자(公子). 오나라 왕 수몽(壽夢)의 네 아들 중 막내로, 형제들 가운데 가장 현명하고 재능이 있어서 수몽은 그에게 왕위를 물려주려고 하였으나 이를 거절하고 은거하며 지냈다. 후에 연릉후(延陵侯)로 봉해졌으며, 이로부터 연릉의 계자(季子)라 불렸다.

344 鄭子産(정ᄌ산) : 정자산(鄭子産). 정(鄭)나라의 자산(子産). 중국 춘추시대 정나라의 정치가. 성은 공손(公孫), 이름은 교(僑)이며, 자산(子産)은 그의 자임. 목공(穆公)의 손자로, 진나라와 초나라의 역학 관계를 이용함으로써 정나라의 평화를 유지하였다. 또 농지를 정리하고 나라의 재정을 재건하였으며, 성문법을 만들었다.

345 臧孫達(장손달) : 중국 춘추시대 노나라의 대부(大夫). 장애백(臧哀伯)이라고도 함. 환공(桓公)을 보좌한 현신(賢臣)으로, 환공이 뇌물인 곡정(郜鼎)을 송(宋)에서 받아 태묘(太廟)에 들여놓자 이를 들여놓지 말도록 간하였다.

346 孫穆子(손목ᄌ) : 손목자(孫穆子). 숙손목자(叔孫穆子). 중국 춘추시대 노나라의 대부(大夫) 숙손표(叔孫豹)를 가리킨다.

347 欒武子(난무ᄌ) : 난무자(欒武子). 난서(欒書). 중국 춘추시대 진(晉)나라의 대부(大夫). 제나라와 초나라를 대패시켜 왕실을 잘 보좌하였다.

348 范文子(범문ᄌ) : 범문자(范文子). 중국 춘추시대 진(晉)나라의 대부(大夫). 다른 이름은 사섭(士燮)이며, 노자(老子)의 제자이다.

亞卿(아경)[349]　参判(참판)[350]　陞品(승품)[351] 호고

蕭何(소하)[352]　曹参(조참)[353]　陳平(진평)[354]　周勃(쥬발)[355]

魏相(위상)[356]　丙吉(병길)[357]　張安世(쟝안세)[358]와

玄齡(현녕)[359]　如晦(여회)[360]　狄仁傑(적인걸)[361]과

349　亞卿(아경) : 정이품 이상의 정경(正卿)에 버금가는 벼슬이라는 뜻으로, 조선시대에 종이품 벼슬인 육조(六曹)의 참판(參判)과 한성부(漢城府)의 좌윤(左尹)·우윤(右尹) 등을 가리켜 이르던 말.

350　参判(참판) : 조선시대 육조에 둔 종이품 벼슬로, 판서의 다음 서열이다.

351　陞品(승품) : 직위가 종삼품 이상의 품계에 오름.

352　蕭何(소하) : 중국 한나라의 정치가. 유방을 도와 한나라의 기틀을 세웠으며, 재상 시절 진의 법률을 취사(取捨)하여 『구장률(九章律)』을 편찬하였다.

353　曹参(조참) : 중국 한나라의 공신. 유방을 따라 주로 군사 면에서 한나라의 통일대업에 크게 이바지하였다. 고조가 죽은 뒤 소하의 추천으로 재상이 되어 혜제(惠帝)를 보필하였다.

354　陳平(진평) : 중국 한나라의 정치가. 항우의 책사로 있다 유방에게 귀의하였으며, 반간계를 써 항우가 자신의 참모인 범증(范增)을 내치게 만들었다. 혜제 때 좌승상이 되어 주발(周勃)과 함께 여씨(呂氏)의 난을 평정하였다.

355　周勃(쥬발) : 주발(周勃). 중국 한나라의 공신. 유방을 도와 천하를 통일하였고, 혜제 때는 여씨의 난을 평정하였으며, 문제 때는 벼슬이 승상에까지 올랐다.

356　魏相(위상) : 중국 한나라의 명신. 자는 약옹(弱翁). 선제(宣帝) 때 승상이 되어 한나라의 중흥을 이루었다. 『한서(漢書)』〈위상·병길 열전〉 참조.

357　丙吉(병길) : 중국 한나라의 명신. 자는 소경(少卿). 무고(巫蠱)의 옥사 때 크게 활약하여 여태자(戾太子)의 손자인 유순(劉詢 : 뒤의 宣帝)의 목숨을 구하였다. 유순이 제위에 오르자 태자태부(太子太傅)·어사대부(御史大夫)를 거쳐 승상이 되었다. 『한서』〈위상·병길 열전〉 참조.

358　張安世(쟝안세) : 장안세(張安世). 중국 한나라의 명신. 자는 자유(子孺). 가혹한 정치로 이름이 높았던 혹리(酷吏) 장탕(張湯)의 아들인데, 부친과 달리 청렴으로 이름이 높았다. 선제 때 벼슬이 대사마에 이르렀다.

359　玄齡(현녕) : 현령(玄齡). 방현령(房玄齡, 578~648). 중국 당나라의 정치가. 자는 교(喬). 건국 공신으로서 재상이 되었으며, 두여회와 더불어 당의 법률과 인사 제도를 정비하여 '정관(貞觀)의 치(治)'를 구축하는 데 공헌하였다.

360　如晦(여회) : 두여회(杜如晦, 585~630). 중국 당나라의 정치가. 자는 극명(克明). 문학관(文學館) 18학사의 한 사람으로 방현령에게 그 재능이 인정되어 요직을 맡았다. 방현령과 더불어 '정관(貞觀)의 치(治)'를 구축하는 데 공헌하여 '방두(房杜)'라 불린다.

姚崇(됴슝)[362] 宋璟(송경)[363] 張九齡(장구녕)[364]은

漢唐(한당)의 良臣(양신)으로

承旨(승지)[365] 參議(참의)[366] 堂上(당상)[367] ᄒ고

趙普(됴보)[368] 王旦(왕조)[369] 寇萊公(구ᄂᆡ공)[370]과

韓琦(한긔)[371] 冨弼(부필)[372] 范仲淹(범듕엄)[373]과

---

361 狄仁傑(젹인걸) : 적인걸(狄仁傑, 630~700). 중국의 측천무후(則天武后)가 세운 무주(武周) 시대의 재상. 중종(中宗)을 다시 태자로 세우도록 하여 당 왕조의 부활에 공을 세웠으며 수많은 인재들을 천거하여 당의 중흥에도 크게 기여하였다.

362 姚崇(됴슝) : 요숭(姚崇, 650~721)의 잘못. 중국 당나라의 명재상. 자는 원지(元之). 본명은 원숭(元崇)이나 현종의 연호 개원(開元)을 피해 요숭으로 바꾸었다. 중종·예종·현종에 걸쳐 세 차례나 재상을 지냈다. 북방 수비를 튼튼히 하고 율령(律令) 체제를 완전히 실시하여 '개원(開元)의 치(治)'라 이르는 당의 황금시대를 이루는 데 공헌하였다.

363 宋璟(송경) : 중국 당나라 현종 때의 재상(663~737). 현종의 개원 연간에 요숭과 같이 재상으로서 소위 '개원의 치'를 행했다. 절개가 곧고 법도를 잘 지켰으며 성격이 강직하여 논공상벌(論功賞罰)에 사사로움이 없었다고 한다.

364 張九齡(장구녕) : 장구령(張九齡, 673~740). 중국 당나라 현종 때의 재상. 자는 자수(子壽). 일찍이 안록산(安祿山)을 제거해야 한다고 주장했다는 일화가 전한다. 진자앙(陳子昂)을 이어서 당시(唐詩)의 부흥에 힘쓴 시인으로도 유명하다.

365 承旨(승지) : 조선시대 승정원에 딸려 왕명의 출납을 맡아보던 정삼품의 당상관.

366 參議(참의) : 조선시대 육조에 속한 정삼품 벼슬.

367 堂上(당상) : 조선시대에 둔, 정삼품 상(上) 이상의 품계에 해당하는 벼슬을 통틀어 이르는 말. 문관은 통정대부, 무관은 절충장군, 종친은 명선대부, 의빈(儀賓)은 봉순대부 이상이 이에 해당한다.

368 趙普(됴보) : 조보(趙普, 922~992). 중국 송나라의 건국 공신. 자는 칙평(則平). 태조에게 헌책(獻策)하여 문치주의적인 중앙집권화를 추진하도록 유도하였다.

369 王旦(왕조) : 왕단(王旦)의 잘못. 중국 송나라의 명재상. 자는 자명(子明). 왕우(王祐)는 세 그루의 느티나무를 뜰에 심고는 "내 자손 중에 반드시 삼공(三公)이 될 자가 있을 것이다."라 하였는데, 과연 그의 아들 왕단이 재상이 되었다고 한다. 『송사(宋史)』〈왕단전(王旦傳)〉 참조.

370 寇萊公(구ᄂᆡ공) : 구래공(寇萊公). 구준(寇準, 961~1023). 중국 송나라 초의 정치가 겸 시인. 자는 평중(平仲). 거란의 침입 때 많은 공을 세워 내국공(萊國公)에 봉해져 구래공(寇萊公)이라고 한다. 시인으로서는 당시의 고관들 사이에서 유행하던 서곤체(西崑體)와 약간 다른 시풍(詩風)을 가졌으며, 자연의 애수(哀愁)를 읊은 시가 많다.

371 韓琦(한긔) : 한기(韓琦, 1008~1075). 중국 송나라의 정치가. 자는 치규(稚圭). 범중엄

劉基(유긔)[374] 楊榮(양녕)[375] 李善長(니슨쟝)[376]과
楊士奇(양ᄉ긔)[377] 楊一淸(양일쳥)[378]은
宋明(송명)의 儒臣(유신)으로
玉堂學士(옥당학ᄉ)[379] 翰林(한임)[380]이라.

과 함께 서하(西夏)의 침략을 방어하는 데 공을 세워, 그와 더불어 '한범(韓范)'이라 불린다.

372 冨弼(부필) : 부필(富弼, 1004~1083). 중국 송나라의 정치가. 자는 언국(彦國). 범중엄 등과 함께 '경력신정(慶曆新政)'이라 불리는 정치 개혁을 추진하였다.

373 范仲淹(범듕엄) : 범중엄(范仲淹, 989~1052). 중국 송나라의 정치가. 자는 희문(希文). 서하(西夏)의 침략을 막은 공으로 참지정사(參知政事)가 되어 정치 개혁을 추진함으로써 송나라 최전성기인 '경력(慶曆)의 치(治)'를 이루는 데 크게 공헌하였다.

374 劉基(유긔) : 유기(劉基, 1311~1375). 중국 명나라의 건국 공신. 자는 백온(伯溫). 주원장(朱元璋)의 모사(謀士)가 되어 중국을 통일하는 데 중요한 역할을 하였으며, 명나라 건국 후 어사중승(御史中丞)과 태사령(太史令) 등의 관직을 맡아 역법 제정과 군정체제 건립에 공헌하였다.

375 楊榮(양녕) : 양영(楊榮, 1371~1440). 중국 명나라의 정치가. 자는 면인(勉仁). 영락제(永樂帝)의 북정(北征)에 거의 매회 수행하여 무거운 군무를 맡았다. 영락제가 죽은 뒤에도 홍희(洪熙)·선덕(宣德)·정통(正統)의 3제를 받들었으며, 양사기(楊士奇)·양부(楊溥)와 함께 삼양(三楊)이라 하여 국가원로로서 정계의 예우를 받았다.

376 李善長(니슨쟝) : 이선장(李善長, 1314~1390). 중국 명나라의 건국 공신. 자는 백실(百室). 주원장의 저주 공략 때 휘하에 들어가 서기가 되었으며 중국을 통일하는 데 중요한 역할을 담당했다. 명나라 건국 후에는 우승상(右丞相)이 되었고 한국공(韓國公)에 봉해졌다.

377 楊士奇(양ᄉ긔) : 양사기(楊士奇, 1365~1444). 중국 명나라의 정치가. 이름은 우(寓). 호는 동리선생(東里先生). 사기(士奇)는 그의 자임. 영락제 즉위 후 내각에 참여하였고 이후 5대 조정에 출사하여 내각의 권세를 확립하였다.

378 楊一淸(양일쳥) : 양일청(楊一淸, 1454~1530). 중국 명나라의 명장. 자는 응녕(應寧), 호는 수안(燧安). 섬서(陝西)·영하(寧夏)·감숙(甘肅) 등의 지역을 수호하면서 서북 변방을 안정시켰다.

379 玉堂學士(옥당학ᄉ) : 옥당학사(玉堂學士). 조선시대 홍문관(弘文館)의 부제학(副提學), 교리(校理), 부교리, 수찬(修撰), 부수찬을 통틀어 이르는 말. 옥당(玉堂)은 궁중의 경서(經書)와 사적(史籍)을 관리하고 왕에게 학문적 자문을 하던 홍문관을 달리 이르는 말이다.

380 翰林(한임) : 한림(翰林). 조선시대 예문관(藝文館)의 봉교(奉敎), 대교(待敎), 검열(檢閱) 등을 두루 이르는 말.

諮議(ᄌ의)[381] 贊善(찬ᄉ)[382] 그 누구며

正言(졍언)[383] 持平(지평)[384] 그 누구니?

漢(한) 樊英(번녕)[385] 晋(진) 殷浩(은호)[386]는

隱逸發薦(은일발쳔)[387] 可笑(가소)롭다.

汲黯(급암)[388]이와 魏徵(위증)[389]이는

苦椒(고초)[390] 薹諫(ᄃᆡ간)[391] 모시도다.

三公(삼공) 以下(니하) 百各司(빅각ᄉ)가

上下(상하) 班列(반열)[392] 느러셔니

紗帽(ᄉ모)[393] 品帶(품ᄃᆡ)[394] 鮮明(션명)ᄒ고

381　諮議(ᄌ의) : 자의(諮議). 조선후기 세자시강원(世子侍講院)에 둔 정칠품 벼슬.

382　贊善(찬ᄉ) : 찬선(贊善). 조선후기 세자시강원(世子侍講院)에 둔 정삼품 벼슬.

383　正言(졍언) : 정언(正言). 조선시대 사간원(司諫院)에 둔 종육품 벼슬.

384　持平(지평) : 지평(持平). 조선시대 사헌부(司憲府)에 둔 정오품 벼슬.

385　樊英(번녕) : 번영(樊英). 중국 후한(後漢)의 학자. 자는 계제(季齊). 오경(五經)에 정통한 학자로서, 순제(順帝)가 간곡히 불러 사부(師傅)의 예로 대접하였다.

386　殷浩(은호) : 중국 진(晉)나라의 학자. 식견이 뛰어나 약관에 명성이 자자하였다. 특히 『주역』과 『노자』에 밝아 청담(淸談)을 말하는 자들의 우두머리가 되었다.

387　隱逸發薦(은일발쳔) : 은일발천(隱逸發薦). 은거한 선비를 발탁하여 천거함.

388　汲黯(급암) : 중국 한나라 무제 때의 간신(諫臣). 자는 장유(長孺). 성정이 엄격하고 직간(直諫)을 잘하여 무제로부터 '사직(社稷)의 신하'라는 말을 들었다.

389　魏徵(위증) : 위징(魏徵, 580~643). 중국 당나라 초기의 공신이자 학자. 자는 현성(玄成). 현무문의 변(變) 이후, 태종을 모시고 간의대부가 되어 굽힐 줄 모르는 직간을 한 것으로 유명하다.

390　苦椒(고초) : 고추의 원말.

391　薹諫(ᄃᆡ간) : 대간(臺諫). 조선시대 감찰 임무를 맡은 대관(臺官)과 국왕에 대한 간쟁(諫諍) 임무를 맡은 간관(諫官)의 합칭. 대관은 사헌부(司憲府), 간관은 사간원(司諫院)에 소속되었다.

392　班列(반열) : 품계나 신분, 등급의 차례.

393　紗帽(ᄉ모) : 사모(紗帽). 조선시대에 벼슬아치들이 관복을 입을 때 쓰던 모자.

394　品帶(품ᄃᆡ) : 품대(品帶). 조선시대에 벼슬아치가 공복(公服)에 갖추어 두르던 띠. 공복의 종류와 품계에 따라 달랐다.

金冠(금관)[395] 朝服(조복)[396] 더욱 죠타.

武班(무반)으로 둘너보니

赳赳之態(규규지틱)[397] 엇더흔고?

都元帥(도원슈)[398]의 力牧(역목)[399]이오

副元帥(부원슈)[400]의 呂尙(여샹)[401]이라.

文武吉甫(문무길보)[402] 南仲(남듕)[403]이오

詩書禮楽(시셔예악) 郤縠(각곡)[404]이오

---

395 金冠(금관) : 금량관(金梁冠). 조선시대에 문무관이 조복(朝服)을 입을 때에 쓰던 관. 징두리의 앞이마 위의 양(梁)만 검은빛이고 그 외에는 모두 금빛이다.

396 朝服(조복) : 조선시대에 벼슬아치들이 조정에 나아가 하례할 때에 입던 예복. 붉은빛의 비단으로 만들며, 소매가 넓고 깃이 곧다.

397 赳赳之態(규규지틱) : 규규지태(赳赳之態). 용감하고 늠름한 모습.

398 都元帥(도원슈) : 도원수(都元帥). 조선시대에 전쟁이 났을 때 군무를 통괄하던 임시 무관 벼슬. 대개 문관의 최고관이 임명되어 임시로 군권을 부여받고 군대를 통솔하였다.

399 力牧(역목) : 중국 상고시대 황제(黃帝)의 신하. 황제가 꿈을 꾸고 난 후 큰 못에서 얻었다는 무장(武將)이다.

400 副元帥(부원슈) : 부원수(副元帥). 전시(戰時)에 임명하던 임시 벼슬. 도원수나 상원수 또는 원수에 다음가는 군의 통솔자이다.

401 呂尙(여샹) : 여상(呂尙). 중국 주나라 초기의 정치가. 성은 강(姜), 이름은 상(尙). 속칭으로 강태공(姜太公)·태공망(太公望) 등으로 불리며, 여(呂)에 봉해졌으므로 여상이라고 한다. 위수(渭水)에서 낚시질을 하다 문왕을 만나 스승이 되었으며, 문왕이 죽은 뒤에는 무왕을 도와 은나라를 멸하고 천하를 평정하였다.

402 文武吉甫(문무길보) : 문무를 겸전(兼全)한 길보(吉甫)라는 뜻으로『시경(詩經)』「소아(小雅)」〈유월(六月)〉에 나오는 말임. 중국 주나라의 대장 윤길보(尹吉甫)가 선왕(宣王) 때 북방의 험윤(玁狁)─흉노(匈奴)의 주나라 때 명칭─을 정벌하여 큰 공을 세웠는데, 그 때의 어느 시인이 시를 지어 그의 공로를 찬양하고, 아울러 그가 연회하는데 효도와 우애로 유명한 장중(張仲)을 불러 함께 즐긴 것을 찬양한 것이 유월편(六月篇)이다.

403 南仲(남듕) : 남중(南仲). 중국 주나라 문왕 때의 무신. 문왕이 나라를 일으킬 때에 사방 오랑캐의 난이 있게 되자 북방에 성을 쌓고 남중을 시켜 지키게 하였다.『시경(詩經)』「소아(小雅)」〈출거(出車)〉참조.

404 郤縠(각곡) : 극곡(郤縠)의 잘못. 중국 춘추시대 진(晉)나라의 무신. 진 문공(晉文公) 때에 초(楚) 성왕(成王)이 제후들과 함께 송(宋)을 포위하매, 진(晉)에서는 조(曹)·위(衛)를 치면 초가 조·위를 구원할 것이고 그러면 송이 구제될 것이라 판단하여 삼군(三軍)을 만

仁義行師(인의힝亽)⁴⁰⁵ 儒将(유쟝)⁴⁰⁶으로

金壇斧鉞(금단부월)⁴⁰⁷ 號令(호령)이오

孫武子(손무亽)⁴⁰⁸ 田穰苴(전양져)⁴⁰⁹와

孫臏(손빈)⁴¹⁰ 吳起(오긔)⁴¹¹ 尉繚子(울요亽)⁴¹²와

樂毅(악의)⁴¹³ 廉頗(염파)⁴¹⁴ 李牧(니목)⁴¹⁵이와

들고 장수될 사람을 찾았는데, 조쇠(趙衰)가 극곡은 예악(禮樂)을 좋아하고 시서(詩書)에 도타우므로 군사를 거느리는 방도를 알 것이라고 천거하였으므로, 문공이 극곡을 중군(中軍)으로 삼았다는 얘기가 전한다.

405 仁義行師(인의힝亽) : 인의행사(仁義行師). 인의로 다스리는 군대.

406 儒将(유쟝) : 유장(儒將). 선비의 풍모를 지닌 장수.

407 金壇斧鉞(금단부월) : 출정하는 대장에게 통솔권의 상징으로 임금이 손수 주던 작은 도끼와 큰 도끼.

408 孫武子(손무亽) : 손무자(孫武子). 중국 춘추시대 전략가인 손무(孫武)의 존칭. 자는 장경(長卿). 제(齊)나라 사람으로 손자(孫子)라고도 한다. BC 6세기경 오(吳)나라의 왕 합려(闔閭)를 섬겨 절제 · 규율 있는 육군을 조직하게 하였으며, 초(楚) · 제(齊) · 진(晉) 등의 나라를 굴복시켜 합려로 하여금 패자(覇者)가 되게 하였다고 한다. 『사기(史記)』〈손자 · 오기 열전〉 참조.

409 田穰苴(전양져) : 전양저(田穰苴). 중국 춘추시대 제(齊)나라 경공(景公) 때의 명장. 재상 안영(晏嬰)의 추천으로 등용되어 연(燕)나라와 진(晉)나라의 군사를 막아 제나라의 번영에 큰 공적을 쌓았다. 이에 경공이 그를 대사마로 임명하였고, 그 후 사마씨(司馬氏)로 칭하여 사마양저(司馬穰苴)라고 불리기도 하였다. 『사기(史記)』〈사마양저열전〉 참조.

410 孫臏(손빈) : 중국 전국시대 제나라의 전략가. 손무의 후손이다. 귀곡선생(鬼谷先生)에게서 신비한 병법을 배워 BC 367년경 위(魏)나라 군사를 계릉(桂陵)에서 크게 이기고, BC 353년 조(趙)나라를 도와 위나라 군사를 재차 하남 대량(河南大樑)에서 격파하여 명성이 높았다. 『사기』〈손자 · 오기 열전〉 참조.

411 吳起(오긔) : 오기(吳起). 중국 전국시대의 전략가. 손무와 병칭되는 병법가이다. 증자(曾子)에게 배우고 노(魯)나라, 위(魏)나라에서 벼슬한 뒤에 초(楚)나라에 가서 도왕(悼王)의 재상이 되어 법치적 개혁을 추진하였다. 『사기』〈손자 · 오기 열전〉 참조.

412 尉繚子(울요亽) : 울요자(尉繚子). 중국 전국시대 전략가인 울요(尉繚)의 존칭. 울요에 대해서는 제나라 사람으로 귀곡자(鬼谷子)의 문인이었다고 하는 설, 위나라 사람으로 위 혜왕(魏惠王)의 신하였다고 하는 설, 위나라 사람으로 상앙(商鞅)의 학문을 배운 후에 진시황의 신하가 되었다는 설 등이 있다.

413 樂毅(악의) : 중국 전국시대 연(燕)나라의 명장. 소왕(昭王)의 부름을 받고 장군이 되어 제나라를 치고 임치(臨淄)를 함락하여 창국군(昌國君)에 봉해졌으나, 소왕이 죽은 후

趙奢(됴사)[416] 白起(빅긔)[417] 王剪(왕젼)[418]이는

權謀術数(권모슐슈) 智將(지쟝)으로

亞將(아쟝)[419] 平統(평통)[420] 物望(믈망)이오

韓信(한신)[421] 彭越(핑월)[422] 周亞夫(쥬아부)[423]와

혜왕(惠王)과 사이가 좋지 않아 조(趙)나라로 망명하였다. 『사기(史記)』〈악의열전〉 참조.

414 廉頗(염파) : 중국 전국시대 조(趙)나라의 명장. 제나라를 쳐서 크게 이기고 그 공으로 상경이 되었다. 인상여(藺相如)와 생사를 같이 하기로 한 문경지교(刎頸之交)를 맺은 것으로 유명하다. 『사기(史記)』〈염파·인상여 열전〉 참조.

415 李牧(니목) : 이목(李牧). 중국 전국시대 조나라의 명장. 기계(奇計)를 써서 흉노족 10만 명을 죽였으며, 진(秦)나라를 크게 격파하여 무안군(武安君)에 봉해졌다. 『사기(史記)』〈염파·인상여 열전〉 참조.

416 趙奢(됴사) : 조사(趙奢). 중국 전국시대 조나라의 명장. 연여(閼與)에서 진(秦)나라의 대군을 격파한 공로로 마복군(馬服君)에 봉해졌다. 『사기(史記)』〈염파·인상여 열전〉 참조.

417 白起(빅긔) : 백기(白起). 중국 전국시대 진(秦)나라의 명장. 병법(兵法)의 대가로, 기원전 260년에 장평(長平)에서 조나라 군대를 격파하여 40만 포로를 땅속에 묻어 죽였다. 후에 이를 후회하여 자살하였다. 『사기(史記)』〈백기·왕전 열전〉 참조.

418 王剪(왕젼) : 왕전(王剪). 중국 전국시대 진나라의 명장. 진시황 때 장수가 되어 조(趙)·연(燕)·초(楚)를 차례로 무찌르고 진시황이 천하를 통일하는 데 크게 기여했다. 『사기(史記)』〈백기·왕전 열전〉 참조.

419 亞將(아쟝) : 아장(亞將). 조선시대 무관 계통의 차관급(종2품) 벼슬. 포도대장(捕盜大將), 용호별장(龍虎別將), 도감중군(都監中軍), 금위중군(禁衛中軍), 어영중군(御營中軍), 병조참판(兵曹參判) 등을 가리킨다.

420 平統(평통) : 평안도 병마절도사.

421 韓信(한신) : 중국 한나라 초기의 무장(武將). 초나라의 항량(項梁)·항우를 섬겼으나 중용되지 않자 한 고조 유방의 수하로 들어가 대장군이 되었다. 조(趙)·위(魏)·연(燕)·제(齊)나라를 멸망시키고 항우를 공격하여 큰 공을 세웠다. 한나라가 천하를 통일한 후 초왕에 봉해졌으나, 후에 회음후로 격하되었으며 진희(陳豨)의 난에 가담했다가 여후(呂后)에게 살해되었다. 『사기(史記)』〈회음후열전〉 참조.

422 彭越(핑월) : 팽월(彭越). 중국 한나라 초기의 무장. 도적질을 하다 군사를 일으켜 한 고조 유방을 도왔다. 그 공으로 양왕(梁王)에 봉해졌으나 후에 반란을 꾀했다는 혐의를 받아 처형당했다. 『사기(史記)』〈위표·팽월 열전〉 참조.

423 周亞夫(쥬아부) : 주아부(周亞夫). 중국 한나라 문제(文帝)·경제(景帝) 때의 명장. 문제 때는 흉노(凶奴)의 침입을 물리치는 데 큰 공을 세웠으며, 경제 때는 일곱 제후국이 연합

衛靑(위청)[424] 去病(거병)[425] 趙充國(됴츙국)[426]과

鄧禹(등우)[427] 馮異(풍니)[428] 耿弇(경감)[429]이와

祭遵(좨준)[430] 賈復(가복)[431] 寇恂(구순)[432]이는

해 일으킨 반란을 평정하는 데 크게 기여했다. 하지만 만년에 경제의 의심을 받아 구속되어 피를 토하고 죽었다. 『사기(史記)』〈강후 주발 세가〉 참조.

424 衛靑(위청) : 위청(衛靑). 중국 한나라 무제(武帝) 때의 명장. 자는 중경(仲卿). 흉노 정벌에 많은 공을 세워 대사마의 자리에 올랐다.

425 去病(거병) : 곽거병(霍去病, BC140~BC117). 중국 한나라 무제 때의 명장. 위청의 누이인 위소아(衛少兒)의 아들이다. 위청과 함께 흉노 정벌에 많은 공을 세워 대사마의 자리에 올랐으며, 그 권세는 위청을 능가하였다고 한다.

426 趙充國(됴츙국) : 조충국(趙充國). 중국 한나라 무제(武帝) · 소제(昭帝) · 선제(宣帝) 때의 명장. 자는 옹손(翁孫). 3대에 걸쳐 흉노와 강족을 토벌하는 데 큰 공을 세웠다. 선제 때 영평후(營平侯)로 봉해졌으며, 백문불여일견(百聞不如一見)이라는 고사를 남긴 것으로 유명하다. 『한서(漢書)』〈조충국열전〉 참조.

427 鄧禹(등우) : 중국 후한 광무제 때의 공신. 소년 시절 유수(劉秀)를 만나 비범한 인물임을 알고 사귀었으며, 후에 유수가 후한을 세우고 광무제로 등극하는 데 큰 공을 세웠다. 2대 명제(明帝) 때 건국 공신 28명의 초상화를 그려 운대(雲臺)에 걸어두고 운대 28장군이라 일컬었는데 그 중 첫 번째를 차지하고 있다. 『후한서(後漢書)』〈등우열전〉 참조.

428 馮異(풍니) : 풍이(馮異). 중국 후한 광무제 때의 공신. 자는 공손(公孫). 광무제를 도와 후한을 건국하는 데 공을 세웠으며, 그 공으로 맹진장군(孟津將軍) · 양하후(陽夏侯)에 봉해졌다. 군중(軍中)에서 서로 공을 다툴 때마다 자리를 피해 나무 아래로 갔다 하여 대수장군(大樹將軍)으로 불렸다. 운대 28장군 중 한 명이다. 『후한서(後漢書)』〈풍이열전〉 참조.

429 耿弇(경감) : 중국 후한 광무제 때의 공신. 왕랑(王郞)의 반란을 토벌하는 데 혁혁한 공을 세웠으며, 건위대장군(建威大將軍)이란 칭호를 받았다. 운대 28장군 중 한 명이다. 『후한서(後漢書)』〈경감열전〉 참조.

430 祭遵(좨준) : 제준(祭遵). 중국 후한 광무제 때의 공신. 자는 제손(弟孫). 광무제를 도와 하북(河北)을 평정하고 그 공으로 정로장군(征虜將軍)이 되었다가 후에 영양후(潁陽侯)에 봉해졌다. 운대 28장군 중 한 명이다. 『후한서(後漢書)』〈요기 · 왕패 · 제준 열전〉 참조.

431 賈復(가복) : 중국 후한 광무제 때의 공신. 자는 군문(君文). 스스로 광무제에게 찾아가 능력을 인정받고 광무제를 도와 후한 건국에 큰 공을 세웠다. 그 공으로 관군후(冠軍侯)에 봉해졌다. 운대 28장군 중 한 명이다. 『후한서(後漢書)』〈가복열전〉 참조.

432 寇恂(구순) : 구순(寇恂). 중국 후한 광무제 때의 공신. 자는 자익(子翼). 하내(河內)를 평정하고 그곳의 태수가 되었으며, 그 후에도 여러 번 도적의 무리를 평정하여 옹노후(雍奴侯)에 봉해졌다. 운대 28장군 중 한 명이다. 『후한서(後漢書)』〈구순열전〉 참조.

両漢(냥한)의 名將(명쟝)으로
別將(별쟝)[433] 千摠(쳔총)[434] 兵水使(병슈스)[435]오
趙雲(됴운)[436] 張飛(쟝비)[437] 魏延(위연)[438]이는
蜀漢(촉한)의 勇將(뇽쟝)이오
杜預(두예)[439] 羊祜(냥호)[440] 祖逖(조젹)[441]이는

---

433 別將(별쟝) : 별장(別將). 조선시대 용호영(龍虎營)의 종2품 벼슬인 으뜸장수 또는 용호영 이외의 각 영에 딸린 정3품 벼슬.

434 千摠(쳔총) : 천총(千摠). 조선시대 각 군영에 속한 정3품 무관 벼슬. 훈련도감, 금위영, 어영청, 총융청, 진무영 따위에 두었다.

435 兵水使(병슈스) : 병수사(兵水使). 병사(兵使)와 수사(水使). 병사는 병마절도사(兵馬節度使, 종2품), 수사는 수군절도사(水軍節度使, 정3품)를 가리킴.

436 趙雲(됴운) : 조운(趙雲). 중국 삼국시대 촉나라의 무장. 자는 자룡(子龍). 처음에는 원소(袁紹)의 수하에 있다가 공손찬(公孫瓚)을 찾아가 부하가 되었는데, 이때 공손찬에게 의지하고 있던 유비(劉備)와 인연을 맺었다. 이후 유비의 두터운 신임을 받아 관우(關羽)·장비(張飛)·황충(黃忠)·마초(馬超)와 함께 촉의 오호대장군(五虎大將軍)이 되었다.

437 張飛(쟝비) : 중국 삼국시대 촉나라의 무장. 자는 익덕(益德). 유비·관우와 함께 도원(桃園)에서 의형제를 맺었고 후한 말의 많은 전쟁에서 용맹을 떨쳤던 용장(勇將)이다. 유비의 익주 공략 때 큰 공을 세워 파서(巴西)태수가 되고 유비가 제위에 오르자 거기장군·사례교위에 임명되었다. 술에 취해 잠이 들었을 때, 자신의 부하였던 장달(張達)과 범강(范彊)에게 암살되었다.

438 魏延(위연) : 중국 삼국시대 촉나라의 무장. 자는 문장(文長). 유표(劉表)의 휘하에서 장수로 있다가 태수 한현(韓玄)을 죽이고 유비에게 항복하여 촉한의 무장이 되었다. 아문장군이 되었다가 유비가 황제에 오르자 진북장군이 되었고 한중태수로 임명되었다.

439 杜預(두예) : 중국 진(晉)나라의 무장(224~284). 자는 원개(元凱). 진주자사(秦州刺史)·진남대장군(鎭南大將軍) 등을 역임하였다. 유일하게 삼국시대의 명맥을 유지하고 있던 오나라를 공격하여 평정하였으며, 당양현후(當陽縣侯)에 봉해졌다.

440 羊祜(냥호) : 양호(羊祜, 221~278). 중국 진나라의 무장. 자는 숙자(叔子). 도독으로서 양양에서 치른 오(吳)와의 싸움에서 최전선을 담당했으며 오의 명장 육항(陸抗)과는 적군과 아군을 초월한 우정을 맺어 좋은 적수를 이루었다. 만년에 사마염(司馬炎)에게 오를 칠 것을 권하였으나 이루어지지 않았으며, 병이 위독해지자 두예를 후임으로 추천하고 얼마 후 죽었다.

441 祖逖(조젹) : 조적(祖逖, 266~321). 중국 서진(西晉) 말~동진(東晉) 초기의 무장. 자는 사치(士稚). 팔왕(八王)의 난(亂)이 일어나 나라가 혼란에 빠지자 유곤(劉琨)과 함께 사마예(司馬睿)에게 제위에 오르기를 권하는 권진표(勸進表)를 올려 동진시대를 여는 데 기여하

東西晉(동셔진)의 賢將(현쟝)이라.

李靖(니졍)442 裴寂(비젹)443 劉文靜(유문졍)444과

尉遲耿德(울지경덕)445 薛仁貴(셜인귀)446와

郭子儀(곽ᄌ의)447 李光弼(니광필)448과

李愬(니소)449 馬燧(마슈)450 渾瑊(혼함)451이ᄂ

였다. 『진서(晉書)』〈조적열전〉 참조.

442 李靖(니졍) : 이정(李靖, 571~649). 중국 당나라의 명장. 자는 약사(藥師). 태종을 섬겨 수나라 말기의 군웅(群雄) 토벌에 힘썼다. 후에 돌궐과 토욕혼(吐谷渾)을 정벌하였으며, 그 공으로 위국공에 봉해졌다. 능연각 24공신의 한 명이다.

443 裴寂(비젹) : 배적(裴寂, 573~632). 중국 당나라의 명장. 자는 현진(玄眞). 고조 이연(李淵)의 죽마고우로 진양궁(晉陽宮) 부감(副監)으로 있으면서 이연이 군사를 일으키는 데 결정적 조언을 하고 장사(長史)를 맡았다. 당 건국 후 상서복야(尙書僕射)에 임명되었다.

444 劉文靜(유문졍) : 유문정(劉文靜, 568~619). 중국 당나라의 명장. 자는 조인(肇仁). 진양(晉陽)의 현령으로 있다 이연이 군사를 일으키자 사마(司馬)를 맡아 당 건국에 기여했다. 건국 후 납언(納言)에 임명되었으며, 노국공(魯國公)에 봉해졌다.

445 尉遲耿德(울지경덕) : 울지경덕(尉遲敬德, 585~658)의 잘못. 중국 당나라의 명장. 이름은 공(恭). 경덕은 그의 자임. 선비족 출신으로 처음에는 유무주(劉武周)의 휘하에 있다가 이세민이 유무주를 칠 때 투항하였다. 현무문(玄武門)의 변(變) 때 이세민을 도와 그가 제위에 오르는 데 크게 기여했다. 능연각 24공신의 한 명이다.

446 薛仁貴(셜인귀) : 설인귀(薛仁貴, 613~683). 중국 당나라의 명장. 이름은 예(禮). 인귀는 그의 자임. 농민 출신으로 대장군까지 된 입지전적인 인물이다. 고구려 정벌에 공을 세웠을 뿐 아니라 안동도호부(安東都護府)의 도호로서 한반도 침략 정책을 총지휘하였다.

447 郭子儀(곽ᄌ의) : 곽자의(郭子儀, 697~781). 중국 당나라의 명장. 안사의 난을 토벌하여 도읍 장안(長安)을 탈환하였고, 뒤에 토번(吐蕃)을 쳐서 큰 공을 세웠다. 그의 무공은 비할 데가 없다고 칭송되어 상부(尙父)의 칭호를 받고 분양왕(汾陽王)에 봉해졌으며, 당나라 최대의 공신으로서 영광을 누렸다.

448 李光弼(니광필) : 이광필(李光弼, 708~764). 중국 당나라의 명장. 거란 출신이며, 곽자의의 추천으로 하동절도부사가 되었다. 곽자의와 함께 안사의 난을 평정하는 데 큰 공을 세웠다.

449 李愬(니소) : 이소(李愬, 773~820). 중국 당나라의 명장. 자는 원직(元直). 헌종(憲宗) 때 회서(淮西)에서 오원제(吳元濟)가 반란을 일으키자 한밤중에 군사를 인솔하고 큰 눈을 맞으며 70여 리를 달려가 평정한 것으로 유명하다.

450 馬燧(마슈) : 마수(馬燧, 726~795). 중국 당나라의 명장. 자는 순미(洵美). 대종(代宗)과 덕종(德宗) 연간에 평장사(平章事)를 지냈다. 당시 강성한 무장 출신인 이회광(李懷光)

唐朝(당조)의 良將(양쟝)으로

邉地(변디) 防禦(방어) 履歷(니역)이오

曹彬(됴빈)⁴⁵² 高瓊(고경)⁴⁵³ 狄靑(젹쳥)⁴⁵⁴이와

李綱(니강)⁴⁵⁵ 張浚(장쥰)⁴⁵⁶ 韓世忠(한셰츙)⁴⁵⁷과

徐達(셔달)⁴⁵⁸ 花雲(화운)⁴⁵⁹ 常遇春(샹우츈)⁴⁶⁰과

의 발호를 저지하는 데 큰 공을 세웠다.

451　渾瑊(혼함) : 혼감(渾瑊, 736~799)의 잘못. 중국 당나라의 명장. 본명은 진(進). 일찍이 이성(李晟)의 반란을 진압하였으며, 마수와 함께 이회광을 토벌하기도 하였다. 검교사도(檢校司徒) 겸 중서령(中書令)을 역임하였다.

452　曹彬(됴빈) : 조빈(曹彬, 931~999). 중국 송나라의 개국공신. 자는 국화(國華). 태조(太祖)를 도와 천하를 평정하고 노국공(魯國公)에 봉작(封爵)되어 장상(將相)을 겸하였다. 태조·태종·진종을 섬겼으며, 몇 차례의 정벌에서 남당의 이후주·후촉의 맹창·남한의 유은·형남의 고계충 등 네 나라의 군왕을 사로잡았다.

453　高瓊(고경) : 중국 송나라의 명장(935~1006). 자는 벽산(碧珊). 태종과 진종 대에 많은 전공을 쌓았으며, 한왕(韓王)에 봉해졌다.

454　狄靑(젹쳥) : 적청(狄靑, 1008~1057). 중국 송나라의 명장. 자는 한신(漢臣). 범중엄 등에 의해 군졸에서 대장으로 발탁되어 많은 활약을 했다. 벼슬은 추밀사(樞密使)를 역임했다.

455　李綱(니강) : 이강(李綱, 1085~1140). 중국 송나라의 명장. 자는 백기(伯紀). 금나라의 침략을 받았을 때 끝까지 싸울 것을 주장한 주전파의 대표적 인물이다. 후에 남송의 재상이 되었다.

456　張浚(장쥰) : 장준(張浚, 1097~1164). 중국 남송의 명장이자 정치가. 자는 덕원(德遠). 묘부(苗傅)와 유정언(劉正彦)이 난을 일으켜 고종을 강제 폐위하고 원의태자를 황제로 추대하자 군사를 일으켜 그를 폐위하고 고종을 다시 복위시켰다. 효종 때 추밀사, 도독강회군마를 지냈으며 위국공(魏國公)에 봉해졌다.

457　韓世忠(한셰츙) : 한세충(韓世忠, 1089~1151). 중국 남송의 명장. 자는 양신(良臣). 방랍(方臘)의 난과 명수(明受)의 난을 진압하는 데 공을 세워 명성을 떨쳤다. 악비(岳飛)와 유기(劉錡) 등과 함께 금나라 군의 침입을 막아 송조(宋朝)의 명맥을 유지하고 없어진 영토를 회복하려고 힘쓴 무장이다.

458　徐達(셔달) : 서달(徐達, 1332~1385). 중국 명나라의 개국공신. 자는 천덕(天德). 주원장(朱元璋)의 부하로 통군원수·강남행추밀원사·좌상국 등을 지냈고, 원군 토벌에서는 25만의 군대를 총지휘했으며, 주원장이 즉위하자 무관 제일의 자리를 차지했다.

459　花雲(화운) : 중국 명나라의 개국공신(1321~1360). 1353년 주원장의 휘하에 들어간 뒤 주원장이 세력을 확장하는 데 큰 보탬을 주었다. 일명 흑장군(黑將軍)으로 불렸다고 전한다.

李成樑(니셩양)461 袁崇煥(원슝환)462은

宋明(송명)의 猛將(밍쟝)으로

把摠(파총)463 哨官(초관)464 偏將(편쟝)465이라.

大將(대쟝) 以下(니하) 諸將官(졔쟝관)이

先後廂(션후상)의 環衛(환위)ᄒ니

戽鬚(호슈)466 笠飾(닙식)467 珮同箇(픠동기)468와

金冑(금쥬) 鉄甲(철갑) 더욱 됴타.

百官(빅관) 侍衛(시위) 班列末(반열말)의

忠臣(츙신) 節士(졀스) 다 모닷다.

龍逢(뇽방)469 比干(비간)470 몬져 안고

---

460 常遇春(상우츈) : 상우춘(常遇春, 1330~1369). 중국 명나라의 개국공신. 자는 백인(伯仁). 각지의 군웅을 항복시키는 데 큰 공을 세웠고 북방정벌에 나서 원(元)나라 수도를 함락시킨 다음 원나라 순제(順帝)를 북쪽으로 몰아냈다.

461 李成樑(니셩양) : 이성량(李成樑, 1526~1618). 중국 명나라 말기의 명장. 자는 여기(汝器), 호는 은성(銀城). 요동(遼東)의 군사책임자로 약 30년 동안 재임하면서 10여 차례의 전투에서 승리를 거두었다. 이여송(李如松)의 부친이다.

462 袁崇煥(원슝환) : 원숭환(袁崇煥, 1584~1630). 중국 명나라 말기의 명장. 자는 원소(元素), 호는 자여(自如). 후금(後金)의 침략에 맞서 요동 방어에 큰 공을 세웠지만 모반(謀反)의 누명을 쓰고 처형되었다. 그가 죽은 뒤 명은 급격히 몰락의 길로 들어섰다.

463 把摠(파총) : 조선시대 각 군영에 둔 종4품 무관 벼슬.

464 哨官(초관) : 조선시대 한 초(哨, 100명)를 거느리던 종9품 무관 벼슬. 재직 기간 600일이 끝나면 6품으로 승격하였다.

465 偏將(편쟝) : 편장(偏將). 대장을 보좌하며 소속 부대를 지휘하던 무관 벼슬.

466 戽鬚(호슈) : 호수(虎鬚). 주립(朱笠)의 전후좌우에 장식으로 꽂던 흰 빛깔의 깃털. 조선시대 입식(笠飾)의 일종으로 군복에 착용하는 모자에 꽂는 무장(武裝)의 한가지였다.

467 笠飾(닙식) : 입식(笠飾). 군복의 하나인 융복(戎服)을 입을 때 쓰는 갓에 갖추던 치장.

468 珮同箇(픠동기) : 패동개(珮筒箇)의 잘못. ‘동개’ 또는 ‘동개를 찬 것’을 말한다. 동개는 화살집과 활을 넣는 통을 한 줄로 묶어 왼편 어깨에 메는 물건이다.

469 龍逢(뇽방) : 용방(龍逢). 관용봉(關龍逢). 중국 하나라 걸왕(桀王) 때의 충신. 걸왕의 무도함을 간하다 피살되었다.

470 比干(비간) : 중국 은나라 주왕(紂王) 때의 충신. 주왕의 숙부로, 주왕의 학정을 간하

伯夷(빅이)[471] 叔齊(슉졔)[472] 다음이라.

割股食(할고식)[473] 介子推(기ᄌ츄)[474]는

賞功不參(샹공불참) 冤抑(원억)이오

擊衣報仇(격의보구)[475] 豫讓(예양)[476]이는

誤列刺客(오열ᄌ긱) 怪異(괴니)ᄒ다.

鍾儀(종의)[477]의 南楚冠(남관초)[478]와

魯連(노년)[479]의 東海齊(동히졔)[480]라.

다 피살되었다.

471　伯夷(빅이) : 백이(伯夷). 중국 은나라 말에서 주나라 초기의 현인. 이름은 윤(允), 자는 공신(公信). 주나라 무왕이 은나라 주왕을 치려고 할 때 아우인 숙제(叔齊)와 함께 간하였으나, 받아들여지지 않자 수양산(首陽山)으로 들어가 숨어 살다가 굶어 죽었다.

472　叔齊(슉제) : 숙제(叔齊). 중국 은나라 말에서 주나라 초기의 현인. 이름은 지(智). 자는 공달(公達).

473　割股食(할고식) : 넓적다리를 베어 먹임. 진(晉)나라 문공(文公)이 망명 생활을 할 때 개자추가 그를 위해 자신의 넓적다리를 베어 그것으로 탕을 끓여 바쳤다고 한다.

474　介子推(기ᄌ츄) : 개자추(介子推). 중국 춘추시대의 은사(隱士). 진나라 문공이 공자(公子)일 때 19년 동안 함께 망명 생활을 하며 고생하였으나, 문공이 귀국하여 왕이 된 후 자신을 멀리하자 면산(緜山)에 들어가 숨어 살았다. 문공이 잘못을 뉘우치고 그가 나오도록 하기 위하여 산에 불을 질렀으나, 나오지 않고 타 죽었다고 한다.

475　擊衣報仇(격의보구) : 옷을 쳐서 원수를 갚음. 예양은 자신이 섬기던 지백(智伯)의 원수를 갚기 위해 조양자(趙襄子)에게 접근하였으나 그만 붙들리고 말았다. 이에 예양은 조양자에게 간청하여 그의 옷을 받아 칼로 3번 친 뒤, "이것으로 나는 지백에게 은혜를 갚을 수 있게 되었구나!"라고 한 뒤 칼에 엎어져 스스로 목숨을 끊었다. 『사기(史記)』〈자객열전〉 참조.

476　豫讓(예양) : 중국 전국시대 진(晉)나라의 의사(義士). 자신이 섬기던 지백이 조양자에게 피살되자 복수를 시도하다가 실패하여 자살하였다.

477　鍾儀(종의) : 중국 춘추시대 초나라의 악관(樂官). 진(晉)나라에 포로로 잡혀 있으면서 남관(南冠)을 쓰고 있다가 경공에게 발견되어 그의 후의로 초나라로 돌아왔다. 이 일로 초와 진은 화친을 도모하게 되었다. 『춘추좌씨전(春秋左氏傳)』 노성공(魯成公) 9년 기사 참조.

478　南楚冠(남관초) : 남초관(南楚冠)의 잘못. 남쪽 지방 초나라의 관이라는 뜻이다. 그냥 남관(南冠)이라고도 한다.

479　魯連(노년) : 노련(魯連). 노중련(魯仲連). 중국 전국시대 제나라의 은사(隱士).

畫邑(획읍)[481]의 王燭(왕촉)[482]이오

榮陽(녕양)[483]의 紀信(긔신)[484]이라.

十年持節(십년지절) 蘇中郎(소듕냥)[485]과

五関斬将(오관참쟝)[486] 関公(관공)[487]이라.

張巡(쟝순)[488] 许遠(허원)[489] 顔杲卿(안고경)[490]은

---

480 東海齊(동히졔) : 동해제(東海齊). 노중련이 조나라를 떠돌고 있을 때 조나라에 사신으로 온 위나라의 신원연(新垣衍)을 만나 "무도(無道)한 진나라 왕이 제멋대로 제(帝)가 되어 천하에 잘못된 정치를 편다면 나는 차라리 동해에 빠져 죽지 그의 백성이 되지는 않을 것이다."라고 했다는 고사를 가리킴. 『사기(史記)』 〈노중련·추양 열전〉 참조.

481 畫邑(획읍) : 중국 전국시대 제나라의 고을 이름.

482 王燭(왕촉) : 중국 전국시대 제나라 사람. 연(燕)나라가 제나라로 쳐들어갔을 때 그가 어질다는 말을 듣고 사람을 보내 그를 회유하려 하자 "충신은 두 임금을 섬기지 않고, 열녀는 두 남편을 섬기지 않는다.(忠臣不事二君, 烈女不更二夫)"라는 말을 남기고 목을 매어 자결했다. 『사기(史記)』 〈전단열전〉 참조.

483 榮陽(녕양) : 영양(榮陽). 중국 하남성(河南省)에 있는 고을 이름. 한고조 유방과 초패왕 항우가 결전을 치른 곳이다.

484 紀信(긔신) : 기신(紀信). 중국 한나라 고조 때의 무장. 항우의 군사에게 포위당한 고조를 살리기 위해 고조로 가장하여 거짓으로 항복하였다가 살해되었다.

485 蘇中郎(소듕냥) : 소중랑(蘇中郎). 소무(蘇武). 중국 한나라 무제(武帝) 때의 충신. 자는 자경(子卿). BC 100년에 중랑장(中郎將)으로서 흉노(匈奴)에 사신으로 갔다가 체포되어 항복을 강요받았다. 그러나 절의를 굽히지 않고 이를 거부하자 바이칼 호 주변의 황야로 보내져 19년에 걸친 억류생활을 했다. 소제(昭帝)가 즉위한 후 흉노와의 화해가 성립되어 BC 81년 장안(長安)으로 돌아왔다. 『한서(漢書)』 〈소무열전〉 참조.

486 五関斬将(오관참쟝) : 오관참장(五關斬將). "다섯 관문을 지나며 여섯 장수를 베다(過五關斬六將)."라는 뜻으로, 겹겹이 쌓인 난관을 돌파하는 것을 비유하는 고사성어. 『삼국지연의(三國志演義)』에서 조조(曹操)에게 의탁하고 있던 관우(關羽)가 유비(劉備)가 있는 곳으로 가기 위하여 조조의 영역을 벗어나며 저지하는 장수들을 베고 다섯 관문을 돌파한 고사에서 유래되었다.

487 関公(관공) : 관우(關羽). 중국 삼국시대 촉한의 무장. 자는 운장(雲長). 장비·유비와 의형제를 맺고 적벽대전에서 조조의 군대를 격파하는 등 많은 공을 세웠다. 뒤에 위나라와 오나라의 동맹군에게 패한 뒤 살해되었다.

488 張巡(쟝순) : 장순(張巡, 709~757). 중국 당(唐)나라의 무장. 현종(玄宗) 때 안록산(安祿山)의 난이 일어나자 허원(許遠)과 함께 군사를 일으켜 수양성(睢陽城)을 지켰는데, 포위된 지 수개월이 지나 양식이 떨어져 참새·쥐 등을 먹고 견디다가 결국 함락되어 붙잡혔다.

日月爭光(일월징광) 忠诚(츙셩)이오

洪皓(홍호)[491] 朱弁(쥬변)[492] 李若水(니약슈)[493]는

山岳不崩(산악불붕) 氣節(긔졀)이라.

涅背精忠(날비졍츙)[494] 岳武穆(악무목)[495]은

痛飮黃龍(통음황농)[496] 遺恨(유한)이오

隻手擎天(쳑슈경쳔)[497] 文天祥(문텬샹)[498]은

반란군들은 칼을 잡고 항복을 강요하였으나 거절하였으며 결국 피살되었다.

489　许遠(허원) : 중국 당나라의 무장(709~757). 안록산의 난이 일어나자 수양성의 태수가 되어 반란군을 막다가 성이 함락되자 항복하지 않고 순절하였다.

490　顔杲卿(안고경) : 중국 당나라의 충신(692~756). 자는 흔(昕). 안록산 밑에서 영전판관(營田判官)으로 있다가 하북성(河北省) 상산군(常山郡)의 태수로 발탁되었다. 그러나 755년 안록산이 반란을 일으키자, 종제(從弟)인 안진경(顔眞卿)과 함께 의병을 일으켜 반란군의 배후를 위협했다. 이듬해 사사명(史思明)에게 체포된 후, 안록산 앞에서 처형되었다.

491　洪皓(홍호) : 중국 남송의 정치가(1088~1155). 자는 광필(光弼). 1129년 휘종((徽宗)과 흠종(欽宗)의 반환을 요구하기 위해 예부시랑(禮部侍郎) 대금통문사(大金通問使) 자격으로 금(金)나라에 갔다가 15년간 구금되어 있었으며 1143년 귀환하였다.

492　朱弁(쥬변) : 주변(朱弁, 1085~1144). 중국 남송의 정치가. 자는 소장(少章), 호는 관여거사(觀如居士). 1127년 사신으로 금나라에 갔다가 무려 17년간 구금되어 있었으며 1143년 홍호와 함께 귀환하였다.

493　李若水(니약슈) : 이약수(李若水, 1093~1127). 중국 송나라의 정치가. 원래 이름은 약빙(若冰), 자는 청경(淸卿). 금나라의 침략을 받았을 때 포로로 붙잡혔다. 흠종이 오국성(五國城)에 구류되어 천자의 어의를 벗도록 강요당할 때 큰소리로 금나라 사람을 꾸짖는 등 금의 처사에 항의하다 끝내 살해당했다.

494　涅背精忠(날비졍츙) : 날배정충(涅背精忠). 악비가 군대로 떠나기 전 그의 어머니 요씨(姚氏)가 그의 등에 정충보국(精忠報國)의 네 글자를 새겼다고 전하는데 이를 가리킴.

495　岳武穆(악무목) : 악비(岳飛, 1103~1142). 자는 붕거(鵬擧)이며, 무목(武穆)은 그의 시호임. 중국 남송의 무장. 금나라에 대하여 주전론(主戰論)를 펴며 엄청난 전공을 올렸으나 재상 진회(秦檜)의 참소로 옥사하였다.

496　痛飮黃龍(통음황농) : 통음황룡(痛飮黃龍). "황룡부에서 통쾌하게 술을 마시다"라는 뜻으로, 적의 본거지를 섬멸하는 것을 비유하는 고사성어. 악비의 군대는 금나라와 싸워 연전연승하였고, 이에 한껏 고무된 악비는 "곧바로 황룡부―금나라의 도읍―까지 쳐들어가서 제군들과 통쾌하게 술을 마시고 싶다.(直抵黃龍府, 與諸君痛飮爾)"라고 감회를 나타내었다. 그러나 악비는 이를 실행에 옮기지 못하고 간신 진회의 모함으로 억울하게 죽고 말았다. 『송사(宋史)』〈악비열전〉 참조.

滿江紅舟(만강홍쥬)⁴⁹⁹ 悲歌(비가)로다.

負日入海(부일닙히)⁵⁰⁰ 陸秀夫(뉵슈부)⁵⁰¹와

賣卜長安(미복장안)⁵⁰² 謝枋得(사방득)⁵⁰³과

鐵鉉(철현)⁵⁰⁴ 景淸(경쳥)⁵⁰⁵ 方孝孺(방효유)⁵⁰⁶와

孫承宗(손승종)⁵⁰⁷ 李邦華(니방화)⁵⁰⁸라.

497　隻手擎天(척슈경천) : 척수경천(隻手擎天). 한 손으로 하늘을 들어 올림.

498　文天祥(문텬샹) : 문천상(文天祥, 1236~1282). 중국 남송 말기의 충신. 자는 송서(宋瑞)・이선(履善), 호는 문산(文山). 원과의 강화(講和)를 위해 원의 진중(陣中)에 파견되었을 때 포로가 되었으나 탈출하여 각지를 전전했다. 남송이 멸망한 후 원나라에서 벼슬하는 것을 거절했다. 도종(度宗)의 장자 익왕(益王)을 도와 남송 회복에 노력했지만 실패하고, 다시 체포되어 대도(大都 : 지금의 베이징)로 유폐되었다가 3년 후 처형되었다.

499　滿江紅舟(만강홍쥬) : 만강홍주(滿江紅舟). 〈만강홍(滿江紅)〉. 문천상이 지은 사(詞)의 이름이다.

500　負日入海(부일닙히) : 부일입해(負日入海). 해를 지고 바다에 듦. 육수부가 소제를 업고 바다에 몸을 던진 것을 가리킨다.

501　陸秀夫(뉵슈부) : 육수부(陸秀夫, 1237~1279). 중국 남송 말기의 충신. 자는 군실(君實). 조병(趙昺)을 소제(少帝)로 옹립하고 원나라 군대에 대한 항쟁을 계속하였으나 애산(厓山) 전투에서 송나라 군사가 괴멸하자 칼을 들고 가족들을 바다로 몰아넣은 다음 자신도 황제를 업고 바다에 몸을 던져 자결하였다. 『송사(宋史)』〈육수부열전〉 참조.

502　賣卜長安(미복장안) : 매복장안(賣卜長安). 장안에서 점을 침. 사방득이 복건성 건양에 은거하고 있을 때 점을 치고 지낸 것을 가리킨다.

503　謝枋得(사방득) : 중국 남송 말기의 충신(1226~1289). 자는 군직(君直), 호는 첩산(疊山). 원나라가 침입하자 의병을 일으켜 싸우다가 송나라가 쇠퇴한 후 복건성(福建省) 건양(建陽)으로 망명하였다. 뒷날 원조(元朝)의 부름을 받고 억지로 북경(北京)으로 끌려갔으나, 두 조정을 섬길 수 없다고 거절하고 단식하여 죽었다.

504　鐵鉉(철현) : 철현(鐵鉉, 1366~1402). 중국 명나라 초기의 충신. 자는 정석(鼎石). 연왕(燕王)이었던 주체(朱棣, 영락제)가 조카인 건문제를 쫓아내고 황위를 찬탈한 뒤 무자비한 학살이 자행되었는데, 이 때 사로잡혀 온갖 악형을 당하다 죽었다.

505　景淸(경쳥) : 경청(景淸). 중국 명나라 초기의 충신. 고려 출신으로 명나라에서 과거에 응시하여 3등에 급제한 뒤 건문제(建文帝)를 섬겼다. 영락제가 황위를 찬탈한 뒤 영락제를 살해하려다 실패하여 처형당했다.

506　方孝孺(방효유) : 중국 명나라 초기의 충신(1357~1402). 자는 희직(希直)・희고(希古), 호는 손지(遜志)・정학(正學). 영락제가 황위를 찬탈한 뒤 즉위의 조서를 기초하도록 시켰으나 이를 거절하여 처형당하였다.

千古節義(쳔고졀의) 모든 즁의

贈秩(증질)[509] 褒忠(포튱)[510] 恩典(언제)이오

奸忠(간튱) 邪正(ᄉ졍) 分別(분별)ᄒ야

彰善(창션) 懲惡(증악) 加勉(가면)[511]ᄒ니

商鞅(상앙)[512]의 臨渭論囚(임위논슈)[513]

萬民愁怨(만민슈원) 殃及(앙급)ᄒ고

鼂錯(됴조)[514]의 朝衣斬市(조의참시)[515]

萬世寃抑(만셰원억) 伸寃(신원)ᄒ고

張湯(장탕)[516] 杜周(두쥬)[517] 桑弘羊(상홍양)[518]은

---

507 孫承宗(손승종) : 중국 명나라 말기의 충신(1563~1638). 자는 치승(稚繩), 호는 개양(愷陽). 지략이 있었고 국방문제에 밝았으며 병부상서를 지냈다. 청나라 군대의 침입을 막아 싸우다 죽었다.

508 李邦華(니방화) : 이방화(李邦華, 1574~1644). 중국 명나라 말기의 충신. 자는 맹암(孟闇), 호는 무명(懋明). 명나라가 망하자 숭정제를 따라 죽었다.

509 贈秩(증질) : 죽은 다음에 작위를 추증함.

510 褒忠(포튱) : 포충(褒忠). 충신을 찬양함.

511 加勉(가면) : 더욱 힘씀.

512 商鞅(상앙) : 중국 전국시대 진(秦)나라의 정치가. 위앙(衛鞅) 또는 공손앙(公孫鞅)이라고도 한다. 효공(孝公) 밑에서 부국강병의 계책을 세워 여러 방면에 걸친 대개혁을 단행함으로써 후일 진 제국 성립의 기틀을 마련하였다. 효공 22년 상군(商君)으로 봉해졌으나, 효공이 죽은 뒤 중신들에게 원한을 사 극형에 처해졌다. 『사기(史記)』〈상군열전〉 참조.

513 臨渭論囚(임위논슈) : 임위논수(臨渭論囚). 『통감절요(通鑑節要)』에 나오는 "甞臨渭論囚, 渭水盡赤.(일찍이 위수에 이르러 죄인을 논함에 위수의 물이 모두 붉게 되었다.)"에서 유래한 것으로, 상앙의 법운용이 혹독했음을 가리키는 말이다.

514 鼂錯(됴조) : 조조(鼂錯). 중국 한나라의 정치가. 경제(景帝) 때에 어사대부가 되어 제후들의 세력을 누르려다가 오초칠국(吳楚七國)의 난을 불러일으켰으며, 반대파의 참언으로 처형되었다.

515 朝衣斬市(조의참시) : 조조(鼂錯)가 조복을 입고 장안의 동쪽 저자에서 참수당한 것을 가리킨다. 『사기(史記)』〈원앙・조조 열전〉 참조.

516 張湯(장탕) : 중국 한나라 무제 때의 이름난 혹리(酷吏). 반대파의 모함을 받아 자결했다. 『사기(史記)』〈혹리열전〉 참조.

517 杜周(두쥬) : 두주(杜周). 중국 한나라 무제 때의 이름난 혹리. 의종(義縱)의 천거로

聚斂(취염)[519]으로 削奪(삭탈)ᄒ고

龔遂(공슈)[520] 黃覇(황피)[521] 召信臣(소신신)[522]은

善治守令(슨치슈녕)[523] 襃啓(포계)[524]ᄒ고

五侯(오후)[525] 七貴(칠귀)[526] 戚里(척니)[527]들은

豪強(호강)으로 懲礪(증여)[528]ᄒ고

八俊(팔쥰)[529] 八及(팔급)[530] 淸節士(쳥졀ᄉ)ᄂ

벼슬길에 나와 장탕을 섬겼다. 『사기(史記)』〈혹리열전〉 참조.

518　桑弘羊(상홍양) : 중국 한나라의 정치가. 무제 때 치속도위(治粟都尉)가 되어 소금과 철의 전매와 균수법, 평준법을 시행하였다. 소제 때 곽광과 반목하여 모반을 일으키려다 처형당하였다.

519　聚斂(취염) : 취렴(聚斂). 백성의 재물을 탐내어 함부로 거두어들이는 것.

520　龔遂(공슈) : 공수(龔遂). 중국 한나라의 순리(循吏). 자는 소경(少卿). 선제(宣帝) 때 발해 태수(渤海太守)로 있으면서 선정을 베풀었다. 백성에게 농사와 누에치기를 적극 권장함으로써 반란을 일으킨 백성들이 모두 무기를 팔아 소를 사서 농업에 힘쓰게 되었다. 『한서(漢書)』〈순리열전〉 참조.

521　黃覇(황피) : 황패(黃覇). 중국 한나라의 순리. 자는 차공(次公). 선제 때 정위정(廷尉正)이 되어 의옥(疑獄)을 공정하게 해결했다는 평을 받았다. 영천(潁川) 태수가 되어 백성들을 잘 교화시켜 인구를 늘리고, 당시 지방 고을에서 제일로 만들었다. 공수와 함께 순리로 손꼽혀 공황(龔黃)이라 일컬어진다. 『한서(漢書)』〈순리열전〉 참조.

522　召信臣(소신신) : 중국 한나라의 순리. 자는 옹경(翁卿). 남양(南陽) 태수를 지내면서 백성들에게 선정을 베풀어 그곳 사람들이 그를 소부(召父)라고 불렀다고 한다. 『한서(漢書)』〈순리열전〉 참조.

523　善治守令(슨치슈녕) : 善治守令(선치수령).

524　襃啓(포계) : 각 도의 관찰사나 어사가 고을 수령의 선정(善政)을 임금에게 아뢰던 일.

525　五侯(오후) : 중국 한나라 성제(成帝) 때 정치를 어지럽힌 다섯 사람의 왕씨(王氏) 제후. 곧 평아후(平阿侯) 왕담(王譚), 성도후(成都侯) 왕상(王商), 홍양후(紅陽侯) 왕립(王立), 곡양후(曲陽侯) 왕근(王根), 고평후(高平侯) 왕봉시(王逢時)를 일컫는다.

526　七貴(칠귀) : 중국 한나라 때 외척 및 귀족으로 권세를 누린 일곱 가문. 즉 여(呂)·곽(霍)·상관(上官)·조(趙)·정(丁)·부(傅)·왕(王)씨를 말한다.

527　戚里(척니) : 척리(戚里). 임금의 외척이 모여 사는 곳이라는 뜻으로, 임금의 외척을 이르는 말.

528　懲礪(증여) : 징려(懲礪). 부정이나 부당한 행위에 대하여 벌을 내리거나 제재를 가함.

忠良(츙냥)으로　旌闾(졍여)[531] 흐고

楊震(양진)[532]　華歆(화운)[533]　管寧(관녕)[534]이는

淸白吏(쳥빅니)로　收用(슈뇽)흐고

来俊臣(닉쥰신)[535]　索元禮(싁원예)[536]는

酷毒刑罰(혹독형벌)　反受(반슈)흐다.

南间罪人(남간죄인)[537]　奸臣逆子(간신역ᄌ)

529　八俊(팔쥰) : 팔준(八俊). 중국 후한 영제(靈帝) 때 치적(治績)이 뛰어난 여덟 사람. 곧 주거(周擧) · 두교(杜喬) · 주익(周翊) · 풍선(馮羨) · 난파(欒巴) · 장망(張網) · 곽준(郭遵) · 유반(劉班)을 가리킨다.

530　八及(팔급) : 중국 후한 영제 때 사람을 인도하여 한 학파를 추숭한 공로가 있는 여덟 사람. 곧 장검(張儉) · 잠질(岑晊) · 유표(劉表) · 진상(陳翔) · 공욱(孔昱) · 범강(范康) · 단부(檀敷) · 적초(翟超)를 가리킨다.

531　旌闾(졍여) : 정려(旌閭). 충신 · 효자 · 열녀 등을 기리기 위해 그 동네에 정문을 세워 표창함.

532　楊震(양진) : 중국 후한의 청백리(淸白吏, 54~124). 자는 백기(伯起). 동래 태수로 부임하는 길에 관내 창읍(昌邑)에서 하룻밤 자게 되었는데 그곳 현령인 왕밀(王密)이 찾아와 전에 신세졌다는 이유로 금품을 내밀자 "天知, 地知, 汝知, 我知.(하늘이 알고, 땅이 알고, 자네가 알고, 내가 안다.)"라고 하면서 거절했다는 고사가 전한다.

533　華歆(화운) : 화흠(華歆, 157~232)의 잘못. 중국 후한 말~삼국시대의 청백리. 자는 자어(子魚). 집안에 재산을 쌓아두지 않고 친척, 친구들과 나누었으며 특히 여자 노예들은 신분을 해방시켜 결혼하게 하였다.

534　管寧(관녕) : 중국 후한 말~삼국시대의 고사(高士, 158~241). 자는 유안(幼安). 항상 검은 모자를 쓰고 베옷을 입고 다녔으며, 80세가 넘도록 50여 년 동안을 한 목탑(木榻)에만 꿇어앉았으므로 그 목탑에 구멍이 뚫렸다고 한다.

535　来俊臣(닉쥰신) : 내준신(來俊臣, 651~697). 중국 당나라 측천무후(則天武后) 때의 혹리(酷吏). 색원례(索元禮), 주흥(周興) 등과 함께 측천무후의 공포정치를 이끌었다.

536　索元禮(싁원예) : 색원례(索元禮). 중국 당나라 측천무후 때의 혹리. 다른 사람을 밀고하는 데 재주가 있어 측천무후의 심복이 되었으나, 결국 흉흉한 민심을 수습하기 위한 희생양으로 측천무후에 의해 죽임을 당했다.

537　南间罪人(남간죄인) : 조선시대 의금부의 남쪽 감옥에 가둔 죄인. 의금부에는 남간(南间)과 서간(西间)의 두 감옥을 두어 여기에 죄수를 가두었는데, 영조 때는 살인죄수 중 기결수(旣決囚)는 남간에 가두고 미결수(未決囚)는 서간에 가두어 구별하였다. 따라서 그 당시 남간 죄수라 하면 모두 오래지 않아 처형될 자를 가리켰다.

拿鞠嚴问(나국엄문)⁵³⁸ 發啓(발계)⁵³⁹ᄒ니

趙高(됴고)⁵⁴⁰ 閻樂(염낙)⁵⁴¹ 弘恭(홍공)⁵⁴² 石顯(셕현)⁵⁴³

十常侍(십상시)⁵⁴⁴ 董卓(동탁)⁵⁴⁵이라.

李林甫(니임보)⁵⁴⁶ 楊國忠(냥국튱)⁵⁴⁷과

---

538 拿鞠嚴问(나국엄문) : 죄인을 붙잡아 엄하게 국문(鞠問)함.

539 發啓(발계) : 의금부에서 처결한 사건에 미심한 점이 있을 때 사간원이나 사헌부에서 다시 사실을 조사한 후 그 연유를 밝혀 임금에게 보고하던 일.

540 趙高(됴고) : 조고(趙高). 중국 진(秦)나라의 환관. 진시황(秦始皇)이 죽은 뒤 후계를 세울 때, 조서를 거짓으로 꾸며 시황제의 장자 부소(扶蘇)를 죽이고 우둔한 호해(胡亥)를 제2세 황제로 즉위시켰다. 이어 이사(李斯)를 죽이고 스스로 정승이 되어 온갖 횡포한 짓을 다했다. 천하의 군웅(群雄)이 쳐들어와 진나라의 형세가 위태롭게 되자, 2세 황제마저 모살(謀殺)하고 부소의 아들 자영(子嬰)을 옹립하여 진왕이라 부르게 하였으나 곧 자영에게 죽임을 당하고, 그의 3족도 함께 처벌되었다.

541 閻樂(염낙) : 염락(閻樂). 중국 진나라의 관리. 조고의 사위로 2세 황제를 모살하고 자영을 옹립하는 일에 적극 가담하였으나, 조고와 함께 자영에게 죽임을 당했다.

542 弘恭(홍공) : 중국 한(漢)나라의 환관. 선제(先帝) 때 중서령에 발탁되어 황실에 들어갔으며, 뒤에 원제(元帝)를 옹립하여 정권을 마음대로 전횡하였다. 석현(石顯)과 함께 대신들을 참소하여 죽이고 정권을 장악하였으므로 권세 부리는 환관을 일러 공현(恭顯)이라 하였다.

543 石顯(셕현) : 석현(石顯). 중국 한나라의 환관. 자는 군방(君房). 원제가 즉위하자 홍공을 대신하여 중서령이 되었는데, 원제가 병이 들자 대소 정사를 모두 결정하는 등 권세가 높았다. 이후 성제(成帝)가 즉위하자 실권하였고 고향으로 돌아가던 길에 병사하였다.

544 十常侍(십상시) : 중국 후한 영제(靈帝) 때의 환관 10여인. 곧 장양(張讓)·조충(趙忠)·하운(夏惲)·곽승(郭勝)·손장(孫璋)·필람(畢嵐)·율숭(栗嵩)·단규(段珪)·고망(高望)·장공(張恭)·한리(韓悝)·송전(宋典) 등을 가리킨다. 영제는 어린 나이로 황제가 되어 전혀 통치 능력이 없었으므로, 십상시는 영제의 관심을 정치에서 멀어지게 하기 위하여 주색에 빠지게 만들고 정치는 자신들이 농단하였다. 이에 황건적(黃巾賊)의 난 등 여러 곳에서 반란이 일어났다.

545 董卓(동탁) : 동탁(董卓)의 잘못. 중국 후한 말기의 무장. 자는 중영(仲穎). 외척 하진(何進)이 환관을 토멸하고자 할 때 이에 호응하여 군사를 이끌고 낙양에 입성하여 헌제(獻帝)를 옹립하고 정권을 잡았다. 그러나 원소(袁紹)를 맹주로 하는 자신의 토벌군이 조직되자 낙양성을 불 지르고 장안으로 천도했다. 천도 후에도 횡포를 일삼다가 사도 왕윤(王允)의 모략에 걸려 여포(呂布)에게 살해되었다.

546 李林甫(니임보) : 이림보(李林甫). 중국 당나라 현종(玄宗) 때의 재상. 19년 동안이나 재상의 지위에 있으면서 자기와 의견을 달리하는 사람을 모두 배척했고, 도당을 만들어

盧杞(노긔)[548]와 仇士良(구ㅅ냥)[549]과

丁謂(졍위)[550] 章惇(쟝슌)[551] 蔡京(치경)[552]이와

秦檜(진회)[553]와 韓侘冑(한탁쥬)[554]와

마음대로 일을 처리했다. 음험하고 책략이 많아서 '口蜜腹劍(입에는 꿀, 뱃속에는 칼)'이라는 평을 받았다.

547 楊國忠(냥국튱) : 양국충(楊國忠). 중국 당나라 현종 때의 재상. 본명은 소(釗)이며, 국충(國忠)은 현종이 내려준 이름이다. 양귀비의 친척으로 등용되어 재상 이림보와 결탁, 재정적 수완을 발휘함으로써 현종에게 중용되었다. 이림보가 죽자 재상이 되었으나, 뇌물로 인사(人事)를 문란하게 하고 백성으로부터 재물을 수탈하는 등 실정을 계속하여 안사의 난을 자초하였으며 사천(四川)으로 도주 중 살해되었다.

548 盧杞(노긔) : 노기(盧杞). 중국 당나라 덕종(德宗) 때의 재상. 자는 자량(子良). 얼굴빛이 푸르스름하여 남면(藍面)이라는 별명으로 불렸다. 못생긴 외모에 음흉한 마음씨를 가졌으며, 명리(名利)를 몹시 탐하여 사람들은 그를 명리노(名利奴 : 명리의 노예)라 칭했다고 한다.

549 仇士良(구ㅅ냥) : 구사량(仇士良, 781~843). 중국 당나라 문종(文宗) 때의 환관. 자는 광미(匡美). 환관의 수장으로 횡포가 심하여 감로(甘露)의 변(變)―835년에 일어난 관료와 환관과의 싸움―이 있게 하였으며, 관료들의 계획이 사전에 누설되어 실패로 돌아감으로써 이후 그의 횡포는 더욱 심화되었다.

550 丁謂(졍위) : 정위(丁謂, 962~1033). 중국 송나라 진종(眞宗) 때의 재상. 자는 위지(謂之) 또는 공언(公言). 토목 공사를 크게 일으켜 '옥청소응궁(玉淸昭應宮)'을 세우는 한편, 신선을 맞이하고 귀신에게 제사지내고자 진종을 부추겨 함께 태산에서 봉선(封禪)을 행하기도 하였다. 인종(仁宗) 때 애주(崖州)로 쫓겨났다.

551 章惇(쟝슌) : 장돈(章惇, 1035~1105)의 잘못. 중국 송나라 철종(哲宗) 때의 재상. 자는 자후(子厚). 신종 때 부재상을 지냈으나, 철종 초기 선인태후가 수렴정치를 하며 신종 이래 20년간 지속하던 신법을 폐지하고 그 이전의 정책으로 돌아가자 쫓겨났다. 선인태후가 사망하고 철종의 친정이 시작되자 재상에 임명되어 구법파 관료들을 추방하였다. 신법을 국시라고 간주할 정도로 신법을 열렬히 추종하였다.

552 蔡京(치경) : 채경(蔡京, 1047~1126). 중국 송나라 말기의 재상. 자는 원장(元長). 16년간 재상 자리에 있으면서 숙적 요(遼)를 멸망시켰으나, 휘종에게 사치를 권하고 재정을 궁핍에 몰아넣었다. 금군(金軍)이 침입하고 흠종 즉위 후, 국난을 초래한 6적(賊)의 우두머리로 몰려 실각하였다.

553 秦檜(진회) : 중국 남송 초기의 재상(1090~1155). 자는 회지(會之). 충신 악비(岳飛)를 죽이고 주전파(主戰派)를 탄압하면서 금(金)과 굴욕적인 강화(講和)를 체결하여 간신으로 몰렸다. 24년간 재상을 지낸 유능한 관리였으나 정권 유지를 위해 '문자의 옥'을 일으켜 반대파를 억압해 비난받았다.

史彌遠(스미원)[555] 賈似道(가스도)[556]는

魏忠賢(위츙현)[557] 汪直(왕직)[558]이를

天威震疊(텬위진쳡)[559] 设鞠(셜국)ㅎ고

次弟結縛(차졔결박) 拿囚(나슈)ㅎ야

罪之輕重(죄지경중) 磨鍊(마년)ㅎ야

三尺王章(삼쳑왕장)[560] 嚴治(엄치)ㅎ니

僭僞(참위)[561] 班(반)의 王莽(왕밍)[562] 曺操(됴조)[563]

---

554 韓侂胄(한탁쥬) : 한탁주(韓侂胄, 1152~1207)의 잘못. 중국 남송의 재상. 자는 절부(節夫). 영종(寧宗) 옹립에 공을 세우고 외척으로 정계에 등장하였으나, 우승상 조여우(趙汝愚)와 대립하여 그를 유배 보내고, 그가 추천한 주희(朱熹)와 그 학파를 위학(僞學)으로 몰아 추방하였다. 이후 14년간 정권을 자의로 전단하였으며, 권세 확장을 위하여 금(金) 토벌군을 일으켰다가 실패하자 문책을 받고 사미원(史彌遠)에게 살해당했다.

555 史彌遠(스미원) : 사미원(史彌遠, 1164~1233). 중국 남송의 재상. 자는 동숙(同叔). 1207년 궁중의 지지를 받아 한탁주를 살해한 뒤 목을 잘라 금으로 보내 화의를 성립시켰으며, 이듬해 재상이 되어 26년간 권력을 휘둘렀다.

556 賈似道(가스도) : 가사도(賈似道, 1213~1275). 중국 남송 말기의 재상. 자는 사헌(師憲). 공전법(公田法)을 실시하였고 이종(理宗)·도종(度宗)·공제(恭帝)의 3대에 걸쳐서 정권을 장악하였다. 뒤에 원나라 군대와 싸워 패하고 유배지인 장주에서 피살되었다.

557 魏忠賢(위츙현) : 위충현(魏忠賢, 1568~1627). 중국 1명나라 말기의 환관. 본명은 위사(魏四). 시정에서 무뢰배 생활을 하다 도박으로 가진 것을 탕진하고 스스로 환관이 되었는데 이 때 이진충(李進忠)으로 개명하였다가 후에 다시 위충현으로 개명하였다. 희종(熹宗)의 총애를 받아 비밀경찰인 동창(東廠)의 수장이 되었고, 동림파(東林派) 관료를 탄압하며 정치를 농단하여 명의 멸망을 촉진하였다.

558 汪直(왕직) : 중국 명나라 성화(成化) 연간의 환관. 성화제(成化帝)의 환심을 사 어마감대감(御馬監大監)이 되었고, 1477년 정보기관인 서창(西廠)이 신설되자 그 장관이 되어 천하를 좌우할 정도로 세력을 뻗치다가 황제의 총애를 잃고 실각하였다.

559 天威震疊(텬위진쳡) : 천위진첩(天威震疊). 임금의 노여움이 그치지 아니함.

560 三尺王章(삼쳑왕장) : 삼척왕장(三尺王章). 나라의 법. 삼척(三尺)은 옛날 중국에서 석 자 길이의 대쪽에 법률을 썼던 고사에서 나온 말로 곧 법률을 의미한다. 왕장(王章)은 왕법(王法)으로 조정의 법률을 가리킨다.

561 僭僞(참위) : 거짓으로 천자를 참칭함.

562 王莽(왕밍) : 왕망(王莽, BC45~AD23)의 잘못. 중국 한나라의 정치가. 자는 거군(巨君). 자신이 옹립한 평제(平帝)를 독살하고 제위를 빼앗아 국호를 신(新)으로 명명하였다.

逆招(역초)[564]의 쒸여 든다.

項鎖(항쇠)[565] 足鎖(족쇠)[566] 蒙頭(몽두)[567]ᄒ야

頃刻(경각) 內(ᄂᆡ)의 잡어드려

火刑(화형) 壓膝(압슬)[568] 具治(구치)ᄒ야

嚴刑(엄형) 鞠問(국문) 捧招(봉초)[569]ᄒ니

簒國(찬국)[570] 自立(ᄌᆞ닙) 王莽(왕밍)이ᄂᆞ

不下一杖(불하일장) 承服(승복)ᄒ고

天下至奸(텬하지간) 曹操(묘조)놈은

終始(종시) 遲晩(지만)[571] 아니ᄒ다.

네 아모리 發明(발명)[572]ᄒᆞᆫ들

그러나 한나라 황족의 한 사람인 유수(劉秀 : 후한 광무제)가 군대를 일으키자 크게 패했으며 결국 자신의 부하에게 피살되었다. 재위 기간은 8~23년이다.

563 曹操(묘조) : 조조(曹操, 155~220). 중국 삼국시대 위나라의 시조. 자는 맹덕(孟德). 황건의 난을 평정하는 데 공을 세움으로써 두각을 나타내고 동탁이 죽은 뒤 헌제를 옹립하여 실권을 장악하였다. 그는 정치상의 실권은 잡았으나 스스로 제위에 오르지는 않았고, 220년 정월 낙양(洛陽)에서 사망하였다. 아들 조비(曹丕)가 뒤를 잇고 헌제에게 양위를 받아 위나라 황제가 된 뒤 태조 무황제(太祖 武皇帝)로 추존되었다.

564 逆招(역초) : 역적이 진술한 조서.

565 項鎖(항쇠) : 항쇄(項鎖). 죄인의 목에 씌우던 옛 형틀의 한 가지. 두껍고 기름한 널빤지의 한쪽 끝에 사람의 목이 들어갈 만하게 구멍을 파고, 양쪽에서 나무 비녀장을 지르도록 되어 있어 죄인이 몸을 눕히지 못하도록 한 것이다.

566 足鎖(족쇠) : 족쇄(足鎖). 죄인의 발목에 채우던 쇠사슬.

567 蒙頭(몽두) : 조선시대 죄인의 머리에 덮어씌우던 형구. 반역죄인(叛逆罪人)이나 강상죄인(綱常罪人)과 같은 중죄인을 체포·연행할 때 사용하였다.

568 壓膝(압슬) : 조선시대에 죄인을 자백시키기 위하여 행하던 고문의 하나. 죄인을 기둥에 묶어 사금파리를 깔아 놓은 자리에 무릎을 꿇게 하고 그 위에 압슬기나 무거운 돌을 얹어서 자백을 강요하였다. 조선초기부터 행하여지다가, 1725년(영조 1)에 폐지되었다.

569 捧招(봉초) : 죄인을 문초하여 구두로 진술을 받음.

570 簒國(찬국) : 찬국(簒國)의 잘못. 나라를 빼앗음.

571 遲晩(지만) : '너무 오래 속여서 미안하다.'는 뜻으로, 죄를 자복하는 것을 의미함.

572 發明(발명) : 죄나 잘못이 없음을 말하여 밝힘.

後世(후세) 公論(공논) 막을소냐?

金吾(금오)[573] 律官(뉼관)[574] 照律(조뉼)[575]ᄒ니

遲晚(지만) 捧招(봉초) 急(급)히 ᄒ고

秦檜(진회)와 韓侘冑(한탁쥬)ᄂ

三司合啓(삼ᄉ합계)[576] 按律(안뉼)[577]ᄒ야

元惡(원악) 魁首(괴슈) 三四人(삼ᄉ인)을

亟正邦刑(극정방형)[578] 次次(차차)ᄒ고

그 남아 囚單子(슈단ᄌ)[579]ᄂ

減死之配(감ᄉ정ᄇᆝ)[580] 磨鍊(마년)ᄒ고

流三千里(뉴삼쳔니)[581] 圍籬安置(위리안치)[582]

終身不叙(종신불셔)[583] 遠竄(원찬)[584]ᄒ고

---

573 金吾(금오) : 의금부(義禁府)의 별칭. 조선시대 왕명을 받들어 중죄인을 신문하는 일을 맡아보던 관아.

574 律官(뉼관) : 율관(律官). 조선시대 법을 판정하는 일을 맡아보던 잡과 출신의 관리.

575 照律(조뉼) : 조율(照律). 죄를 법률과 대조하는 일.

576 三司合啓(삼ᄉ합계) : 삼사합계(三司合啓). 홍문관, 사헌부, 사간원이 합의하여 임금에게 상주(上奏)하던 일.

577 按律(안뉼) : 안율(按律). 죄를 조사하여 다스림.

578 亟正邦刑(극정방형) : 극정방형(亟正邦刑). '빨리 방형(邦刑)으로 다스림'이라는 뜻으로 사형에 처함을 가리킴.

579 囚單子(슈단ᄌ) : 수단자(囚單子). 죄수의 이름과 죄명을 기록한 문서.

580 減死之配(감ᄉ정ᄇᆝ) : 감사정배(減死定配). 죽을죄를 지은 죄인을 처형하지 아니하고, 장소를 지정하여 귀양을 보내던 일.

581 流三千里(뉴삼쳔니) : 유삼천리(流三千里). 조선시대 유배형의 하나로 삼천 리 밖으로 귀양 보내는 것. 죄인의 거주지에 따라 2천 리·2천5백 리·3천 리 형이 있었으나 이는 중국의 대명률에 근거한 것이고, 현실적으로는 6백 리·7백5십 리·9백 리 형이 있었다.

582 圍籬安置(위리안치) : 죄인이 귀양살이하는 곳에서 달아나지 못하도록 가시로 울타리를 만들고 그 안에 죄인을 가두어 두던 일.

583 終身不叙(종신불셔) : 종신불서(終身不叙). 종신토록 관직에 등용하지 않는 것.

584 遠竄(원찬) : 먼 곳으로 귀양을 보냄.

萬古討逆(만고토역)[585] 다흔 後(후)의

增廣慶科(증광경과)[586] 擇日(퇴일)ᄒ야

文章(문장) 武士(무ᄉ) 다 모도아

初會試(초회시)[587]를 設塲(설장)[588]ᄒ고

春塘䑓(츈당딕)[589] 後苑(후원)[590] 안의

大小科(대소과)[591]를 唱榜(챵방)[592]ᄒ니

賦(부)[593] 壯元(장원)의 屈原(굴원)[594]이오

詩(시) 壯元(장원)의 李白(니빅)[595]이라.

---

585 萬古討逆(만고토역) : 역사에 유례가 없는 역적 토벌.

586 增廣慶科(증광경과) : 조선시대 왕실이나 국가에 경사가 있을 때 실시한 과거.

587 初會試(초회시) : 초시(初試)와 회시(會試). 초시는 조선시대 각종 과거의 제1차 시험을 말하고, 회시는 초시 급제자가 서울에 모여 제2차로 보던 시험을 가리킨다.

588 設塲(설장) : 설장(設場). 과거 시험장을 설치함.

589 春塘䑓(츈당딕) : 춘당대(春塘臺). 서울 창경궁 안에 있는 대(臺). 옛날에 과거를 실시하던 곳이다.

590 後苑(후원) : 대궐 안에 있는 동산.

591 大小科(대소과) : 대과(大科)와 소과(小科). 소과는 생원과 진사를 뽑던 과거를 가리키는 말이며, 대과는 문과(文科)와 무과(武科)를 소과에 상대하여 이르던 말이다.

592 唱榜(챵방) : 창방(唱榜). 방목(榜目)에 적힌 과거 급제자의 이름을 부름.

593 賦(부) : 조선시대 과거에서 보이던 여섯 가지 문체의 하나. 중국의 역사 사실이나 옛 시문의 한 구절을 주제로 삼아 1구 6언으로 30구에서 60구까지 짓도록 한 시험 과목이었다.

594 屈原(굴원) : 중국 전국시대 초나라의 정치가이자 시인. 이름은 평(平)이며, 원(原)은 그의 자임. 회왕(懷王) 때 삼려대부(三閭大夫)와 좌도(左徒 : 左相)를 맡아 내정과 외교에서 활약하였으나 정적(政敵)들의 중상모략으로 국왕 곁에서 멀어졌다. 경양왕(頃襄王) 때 회왕을 객사하게 한 자란(子蘭)을 비난하다가 모함을 받아 양자강 이남의 소택지(沼澤地)로 추방되었으며, 마침내 멱라수(汨羅水)에 몸을 던져 죽었다. 초사(楚辭)라고 하는 운문 형식을 처음으로 시작하였으며, 이런 그의 작품은 한부(漢賦)에 영향을 준 것으로 평가된다.

595 李白(니빅) : 이백(李白, 701~762). 중국 당나라의 시인. 자는 태백(太白), 호는 청련거사(青蓮居士). 여러 지역을 떠돌아다니다가 42세에 출사(出仕)하였으나 채 2년을 채우지 못했다. 만년에 본인의 의도와는 무관하게 영왕의 반란에 일조하게 됨으로써 사형에 처해질 위험에 봉착하였으나 지기(知己)의 도움으로 유배형을 받았다. 그 후 사면되어 장강(長

義(의)[596] 壯元(장원)의 司馬遷(ᄉ마천)[597]과

疑心(의심)[598] 壯元(장원) 韓退之(하퇴지)[599]라.

策文(칙문)[600] 壯元(장원) 董仲舒(동듕셔)[601]오

表(표)[602] 壯元(장원)의 王勃(왕발)[603]이라.

江) 가를 유랑하다 당도의 친척 집에서 병사하였다. 시성(詩聖) 두보(杜甫)에 대하여 시선(詩仙)으로 칭하여지며, 7언 절구에 특히 뛰어났다.

596 義(의) : 조선시대 과거에서 보이던 여섯 가지 문체의 하나로 오경의(五經義)를 가리킴. 오경 가운데 어떤 부분을 뽑아 그 의미를 논술하도록 하는 시험 과목이었다.

597 司馬遷(ᄉ마천) : 사마천(司馬遷). 중국 한나라의 역사가. 자는 자장(子長). 기원전 108년 아버지의 뒤를 이어 천문 역법과 도서를 관장하는 태사령(太史令)이 되었다. 기원전 104년에 공손경(公孫卿)과 함께 태초력(太初曆)을 제정하여 후세 역법의 기초를 세웠다. 그 후 역사 저술에 본격적으로 착수하였는데, 도중에 친구 이릉(李陵)이 흉노(匈奴)에 항복한 것을 변호하다 궁형(宮刑)에 처해져 옥에 갇혔으나 옥중에서도 저술을 계속하여 결국 130권에 이르는 『태사공서(太史公書)』를 완성하였다. 이것이 바로 후한 이후 『사기』로 불리게 된 책이다.

598 疑心(의심) : 조선시대 과거에서 보이던 여섯 가지 문체의 하나로 사서의(四書疑)를 가리킴. 사서 가운데 어려운 문제들을 뽑아서 그것의 문제점을 지적하도록 하는 시험 과목이었다.

599 韓退之(하퇴지) : 한퇴지(韓退之)의 잘못. 한유(韓愈, 768~824). 퇴지(退之)는 그의 자임. 중국 당나라의 문학가 겸 사상가. 변문(騈文)에 반대하고 고문(古文)을 창도하는 등 산문 문체를 개혁하였으며, 그의 글은 송대 이후 산문 문체의 표준이 되었다. 시에 있어 지적인 흥미를 정련(精練)된 표현으로 나타낼 것을 시도하였으며, 그 결과 제재의 확장과 더불어 송대의 시에 큰 영향을 끼쳤다. 사상적으로는 선진(先秦)의 유학을 부흥시키는 데 힘을 기울여 송대 이후에 확립된 성리학의 선구자가 되었다.

600 策文(칙문) : 책문(策問)의 잘못. 조선시대 과거에서 보이던 여섯 가지 문체의 하나. 정치에 관한 계책을 물어서 답하게 하던 과거 과목이다.

601 董仲舒(동듕셔) : 동중서(董仲舒, BC179~BC104). 중국 한나라의 사상가. 무제 때 현량대책(賢良對策)으로 백가(百家)를 몰아내고 유술(儒術)만을 존중할 것을 주장하였는데, 무제가 이를 받아들임으로써 이후 2천 년 동안 유학이 정통 학술로 자리하는 계기를 만들었다.

602 表(표) : 조선시대 과거에서 보이던 여섯 가지 문체의 하나. 신하가 자기의 생각을 서술하여 임금에게 고하게 하던 시험 과목이었다.

603 王勃(왕발) : 중국 당나라 초기의 시인(650~676). 자는 자안(子安). 양형(楊炯), 노조린(盧照鄰), 낙빈왕(駱賓王)과 더불어 초당 4걸이라 불린다. 종래의 완미(婉媚)한 육조(六朝) 시의 껍질을 벗어나 참신하고 건전한 정감을 읊어 성당(盛唐) 시의 선구자가 되었다. 특히

生員(싱원) 進士(진ᄉ) 二百人(이ᄇᆡᆨ인)과
三十三人(삼십삼인)604 呼名(호명)ᄒ니
潘岳(반악)605 宋玉(송옥)606 賈誼(가의)607 劉向(유향)608
班固(반고)609 枚乘(ᄆᆡ승)610 曹植(됴식)611이오

5언 절구에 뛰어났다. 교지(交趾 : 베트남 북부)의 영(令)으로 좌천된 아버지를 만나러 가다
가 배에서 떨어져 익사하였다.

604　三十三人(삼십삼인) : 문과 급제자를 가리킴. 문과의 경우 초시에서 240인을 뽑은 다
음 회시(또는 복시)에서 33인을 선발하였다. 마지막 절차인 전시(殿試)에서는 회시 합격자
33인의 등급만 정할 뿐이었으므로 회시 합격자의 수가 곧 문과 최종 급제자 수였다.

605　潘岳(반악) : 중국 진(晉)나라의 문인(247~300). 자는 안인(安仁). 반안(潘安)으로 칭
하기도 한다. 권세가인 가밀(賈謐)의 문객들 24우(友) 가운데 제1인자였으나, 아버지의 옛
부하 손수(孫秀)의 무고로 주살되었다. 정서적 표현에 뛰어났으며, 철저한 기교주의자로서
감각적인 시를 남겼다.

606　宋玉(송옥) : 중국 전국시대 말기 초나라의 궁정시인. 굴원에게 사사하여 초나라의
대부(大夫)가 되었으나, 뒤에 실직하였다. 굴원에 다음가는 부(賦)의 작가로, 두 시인을 '굴송
(屈宋)'이라 병칭하기도 한다. 『초사(楚辭)』와 『문선(文選)』에 작품이 전하는데, 특히 『문선』
에 실린 작품들은 미사여구를 구사해 청각문학(聽覺文學)의 수작(秀作)으로 꼽힌다.

607　賈誼(가의) : 중국 한나라 문제 때의 문인이자 정치가(BC200~BC168). 문제(文帝)를
섬기며 유학과 오행설에 기초한 새로운 제도의 시행을 주장하였으나, 원로대신들의 미움을
사 좌천되었다가 4년 뒤 복귀하였으나 1년 후 요절했다. 자신의 불우한 운명을 굴원에 비유
하여 〈복조부(鵩鳥賦)〉와 〈조굴원부(弔屈原賦)〉를 지었다.

608　劉向(유향) : 중국 한나라의 학자. 자는 자정(子政), 초명(初名)은 경생(更生). 선제(宣
帝)에게 기용되어 간대부(諫大夫)가 되었으며, 수십 편의 부송(賦頌)을 지었다. 성제(成帝)
때 외척의 횡포를 견제하고 천자의 감계(鑑戒)가 되도록 하기 위해 상고로부터 진·한에
이르는 부서재이(符瑞災異)의 기록을 집성하여 『홍범오행전론』을 저술하였다.

609　班固(반고) : 중국 후한 초기의 역사가이자 문학가(32~92). 자는 맹견(孟堅). 아버지
표(彪)의 유지를 받아 고향에서 『한서(漢書)』 편집에 종사하였으나, 국사를 개작(改作)한다
는 중상모략으로 투옥되었다. 형인 초(超)의 노력으로 명제(明帝)의 용서를 받아 20여 년
걸려서 『한서』를 완성하였다. 작품에 〈양도부(兩都賦)〉가 있다.

610　枚乘(ᄆᆡ승) : 매승(枚乘). 중국 한나라의 문인. 자는 숙(叔). 산문과 운문의 중간 형식
인 〈칠발(七發)〉 등의 작품이 있는데, 이것은 사마상여(司馬相如) 등의 사부문학(辭賦文學)
에 크게 영향을 끼쳤다.

611　曹植(됴식) : 조식(曹植, 192~232). 중국 삼국시대 위(魏)나라의 시인. 자는 자건(子
建). 무제(武帝) 조조(曹操)의 아들이며, 문제(文帝) 조비(曹丕)의 아우이다. 공융(孔融)·
진림(陳琳) 등 건안칠자(建安七子)들과 사귀어 당대 문학의 중심을 이루었고, 5언시를 서정

杜子美(두ᄌ미)[612] 宋之問(송지문)[613]과

柳子厚(뉴ᄌ후)[614] 杜牧之(두목지)[615]와

賈島(가도)[616] 岑參(잠삼)[617] 孟東野(밍동야)[618]와

시로서 완성시켜 문학사상 후세에 큰 영향을 끼쳤다. 부에도 능하여 〈낙신부(洛神賦)〉,
〈유사부(幽思賦)〉 등의 작품이 유명하다.

612 杜子美(두ᄌ미) : 두자미(杜子美). 두보(杜甫, 712~770). 자미(子美)는 그의 자임. 중
국 당나라의 시인. 호는 소릉(少陵) 또는 두릉(杜陵). 율시에 특히 뛰어났다. 긴밀하고 엄격
한 구성, 사실적 묘사 수법 따위로 인간의 슬픔을 노래하였다. 시성(詩聖)으로 불리며, 이백
(李白)과 함께 중국의 최고 시인으로 꼽힌다. 육조(六朝)·초당(初唐)의 시가 정신을 잃은
장식에 불과하고 고대의 시가 지나치게 소박한 데 대하여, 그의 시는 고대의 순수한 정신을
회복하여 그것을 더욱 성숙된 기교로 표현함으로써 중국 시사에 한 획을 그은 것으로 평가
되고 있다.

613 宋之問(송지문) : 중국 당나라의 시인(656~712). 자는 연청(延淸). 심전기(沈佺期)와
함께 측천무후(則天武后)와 중종(中宗)의 궁정시인으로 연석에서 시작을 다투어 '심송(沈
宋)'이라 불렸다. 특히 5언시에 훌륭한 재능이 있었으며, 율시체(律詩體) 정비에 진력하여
심전기·두심언(杜審言) 등과 더불어 초당 후반의 문단에서 율시 유행의 선구로 공이 컸다.

614 柳子厚(뉴ᄌ후) : 유자후(柳子厚). 유종원(柳宗元, 773~819). 자후(子厚)는 그의 자임.
중국 당나라의 문인. 당송팔대가(唐宋八大家)의 한 사람으로, 한유(韓愈)와 더불어 고문(古
文) 부흥 운동을 제창하였다. 전원시에 뛰어나 왕유(王維)·맹호연(孟浩然)·위응물(韋應
物)과 나란히 칭송된다.

615 杜牧之(두목지) : 두목(杜牧, 803~852). 목지(牧之)는 그의 자임. 중국 당나라 말기의
시인. 호는 번천(樊川). 작품이 두보(杜甫)와 비슷하다 하여 소두(小杜)로 불린다. 시풍은
호방하면서도 청신(淸新)하며, 특히 7언 절구에 뛰어났다.

616 賈島(가도) : 중국 당나라의 시인(779~841). 자는 낭선(浪仙). 여러 차례 과거에 응시
하였으나 실패하고, 중이 되어 무본(無本)이라 불렀다. 811년에 낙양(洛陽)에서 한유(韓愈)
와 교유하면서 환속하였다. '퇴고(推敲)'의 어원이 된 일화에서 드러나는 바와 같이 1자 1구
도 소홀히 하지 않고 고음(苦吟)하여 쌓아올리는 시풍이 특징이다.

617 岑參(잠삼) : 중국 당나라의 시인(715~770). 잠가주(岑嘉州)라고도 한다. 젊을 때 직
접 경험한, 이국적인 중앙아시아를 자주 시의 무대로 삼아 변새시인(邊塞詩人)으로 널리
알려져 있다. 어법과 운율을 혁신함으로써 율시에 새로운 활력을 불어넣은 것으로 평가
된다.

618 孟東野(밍동야) : 맹동야(孟東野). 맹교(孟郊, 751~814). 동야(東野)는 그의 자임. 중
국 당나라의 시인. 한유의 복고주의에 동조해 작품도 악부나 고시가 많았는데, 외면적인
고풍 속에 예리하고 창의적인 감정과 사상이 담겨 있다. 북송(北宋)의 강서파(江西派)에
영향을 끼쳤다.

白樂天(빅낙텬)⁶¹⁹ 元稹(원진)⁶²⁰이라.

歐陽公(구양공)⁶²¹ 王安石(왕안셕)⁶²²은

少年成名(소년셩명) 早達(조달)⁶²³ᄒ고

蘇子瞻(소ᄌ쳠)⁶²⁴ 蘇穎濱(소녕빈)⁶²⁵은

---

619 白樂天(빅낙텬) : 백낙천(白樂天). 백거이(白居易, 772~846). 낙천(樂天)은 그의 자임. 중국 당나라의 시인. 호는 취음선생(醉吟先生) 또는 향산거사(香山居士). 이백·두보·한유와 더불어 '이두한백(李杜韓白)'으로 병칭된다. 제재는 경험적이고, 언어는 일상성을 띠며, 발상은 심리의 자연에 따르고, 구성은 논리의 필연에 따르며, 주제는 보편적인 유려평이(流麗平易)한 문학을 추구함으로써 많은 이들의 사랑을 받게 되었다.

620 元稹(원진) : 중국 당나라의 문학가(779~831). 자는 미지(微之). 백거이와 함께 신악부운동(新樂府運動)을 주도하였다. 백거이가 신제악부(新題樂府)에 치중한 반면 그는 고제악부(古題樂府)에 치중하였다. 〈앵앵전(鶯鶯傳)〉이라는 전기소설(傳奇小說)을 창작하기도 했다.

621 歐陽公(구양공) : 구양수(歐陽修, 1007~1072). 중국 송나라의 정치가이자 문학가. 자는 영숙(永叔), 호는 취옹(醉翁) 또는 육일거사(六一居士). 10살 때 한유의 전집을 읽은 것이 문학의 길로 들어서는 계기가 되었다. 당송팔대가의 한 사람이다. 한유의 예를 따라 고문부흥운동을 추진했고, 당나라 전성기의 실질적이고 강건한 위풍을 따르는 시를 썼으며, 사(詞)를 대중화하는 데 크게 공헌했다.

622 王安石(왕안셕) : 왕안석(王安石, 1021~1086). 중국 송나라의 정치가이자 문학가. 자는 개보(介甫), 호는 반산(半山). 부국강병을 위한 신법(新法)을 제정하여 실시하였다. 당송팔대가의 한 사람이다. 어려서부터 유가 경전뿐 아니라 제자백가의 서적에서 의서(醫書), 소설까지 다양한 서적들을 읽으며 기존의 해석에 얽매이지 않고 자신의 생각에 따라 자유롭게 해석하였다. 정론(政論)과 여행수기·시 등 많은 작품을 남겼는데, 특히 그의 산문은 현실주의 풍격을 지니고 있으며 후대에 큰 영향을 끼쳤다.

623 早達(조달) : 젊은 나이로 일찍 높은 지위에 이름.

624 蘇子瞻(소ᄌ쳠) : 소자첨(蘇子瞻). 소식(蘇軾, 1037~1101). 자첨(子瞻)은 그의 자임. 중국 송나라의 문학가. 호가 동파거사(東坡居士)여서 흔히 소동파(蘇東坡)라고 부른다. 송나라 제1의 시인이며, 당송팔대가의 한 사람이다. 뿐만 아니라 중국문학사상 처음으로 호방사(豪放詞)를 개척한 호방파의 대표 사인(詞人)이었다. 또 북송사대가로 손꼽히는 유명 서예가이기도 했고 문호주죽파(文湖州竹派)의 주요 구성원으로서 중국 문인화풍을 확립한 뛰어난 화가이기도 했다.

625 蘇穎濱(소녕빈) : 소영빈(蘇穎濱). 소철(蘇轍, 1039~1112). 영빈(穎濱)은 그의 만년의 호임. 중국 송나라의 문학가. 자는 자유(子由), 호는 난성(欒城). 소식의 아우로 당송팔대가의 한 사람이다. 고문에 빼어났으며, 많은 고전의 주석서를 남겼다.

兄弟聯璧(형제년벽)626 豪氣(호긔)로다.

薛文淸(셜문쳥)627 李崆峒(니공동)628과

王陽明(왕양명)629 王弇州(왕감쥬)630라.

文章才士(문장직ᄉ) 다 쏩으니

天下得人(텬하득인) 榮光(녕광)이라.

龍虎榜(뇽호방)631 다 찰와셔

武科(무과) 坼榜(탁방)632 흔씨 ᄒ니

有窮后昇(유궁후예)633 居首(거슈)634ᄒ고

---

626 兄弟聯璧(형제년벽) : 형제연벽(兄弟聯璧). 형제가 함께 과거에 합격함.

627 薛文淸(셜문쳥) : 설문청(薛文淸). 설선(薛瑄, 1389~1464). 문청(文淸)은 그의 시호임. 중국 명나라 초기의 철학자. 자는 덕온(德溫), 호는 경헌(敬軒). 정주학파(程朱學派)의 이학(理學)을 계승하고 추숭하여 지경복성(持敬復性)을 요지로 삼았다. 지성(知性)과 지천(知天)을 주장했으며, "마음이 맑으면 천리가 보인다(心淸則見天理)."고 생각했다. 또한 이기일원(理氣一元)을 주장했다.

628 李崆峒(니공동) : 이공동(李崆峒). 이몽양(李夢陽, 1472~1529). 공동(崆峒)은 그의 호임. 중국 명나라의 문학가. 자는 헌길(獻吉). 명나라 전칠자(前七子)의 한 사람이다. 문장은 진한(秦漢), 시는 성당(盛唐)을 주장하여 시문의 복고를 꾀하였다.

629 王陽明(왕양명) : 왕수인(王守仁, 1472~1529). 양명(陽明)은 그의 호임. 중국 명나라 중기의 철학자. 자는 백안(伯安). 양명학(陽明學)의 주창자로 각처에 학교를 설치하여 후진 교육에 진력하였다. 지행합일설(知行合一說)과 심즉리설(心卽理說) 및 치양지설(致良知說)을 주장하였다.

630 王弇州(왕감쥬) : 왕감주(王弇州). 왕세정(王世貞, 1526~1590). 감주(弇州)는 그의 호임. 중국 명나라의 문학가. 자는 원미(元美), 호는 봉주(鳳洲). 명나라 후칠자(後七子)의 한 사람이다. 명대 후기 고문사(古文辭)파의 지도자가 되었으며, 격조를 소중히 여기는 의고주의(擬古主義)를 주장했다.

631 龍虎榜(뇽호방) : 용호방(龍虎榜). 조선시대 문과와 무과에 합격한 사람의 이름을 게시하던 나무판.

632 坼榜(탁방) : 과거에 급제한 사람의 성명을 게시하던 일.

633 有窮后昇(유궁후예) : 유궁후예(有窮后羿)의 잘못. 유궁국(有窮國)의 임금 예(羿). 예는 『춘추좌씨전(春秋左氏傳)』에 따르면 하나라 때 유궁국의 임금으로 활의 명수였으며 하를 멸할 정도의 세력이었는데, 신하 한착(寒浞)에 의해 살해되었다고 한다. 한편 이와 달리 『회남자』에는 요임금의 신하로 10개의 태양이 함께 떠올라 초목이 말라 죽게 되매 그 중 9개를 쏘아 떨어뜨렸으며, 백성을 해하는 괴수를 물리쳐 없앤 신화적 인물로 그려져 있다.

逢蒙(강몽)[635]이와 尹公佗(윤공타)[636]라.

攀石猿號(반석원호)[637] 養由基(양유긔)[638]와

射虎陰山(ᄉ호음산)[639] 李廣(니광)[640]이라.

少年投筆(소년투필)[641] 之元侯(정원후)[642]와

---

634 居首(거슈) : 거수(居首). 으뜸가는 자리를 차지함.

635 逢蒙(강몽) : 방몽(逢蒙)의 잘못. 예에게 활 쏘는 법을 배운 뒤 천하에 오직 예만이 활 쏘는 재주가 자기보다 낫다는 생각에 그를 죽여 버렸다고 한다. 『맹자(孟子)』「이루장구 하(離婁章句下)」 참조.

636 尹公佗(윤공타) : 윤공타(尹公他)의 잘못. 중국 위(衛)나라의 명궁수(名弓手). 자탁유자(子濯孺子)에게 활쏘기를 배웠고, 유공사(庾公斯)에게 이를 가르쳤다. 『맹자(孟子)』「이루장구 하(離婁章句下)」 참조.

637 攀石猿號(반석원호) : 반석원호(攀石猿號). 초왕(楚王)이 양유기(養由基)로 하여금 흰 원숭이를 쏘게 하였는데, 양유기가 아직 활을 쏘기도 전에 원숭이가 기둥을 안고 울부짖었다는 일을 가리키는 말이다.

638 養由基(양유긔) : 양유기(養由基). 중국 춘추시대 초나라의 명궁수. 백 보나 떨어진 곳에서 버드나무 잎을 쏘아도 백발백중일 정도로 활을 잘 쏘았으나 결국 전쟁터에서 활에 맞아 죽었다.

639 射虎陰山(ᄉ호음산) : 사호음산(射虎陰山). '음산(陰山)에서 호랑이를 쏘다'라는 뜻. 음산은 내몽고 지역의 횡으로 뻗어 있는 산맥이다. 이 일대에서 이광(李廣)이 바위를 호랑이로 잘못 알고 쏘아서 화살이 박혔다는 이야기가 전한다.

640 李廣(니광) : 이광(李廣). 중국 한나라 무제 때의 명궁수. 힘이 세고 몸이 빨랐기 때문에 흉노들은 그를 한나라의 날아다니는 장수라는 이름으로 한비장군(漢飛將軍)이라고 불렀다고 한다. 『사기(史記)』〈이장군열전〉 참조.

641 少年投筆(소년투필) : '소년이 붓을 던지다'라는 뜻으로 반초(班超, 33~102)의 고사에서 유래한다. 흔히 투필종융(投筆從戎) 또는 기필종융(棄筆從戎)이라는 말로 쓰인다. 반초는 그의 형 반고(班固)가 교서랑(校書郞)에 임명되어 어머니와 함께 수도 낙양(洛陽)으로 이주하였으나, 집안은 여전히 가난하여 관청에서 문서를 베껴 주는 일을 하여 어머니를 봉양하였다. 어느 날, 반초는 관청에서 문서를 베껴 쓰는 일을 하다가 문득 붓을 던져 버리고 탄식하며 말하기를 "대장부로서 지략이 없다면 마땅히 부개자(傅介子)와 장건(張騫)을 본받아 이역(異域)에서 공을 세워 봉후(封侯)의 자리를 얻어야지 어찌 붓과 벼루 사이에서 오래 지낼 수 있겠는가"라고 하였다. 주위에 있던 동료들이 그의 말을 비웃자 반초는 "소인배가 어찌 장사(壯士)의 뜻을 알겠는가"라고 말하였다. 이후 반초는 31년 동안이나 서역에 머물면서 흉노의 지배를 받던 서역 국가들을 정복하는 등 한나라의 세력을 확장하는 데 공을 세웠으며 그 공으로 정원후(定遠侯)에 봉해졌다. 『후한서(後漢書)』〈반초열전〉 참조.

642 之元侯(정원후) : 정원후(定遠侯). 반초(班超, 33~102)를 가리킴. 반초는 중국 후한 초

五石挽弓(오석만궁)⁶⁴³ 黃忠(황츙)⁶⁴⁴이라.

百步(빅보)의 穿紅旗(쳔홍긔)⁶⁴⁵는

関興(관홍)⁶⁴⁶ 張荀(장슌)⁶⁴⁷ 쒸여들고

三箭(삼젼)의 㝎天山(졍텬산)⁶⁴⁸은

기의 무장이다. 자는 중승(仲升). 반표(班彪)의 아들이자 『한서(漢書)』의 저자인 반고(班固)의 동생이다. 흉노의 지배하에 있던 50여 나라를 한(漢)나라에 복종시켰고 그 공으로 정원후(定遠侯)에 봉해졌다. 선선국(鄯善國)에 사자(使者)로 갔을 때 흉노족의 사신들이 머물던 곳을 기습하여 섬멸하였는데, 이때 "호랑이굴에 들어가지 않고서는 결코 호랑이 새끼를 잡을 수 없다(不入虎穴, 不得虎子)."는 유명한 말을 남겼다.

643 五石挽弓(오석만궁) : 오석만궁(五石挽弓). '石'은 고대에 활의 강도를 계산하는 단위로 1석은 대략 100근가량이다. 따라서 '오석만궁'은 거의 오백 근의 힘을 들여 활을 당긴다는 뜻으로, 황충의 뛰어난 활솜씨를 가리키는 말이다.

644 黃忠(황츙) : 황충(黃忠). 중국 삼국시대 촉한(蜀漢)의 장수. 자는 한승(漢升). 형주목사(荊州牧使) 유표(劉表)의 부하였으며, 장사태수(長沙太守)로 임명된 한현(韓玄) 휘하의 장수로 장사를 지키다가 이후 위연(魏延)과 함께 유비(劉備)를 찾아가 부하 장수가 되었다. 유비 휘하의 관우(關羽), 장비(張飛), 마초(馬超), 조운(趙雲)과 함께 오호대장군으로 불린다.

645 百步(빅보)의 穿紅旗(쳔홍긔) : 백보(百步)의 천홍기(穿紅旗). 백보 앞에 있는 붉은 깃발을 꿰뚫다. 『삼국지연의』에 나오는 고사이다. 이릉(夷陵) 전투를 앞두고 장포(張苞)와 관흥(關興)이 서로 선봉장이 되려 하였다. 장포가 "백보 앞에 깃발을 꽂아 두라."고 하고 세 발을 쏘아 모두 맞췄다. 그러자 관흥이 "나는 세 번째 기러기를 맞추겠다."고 하고 활을 쏘아 정확히 맞췄다. 이렇게 선봉장을 두고 장포와 관흥이 다투자 제갈량(諸葛亮)이 나서 이를 만류하면서 의형제를 맺게 하였다.

646 関興(관홍) : 중국 삼국시대 촉한(蜀漢)의 장수. 관우(關羽)의 아들. 자는 안국(安國). 어려서부터 총명하여 승상 제갈량의 총애를 받았으며, 약관의 나이로 시중(侍中), 중감군(中監軍)에 제수되었다. 무예에 능해 관우가 죽은 뒤 북벌(北伐) 때 장포(張苞)와 의형제를 맺고 이릉 전투에서 활약했다.

647 張荀(장슌) : 장포(張苞)의 잘못. 장포는 중국 삼국시대 촉한(蜀漢)의 장수로 장비(張飛)의 아들이다.

648 三箭(삼젼)의 㝎天山(졍텬산) : 삼전(三箭)의 정천산(定天山). 화살 세 대로 천산을 평정하다. 당나라의 설인귀(薛仁貴)가 천산에서 철륵(鐵勒 : 투르크계 부족)과 싸울 때 활을 세 번 쏴서 연달아 세 사람을 죽이자 철륵군이 놀라서 모두 투항하였다. 이에 군중에서는 "장군이 화살 세 대로 천산을 평정하니, 장사들이 길게 노래하며 한관으로 들어가네.(將軍三箭定天山, 壯士長歌入漢關.)"라는 노래가 돌았다고 한다.

蘇之邦(소정방)[649]의 妙手(묘슈)로다.

武技(무기)들도 용커니와

扈班(호반)[650]인들 글 못ᄒ랴?

兵學指南(병학지남)[651] 學指(학지)ᄂᆞ

戚継光(척계광)[652]이 내닷ᄂᆞᆫ다.

白紅牌(빅홍픽)[653]를 頒賜(반ᄉᆞ)[654]ᄒ고

唱榜(챵방)[655] 謝恩(ᄉᆞ은) 連日(연일)ᄒᆞ야

三日遊街(삼일유가)[656] 못다 ᄒᆞ야

明倫堂(명윤당)[657]의 謁聖(알셩)[658]ᄒ고

649　蘇之邦(소정방) : 소정방(蘇定方, 592~667). 중국 당나라의 무장. 이름은 열(烈), 정방 (定方)은 그의 자임. 동돌궐과 서돌궐을 차례로 항복시킴으로써 중앙아시아 여러 나라를 모두 안서도호부(安西都護府)에 예속시켰다. 문맥으로 보아 소정방은 설인귀의 잘못인 듯 하다.

650　扈班(호반) : 무반(武班) 또는 서반(西班)의 다른 이름.

651　兵學指南(병학지남) : 조선 중기에 편찬된 편자 미상의 병서. 중국 명나라의 척계광 (戚繼光)이 지은 『기효신서(紀效新書)』 가운데 조련법을 간추려 편찬하였다. 여러 이본이 통용되고 있었으므로 정조 11년(1787년)에 왕명에 따라 대대적인 교감을 행하고 어제서를 붙여 장용영(壯勇營)에서 간행하여 이 책의 정본으로 삼았다. 5권 1책의 목판본.

652　戚継光(척계광) : 척계광(戚繼光, 1528~1587). 중국 명나라의 장수. 자는 원경(元敬), 호는 남당(南塘). 병서가(兵書家)로 왜구가 한창 명나라 연해를 침범할 때 절강성(浙江省) 에서 새로운 진법(陣法)을 마련하여 왜구의 격퇴에 큰 공을 세웠다. 저서로 『기효신서(紀效 新書)』와 『연병실기(練兵實記)』, 『지지당집(止止堂集)』이 있다.

653　白紅牌(빅홍픽) : 백홍패(白紅牌). 조선시대 과거 시험에 합격한 사람들에게 발급하던 증서인 백패(白牌)와 홍패(紅牌)의 줄인 말. 백패는 소과(小科)에 합격한 생원(生員)과 진사 (進士)에게 주던 흰빛의 합격증서이며, 홍패는 문무과(文武科)에 급제한 사람이나 잡과(雜 科)에 합격한 사람에게 내어 주던 붉은빛의 증서이다.

654　頒賜(반ᄉᆞ) : 반사(頒賜). 임금이 녹봉이나 물건을 내려 나누어 주던 일.

655　唱榜(챵방) : 창방(唱榜). 국가에서 과거 시험을 치른 후 합격자를 발표하는 것. 조선 시대의 경우 보통 시험을 치른 후 1주일을 전후하여 하였으며, 약식(略式) 과거 시험이나 지방에서 과거를 치렀을 경우에는 당일 하였다.

656　三日遊街(삼일유가) : 과거에 급제한 사람이 사흘 동안 광대를 앞세우고 풍악을 울리 면서 시험관과 선배 급제자 및 친척을 방문하던 일.

兩司(냥〈)659 玉堂(옥당)660 分館(분관)661 흐야

當年祿(당년녹)의 呼薦(호천)662 흐니

口過(구과)663 잇는 宋之問(송지문)664은

鳴鼓攻之(명고공지)665 罰(벌)을 맛고

莊老之學(장노지학)666 蘇東坡(소동파)667 는

兩司(냥〈) 通淸(통쳥)668 薦(쳔) 막힌다.

文武(문무) 新恩(신은)669 다 달이고

一體(일체) 君臣(군신) 同樂(동낙)흐야

春風三月(츈풍삼월) 曲江宴(곡강년)670의

---

657 明倫堂(명윤당) : 명륜당(明倫堂). 조선시대 성균관(成均館) 안에서 유학을 가르치던 곳.

658 謁聖(알셩) : 알성(謁聖). 성균관 문묘(文廟)의 공자(孔子) 신위(神位)에 참배하는 것.

659 兩司(냥〈) : 양사(兩司). 사헌부(司憲府)와 사간원(司諫院)을 아울러 이르는 말.

660 玉堂(옥당) : 홍문관(弘文館)을 달리 이르는 말.

661 分館(분관) : 조선시대에 새로 문과에 급제한 사람을 승문원(承文院), 성균관, 교서관(校書館)의 삼관(三館)에 나누어 배치하여 권지(權知)라는 이름으로 실무를 익히게 하던 일.

662 呼薦(호천) : 호천(呼薦). 이름을 불러 추천함.

663 口過(구과) : 말을 잘못한 허물.

664 宋之問(송지문) : 주 613) 참조.

665 鳴鼓攻之(명고공지) : 벌칙의 일종. 규칙을 위반한 사람의 이름을 써 붙인 북을 둥둥 쳐서 그의 잘못을 다른 사람들에게 알리는 벌칙이다. 제자 염구(冉求)가 계손씨(季孫氏)의 가신(家臣)이 되어 너무 많은 세금을 걷는 데 화가 난 공자가 여러 제자들에게 "얘들아, 북을 울려 그를 성토하는 것이 좋겠다.(小子, 鳴鼓而攻之, 可也.)"고 한 데서 기인한다. 『논어(論語)』 「선진편(先進篇)」 참조.

666 莊老之學(장노지학) : 장로지학(莊老之學). 주 53) 참조.

667 蘇東坡(소동파) : 주 624) 참조.

668 通淸(통쳥) : 통청(通淸). 청관(淸官)이 될 자격을 얻는 일. 청관은 홍문관의 벼슬아치를 일컫는 말이다.

669 新恩(신은) : 과거에 새로 급제한 사람.

670 曲江宴(곡강년) : 곡강연(曲江宴). 옛날 선비들이 음력 삼월 삼짇날, 정원의 곡수(曲水)에 술잔을 띄우고 자기 앞으로 떠내려 올 때까지 시를 읊던 연회. 곡수연(曲水宴)이라고도 한다. 진나라 영화(永和) 9년 봄에 왕희지(王羲之)가 문인들을 난정(蘭亭)에 불러 곡수

五雲龍舟(오운뇽쥬)⁶⁷¹ 놉히 씌워

掌樂院(장악원)⁶⁷² 긴 風流(풍뉴)⁶⁷³로

八佾舞(팔일무)⁶⁷⁴를 버려 추니

十二律呂(십이율여)⁶⁷⁵ 嶰谷竹(히곡쥭)은

女媧氏(여와씨)⁶⁷⁶의 笙簧(싱황)이오

勻天廣樂(균텬광악)⁶⁷⁷ 咸池曲(함지곡)⁶⁷⁸은

軒轅氏(훤원시)⁶⁷⁹의 仙樂(션악)이오

帝堯(제요)⁶⁸⁰의 大章曲(대장곡)⁶⁸¹은

연을 베푼 것이 시초로 알려져 있다.

671　五雲龍舟(오운뇽쥬) : 오운용주(五雲龍舟). 오색의 구름무늬가 그려진 임금이 타는 배.

672　掌樂院(장악원) : 조선시대에 음악에 관한 일을 맡아보던 관청.

673　風流(풍뉴) : 풍류(風流). 대풍류, 줄풍류 따위의 관악 합주나 소편성의 관현악을 일상적으로 이르는 말.

674　八佾舞(팔일무) : 일무(佾舞, 사람을 여러 줄로 벌여 세워 놓고 추는 춤)의 하나. 악생(樂生) 64명이 여덟 줄로 정렬하여 아악에 맞추어 추는 문무(文舞)나 무무(武舞)로, 규모가 대단히 크다.

675　十二律呂(십이율여) : 십이율려(十二律呂). 피리소리로 표준을 잡는 음계. 상고시대 황제 때 영륜(伶倫)이라는 사람이 해곡(嶰谷)의 대나무를 쪼개 만든 피리가 있는데, 이 피리 길이의 장단으로 소리의 청탁 고하를 분별하였다. 음양을 나누어 양의 6은 율, 음의 6은 여라 하였다. 양성(陽聲)에 속하는 육률에는 태족(太簇), 고세(姑洗), 황종(黃鐘), 이칙(夷則), 무역(無射), 유빈(蕤賓)이 있으며, 음성(陰聲)에 속하는 육려에는 대려(大呂), 협종(夾鐘), 중려(仲呂), 임종(林鐘), 남려(南呂), 응종(應從)이 있다.

676　女媧氏(여와씨) : 상고시대 전설상의 임금. 성은 풍(風)씨라 한다. 복희씨(伏羲氏)의 누이인데, 복희씨가 죽자 그 뒤를 이어 왕이 되었고, 생황(笙簧)을 만들어 음률을 펼쳤다고 한다.

677　勻天廣樂(균텬광악) : 균천광악(鈞天廣樂)의 잘못. 천상의 음악. 균천은 천제(天帝)가 거한다는 천상의 중앙을 가리킨다. 중국 춘추시대 진(秦) 목공(穆公)이 병이 들어 혼수상태에 빠졌다가 깨어나 말하기를, "내가 옥황상제가 있는 곳에 갔더니 매우 즐거웠으며, 여러 신선들과 균천광악을 들었다."라고 하였다. 『열자(列子)』「주목왕(周穆王)」참조.

678　咸池曲(함지곡) : 요임금 때의 음악. 황제 헌원씨가 지었다고 전하는 음악은 운문(雲門)이다.

679　軒轅氏(훤원시) : 헌원씨(軒轅氏). 주 9) 참조.

神人以和(신인니화) 八音(팔음)이오[682]

大舜(대순)[683]의 簫韶曲(소소곡)[684]은

鳳凰來儀(봉황늬의) 九成(구셩)이라.[685]

伶倫曲(녕뉸곡)[686]을 길게 쎄야

紫雲曲(ᄌ운곡)[687]을 돗오치니

始条理(시조니)[688]는 金聲(금셩)[689]이오

終条理(종조니)[690]는 玉振(옥진)[691]이라.

---

680 帝堯(제요) : 제요(帝堯). 주 9) 참조.

681 大章曲(대장곡) : 요임금 때 만든 음악. 천(天), 지(地), 인(人)의 도리를 크게 밝힌 것이라 한다.

682 神人以和(신인니화) 八音(팔음)이오 : 신인이화(神人以和) 팔음(八音)이요. 신과 사람이 조화를 이루는 음악이라는 뜻. "시란 마음속에 있는 뜻을 말하는 것이고, 노래란 말을 길게 뽑아 읊조리는 것이며, 소리란 길게 뽑아 억양을 붙이는 것이고, 음률이란 소리가 조화를 이룬 상태인 것이다. 팔음이 조화를 이루어 서로의 음계를 빼앗지 않게 하면, 신과 사람도 이로써 조화를 이룰 것이다.(詩言志, 歌永言, 聲依永, 律和聲. 八音克諧, 無相奪倫, 神人以和.)"『서경(書經)』「우서(虞書)」〈순전(舜典)〉 참조.

683 大舜(대순) : 대순(大舜). 주 9) 참조.

684 簫韶曲(소소곡) : 순임금이 지었다는 음악.

685 鳳凰來儀(봉황늬의) 九成(구셩)이라 : 봉황래의(鳳凰來儀) 구성(九成)이라. 봉황이 와서 춤을 추면 아홉 곡(아홉 번의 연주)이 다 끝난 것이라. "소소(簫韶)를 연주하여 아홉 곡을 다 마치니, 봉황이 와서 춤을 추었다.(簫韶九成, 鳳凰來儀.)"『서경(書經)』「우서(虞書)」〈익직(益稷)〉 참조.

686 伶倫曲(녕뉸곡) : 영륜곡(伶倫曲). 영륜(伶倫)이 해곡(嶰谷)의 대나무로 피리를 만들어 연주한 음악. 영륜이 피리를 불면 봉황의 울음소리가 났다고 한다. 한편 악관(樂官)을 영인(伶人)이라 하는데 이는 영륜의 이름을 따서 그렇게 부르게 된 것이라 한다.

687 紫雲曲(ᄌ운곡) : 자운곡(紫雲曲). 중국 당나라 현종(玄宗)이 월궁(月宮)에 가서 선녀들에게 들었다고 하는 음악. 어느 날 현종이 나공원(羅公遠)이라는 도사와 달을 구경하다가 월궁에 가게 되었는데 거기서 수백 명의 선녀가 춤을 추며 자운곡을 부르는 것을 들었다. 현종이 이 노래를 기억하고 돌아와 그대로 본떠 지은 것이 〈예상우의곡(霓裳羽衣曲)〉이라 한다.

688 始条理(시조니) : 시조리(始條理). 일이나 행동 따위를 시작하는 것.

689 金聲(금셩) : 금성(金聲). 금은 종(鐘)을 뜻하며, 팔음(八音)을 합주할 때 종을 쳐서 시작한다.

洞庭(동정)[692] 魚龍(어뇽) 起舞(긔무)ᄒ고

蒼梧(창오)[693] 鳥獸(조슈) 蹌蹌(창창)ᄒ다.[694]

仙裙玉珮(션군옥픠)[695] 侍婢(시비)들은

綠衣紅裳(녹의홍상) 起舞(긔무)ᄒ니

吳王宮裡(오왕궁니) 醉西施(취셔시)[696]는

白佇絲(빅져ᄉ)[697]의 妙曲(묘곡)이오

楚王臺上(초왕듸상) 巫山神女(무산션녀)

雲雨梦(운우몽)[698]의 佳緣(가연)이오

---

690 終条理(죵조니) : 종조리(終條理). 일이나 행동 따위를 마무리 짓는 것.

691 玉振(옥진) : 옥은 경(磬)을 뜻하며, 팔음(八音)을 합주할 때 마지막에 경을 쳐서 끝마친다.

692 洞庭(동졍) : 동정(洞庭). 동정호(洞庭湖)를 가리킴. 동정호는 호남성(湖南省)에 있는 중국 최대의 호수다. 호수 가에 악양루(岳陽樓)가 있고 부근에 소상팔경(瀟湘八景)이 있다.

693 蒼梧(창오) : 창오산(蒼梧山)을 가리킴. 창오산은 순임금이 순시 나갔다가 죽은 곳이다. 순임금이 죽자 그의 비인 아황(娥皇)과 여영(女英)은 슬픔으로 세월을 보내게 되었는바 그녀들의 눈물이 대나무에 떨어져 반문(斑紋)이 되어 소상강(瀟湘江)의 반죽(斑竹)이 생기게 되었다는 고사가 전한다. 아황과 여영은 결국 상수(湘水)에 몸을 던져 죽었으므로 반죽을 상비죽(湘妃竹)이라고도 부른다.

694 蹌蹌(창창)ᄒ다 : 모습이나 행동이 당당하고 위엄이 있다.

695 仙裙玉珮(션군옥픠) : 선군옥패(仙裙玉珮). 선녀의 치마와 옥으로 만든 패물.

696 吳王宮裡(오왕궁니) 醉西施(취셔시) : 오왕궁리(吳王宮裡) 취서시(醉西施). 오왕은 궁중에서 서시에게 취해 있네. 이백(李白)의 〈오서곡(烏棲曲)〉에 나오는 구절이다. 오왕은 부차(夫差)를 가리키며, 서시는 춘추시대 월나라의 미인이다. 월왕 구천(句踐)이 회계(會稽)에서 패하자 범려(范蠡)는 서시를 부차에게 바쳐 오나라의 정사를 어지럽게 하여 마침내 오나라를 멸망시켰다.

697 白佇絲(빅져ᄉ) : 백저사(白紵詞)의 잘못. 백저사는 중국 오(吳)나라의 무곡(舞曲) 이름으로, 무자(舞者)의 아름다움을 성대히 칭찬하고, 또 좋은 시절에 즐겨야 한다는 것을 주제로 한 노래이다.

698 雲雨梦(운우몽) : 송옥(宋玉)의 〈고당부(高唐賦)〉에 실린 것으로, 송옥이 초나라의 양왕(襄王)에게 들려준 이야기다. 옛날 어떤 왕이 고당관(高唐館)에서 연회를 열고 즐기다가 잠시 낮잠을 자게 되었는데, 꿈속에 아름다운 여인이 찾아와 말하기를, "저는 무산에 사는 여인이온데, 왕께서 고당에 오셨다는 말을 듣고 잠자리를 받들고자 왔습니다." 하였다. 왕은 그녀의 아름다움에 빠져 스스럼없이 운우의 정(雲雨之情)을 나누었다. 헤어질 무렵이

八年馬上(팔년만상) 虞美人(우미인)[699]은

楚伯王(초픽왕)[700]의 未忘(미망)이오

夜帳燭下(야중촉하) 李夫人(니부인)[701]은

漢武帝(한무데)[702]의 斷腸(단쟝)이오

趙飛燕(됴비년)[703]의 留仙裙(유션군)은

되자 그 여인은 이런 말을 하였다. "저는 무산(巫山) 남쪽의 험준한 곳에 살고 있는 여인이 온데, 아침에는 구름이 되고 저녁에는 비가 되어 양대(陽臺) 아래에서 아침저녁으로 당신을 그리워하고 있을 것입니다." 말이 끝나자 여인은 자취를 감추었고, 왕은 퍼뜩 잠에서 깨어 났다. 다음날 아침 왕이 무산 쪽을 바라보니 여인의 말대로 산봉우리에 아름다운 구름이 걸려 있었다. 왕은 여인을 그리워하며 그곳에 조운묘(朝雲廟)라는 사당을 세웠다.

699 虞美人(우미인) : 초패왕(楚霸王) 항우(項羽)의 애첩(愛妾). 우미인은 속칭이고 우는 성(姓)이면서 이름이라고도 한다. 항우는 진(秦)을 타도하고 서초(西楚)의 패왕(霸王)이라고 칭하여 한고조(漢高祖) 유방(劉邦)과 패권을 다투었으나, 정전협정을 어기고 기습 공격한 유방의 군사에게 포위되어 최후의 결전을 맞게 된다. 이에 항우는 자신의 절박한 처지와 우미인의 안전을 걱정하는 〈해하가(垓下歌)〉를 부른다. 그러자 우미인은 화답가를 부르고 스스로 목숨을 끊었다. 한편 팔년마상(八年馬上)은 항우가 군사를 일으킨 팔년의 기간을 가리키는 것이며, 이는 곧 우미인과 함께한 기간이기도 하다.

700 楚伯王(초픽왕) : 초백왕(楚伯王). 항우(項羽)를 달리 이르는 말. 진나라를 멸망하게 하고 스스로 서초(西楚)의 우두머리가 되었다는 데서 유래한다.

701 李夫人(니부인) : 이부인(李夫人). 중국 한나라 때 중산(中山) 사람. 이연년(李延年)의 누이로, 아름답고 춤을 잘 춰 한 무제(漢武帝)의 총애를 받았다. 일찍 죽자 무제는 그녀의 모습을 그림으로 그려 감천궁(甘泉宮)에 걸어두고 항상 그리워했다고 한다. 방사(方士) 소옹(少翁)이 그녀의 혼령을 부를 수 있다면서 밤에 등을 켜고 장막을 친 다음 무제에게 장막 안에 앉아 먼 곳을 바라보도록 하니 한 묘령의 여자가 보였는데, 이부인의 모습을 닮았었다고 한다. 『한서(漢書)』 「외척전 상(外戚傳上)」〈효무이부인전(孝武李夫人傳)〉 참조.

702 漢武帝(한무데) : 한무제(漢武帝). 중국 한나라 제7대 황제. 제후에 대한 통제를 강화하여 중앙집권체제를 완성하였고, 적극적인 대외정책을 펼쳐 영토를 크게 확장함으로써 한나라의 전성기를 이끌었다. 한편 봉선(封禪)을 행하고 신선(神仙)을 구하는 한편 토목 공사를 크게 벌여 민심을 잃기도 하였다.

703 趙飛燕(됴비년) : 조비연(趙飛燕). 중국 한나라 성제(成帝)의 후궁. 성제의 총애를 받아 효성황후(孝成皇后)까지 올랐다. 본명은 조의주(趙宜主)였으나 '나는 제비'라는 뜻의 별명인 조비연(趙飛燕)으로 더 많이 불리었다. 다음과 같은 이야기가 전한다. 황제가 호수에서 베푼 선상연(船上宴)에서 춤을 추던 도중 강풍이 불어 가냘픈 몸이 바람에 날리자, 황제가 그녀의 발목을 잡아 물에 빠지는 것을 막았다. 그러나 비연은 그 상황에서도 춤추기를 멈추지 않고 임금의 손바닥 위에서 춤을 추었다 하여 '물 찬 제비 또는 나는 제비'라는

步下生蓮(보하싱년)[704] 縹緲(표묘)ᄒ고

楊貴妃(냥귀비)[705]의 廣陵観燈(광능관등)[706]

空中仙樂(공듕션악)[707] 竒異(긔니)ᄒ다.

千古失節(쳔고실졀) 王昭君(왕소군)[708]은

별명을 얻게 되었다. 이때 임금이 조비연이 물에 **빠지는** 것을 막기 위해 그녀의 발목을 급히 붙잡다가 치마폭의 한쪽이 길게 찢어지게 되었는데 이렇게 찢어진 치마는 오늘날 중국 여인들의 전통 의상인 유선군(留仙裙)의 유래가 되었다고도 전해진다. 이후 비연은 황제가 살아있는 10년간은 호화로운 생활을 영위하다가, 황제가 죽자 탄핵되어 평민으로 전락하였고 이후 걸식으로 연명하다가 자살하였다.

704 步下生蓮(보하싱년) : 보하생련(步下生蓮). 걸음을 걸으면 바닥에 연꽃이 생긴다는 뜻. 미인의 가볍고 부드러운 발걸음을 비유하는 표현이다. 보보생련(步步生蓮)이라고도 한다.

705 楊貴妃(냥귀비) : 양귀비(楊貴妃, 719~756). 중국 당나라 현종(玄宗)의 비(妃). 이름은 옥환(玉環). 도교에서는 태진(太眞)이라 부른다. 고아 출신으로 양씨 가문의 양녀가 되었으며, 17세 때 현종의 제18왕자 수왕(壽王) 이모(李瑁)의 비가 되었다. 무혜비(武惠妃)가 죽자 현종은 수왕에게 새로운 여자를 아내로 주고 옥환을 태진(太眞)이란 이름의 여도사(女道士)로 삼고 자신의 가까이에 두었다. 궁중에 들어온 지 6년 만인 27세 때 정식으로 귀비(貴妃)로 책봉되었다. 춤과 음악에 뛰어나고 총명하여 현종의 총애를 받았으나, 안사의 난이 일어나 도주하던 중 장안(長安)의 서쪽 지방인 마외역(馬嵬驛)에서 양씨 일문에 대한 불만이 폭발한 호위 군사들에 의해 살해되었다.

706 廣陵観燈(광능관등) : 광릉관등(廣陵觀燈). 광릉은 중국 강소성(江蘇省) 양주(揚州)에 있는 지명이다. 이곳의 관등놀이는 천하제일의 장관으로 꼽히고 있으며, 현종이 양귀비를 데리고 구경했다는 것으로도 유명하다.

707 空中仙樂(공듕션악) : 공중선악(空中仙樂). 백거이(白居易)가 〈장한가(長恨歌)〉에서 양귀비의 노래를 "仙樂風飄處處聞(신선의 음악이 바람에 날려 곳곳에 퍼지네.)"이라 한 것과 관련된 표현이다.

708 王昭君(왕소군) : 중국 한나라 원제(元帝)의 후궁. 황제의 사랑을 받지 못하고 흉노의 호한야(呼韓邪) 선우에게 시집가 아들 하나를 낳았다고 하며, 호한야가 죽은 뒤 호한야의 본처의 아들인 복주루 선우에게 재가하여 두 딸을 낳았다고 전해진다. 후한(後漢) 때의 『서경잡기(西京雜記)』에는 다음과 같은 일화가 실려 있다. 대부분의 후궁들이 화공(畵工)에게 뇌물을 바치고 아름다운 초상화를 그리게 하여 황제의 총애를 구하였다. 그러나 왕소군은 뇌물을 바치지 않았기 때문에 얼굴이 추하게 그려졌고, 그 때문에 오랑캐의 아내로 뽑히게 되어 버렸다. 소군이 말을 타고 떠날 즈음에 원제가 보니 절세의 미인이고 태도가 단아하였으므로 크게 후회하였으나 이미 어쩔 수 없는 일이었다. 원제는 크게 노하여 소군을 추하게 그린 화공 모연수(毛延壽)를 참형(斬刑)에 처하였다.

掩面低頭(음면져두) 羞澁(슈삽)[709]ᄒ고

萬里従軍(만니종군) 木蘭(목난)[710]이ᄂᆞᆫ

馬上請纓(마상쳥녕)[711] 奇絶(긔졀)ᄒ다.

呂布(여포)[712]의 貂蟬(초션)[713]이와

楊國忠(양국츙)[714]의 樂昌(낙챵)[715]이오

---

709 羞澁(슈삽) : 수삽(羞澁). 몸을 어찌해야 좋을지 모를 정도로 수줍어하고 부끄러워함.

710 木蘭(목난) : 목란(木蘭). 중국 북조 시대의 민가(民歌)에 나오는 효녀. 연로한 아버지를 대신하여 남장을 하고서 전쟁터에 나가 큰 공을 세우고 12년 만에 돌아왔는데 아무도 여자인 줄을 몰랐다고 한다.

711 馬上請纓(마상쳥녕) : 마상청영(馬上請纓). 말 위에서 결박 지울 밧줄을 청한다는 말로 전쟁터에 나아가 나라의 은혜에 보답하겠다는 뜻임. 중국 한나라 무제 때 종군(終軍)이라는 사람이 있었다. 당시 한나라는 남월(南越)과 화친을 하기 위해 남월왕을 설득시키려고 했다. 이 때 약관의 종군이 무제 앞에 나아가 "저에게 수레를 말의 배에 맬 수 있는 밧줄을 내어 주시면 반드시 남월왕을 묶어 데려와 폐하의 안전에 무릎을 꿇게 하겠습니다." 라고 하였다. 이후 사람들은 청영(請纓)이라는 말을 군대에 들어가 보국한다는 뜻으로 사용했다고 한다. 『한서(漢書)』〈종군전(終軍傳)〉 참조.

712 呂布(여포) : 중국 후한 말기의 무장. 자는 봉선(奉先). 처음에는 병주자사(幷州刺史) 정원(丁原)의 수하에 있다가 그를 죽이고 동탁(董卓)에게 귀순하였으나 나중에는 동탁마저 죽였다. 후에 원술(袁術)과 결탁하여 유비를 공격하려 하였으나, 오히려 조조에게 붙잡혀 살해당하였다.

713 貂蟬(초션) : 초선(貂蟬). 중국 후한 말기 동탁(董卓)과 여포(呂布)의 후처(後妻). 『삼국지연의』에 나오는 가상의 인물이다. 사도 왕윤(王允)의 가기(歌妓)였는데 마치 하늘에서 내려온 선녀와 같았다. 동탁이 포악하여 한나라 황실이 위태로워지자 왕윤이 초선에게 연환계(連環計)를 사용하여 동탁과 여포 사이를 이간하게 했다. 여포가 동탁을 죽인 뒤 초선을 첩으로 삼았지만, 조조(曹操)가 여포를 사로잡아 죽이고 초선을 허도(許都)로 보냈다.

714 楊國忠(양국츙) : 양국충(楊國忠). 주 547) 참조.

715 樂昌(낙챵) : 낙창(樂昌). 양국충이 양귀비의 언니인 괵국부인(虢國夫人) 양옥쟁(楊玉箏)과 사사로이 정을 통하던 사이라는 것이 알려져 있으나, 그에게 낙창이라는 여인이 있었다는 고사는 전하지 않는다. 낙창은 남조 진(陳)나라 후주(後主)의 누이로 태자사인(太子舍人) 서덕언(徐德言)에게 시집갔는데, 그녀에겐 다음과 같은 이야기가 전한다. 당시는 진나라가 망하기 직전이었는데, 서덕언이 나라가 망하면 필시 포로로 잡혀 권세가의 집으로 끌려갈 것이니 거울 하나를 반으로 쪼개 보관했다가 나중에 정월 보름날 시장에서 물건을 팔면서 다시 만날 날을 기다리자고 말했다. 진나라가 망하자 양소(楊素)에게 들어갔다. 나중에 서덕언이 장안(長安)에 이르러 기약한 날에 창두(蒼頭)가 거울 반쪽을 팔고 있는 것을

白雲明月(빅운명월) 東山妓(동산기)[716]와

綠珠(녹쥬)[717] 碧玉(벽옥)[718] 佳姬(가희)로다.

長安月夜(장안월야) 紅拂妓(홍불기)[719]는

風流男子(풍뉴남ᄌ) 싹을 찻고

魏博帳中(위박장듕) 紅線(홍션)[720]이는

女中豪傑(녀듕호걸) 아니런가?

崔瑁(최관)[721]의 城南女(셩남녀)[722]와

보고 자기 반쪽 거울을 꺼내 합쳐본 뒤 거울에 "거울과 사람이 모두 떠났는데, 거울은 돌아왔지만 사람은 돌아오지 않았다네. 항아의 그림자는 다시 볼 수 없고, 헛되이 밝은 달빛만 머무르는구나.(鏡與人俱去, 鏡歸人未歸, 無復嫦娥影, 空留明月輝.)"라 적었다. 공주가 시를 읽고 슬픔에 잠겨 목숨을 끊으려고 했다. 양소가 이를 알고 서덕언에게 공주를 돌려보내 해로하게 했다. 이로 보아 양국충의 본명이 양소(楊釗)인 까닭에 이 이야기의 양소와 착각을 일으킨 것이 아닌가 한다.

716　東山妓(동산기) : 동산은 중국 절강성(浙江省) 상우현(上虞縣) 서남쪽에 있는 산 이름이다. 진(晉)나라 사안(謝安)이 늘 기생을 대동하고 그곳에서 풍류를 즐긴 것으로 유명하다. 『진서(晉書)』〈사안전(謝安傳)〉 참조.

717　綠珠(녹쥬) : 녹주(綠珠). 중국 진(晉)나라 부호 석숭(石崇)의 기생첩. 조왕(趙王) 사마륜(司馬倫)이 집권했을 때 사마륜의 부하 손수(孫秀)가 사람을 시켜 녹주를 원했지만 석숭이 단호하게 거절했다. 화가 난 손수는 석숭이 회남왕(淮南王) 사마윤(司馬允)과 한 패라고 무고하여 석숭을 체포했다. 병사들이 집 문 앞에 왔을 때 녹주는 누대에서 뛰어내려 자살했다.

718　碧玉(벽옥) : 중국 남조 시대의 민가(民歌)에 나오는 다정다감한 소녀.

719　紅拂妓(홍불기) : 중국 수나라 때 대신 양소(楊素)의 시중을 들던 기생. 본명은 장출진(張出塵). 늘 붉은 먼지떨이[紅拂]를 들고 곁에서 시중을 들었기 때문에 사람들이 홍불기(紅拂妓)라고 불렀다고 한다. 당나라 때의 전기소설(傳奇小說)〈규염객전(虬髯客傳)〉에서 그녀는 이정(李靖)과 부부 사이라고 묘사되어 있다. 즉 어느 날 양소와 더불어 천하의 대세를 논하는 청년 이정에게 그녀가 한눈에 반해서 그가 묵고 있는 여관으로 직접 찾아가 그에게 몸을 허락하고 함께 도망을 치는 것으로 그려지고 있다.

720　紅線(홍션) : 홍선(紅線). 『태평광기(太平廣記)』〈홍선전(紅線傳)〉에 나오는 주인공. 홍선은 노주절도사(潞州節度使) 설숭(薛嵩)의 하녀인데, 설숭의 영지가 위박(魏博)절도사에 의해 합병되려는 것을 알고 기묘한 계략으로 주인의 위기를 구한다.

721　崔瑁(최관) : 중국 당나라 때의 무관. 만당(晚唐) 시기인 문종(文宗)과 무종(武宗) 때 산남서도(山南西道)의 절도사를 지냈다.

元稹(원진)[723]의 章坮妓(쟝딕기)[724]와

杜牧之(두목지)[725]의 紫雲(자운)[726]이와

蘇東坡(소동파)[727]의 朝雲(조운)[728]이라.

絶代佳人(졀딕가인) 다 모드니

萬端嬌態(만단교틱) 風流(풍뉴)로다.

太平宴(틱평년)[729] 그만호고

安不忘危(안불망위)[730] 호오리라.

---

722 城南女(셩남녀) : 성남녀(城南女). 미상.

723 元稹(원진) : 주 (620) 참조.

724 章坮妓(쟝딕기) : 장대기(章臺妓). 장대(章臺)는 중국 당나라 때 장안(長安)의 번화가로 기방(妓房)이 밀집해 있던 곳이다. 장대기는 장대의 기생이라는 말인데, 이와 관련하여 가장 유명한 것으로 한굉(韓翃)의 여인인 유씨(柳氏)라는 기생 이야기가 있다. 그러나 여기 문맥으로는 원진을 애틋하게 사랑했던 기생 설도(薛濤)를 가리키는 것으로 보인다. 설도는 원래 장안의 양갓집에서 태어났으나 패가하는 바람에 가기(歌妓)가 되었다. 시를 잘 지어 명사들과 많은 시를 주고받았다. 특히 10살 연하의 원진과 사랑을 나누면서 지은 100여 편의 연시(戀詩)가 유명하다.

725 杜牧之(두목지) : 주 (615) 참조.

726 紫雲(자운) : 중국 당나라의 사도(司徒) 이원(李愿)이 관직을 그만두고 음악과 기생으로 호사하게 한거할 때 데리고 있던 기생임. 어느 날 이원이 조정의 손님들을 청하여 모임을 가질 때, 두목(杜牧)이 초청 받아 남쪽 줄에 앉아 주시하며 술 석 잔을 마시고는 이원에게 "자운이란 자가 있다고 들었는데 누군가?" 하매, 이원이 자운을 가리키니 두목이 오래 쳐다보고는 "이름났다는 말이 거짓이 아니구나. 나를 주는 것이 좋겠소."라고 했다는 고사가 전한다.

727 蘇東坡(소동파) : 주 (624) 참조.

728 朝雲(조운) : 소동파의 애첩. 소동파에게는 세 명의 왕씨 여인이 있었다. 첫째 부인은 왕불(王弗)인데, 27세의 나이로 일찍 죽었다. 두 번째 부인은 왕불의 사촌 동생인 왕윤지(王潤之)다. 세 번째 여인은 바로 왕조운으로, 가난한 집안에서 태어나 어릴 적에 기생집에 팔렸다가 우연한 기회에 그녀의 춤을 보고 한눈에 반한 소동파의 시첩(侍妾)이 되었다. 당시 그녀의 나이는 12살이었다고 한다. 소동파가 여러 지역에서 귀양살이를 할 때 따라가 어려운 시절을 함께 했다.

729 太平宴(틱평년) : 태평연(太平宴). 전쟁에서 이긴 뒤에 베푸는 잔치.

730 安不忘危(안불망위) : 편안한 가운데서도 위태로움을 잊지 아니한다는 뜻으로, 항상 마음을 놓지 않고 스스로를 경계함을 이르는 말.

露梁(노양)[731] 沙場(사장) 너른 터의

三軍門(삼군문)[732]이 習陣(습진)[733]ᄒ니

掌三號(쟝삼호)[734]의 聚軍(취군)[735]ᄒ고

主將(쥬쟝)이 上馬(상마)ᄒ며

五營(오녕)[736] 五司(오ᄉ)[737] 南軍制(남군졔)[738]의

三部(삼부)[739] 六司(뉵ᄉ)[740] 北軍制(북군졔)[741]오

---

731 露梁(노양) : 노량(鷺梁). 노들. 지금의 서울시 용산구 이촌동과 노들섬을 잇는 일대. 조선시대 이곳은 넓은 모래사장이었으나 1917년 일제가 한강 인도교를 만들면서 모래사장 중간에 흙을 다리높이까지 쌓는 바람에 대부분은 물에 잠기고 일부만 남아 섬이 되었다. 이 섬이 현재의 노들섬이다.

732 三軍門(삼군문) : 조선시대에 훈련도감(訓鍊都監), 금위영(禁衛營), 어영청(御營廳)의 세 군문을 일컫던 말.

733 習陣(습진) : 진법(陣法)을 연습함.

734 掌三號(쟝삼호) : 장삼호(掌三號). 신호포나 깃발의 신호 없이 오로지 나발만을 부는 것을 장호(掌號)라 하는데, 이 중 세 번째 부는 것을 가리킴. 첫 번째 부는 것을 두호(頭號)라 하며, 이는 군사들이 기상하여 행장을 수습하고 밥을 지으라는 신호이다. 두 번째 부는 것을 이호(二號)라 하며, 이는 군사들이 밥을 먹고 행장을 수습하여 문을 나가 진을 칠 책임 구역을 물어 집결하라는 신호이다. 세 번째 부는 것이 삼호(三號)인데, 이는 주장(主將)이 일어나 진을 칠 지역에 이르러 각각 지향해야 할 곳을 임시로 정하라는 신호이다.

735 聚軍(취군) : 취군(聚軍). 군사나 인부 등을 불러 모음.

736 五營(오녕) : 오영(五營). 오군영(五軍營). 조선시대에 오위(五衛)를 고쳐 둔 다섯 군영. 훈련도감(訓鍊都監), 총융청(摠戎廳), 수어청(守禦廳), 어영청(御營廳), 금위영(禁衛營)을 이른다.

737 五司(오ᄉ) : 오사(五司). 조선 문종(文宗) 원년(1451)에 종래의 십이사(十二司)를 개편한 군제(軍制). 중군(中軍)은 의흥사(義興司), 충좌사(忠佐司), 충무사(忠武司), 좌군(左軍)은 용기사(龍騎司), 우군(右軍)은 호분사(虎賁司)로 하였는데, 세조(世祖) 3년(1457)에 오위(五衛)로 고쳤다.

738 南軍制(남군졔) : 남군제(南軍制). 중국 한나라 병제는 중앙군과 지방군으로 나뉘며, 중앙군은 다시 남군과 북군으로 구별되었다. 남군은 황궁 수비를 담당하였으며, 북군은 도성 수비를 담당하였다.

739 三部(삼부) : 고려 충렬왕 34년(1308)에 육조를 개편한 세 관아. 선부(選部), 민부(民部), 언부(讞部)를 이른다. 공민왕 5년(1356)에 다시 육부로 개편하였다.

740 六司(뉵ᄉ) : 육사(六司). 고려시대에 나라의 주요한 일을 맡아보던 여섯 관아. 육부(六部)·육조(六曹)의 전신으로, 전리사(典理司)·판도사(判圖司)·전법사(典法司)·군부

三隊(삼되) 平行(평힝) 行营(힝녕)[742]ᄒ며

一路(일노) 二路(이노) 分合(분합)ᄒ니

前营將(젼녕쟝)[743]의 司命旗(ᄉ명긔)[744]는

紅心靑邊(홍심쳥변) 輝煌(휘황)ᄒ고

左营將(좌녕쟝)[745]의 司命旗(ᄉ명긔)는

靑心黃邊(쳥심황변) 燦爛(찬난)ᄒ고

黃心紅邊(황심홍변) 分明(분명)ᄒ니

中营將(듕녕쟝)[746]이 아니신가?

白心黃邊(빅심황변) 的實(젹실)ᄒ니

右营將(우녕쟝)[747]의 긔로고나.

사(軍簿司)·예의사(禮儀司)·전공사(典工司)를 이른다.

741　北軍制(북군졔) : 북군제(北軍制). 중국 한나라 때 도성을 수비하던 군.

742　行營(힝녕) : 행영(行營). 진영을 돌아다니며 실제의 사정을 살핌.

743　前营將(젼녕쟝) : 전영장(前營將). 전영(前營)의 장수. 전영은 수어청(守禦廳)을 가리키므로 전영장은 수어사(守禦使)임.

744　司命旗(ᄉ명긔) : 사명기(司命旗). 조선시대에 군대의 각 영(營)에서 대장(大將), 유수(留守), 순찰사(巡察使), 절도사(節度使), 통제사(統制使) 등이 휘하의 군대를 지휘할 때 사용하던 기(旗). 특히 임금이 각 군의 합진(合陣)을 친히 열병(閱兵)할 때 사용하였다. 기의 바탕은 각 지휘관을 상징하는 방위(方位)에 따라 황색·청색·백색 등으로 달랐으며, 각 진영의 이름에 붙여서 모군사명(某軍司命)이라고 쓴 큰 글씨로 지휘관의 신분을 표시하였다. 임금이 친히 5군영(五軍營)의 합진을 열병할 때의 위치를 보면 가운데는 훈련도감(訓鍊都監), 앞쪽[南]에는 수어청(守禦廳), 왼쪽[東]에는 금위영(禁衛營), 오른쪽[西]에는 어영청(御營廳), 뒤쪽[北]에는 총융청(摠戎廳)이 배치되었다. 그리고 훈련대장은 황색 바탕에 적색으로 된 '삼군사명(三軍司命)'이라는 네 글자를, 금위대장은 남빛 바탕에 금색으로 된 '금위군사명(禁衛軍司命)'이라는 다섯 글자를, 어영대장은 백색 바탕에 황색으로 된 '어영군사명(御營軍司命)'이라는 다섯 글자를 썼다.

745　左营將(좌녕쟝) : 좌영장(左營將). 좌영(左營)의 장수. 좌영은 금위영(禁衛營)을 가리키므로 좌영장은 금위대장(禁衛大將)임.

746　中营將(듕녕쟝) : 중영장(中營將). 중영(中營)의 장수. 중영은 훈련도감(訓鍊都監)을 가리키므로 중영장은 훈련대장(訓鍊大將)임.

747　右营將(우녕쟝) : 우영장(右營將). 우영(右營)의 장수. 우영은 어영청(御營廳)을 가리키므로 우영장은 어영대장(御營大將)임.

黑心白邊(흑심빅변) 쓴라오니

後營将(후녕쟝)[748]이 뒤의 셧다.

各營(각녕) 各司(각亽) 将官(장관) 軍卒(군졸)

左右(좌우) 札駐(찰쥬)[749] 排立(빅닙)[750]흐고

大将(대쟝) 威儀(위의) 淸道图(쳥도도)[751]로

鳴金二下(명금이하)[752] 吹打(취타)[753]흐니

淸道(쳥도)[754] 紅紋(홍문) 朱雀旗(쥬작긔)[755]의

角旗(각긔)[756] 흔 雙(쌍) 紅髙招(홍고초)[757]오

藍紋(남문) 흔 雙(쌍) 靑龍旗(챵뇽긔)[758]의

---

748 後營将(후녕쟝) : 후영장(後營將). 후영(後營)의 장수. 후영은 총융청(摠戎廳)을 가리
키므로 후영장은 총융사(摠戎使)임.

749 札駐(찰쥬) : 찰주(札駐). 주둔(駐屯). 군사가 한 지역에 머무르는 것.

750 排立(빅닙) : 배립(排立). 줄 지어 죽 늘어섬.

751 淸道图(쳥도도) : 청도도(淸道圖). 귀인이 행차할 때 시종이 소리를 질러 길을 비키게
하는 내용을 그린 그림.

752 鳴金二下(명금이하) : 대취타(大吹打)에서 징을 두 번 치라는 말. 곡의 시작에 하는
말임.

753 吹打(취타) : 취타(吹打). 군대에서 관악기와 타악기를 연주하던 일, 또는 그런 군악.

754 淸道(쳥도) : 청도(淸道). 청도기(淸道旗). 조선시대에 행군할 때 앞에서 길을 치우는
데에 쓰던 군기(軍旗). 파란색 사각기로 깃발에 '淸道'라는 글자가 쓰여 있으며 붉은색의
화염각이 달려 있다.

755 朱雀旗(쥬작긔) : 주작기(朱雀旗). 조선시대에 군기(軍旗)로 사용한 대오방기(大五方
旗)의 하나. 3군으로 편성 시에는 중군(中軍)·중영(中營)을, 5군으로 편성 시에는 전군(前
軍)·전영(前營)을 지휘하는 데 쓰였음. 적색(赤色) 바탕에 주작(朱雀)과 운기(雲氣)를 그리
고 청·적·황·백의 4가지 빛깔로 채색하였으며, 불꽃 모양을 한 3개의 꼬리가 달려 있다.

756 角旗(각긔) : 각기(角旗). 조선시대에 진중(陣中)에서 방위를 표시하던 군기. 파란색
과 검은색이 반씩 나뉜 청흑기(靑黑旗)와 붉은색과 흰색이 반씩 나뉜 홍백기(紅白旗)가 있
었다.

757 紅髙招(홍고초) : 붉은색 고초기(高招旗). 고초기는 조선시대에 군대를 지휘하고 호령
하는 데 쓰던 군기(軍旗)임. 기면(旗面)은 동·서·남·북·중앙의 다섯 방위로 나누어 그
방위에 따라 청색·백색·적색·흑색·황색으로 칠하고 팔괘(八卦)와 불꽃무늬를 그렸다.

758 靑龍旗(챵뇽긔) : 청룡기(靑龍旗). 조선시대에 대오방기 가운데 진영(陣營)의 왼편에

角旗(각긔) 흔 雙(쌍) 藍高招(남고초)오

黃紋(황문) 騰蛇(등ᄉ)[759] 巡視(슌시)[760] 黃招(황초)

白紋(븍문) 紅紋(홍문) 갓치 셧다.

五方神旗(오방신긔)[761] 느럿셧고

豹尾(표미)[762] 金鼓(금고)[763] 號統(호통)이라.

鑼鉦(나졍)[764] 喇叭(나발)[765] 哱囉(바라)[766] 셔고

細樂(셰악)[767] 鼓(고)ᄂᆞᆫ 두 雙(쌍)이라.

세워 좌군(左軍)을 지휘하는 데에 쓰던 군기. 청색(靑色) 바탕에 청룡(靑龍)과 운기(雲氣)를 그리고 청·적·황·백의 4가지 빛깔로 채색하였으며, 불꽃 모양을 한 3개의 꼬리가 달려 있다.

759 騰蛇(등ᄉ) : 등사(騰蛇). 등사기(騰蛇旗). 조선시대에 대오방기 가운데 진영의 중앙에 세워 중군(中軍)·중영(中營)을 지휘하는 데에 쓰던 군기. 황색(黃色) 바탕에 등사(騰蛇)와 운기(雲氣)를 그렸다.

760 巡視(슌시) : 순시(巡視). 순시기(巡視旗). 조선시대에 군대 안에서 죄를 범한 자를 순찰하여 잡아올 때 쓰이던 군기(軍旗). 파란 바탕에 붉은 글씨로 ‘巡視’라고 썼으며, 어가 행렬 때는 붉은 바탕에 파란 글씨로 썼다.

761 五方神旗(오방신긔) : 오방신기(五方神旗). 조선시대 군기(軍旗). 병조(兵曹)에서 제정한 것으로, 전지(戰地)에서 진(陣)을 칠 때 사용하였다. 홍(紅)·남(藍)·황(黃)·백(白)·흑(黑)의 다섯 신기가 있어 이를 통틀어 중오방기(中五方旗)라 하였으며, 기마다 방(方)에 따라 군신(軍神)의 화상과 운기(雲旗)가 그려져 있다. 홍신기(紅神旗)는 남방에 세우는 기로 관원수(關元帥)라는 군신의 화상이, 남신기(藍神旗)는 동방에 세우는 기로 온원수(溫元帥)라는 군신의 화상이, 황신기(黃神旗)는 중앙에 세우는 기로 왕령관(王靈官)이라는 군신의 화상이, 백신기(白神旗)는 서방에 세우는 기로 마원수(馬元帥)라는 군신의 화상이, 흑신기(黑神旗)는 북방에 세우는 기로 조현단(趙玄壇)이라는 군신의 화상이 그려져 있다.

762 豹尾(표미) : 표미기(豹尾旗). 조선시대에 쓰던, 표범의 꼬리가 그려진 군기(軍旗). 이 기를 세워 둔 곳에는 함부로 드나들지 못하였다.

763 金鼓(금고) : 금고기(金鼓旗). 조선시대에 군대에서 취타수를 부르거나, 앉고 서고 나아가고 물러나는 등의 동작을 지휘하는 데 사용했던 삼각기. 바탕은 황색이고, 언저리는 홍색이며, 흑색으로 ‘金鼓’ 두 글자를 새겨 붙였다.

764 鑼鉦(나졍) : 나정(鑼鉦). 정라(鉦鑼). 풍물놀이에 쓰는 징을 이르는 말.

765 喇叭(나발) : 나팔(喇叭). 옛 관악기의 하나. 놋쇠로 긴 대롱같이 만드는데, 위는 가늘고 끝은 퍼진 모양이다. 군중(軍中)에서 호령하거나 신호하는 데 썼다.

766 哱囉(바라) : 나각(螺角). 소라의 껍데기로 만든 옛 군악기.

發跡巡視(발젹슌시)[768] 令旗(녕긔)[769] 셔고

執事(집스)[770] 한 雙(쌍) 旗牌(긔픠)[771] 두 雙(쌍)

坐馬纛(좌마둑)[772]의 欄後視(난후시)[773]오

教事(교스)[774] 塘報(당보)[775] 느러셧다.

臺上(듸샹) 旗鼓(긔고)[776] 攞列图(나열도)[777]로

767　細樂(셰악) : 세악(細樂). 취타(吹打)가 아닌 장구, 북, 피리, 저, 해금 따위로 구성한 군악(軍樂).

768　發跡巡視(발젹슌시) : 발적순시(鈸笛巡視)의 잘못. 방울을 울리고 피리를 불면서 사방을 돌아다니며 살핌.

769　令旗(녕긔) : 영기(令旗). 군중(軍中)에서 군령(軍令)을 전달할 때에 쓰는 기(旗). 두 자 남짓한 푸른 비단으로 만들었는데, 가운데에 붉은색으로 쓴 '令'자가 있기 때문에 붙여진 이름. 기의 길이는 5자이며, 깃대의 끝은 창날로 되었는데, 그 아래에 직경 3치의 납작한 방울을 달아 비녀를 꽂아 놓았다. 기를 흔들면 소리가 나므로 일명 '쩔렁기'라고도 하였다.

770　執事(집스) : 집사(執事). 옛날에 의장용(儀仗用) 무기를 가지고 호위하던 군사.

771　旗牌(긔픠) : 기패(旗牌). 옛날 명령의 전달을 담당한 무관.

772　坐馬纛(좌마둑) : 좌마독(坐馬纛)의 잘못. 좌독기(坐纛旗). 조선시대에, 행진할 때는 주장(主將)의 뒤에 세우고, 멈출 때는 장대(將臺) 앞 왼편에 세우던 군기(軍旗). 검은 바탕의 사각기로 가운데에 양의(兩儀)와 사상(四象)을 나타낸 태극(太極)을 중심으로 낙서(洛書)와 후천 팔괘(後天八卦)가 주위에 그려져 있다.

773　欄後視(난후시) : 난후사(欄後士)의 잘못. 조선시대 영조(英祖) 23년(1747)에 설치한, 각 영문(營門)에 딸린 무직(武職)의 하나. 행진할 때 대열의 뒤끝 경비(警備)를 담당했다.

774　教事(교스) : 교사(教事). 교사(教士)의 잘못. 조선시대 군대에서 무예나 진법을 가르치던 무관.

775　塘報(당보) : 조선시대 군사훈련이나 전투에서 깃발로 하던 신호제도. 이 때 사용되는 기를 당보기, 그것을 조작하던 신호병을 당보수(塘報手)라 하였다. 당보기는 황색 바탕에 사방 1척이며 깃대는 9척이었다. 당보수는 전립을 쓰고 칼을 차고 경보용의 작은 황색기를 지참하고 다녔다. 이들은 전투상황에서 높은 곳에 올라가 적의 정세를 살피고 깃발로 신호를 보내는데, 적이 느리게 오면 끄덕이고, 급하게 오면 기를 빙빙 돌리며, 적군이 많으면 몸에 두르고 돌리고, 사고가 없으면 세 번 돌리고 세 번 감는다. 밤에는 깃대에 등불을 달아 신호하였다.

776　旗鼓(긔고) : 기고(旗鼓). 싸움터에서 쓰는 기와 북을 아울러 이르는 말. 군대를 지휘하고 명령하는 데 쓴다.

777　攞列图(나열도) : 파열도(擺列圖)의 잘못. 진법을 그린 진도(陣圖)의 하나.

升帳(승장)[778] 升旗(승긔)[779] 節次(졀차)하니

四十八面(ᄉ십팔면) 大旗幟(대긔치)[780]는

左右(좌우) 行(항)[781] 分立(분닙)ᄒ니

七色(칠싴) 四手(ᄉ슈) 軍牢(군뇌)[782]들은

先後次(션후차)로 叩頭(고두)[783]ᄒ고

中軍(듕군)[784] 以下(니하) 千把摠(쳔파총)[785]과

諸將官(졔쟝관)이 參見(참견)ᄒ니

입바른 知事軍官(지ᄉ군관)[786]

記過(긔과)[787] 請罪(쳥죄)[788] ᄌ죠 ᄒ다.

---

778 升帳(승장) : 장막을 올리는 것. 군사 조련의 절차 중 하나.

779 升旗(승긔) : 승기(升旗). 기를 올리는 것. 군사 조련의 절차 중 하나.

780 大旗幟(대긔치) : 대기치(大旗幟). 조선시대 각 군영에서 의장(儀仗) 및 군사 신호용으로 사용했던 사방 4자 이상의 대형 기치의 총칭.

781 行(항) : 항오(行伍). 군대를 편성한 대오. 한 줄에 다섯 명을 세우는데 이를 오라 하고, 그 오가 다섯 줄인 스물다섯 명을 항이라 한다.

782 軍牢(군뇌) : 군뢰(軍牢). 조선시대 여러 군영(軍營)과 관아(官衙)에 소속되어 죄인을 다스리는 일을 맡았던 군졸.

783 叩頭(고두) : 머리를 조아려 경의(敬意)를 표하던 예.

784 中軍(듕군) : 중군(中軍). 조선시대 종2품 무관직으로 각 군영(軍營)의 대장 또는 사(使)에 버금가는 장관(將官).

785 千把摠(쳔파총) : 천파총(千把摠). 천총(千摠)과 파총(把摠). 천총은 조선시대 훈련도감(訓鍊都監)·금위영(禁衛營)·어영청(御營廳)·총융청(摠戎廳)·진무영(鎭撫營) 등에 두었던 정3품 무관직이고, 파총은 조선시대 오군영(五軍營)·관리영(管理營)·총리영(摠理營) 등에 두었던 종4품 무관직이다.

786 知事軍官(지ᄉ군관) : 지사군관(知事軍官). 지사(知事)의 군관(軍官). 지사는 조선시대 돈녕부(敦寧府)·의금부(義禁府)·경연(經筵)·성균관(成均館)·춘추관(春秋館)·중추부(中樞府)·훈련원(訓鍊院)의 정2품 벼슬로, 모두 겸직이었다. 군관은 장수 휘하에서 여러 군사적 직임을 수행하던 장교급의 무관이다. 여기서 지사군관은 훈련원 지사의 휘하에서 직을 수행하던 무관을 가리키는 것으로 보인다.

787 記過(긔과) : 기과(記過). 관리로서 가벼운 잘못이 있는 자를 말로 나무라고 그 내용을 문부(문서와 장부)에 적어 두던 일.

788 請罪(쳥죄) : 청죄(請罪). 저지른 죄에 대하여 벌을 줄 것을 청함.

六司(뉵亽)[789] 㪬放(발방)[790] 다흔 後(후)의

各営(각녕) 一體(일톄) 㪬放(발방)ᄒ니

教塲(교장)[791] 行営(힝녕)[792] 一駐(일쥬)ᄒ여

前後層(전후층)[793]의 列陣(열진)[794]ᄒ니

三進三退(삼진삼퇴) 鏖戰(노젼)[795]ᄒ고

間花疊退(간화첩퇴)[796] 믈너와셔

開方陣(ᄀᆡ방진)[797] 九宮陣(구궁진)[798]이

八陣図(팔진도)[799]로 나려와셔

黃信旗(황신긔)[800]의 起火(긔화)[801] 一枝(일지)

六花陣(뉵화진)[802]이 되여 잇고

---

789 六司(뉵亽) : 육사(六司). 주 740) 참조.

790 㪬放(발방) : 총포(銃砲)를 쏨.

791 教塲(교장) : 교내(校內) 또는 야외에 일정한 교육 시설을 해 놓고 군사들을 훈련시키는 장소.

792 行営(힝녕) : 행영(行營). 진영(陣營). 군대가 진을 치고 있는 곳.

793 前後層(전후층) : 전후층(前後層). 한 길로 가던 부대가 적을 만났을 때 두 줄로 벽을 만드는 진법(陣法). 이 때 앞줄을 전층(前層), 뒷줄을 후층(後層)이라 한다.

794 列陣(열진) : 열을 맞추어 포진하는 진법.

795 鏖戰(노젼) : 오전(鏖戰)의 잘못. 적을 모조리 죽일 때까지 힘을 다하여 싸움. 또는 많은 사상자를 낸 큰 싸움.

796 間花疊退(간화첩퇴) : 간화첩퇴(間花疊退). 꽃잎 모양으로 중첩하여 후퇴함.

797 開方陣(ᄀᆡ방진) : 개방진(開方陣). 병사들을 사각형으로 배치하여 친 진(陣).

798 九宮陣(구궁진) : 팔진법(八陣法)을 달리 이르는 말. 가운데에 장수가 있는 중군(中軍)을 두고 동서남북의 사정(四正)과 북동, 북서, 남동, 남서의 사유(四維)에 여덟 개의 예하부대를 배치하는 것이 팔진법인데, 이 팔진법을 아홉 개의 궁(宮)으로 이루어져 있다고 하여 구궁진으로 부르기도 한다.

799 八陣図(팔진도) : 팔진법을 그린 그림.

800 黃信旗(황신긔) : 황신기(黃信旗). 황색 신호기(信號旗).

801 起火(긔화) : 기화(起火). 군대에서 신호로 쏘는 화전(火箭).

802 六花陣(뉵화진) : 육화진(六花陣). 진법의 하나로, 당나라의 이정(李靖)이 제갈량의 팔진법(八陣法)에 기초하여 만들었으며, 눈꽃의 모양을 띠었음.

前後左右(전후좌우) 四面點(亽면졈)이

五行陣(오힝진)[803] 난화 잇다.

蜂屯陣(봉둔진)[804] 鶴翼陣(학닉진)[805]도

轉身喇叭(젼신나발)[806] 緊靠(긴고)[807]흔다.

三才(삼지)[808] 両儀(냥의)[809] 버려다가

鴛鴦隊(원앙딕)[810]로 늘어셰워

東方营(동방녕)이 変幻(변환)[811]ᄒ야

左右(좌우) 發放(발방) 馳突(치돌)[812]ᄒ니

天鵝聲(텬아셩)[813]ᄒ 소릭의

百萬軍(빅만군)을 進退(진퇴)ᄒ니

四面操(亽면조)[814]를 맛츤 후의

803　五行陣(오힝진) : 오행진(五行陣). 지형에 따라 펼칠 수 있게 된 방진(方陣), 원진(圓陣), 곡진(曲陣), 직진(直陣), 예진(銳陣)의 다섯 가지 진법.

804　蜂屯陣(봉둔진) : 벌들이 모여 있는 형태의 진법으로, 주로 기병이 돌진하기 적합하도록 하기 위한 형태의 진법이다.

805　鶴翼陣(학닉진) : 학익진(鶴翼陣). 학이 날개를 편 듯이 치는 진. 적을 둘러싸기에 편리한 진형(陣形)이다.

806　轉身喇叭(젼신나발) : 전신나팔(轉身喇叭). 방향 전환을 알리는 나팔 소리.

807　緊靠(긴고) : 바짝 붙어 있음. 바짝 조여드는 형국.

808　三才(삼지) : 삼재(三才). 우주와 인간 세계의 기본적인 구성 요소이면서 그 변화의 동인(動因)으로 작용하는 천(天), 지(地), 인(人)을 일컫는 말. 여기서는 세 개 조로 모이는 형태의 진형인 삼재진(三才陣)을 가리킴.

809　両儀(냥의) : 양의(兩儀). 음(陰)과 양(陽). 여기서는 두 개 조로 나누어 모이는 형태의 진형인 양의진(兩儀陣)을 가리킴.

810　鴛鴦隊(원앙딕) : 원앙대(鴛鴦隊). 원앙진(鴛鴦陣). 원앙처럼 두 사람씩 짝을 이룬 진.

811　変幻(변환) : 갑자기 나타났다 없어졌다 함. 또는 그렇게 종잡을 수 없이 빠른 변화.

812　馳突(치돌) : 매우 세차게 달려들어 부딪침.

813　天鵝聲(텬아셩) : 천아성(天鵝聲). 한번 긴소리로 나팔을 부는 것. 이는 병사들이 일제히 함성을 지르거나 또는 총수(銃手)가 일제히 총을 발사하고 사수(射手)가 일제히 화살을 발사하라는 신호이다.

814　四面操(亽면조) : 사면조(四面操). 특정 방향에서 적의 기습이 있을 때 이에 대응하는

查功罪(사공죄)[815]를 흐단 말가?

兵法(병법) 용흔 孫吳輩(손오비)[816]는

初練(초연)의 賞(상)을 타고

八字(팔즈) 죠흔 衛霍(위곽)[817] 等(등)은

行伍(항오)의 發薦(발쳔)흐고[818]

爭功不和(징공불화) 王濬(왕쥰)[819]이는

軍门(군문) 拿入(나닙)[820] 儆覺(경각)[821]흐다.

各宮迭打(각궁질타)[822] 得勝鼓(득승고)[823]를

黃信旗(황신긔)[824]를 둘너시니

攙搶(참창)[825] 熒惑(형혹)[826] 不動(불동)흐야

요령을 익히는 훈련.

815　査功罪(사공죄) : 공로(功勞)와 죄과(罪過)를 조사하는 일.

816　孫吳輩(손오비) : 손오배(孫吳輩). 중국 춘추전국시대의 병법가(兵法家)인 손자(孫子)와 오자(吳子)의 무리들. 손자는 춘추시대 오나라의 합려(闔閭)를 섬기던 명장 손무(孫武)를 가리키며, 오자는 전국시대 초기 위(衛)나라의 장수였던 오기(吳起)를 가리킨다.

817　衛霍(위곽) : 중국 한(漢)나라 때 흉노(匈奴)를 무찔러 공을 세운 위청(衛青)과 곽거병(霍去病)을 아울러 이르는 말임.

818　行伍(항오)의 發薦(발쳔)흐고 : 항오(行伍)에 발천(發薦)하고. 항오(行伍)는 군사(軍士)를 뜻하고 발천(發薦)은 천거함을 의미한다. 따라서 이 말은 '병졸 출신으로 높은 벼슬에 오르고'의 뜻이다.

819　王濬(왕쥰) : 왕준(王濬). 중국 진(晉)나라의 장수. 자는 사치(士治). 오나라를 침공하여 손호(孫皓)의 항복을 받아냈다. 이 과정에서 왕준은 잠시 기다리라는 왕혼(王渾)의 군령을 무시하고 마음대로 전진하였기 때문에 이후 둘의 불화가 길게 지속되었다고 한다.

820　拿入(나닙) : 나입(拿入). 죄인을 법정으로 잡아들임.

821　儆覺(경각) : 훈계하고 깨우침.

822　各宮迭打(각궁질타) : 각궁질타(角宮迭打)의 잘못. 각성(角聲)과 궁성(宮聲)을 번갈아 침. 각성은 북의 가장자리를 칠 때 나는 소리이고, 궁성은 북의 중앙을 칠 때 나는 소리이다.

823　得勝鼓(득승고) : 북의 가장자리를 쳐서 각성을 내고, 중앙을 쳐서 궁성을 내어 각성과 궁성을 번갈아 치는 것. 이는 병사들이 원위치로 돌아가라는 신호이다.

824　黃信旗(황신긔) : 주 800) 참조.

825　攙搶(참창) : 혜성(彗星). 일설에는 요성(妖星)의 이름이라고 함. 전쟁의 기운을 상징함.

天下四方(텬하ᄉ방) 無事(무ᄉ)로다.

太平萬代(틱평만딕) 凱歌舞(키가무)[827]로

振旅還軍(진여환군)[828] 드러와셔

紫府宮中(ᄌ부궁듕)[829] 너른 뜰의

罷宴曲(파년곡)[830]을 終奏(종쥬)ᄒ니

萬國侯君(만국후군) 王臣(왕신)들이

各歸其所(각귀기소) 下直(하직)ᄒ니

九萬長天(구만장텬) 五雲街(오운가)의

車馬(거마) 騈闐(병젼)[831] ᄒᄂ고나.

紫衣仙官(ᄌ의션관)[832] 다시 와셔

朝鮮國王(조선국왕) 블너드려

白玉楼(빅옥누)[833]의 獨對(독딕)ᄒ샤

---

826 熒惑(형혹) : 형혹성(熒惑星). 화성(火星)을 재화나 병란의 징조를 보여주는 별이라
하여 이르는 말.

827 凱歌舞(키가무) : 개가무(凱歌舞). 전쟁에 이기고 나서 하는 노래와 춤.

828 振旅還軍(진여환군) : 진려환군(振旅還軍). 군사를 거두어 돌아옴.

829 紫府宮中(ᄌ부궁듕) : 자부궁중(紫府宮中). 자부궁(紫府宮) 안. 자부궁은 신선이 산다
는 곳이다.『포박자(抱朴子)』에 다음과 같은 기록이 있다. "장주(長洲)는 일명 청구(青邱)라
고도 하며 남해의 진사(辰巳) 땅에 위치하고 있다. 그 지방은 각각 5천 리(里)로 해안까지는
25만 리가 떨어져 있고 위쪽으로는 산과 내가 많으며 큰 나무가 많다. 나무는 2천 아름이나
된다. 섬의 윗부분은 오로지 숲으로만 이루어져 있기 때문에 일명 청구라고 하는 것이다.
또한 선초(仙草)・영약(靈藥)・감액(甘液)・옥영(玉英)이 있으며, 없는 것이 없다. 또 풍산
(風山)이 있는데 산에서 항상 벼락 소리가 들린다. 자부궁(紫府宮)이 있는데 천진(天眞 :
신선)과 선녀들이 이 땅에서 노닌다.(長洲, 一名青邱, 在南海辰巳之地, 地方各五千里, 去岸
二十五萬里, 上饒山川, 及多大樹, 樹乃有二千圍者. 一洲之上, 專有林木, 故一名青邱. 又有
仙草靈藥甘液玉英, 靡所不有. 又有風山, 山恒震聲. 有紫府宮, 天眞仙女, 游于此地.)"

830 罷宴曲(파년곡) : 파연곡(罷宴曲). 잔치를 끝낼 때에 부르는 노래나 연주하는 음악.

831 騈闐(병젼) : 병전(騈闐). 사람이나 수레 따위가 길게 늘어섬.

832 紫衣仙官(ᄌ의션관) : 자의선관(紫衣仙官). 옥황상제(玉皇上帝). 주 85) 참조.

833 白玉樓(빅옥누) : 백옥루(白玉樓). 주 111) 참조.

諄諄(슌슌)[834] 天命(텬명) 下教(하교)ㅎ되

寡人(과인)이 醇酒(슌쥬)[835] 먹고

百餘年(빅여년)을 昏醉(혼취)[836]ㅎ니

大明(대명) 日月(일월) 中原(듕원) 天地(텬디)

腥塵(셩진)[837] 世界(세계) 되엿더니

오날날 슐을 씌니

胡無百年(호무빅년) 運(운)이로다.

蒼蒼(챵챵)[838] 下土(하토)[839] 四海(ᄉ희) 中(듕)의

明命赫然(명명혁년)[840] 眷顧(권고)[841]ㅎ야

有德真人(유덕진인) 갈희여셔

生民之主(싱민지쥬) 삼으리라.

靑邱(쳥구)[842] 一面(일면) 小中華(소듕화)[843]의

天地(텬디) 運氣(운긔) 도라시니

先王(션왕)[844] 禮樂(예악) 衣冠文物(의관문믈)

君子國(군ᄌ국)이 삼아시니

---

834 諄諄(슌슌) : 순순(諄諄). 성의를 다하여 간곡히 타이름.

835 醇酒(슌쥬) : 순주(醇酒). 무회주(無灰酒). 다른 것이 조금도 섞이지 아니한 술.

836 昏醉(혼취) : 혼취(昏醉). 정신이 없도록 술이 취함.

837 腥塵(셩진) : 성진(腥塵). 비린내가 나는 먼지라는 뜻으로, 어지러운 세상을 이르는 말.

838 蒼蒼(챵챵) : 창창(蒼蒼). 앞길이 멀어서 아득함.

839 下土(하토) : 하계(下界). 천상계에 상대하여 사람이 사는 이 세상을 이르는 말.

840 明命赫然(명명혁년) : 명명혁연(明命赫然). 천명(天命)이 환하게 밝은 것을 이름. 『소학(小學)』의 첫머리에 붙인 주자의 〈소학제사(小學題辭)〉 중 "明命赫然, 罔有內外.(천명이 환히 밝아 안과 밖이 따로 없다.)"에서 유래한 말이다.

841 眷顧(권고) : 애정으로 돌보아 줌.

842 靑邱(쳥구) : 청구(靑邱). 중국에서 우리나라를 이르던 말.

843 小中華(소듕화) : 소중화(小中華). 주 79) 참조.

844 先王(션왕) : 선왕(先王). 주 66) 참조.

春秋大義(츈츄대의)[845] 秉執(병집)[846]으로
內修外攘(닉슈외양)[847] 호여두면
天時(텬시)[848] 人事(인亽) 도라오면
除凶雪恥(계횽셜치)[849] 못홀소냐?
万古帝王(만고뎨왕) 創業基(챵업긔)와
年年國都(년년국도) 歷歷(역역)[850] 호다.
崑崙山(골윤산)[851] 朝宗脉(조종믹)[852]이
四瀆(亽독)[853] 五岳(오악)[854] 分開(분긔)[855] 호야
万八千年(만팔쳔년)[856] 龍岡山(뇽강산)[857]은

---

845 春秋大義(츈츄대의) : 춘추대의(春秋大義). 주 (63) 참조.

846 秉執(병집) : 가지고 있음.

847 內修外攘(닉슈외양) : 내수외양(內修外攘). 안으로는 국내의 정치를 잘 다스려 지치 (至治)를 이루고 밖으로는 외적을 물리쳐 평화를 유지한다는 뜻. 유교 정치사상에서 국난 을 극복하기 위한 방법으로 제시된 대표적인 정책이념이다.

848 天時(텬시) : 천시(天時). 하늘이 주는 좋은 기회. 때를 따라서 변화하는 자연의 현상.

849 除凶雪恥(계횽셜치) : 제흉설치(除兇雪恥). 흉악함을 없애고 부끄러움을 씻음.

850 歷歷(역역) : 역력(歷歷). 뚜렷함. 분명함.

851 崑崙山(골윤산) : 곤륜산(崑崙山). 중국 전설 속에 나오는 산. 처음에는 하늘에 이르는 높은 산 또는 아름다운 옥이 나는 산으로 알려졌으나 전국시대 말기부터는 서왕모(西王母) 가 살며, 불사의 물이 흐르는 신선경(神仙境)이라 믿어졌다.

852 朝宗脉(조종믹) : 조종맥(朝宗脈). 주 95) 참조.

853 四瀆(亽독) : 사독(四瀆). 나라의 운명과 깊은 관계가 있다 하여 해마다 제사를 지내던 중국의 네 강. 동의 양자강(揚子江), 서의 황하(黃河), 남의 회수(淮水), 북의 제수(濟水)를 가리키는데 이를 '강하회제(江河淮濟)'라고 한다.

854 五岳(오악) : 중국 5대 명산의 통칭. 동악(東岳) 태산(泰山)・서악(西岳) 화산(華山)・ 남악(南岳) 형산(衡山)・북악(北岳) 항산(恒山)・중악(中岳) 숭산(嵩山)을 가리킨다.

855 分開(분긔) : 분개(分開). 갈라짐.

856 万八千年(만팔쳔년) : 만팔천년(萬八千年). 반고신화(盤古神話)에서 반고가 깊은 잠 을 잔 기간이면서 동시에 잠에서 깨어 천지를 분리하는 데 걸린 기간으로 제시된 것.

857 龍岡山(뇽강산) : 용강산(龍岡山). 용골산(龍骨山)의 잘못인 듯. 용골산은 중국 북경 방산구(房山區) 주구점(周口店)에 있는 산으로 북경원인(北京原人)의 화석이 발굴된 곳이다.

盤古氏(반고시)[858]의 開國(기국)이오

都於晋(도어진)[859] 作曲阜(작곡부)[860]는

伏義(복희)[861] 炎帝(염데)[862] 나려오고

涿鹿(탁녹)[863] 高陽(고양)[864] 너른 터의

黃帝(황데)[865] 顓頊(전욱)[866] 相傳(상젼)[867]ᄒ고

堯舜(요순)[868]의 受禪時(슈션시)[869]는

平壤(평양)[870] 蒲坂(포판)[871] 冀州野(긔쥬야)[872]오

858　盤古氏(반고시) : 반고씨(盤古氏). 중국의 천지창조신화에 등장하는 거인신(巨人神).
세계가 아직 하늘과 땅이 구분되지 않고 혼돈상태였을 때, 반고가 알에서 태어났고 이때
하늘과 땅이 생겨났으며 반고의 키가 자라면서 머리는 하늘을 떠받치고 다리는 땅을 지탱
하였다. 반고의 키가 거대하게 자라면서 하늘과 땅은 점점 멀리 떨어져 1만 8천년 후에
오늘날과 같이 되었다고 한다.

859　都於晋(도어진) : '도어진(都於陳 : 진에 도읍하다)'의 잘못. 태호(太昊) 복희씨(伏羲氏)
는 성(姓)이 풍(風)씨로 진에 도읍을 정하고 150년 동안 제왕의 자리에 있었다고 한다. 복희
씨 이후 풍씨가 15대를 이었다고 한다.

860　作曲阜(작곡부) : '사곡부(徙曲阜 : 곡부로 옮기다)'의 잘못. 풍씨의 시대가 끝나고 강
(姜)씨 성을 가진 염제(炎帝) 신농씨(神農氏)가 임금의 자리에 올랐는데 처음에는 진에 도
읍하였다가 후에 곡부로 옮겼으며, 강씨의 시대는 8대 520년이었다고 한다.

861　伏義(복희) : 주 9) 참조.

862　炎帝(염데) : 염제(炎帝). 신농씨(神農氏). 주 9) 참조.

863　涿鹿(탁녹) : 탁록(涿鹿). 황제(黃帝) 헌원씨(軒轅氏)가 치우(蚩尤)와 격전을 벌여 승
리한 곳.

864　高陽(고양) : 전욱(顓頊)이 나라를 일으킨 곳.

865　黃帝(황데) : 황제(黃帝). 헌원씨(軒轅氏). 주 9) 참조.

866　顓頊(전욱) : 전욱(顓頊). 중국 고대의 제왕(帝王). 황제(黃帝)의 손자로, 그에 이어
20세에 임금 자리에 올라 처음 고양(高陽)에서 나라를 일으켰으므로 고양씨(高陽氏)라 불
렸다. 제구(帝邱)에 도읍하고, 78년간 재위(在位)하였다고 한다.

867　相傳(상젼) : 상전(相傳). 대대로 이어져 전함.

868　堯舜(요순) : 요임금과 순임금. 주 9) 참조.

869　受禪時(슈션시) : 수선시(受禪時). 임금의 자리를 물려받을 때.

870　平壤(평양) : 요가 도읍으로 삼은 곳. 산서성(山西省) 임분(臨汾).

871　蒲坂(포판) : 순이 도읍으로 삼은 곳. 산서성 영제(永濟).

禹湯(우탕)[873]의 傳家業(전가업)[874]은

安邑(안읍)[875] 耿亳(경박)[876] 河北(하북)[877]이오

西周(셔쥬)[878]의 鎬京地(호경디)[879]는

文武(문무)[880]의 基業(긔업)[881]이오

東周(동쥬)[882]의 洛邑都(낙읍도)[883]는

成王(셩왕)[884]의 継述(계슐)[885]이오

西周君(셔쥬군)[886]의 単狐聚(단호취)[887]오

---

872 冀州野(긔쥬야) : 기주야(冀州野). 기주(冀州)의 들판. 기주는 중국 고대 구주(九州)의 하나로 지금의 산서성(山西省)을 중심으로 한 지역이다.

873 禹湯(우탕) : 하나라 우왕과 은나라 탕왕. 주 17) 및 주 23) 참조.

874 傳家業(전가업) : 전가업(傳家業). 가업(家業)을 전함. 우왕 이후에는 왕위가 세습되었으므로 이렇게 표현한 것이다.

875 安邑(안읍) : 중국 산서성(山西省) 남부에 있던 옛 하나라의 수도.

876 耿亳(경박) : 경(耿)과 박(亳). 경(耿)은 은나라의 13대 임금인 조을(祖乙)이 세웠던 도읍지이고, 박(亳)은 은나라의 19대 임금인 반경(盤庚)이 황하(黃河)가 범람할까 걱정하여 옮긴 도읍지로 은나라를 세운 탕왕이 도읍으로 정했던 곳이다.

877 河北(하북) : 중국 황하 북쪽 지역을 통틀어 이르는 말.

878 西周(셔쥬) : 서주(西周). 동천(東遷)하기 이전까지의 중국 주나라를 이르는 이름.

879 鎬京地(호경디) : 호경지(鎬京地). 호경(鎬京)이라는 도읍지. 호경은 서주(西周)의 무왕이 도읍한 곳으로 지금의 섬서성(陝西省) 서안(西安) 부근이다.

880 文武(문무) : 주나라 문왕과 무왕. 주 25) 참조.

881 基業(긔업) : 기업(基業). 국가의 토대를 구축하고 관직체계를 정비하여 왕업(王業)의 터전을 닦음.

882 東周(동쥬) : 동주(東周). 중국 주(周)나라가 견융(犬戎)의 침입으로 도읍을 호경(鎬京)에서 지금의 낙양(洛陽) 부근으로 동천(東遷)한 이후를 이르는 말(BC771~BC256).

883 洛邑都(낙읍도) : 낙읍(洛邑)이라는 도읍지. 낙읍은 중국 낙양(洛陽)의 서쪽 교외에 있던 고대 도시로 동주(東周)의 도읍지였다.

884 成王(셩왕) : 성왕(成王). 중국 주나라의 제2대 왕. 이름은 송(誦). 어려서 즉위하였기 때문에 처음에는 숙부 주공(周公)이 섭정하였으나, 후에 소공(召公)·필공(畢公) 등의 보좌를 받아 주나라의 기초를 쌓았다. 한편 문맥상 이는 낙읍으로 도읍을 옮기고 동주 시대를 연 평왕(平王)의 잘못으로 보인다.

885 継述(계슐) : 계술(繼述). 선왕(先王)이나 조상이 남긴 뜻과 사업을 잘 받들어 계승함.

東周君(동쥬군)⁸⁸⁸의 陽人聚(양인취)⁸⁸⁹라.

三代(삼딕) 以下(니하) 天府基(텬부긔)⁸⁹⁰는

奈漢(진한)의 長安(장안)⁸⁹¹이오

洛陽(낙양)⁸⁹²은 東漢(동한)⁸⁹³이오

成都(셩도)⁸⁹⁴는 蜀漢(쵹한)⁸⁹⁵이라.

洛陽(낙양)의 國都(국도)ᄒ야

西奈(셔진)⁸⁹⁶이 統合(통합)ᄒ고

五湖凩塵(오호풍진)⁸⁹⁷ 擾乱(요난)ᄒ야

886　西周君(셔쥬군) : 서주군(西周君). 동주(東周)의 고왕(考王)이 그 아우를 하남(河南)에 봉하고 환공(桓公)이라 하였는데 이 환공부터 그 뒤를 이은 위공(威公), 혜공(惠公), 무공(武公), 문공(文公)을 가리키는 말임.

887　单狐聚(단호취) : 탄호취(憚狐聚)의 잘못. 탄호취는 중국 하남성(河南省) 임여현(臨汝縣)에 있던 옛 지명이다. 진(秦)나라가 서주(西周)를 멸하고 그 군주를 이곳으로 옮겼다고 한다.

888　東周君(동쥬군) : 동주군(東周君). 서주군 혜공은 그 소자(少子)를 공(鞏) 땅에 봉하고 이름을 동주(東周) 혜공(惠公)이라 하였는데 이 혜공부터 그 뒤를 이은 소문군(昭文君), 무공(武公), 주정공(周靖公)을 가리키는 말임.

889　陽人聚(양인취) : 양인취(陽人聚). 중국 하남성(河南省) 임여현(臨汝縣)에 있던 옛 지명. 『사기』에 진(秦)나라가 동주(東周)를 멸했을 때, 그 군주를 양인취로 옮겼다는 말이 있다.

890　天府基(텬부긔) : 천부기(天府基). 천자가 도읍을 정한 터.

891　長安(장안) : 중국 섬서성(陝西省) 서안(西安)의 옛 이름.

892　洛陽(낙양) : 중국 하남성(河南省) 서북부에 있는 지명.

893　東漢(동한) : 후한(後漢)의 별칭. 주 52) 참조.

894　成都(셩도) : 성도(成都). 중국 사천성(四川省) 서부에 있는 지명. 사천성의 성도(省都)이다.

895　蜀漢(쵹한) : 221년 유비가 한의 정통을 계승한다는 명분으로 세운 나라. 주 174) 참조.

896　西奈(셔진) : 서진(西晉)의 잘못. 서진(西晉)은 265년에 위(魏)나라의 사마염(司馬炎)이 원제(元帝)로부터 제위(帝位)를 선양받아 세운 나라이다.

897　五湖凩塵(오호풍진) : 오호풍진(五胡風塵)의 잘못. 오호(五胡)는 4세기 초부터 백수십년 간 중국 화북(華北) 지역에 출현하여 여러 나라를 세운 다섯 부족인 흉노(匈奴)・갈(羯)・선비(鮮卑)・저(氐)・강(羌)을 가리킨다. 이들이 세운 나라는 한인이 세운 나라와 합쳐 16개국이나 되었는데, 오호풍진(五胡風塵)은 이 5호 16국의 혼란스러웠던 세상을 뜻한다.

東晉(동진)[898]의 建康(근강)[899]이오

六朝(육조)[900] 乾坤(건곤) 暫間(잠간) 지나

復都長安(부도장안)[901] 隋唐(슈당)이오

五季風雨(오계풍우)[902] 지ᄂ 後(후)의

宋朝(송조)의 汴京(변경)[903]이오

遼金(요금)[904] 時節(시졀) 板蕩(판탕)[905]ᄒ야

南宋(남송)[906]의 金陵(금능)[907]이오

---

898 東晉(동진) : 서진(西晉)이 북방 호족(胡族)의 침입으로 망하자 사마예(司馬睿)가 양자강(揚子江) 이남의 땅을 영토로 하여 317년에 세운 나라.

899 建康(근강) : 건강(建康). 중국 강소성(江蘇省) 서남쪽에 있는 남경(南京)의 옛 이름.

900 六朝(육조) : 주 54) 참조.

901 復都長安(부도장안) : 다시 장안에 도읍함.

902 五季風雨(오계풍우) : 다섯 왕조가 자주 갈린 혼란기. 오계(五季)에 대해서는 주 56) 참조.

903 汴京(변경) : 중국 하남성(河南省) 개봉(開封)의 옛 이름.

904 遼金(요금) : 요(遼)와 금(金). 요는 916년에 거란[契丹]이 중국 북방의 내몽고(內蒙古) 지역을 중심으로 세운 왕조로서 1125년 금에 망하였다. 금은 1115년에 여진족이 세운 나라로서 북송과 요를 무찌르고 만주, 몽고, 화북 지역을 차지하였으나 1234년 몽골 제국에 망하였다.

905 板蕩(판탕) : 정치를 잘못하여 나라의 형편이 어지러워짐을 이르는 말. 『시경(詩經)』「대아(大雅)」〈판(板)〉과 〈탕(蕩)〉의 두 편이 모두 어지러운 정사(政事)를 읊은 데서 유래하였다.

906 南宋(남송) : 금(金)의 침략을 받아 송(宋)이 망하자 남쪽으로 내려와 임안(臨安 : 지금의 抗州)에 도읍을 정하고 송을 재건한 송의 후기 왕조(1127~1279).

907 金陵(금능) : 금릉(金陵). 중국 강소성(江蘇省) 서남쪽에 있는 남경(南京)의 옛 이름. 문맥상 상구(商丘)의 잘못인 듯. 1127년 금(金)나라 군사가 송나라를 침략하여 휘종(徽宗)과 흠종(欽宗)을 포로로 잡아가자, 고종(高宗)이 응천부(應天府)에서 즉위하여 남송 1대 황제가 되었으며, 그 후 금군을 피하여 강남(江南)으로 건너가서 1138년 항주(杭州)를 임시수도로 정하고 임안부(臨安府)라 하였다. 여기서 응천부(應天府)의 '응천(應天)'은 은(殷)나라를 세운 탕(湯)과 주(周)나라를 세운 무왕(武王)이 "하늘의 명에 따르고 백성의 뜻에 응했다.(順乎天而應乎人.)"라고 한 『주역(周易)』「혁괘(革卦)」의 구절에서 취한 말로, 대개 왕조를 일으킨 창업군주가 처음으로 기의(起義)한 곳을 가리킨다. 이 때문에 송나라 때는 지금의 하남성(河南省) 상구(商丘)에 응천부를 설치했고, 명(明)나라 때는 금릉(金陵), 즉 지금

胡元(호원)⁹⁰⁸이 囯位(윤위)⁹⁰⁹ᄒ니

百年運(빅년운) 燕京(년경)⁹¹⁰이오

大明太祖(대명틴조)⁹¹¹ 統一(통일) 初(초)의

金陵(금능)의 建都(근도)ᄒ고

成祖皇帝(셩조황뎨)⁹¹² 御極(어극)⁹¹³ 後(후)

燕京(년경)의 移都(이도)ᄒ고

永曆帝(영역졔)⁹¹⁴의 江南(강남)이오

淸太祖(쳥틴조)⁹¹⁵의 燕京(년경)이라.

의 남경에 응천부를 설치했다. 금릉은 후에 명 태조가 된 주원장(朱元璋)이 점령한 1356년부터 명나라가 수도를 북경(北京)으로 옮긴 1441년까지 응천부로 불리다가 이후 남경으로 불리게 되었다. 이런 사정을 고려할 때 〈옥루연가〉의 작가는 송 고종이 남송 1대 황제로 즉위한 응천부가 금릉인 것으로 착각한 것으로 보인다.

908 胡元(호원) : 몽골족이 세운 원나라(1271~1368)를 낮추어 부르는 이름.

909 囯位(윤위) : 정통이 아닌 임금의 자리.

910 燕京(년경) : 연경(燕京). 중국 북경(北京)의 옛 이름.

911 大明太祖(대명틴조) : 대명태조(大明太祖). 중국 명나라 초대 황제인 주원장(朱元璋, 1328~1398). 홍건적(紅巾賊)에서 두각을 나타내어 각지 군웅들을 굴복시키고 명나라를 세웠으며, 동시에 북벌군을 일으켜 원나라를 몽골로 몰아내고 중국의 통일을 완성함으로써 한족(漢族) 왕조를 회복시켰다.

912 成祖皇帝(셩조황뎨) : 성조황제(成祖皇帝). 중국 명나라의 제3대 황제인 영락제(永樂帝)의 묘호(廟號).

913 御極(어극) : 임금의 자리에 오름.

914 永曆帝(영역졔) : 영력제(永曆帝). 복왕(福王), 당왕(唐王)에 이어 즉위한 중국 남명(南明)의 제3대 유왕(遺王 : 재위 1647~1662). 영명왕(永明王) 또는 계왕(桂王)이라고도 한다. 1647년 광동성(廣東省) 조경(肇慶)에서 즉위하였으나 청군의 공격을 피해 여러 지역으로 도망 다니다가 1662년 운남성(雲南省) 곤명(昆明)에서 살해되었다.

915 淸太祖(쳥틴조) : 청태조(淸太祖). 본명은 누르하치[努爾哈赤, 1559~1626]. 1616년 혁도아랍(赫圖阿拉)에서 한(汗)의 위(位)에 올라 연호를 천명(天命)이라 하고 국호는 금(金, 後金)이라 정했다. 숭덕(崇德) 원년(1636년)에 태조 무황제(太祖武皇帝)로 추존되었다. 1621년 요양(遼陽)으로, 1625년 다시 심양(沈陽)으로 도읍을 옮겼다. 한편 태조에 이어 한(汗)의 위(位)에 오른 태종(太宗) 황타이지[皇太極, 1592~1643]는 10년째 되는 1636년 황제의 자리에 즉위하고 국호도 대청(大淸)으로 고쳤다.

太古(틱고) 鴻濛(홍몽)[916] 肇判時(조판시)[917]의

海東朝鮮(히동조션) 開坼(킥긔)[918]흥야

白頭山(빅두산) 죠흔 元氣(원긔)

八路江山(팔노강산)[919] 分開(분긔)[920]흥야

第一節(졔일졀) 平壤基(평양긔)는

檀箕(단긔)[921] 古都(고도) 二千載(이쳔진)오

卒本川(졸본쳔)[922]의 高句麗(고구려)오

尉禮城(위례셩)[923]의 百濟(빅졔)로다.

新羅國(신나국) 鷄林府(계임부)[924]의

一千年(일쳔년)의 古蹟(고젹)이오

高麗國(고려국) 松京都(송경도)[925]는

五百載(오빅진)의 遺墟(유허)[926]로다.

循環天理(슌환텬니) 無窮(무궁)흥고

不盡元氣(불진원긔) 流行(뉴힝)흥야

大関嶺(대관녕)[927] 一枝脉(일지믹)이

---

916 鴻濛(홍몽) : 하늘과 땅이 아직 갈리지 않은 혼돈 상태.

917 肇判時(조판시) : 처음 쪼개어 갈라질 때.

918 開坼(킥긔) : 개은(開坼)의 잘못. 봉하여 두었던 것을 떼거나 엶.

919 八路江山(팔노강산) : 팔로강산(八路江山). 팔도강산(八道江山).

920 分開(분긔) : 분개(分開). 주 855) 참조.

921 檀箕(단긔) : 단기(檀箕). 단군(檀君)과 기자(箕子). 주 77)과 78) 참조.

922 卒本川(졸본쳔) : 졸본천(卒本川). 고구려(高句麗)의 시조 동명성왕(東明聖王)이 도읍한 곳. 유리왕(瑠璃王) 22년(3년)에 국내성(國內城)으로 옮기기 전까지의 도읍이었다.

923 尉禮城(위례셩) : 위례성(尉禮城). 백제(百濟)의 시조 온조왕(溫祚王)이 도읍한 곳. 근초고왕(近肖古王) 26년(371년)에 한산(漢山)으로 옮기기 전까지의 도읍이었다.

924 鷄林府(계임부) : 계림부(鷄林府). 신라(新羅)가 도읍한 경주(慶州)의 옛 이름.

925 松京都(송경도) : 고려(高麗)의 서울이던 개성(開城)의 옛 이름.

926 遺墟(유허) : 오랜 세월에 쓸쓸하게 남아 있는 옛터.

927 大関嶺(대관녕) : 대관령(大關嶺). 강원도 강릉시와 평창군 사이에 있는 고개.

大小白山(대소빅산)[928] 開業(기업)호야

鷄龍山(계뇽산)[929] 智異山(지니산)[930]은

西南(셔남)으로 分開(분기)호고

妙香山(뫼향산)[931] 九月山(구월산)[932]은

両西(냥셔)[933]로 朝帶(조딕)[934]호고

東北(동북)으로 흐른 믈은

臨津江(님진강)[935]이 나려오고

西北(셔북)으로 흐른 믈은

白馬江(빅마강)[936]이 둘너잇다.

俗離山(속니산)[937] 나린 믈은

錦江(금강)[938]으로 順流(슌뉴)호고

---

928 大小白山(대소빅산) : 대소백산(大小白山). 태백산(太白山)과 소백산(小白山). 문맥상 태백산맥과 소백산맥을 가리키는 것으로 보인다. 태백산맥은 원산만 남쪽의 황룡산에서 시작하여 강원도, 경상남북도의 동부를 남북으로 달리는 우리나라 최대의 산맥이고, 소백 산맥은 태백산맥에서 서쪽으로 갈라져 나와 전라남도 남해안의 여수반도까지 이어져 있는 산맥이다.

929 鷄龍山(계뇽산) : 계룡산(鷄龍山). 충청남도 공주시와 논산시, 대전광역시에 걸쳐 있 는 산.

930 智異山(지니산) : 지리산(智異山). 경상남도 함양군과 산청군, 전라남도 구례군, 전라 북도 남원시에 걸쳐 있는 산.

931 妙香山(뫼향산) : 묘향산(妙香山). 평안북도 영변군의 신현면과 백령면의 경계에 있 는 산.

932 九月山(구월산) : 황해도 신천군과 은율군 사이에 있는 산.

933 両西(냥셔) : 황해도와 평안도를 아울러 이르는 말.

934 朝帶(조딕) : 조대(朝對). 조산(朝山 : 안산 너머에 있는 모든 산)이나 안산(案山 : 집터 나 묏자리의 맞은편에 있는 산)이 절을 하는 듯 공손하게 향하고 있는 것.

935 臨津江(님진강) : 임진강(臨津江). 함경남도 덕원군 마식령에서 발원하여 남서쪽으로 흘러 황해로 흘러드는 강.

936 白馬江(빅마강) : 백마강(白馬江). 충청남도 부여의 북부를 흐르는 강.

937 俗離山(속니산) : 속리산(俗離山). 충북 보은군 내속리면과 경북 상주군 화북면 사이 에 있는 산.

五臺山(오딕산)[939] 나린 믈은

驪江(녀강)[940]으로 合流(합뉴)ᄒ야

天府金湯(텬부금탕)[941] 四塞地(ᄉ식디)[942]의

漢陽(한양)[943] 基址(긔지)[944] 排辦(비판)[945]ᄒ야

龍盤虎踞(농반호거)[946] 三角山(삼각산)[947]의

五江水(오강슈)[948]가 橫帶(횡ᄃᆡ)[949]ᄒ야

北岳(북악)[950]이 主山(쥬산)[951]이오

---

938 錦江(금강) : 전라북도 장수군에서 발원하여 충청북도 남서부를 거처 충청남도와 전라북도의 도계를 이루면서 군산만으로 흐르는 큰 강.

939 五臺山(오딕산) : 오대산(五臺山). 강원도 평창군, 홍천군, 강릉시에 걸쳐 있는 산.

940 驪江(녀강) : 여강(驪江). 경기도 여주군을 관통하는 남한강.

941 天府金湯(텬부금탕) : 천부금탕(天府金湯)의 잘못. 자연적으로 요새를 이룬 땅인 금성탕지(金城湯池). 금성탕지(金城湯池)는 금속같이 단단한 성과 뜨거운 물로 가득찬 해자(垓字)라는 뜻으로, 방어 시설이 잘되어 있어서 공격하기 어려운 성을 비유적으로 이르는 말이다. 『한서(漢書)』 〈괴통전(蒯通傳)〉에 나오는 말이다.

942 四塞地(ᄉ식디) : 사색지(四塞地). 사방이 산이나 내로 둘러싸여서 외적이 침입하기 어려운 곳.

943 漢陽(한양) : 서울의 옛 이름.

944 基址(긔지) : 기지(基址). 터. 토대. 기초.

945 排辦(비판) : 배판(排辦). (물건을) 배열하여 갖춤.

946 龍盤虎踞(농반호거) : 용반호거(龍盤虎踞). "용이 서려 있고 호랑이가 걸터앉아 있다."라는 뜻으로, 웅장한 산세를 비유하는 말임. 송(宋)나라 때 간행된 역사지리서 『육조사적편류(六朝事跡編類)』에서 금릉의 지세를 묘사하면서 제갈량(諸葛亮)의 말을 인용하여 "종부는 용이 서린 듯한 모습이고, 석성은 호랑이가 걸터앉아 있는 형상이다.(鐘阜龍盤, 石城虎踞)"라고 한 데서 유래하였다.

947 三角山(삼각산) : 북한산(北漢山)의 다른 이름. 서울의 북쪽과 경기도 고양시에 걸쳐 있는 산.

948 五江水(오강슈) : 오강수(五江水). 오강(五江)의 물. 오강은 서울 근처에 중요한 나루가 있던 한강(漢江), 용산(龍山), 마포(麻浦), 현호(玄湖), 서강(西江) 등 다섯 군데의 강가 마을을 이르던 말이다.

949 橫帶(횡ᄃᆡ) : 횡대(橫帶). 가로로 두르거나 뻗친 띠.

950 北岳(북악) : 서울시 종로구와 성북구에 걸쳐 있는 산. 한양도성의 북쪽 산인 데서 유래된 이름이다.

南山(남산)[952]이 案山(안산)[953]이라.

駝駱(타라)뫼[954]가 靑龍(쳥뇽)이오

길마지[955]가 白扉(빅호)로다.

天荒地老(텬황디노)[956] 漢陽城(한양셩)의

萬世洪基(만셰홍긔)[957] 구더 잇다.

玉樓(옥누)[958] 今日(금일) 慶會宴(경회년)[959]의

萬古盛擧(만고셩거)[960] 되여셔라.

歷代君臣(역딕군신) 好氣象(호긔상)을

一堂風雲(일당풍운)[961] 摹匣(모갑)[962]ᄒ야

天下名畵(텬하명화) 龍眼手(뇽안슈)[963]의

人物屛風(인물병풍) 그려내여

毛延壽(모년슈)[964]의 画法(화법)으로

951　主山(쥬산) : 주산(主山). 도읍, 집터, 무덤 따위의 뒤쪽에 있는 산.

952　南山(남산) : 서울시 중구와 용산구의 경계에 있는 산.

953　案山(안산) : 주 934) 참조.

954　駝駱(타락)뫼 : 낙산(駱山). 서울시 종로구, 동대문구, 성북구에 걸쳐 있는 산.

955　길마지 : 길마재. 무악재. 서울시 서대문구 현저동과 홍제동 사이에 있는 고개. 무악재
를 끼고 있는 산을 무악산(毋岳山) 또는 안산(鞍山)이라 한다.

956　天荒地老(텬황디노) : 천황지로(天荒地老). 오랜 시간이 지남.

957　萬世洪基(만셰홍긔) : 만세홍기(萬世洪基). 아주 오랜 세월 동안 이어질 큰 사업의 기초.

958　玉樓(옥누) : 옥루(玉樓). 백옥루(白玉樓)의 준말. 주 111) 참조.

959　慶會宴(경회년) : 경회연(慶會宴). 새해 첫날이나 임금의 생신, 회갑 등 국가 및 왕실
에 경사가 있을 때 군신이 모여 축하하는 잔치.

960　萬古盛擧(만고셩거) : 만고성거(萬古盛擧). 세상에 비길 데 없이 매우 크고 훌륭한 일.

961　一堂風雲(일당풍운) : 한 폭의 바람과 구름.

962　摹匣(모갑) : 모각(摹刻)의 잘못인 듯. 그대로 본떠 새김.

963　龍眼手(뇽안슈) : 용안수(龍眼手). 용의 눈을 그려 넣는 솜씨.

964　毛延壽(모년슈) : 모연수(毛延壽). 중국 한나라 때의 화가. 인물화에 능하였는데, 원제
(元帝)의 궁인(宮人) 왕소군(王昭君)이 뇌물을 주지 않으므로, 일부러 그녀를 추하게 그려
바친 것이 드러나 기시(棄市, 사형에 처하여 그 시체를 거리에 버려둠)의 형벌을 받았다.

顧凱之(고기지)[965]의 模(모)를 쓰고

閻立本(염닙본)[966]의 画格(화격)으로

吳道子(오도ㅅ)[967]의 本(본)을 바다

畵龍點睛(화뇽겸쳥)[968] 張僧繇(쟝승유)[969]는

五彩色筆(오싁치필)[970] 붓슬 잡아

寡鶴誤響(과학오형)[971] 鄭虔(졍건)[972]이는

一幅生綃(일폭싱초)[973] 길[974]을 펴고

---

965 顧凱之(고기지) : 고개지(顧凱之). 중국 동진(東晉) 시대의 화가. 초상화와 옛 인물을 잘 그려 중국회화사상 인물화의 최고봉으로 일컬어진다.

966 閻立本(염닙본) : 염립본(閻立本). 중국 당나라 초기의 화가. 인물화를 특기로 했다고 한다.

967 吳道子(오도ㅅ) : 오도자(吳道子)의 잘못. 중국 당나라 때의 화가 오도현(吳道玄). 도자(道子)는 그의 자(字)임. 현종(玄宗) 때 사람으로, 당대(唐代) 제일의 화가였으며 특히 불화(佛畵)에 뛰어났다.

968 畵龍點睛(화뇽겸쳥) : 화룡점정(畵龍點睛)의 잘못. "용을 그리고 마지막으로 눈동자를 찍어 넣다."는 뜻으로, 무슨 일을 하는 데 있어 가장 중요한 부분을 마치어 완성시키는 것을 비유적으로 이르는 말. 중국 양(梁)나라 때의 화가 장승요(張僧繇)가 용(龍)을 그린 뒤 마지막으로 눈동자를 그려 넣었더니 그 용이 홀연히 구름을 타고 하늘로 올라갔다는 고사에서 나온 말이다.

969 張僧繇(쟝승유) : 장승요(張僧繇)의 잘못. 중국 남북조시대 남조 양(梁)나라의 화가. 도교와 불교의 인물화에 뛰어나 사원의 벽화를 많이 그렸으며, 당시 서역에서 전래된 훈염법(暈染法)을 사용하여 사물을 입체적으로 그리는 이른바 요철화(凹凸畵)에 능하였고, 산수화를 그리는데 필묵 대신 청록(靑綠)으로 그리는 몰골법(沒骨法)을 창시하였다.

970 五彩色筆(오싁치필) : 오색채필(五色彩筆)의 잘못. 여러 가지 색깔로 채색하는 데 쓰는 붓.

971 寡鶴誤響(과학오형) : 과학오향(寡鶴誤響)의 잘못. 두보(杜甫)의 〈팔애시(八哀詩)〉 정건(鄭虔) 편에 나오는 한 구절이다. "昔獻書畫圖, 新詩亦具往, 滄洲動玉墀, 寡鶴誤一響.(이전에 글씨와 그림을 헌상함에, 새로 지은 시 또한 함께 갔었네. 창주의 그림이 궁궐을 떠들썩하게 했으니, 외로운 학 그림 속 학을 보고 잘못 울었더니라.)"

972 鄭虔(졍건) : 정건(鄭虔). 중국 당나라 현종(玄宗) 때의 화가. 시(詩)·서(書)·화(畵)에 뛰어나, 직접 지은 시에 그림을 곁들인 〈창주도(滄州圖)〉를 바치자 현종이 감탄해서 직접 '정건삼절(鄭虔三絶)'이라고 써주었다고 한다.

973 一幅生綃(일폭싱초) : 일폭생초(一幅生綃). 한 폭의 비단. 생초(生綃)는 생사(生絲)로

曹将軍(됴쟝군)[975]의　丹靑(단쳥)릭[976]의

意匠惨淡(의쟝참담)[977]　経営(경녕)ᄒ고[978]

劉小府(유소부)[979]의　山水障(산슈쟝)[980]의

元氣淋漓(원긔임니)[981]　揮灑(휘쇄)[982]ᄒ야

三昧造化(삼미조화)[983]　流動(뉴동)ᄒ고

七分摹狀(칠분모상)[984]　傳神(젼신)[985]ᄒ야

白玉欄干(빅옥난간)　四面壁(ᄉ면벽)의

얇게 짠 비단이다.

974　길 : 깁의 잘못.

975　曹将軍(됴쟝군) : 조장군(曹將軍). 조패(曹覇). 중국 당나라 때의 화가. 관직이 좌무대장군(左武大將軍)에 이르러 조장군으로 일컬어진다. 말 그림을 잘 그렸다고 한다.

976　丹靑(단쳥)릭 : 단청인(丹靑引)의 잘못. 두보의 〈단청인(丹靑引), 증조패장군(贈曹覇將軍)〉을 가리킨다.

977　意匠惨淡(의쟝참담) : 의장참담(意匠慘淡). 회화, 시문 등의 제작에 골몰하여 무척 애씀.

978　意匠惨淡(의쟝참담) 経営(경녕)ᄒ고 : 의장참담(意匠慘淡) 경영(經營)하고. 두보의 〈단청인(丹靑引), 증조패장군(贈曹覇將軍)〉에 나오는 한 구절이다. "詔謂將軍拂絹素, 意匠慘淡經營中, 斯須九重眞龍出, 一洗萬古凡馬空.(조칙 내려 장군에게 비단을 펼치라 이르시니, 어떻게 그릴까 골몰하고 고민하는 중에, 잠깐 사이에 구중궁궐에 진짜 용이 나타나니, 한 번에 만고의 범속한 말을 씻어 없애네.)"

979　劉小府(유소부) : 중국 당나라 때의 화가. 이름은 유단(劉單). 소부(小府)는 봉선현위(奉先縣尉)의 경칭이다.

980　山水障(산슈쟝) : 산수장(山水障). 두보의 〈봉선유소부신화산수장가(奉先劉小府新畵山水障歌)〉를 가리킴. 이 시는 두보가 봉선(奉先)에 있을 때인 천보(天寶) 13년(754년)에 봉선현위로 있던 유단이 그린 한 폭의 산수 병풍을 보고 읊은 것이다.

981　元氣淋漓(원긔임니) : 원기임리(元氣淋漓). 두보의 〈봉선유소부신화산수장가(奉先劉小府新畵山水障歌)〉에 나오는 한 구절임. "元氣淋漓障猶濕, 眞宰上訴天應泣.(원기가 흘러넘쳐 병풍이 아직 젖은 듯하니, 조물주가 위에 하소연하여 하늘이 응당 울었기 때문이리라.)"

982　揮灑(휘쇄) : 붓을 휘둘러 글씨를 쓰거나 그림을 그림.

983　三昧造化(삼미조화) : 삼매조화(三昧造化). 잡념을 버리고 대자연에만 정신을 집중하는 경지.

984　七分摹狀(칠분모상) : 칠푼만 형상을 본뜸.

985　傳神(젼신) : 전신(傳神). '정신을 전한다.'는 뜻의 동양 회화 용어.

十二層(십이층)을 둘너치니

皇王帝覇(황왕뎨픽) 人君(인군) 威儀(위의)

穆穆皇皇(목목황황)[986] 儼臨(엄임)[987]ᄒ고

文武臣僚(문무신요) 英雄(녕웅) 氣像(긔상)

肅肅雍雍(슉슉옹옹)[988] 整齊(졍졔)ᄒ야

明堂(명당)[989] 古图(고국)[990] 王會圖(왕회도)[991]는

南面(남면)[992] 日月(일월)[993] 照耀(조요)ᄒ고

凌烟画阁(능연화각)[994] 繪素像(회소샹)[995]은

北拱(북공)[996] 星辰(셩신) 森列(슴열)[997]이라.

---

986 穆穆皇皇(목목황황) : 목목(穆穆)은 공경함이요, 황황(皇皇)은 아름다움이다. 『시경(詩經)』「대아(大雅)」〈가악(假樂)〉에 나오는 한 구절이다. "干祿百福, 子孫千億. 穆穆皇皇, 宜君宜王. 不愆不忘, 率由舊章.(녹을 구하여 백복을 얻은지라, 자손이 천이며 억이로다. 공경할 만하고 아름다워, 제후에 마땅하고 천자에 마땅하도다. 잘못하지 아니하고 잊지도 아니하여, 옛 선왕의 법을 따르도다.)"

987 儼臨(엄임) : 공손히 임함.

988 肅肅雍雍(슉슉옹옹) : 숙숙옹옹(肅肅雍雍). 숙숙(肅肅)은 공경함, 옹옹(雍雍)은 화목함을 나타낸다.

989 明堂(명당) : 주 150) 참조.

990 古图(고국) : 고도(古圖)의 잘못. '图'는 '圖'의 통용자임.

991 王會圖(왕회도) : 중국 당나라 때의 화가 염립본(閻立本)이 그린 그림. 당 태종 재위 시 국가행사에 참석한 23개국의 사신 모습을 그린 것으로, 대만 국립 고궁박물원에 소장되어 있다.

992 南面(남면) : 예전에 임금이 남쪽을 향해 앉아서 뭇 신하의 조례를 받은 것을 말함.

993 日月(일월) : 예전에 남면한 임금의 자리 뒤에는 일월도(日月圖) 또는 일월오봉도(日月五峰圖)라 불리는 그림이 그려진 병풍이 놓여 있었다.

994 凌烟画阁(능연화각) : 능연각(凌烟閣). 당 태종이 공신 24명의 초상을 그려 걸어두고 기념하던 전각(殿閣).

995 繪素像(회소샹) : 회소상(繪素像). 그림의 형상. 회소(繪素)는 사람이나 물체의 모습 또는 자연의 경치 등을 선이나 색채를 사용하여 그려서 나타낸 것을 뜻한다.

996 北拱(북공) : 두 손을 맞잡고 북쪽을 향해 읍을 함.

997 森列(슴열) : 삼렬(森列). 빽빽하게 줄지어 늘어섬.

天下(텬하) 文章(문쟝) 모든 中(듕)의

李長吉(니쟝길)⁹⁹⁸이 샏여내여

衣冠(의관) 玉帛(옥빅) 萬古會(만고회)의

玉樓宴記(옥누년긔) 지어내여

雲坮(운딕)⁹⁹⁹ 眞筆(진필)¹⁰⁰⁰ 太史法(틱사법)¹⁰⁰¹이

歷代(역딕) 道統(도통)¹⁰⁰² 偏列(편열)ᄒ여

眞君(진군) 僭王(참왕)¹⁰⁰³ 黜陟(츌쳑)¹⁰⁰⁴ᄒ여

一統(일통) 綱常(강상)¹⁰⁰⁵ 森嚴(삼엄)ᄒ다.

伏羲書(복희셔)¹⁰⁰⁶ 以前(니젼)부터

明淸(명쳥)가지 나려와셔

山河(산하) 翻覆(번복) 奕棊塲(혁긔쟝)¹⁰⁰⁷의

998　李長吉(니쟝길) : 이장길(李長吉). 이하(李賀, 790~816). 중국 당나라 때의 시인. 장길(長吉)은 그의 자임. 천재적 시인으로 중국 시단의 이단아(異端兒)로 통하며, 천상에서 백옥루(白玉樓) 기문(記文)을 짓게 하기 위해 불려갔다는 말이 전하고 있다.

999　雲坮(운딕) : 운대(雲臺). 중국 후한(後漢) 때 궁중에 높이 쌓은 대(臺). 후한 광무제 때 신하들을 소집하여 일을 의논케 하던 곳으로, 후대에 조정의 뜻으로 차용하게 되었다.

1000　眞筆(진필) : 손수 쓴 글씨.

1001　太史法(틱사법) : 태사법(太史法). 사관(史官)의 직필(直筆). 태사(太史)는 옛날 중국에서 기록을 맡아보던 벼슬아치를 가리키는 말이다.

1002　道統(도통) : 주 67) 참조.

1003　僭王(참왕) : 분수에 맞지 않게 스스로 왕이라 칭하는 사람.

1004　黜陟(츌쳑) : 출척(黜陟). 못된 사람을 내쫓고 착한 사람을 뽑아서 씀.

1005　綱常(강상) : 삼강(三綱)과 오상(五常). 곧 사람이 지켜야 할 도리.

1006　伏羲書(복희셔) : 복희서(伏羲書). 하도낙서(河圖洛書)를 가리킴. 하도(河圖)는 복희씨(伏羲氏)가 황하(黃河)에서 얻은 그림으로, 이것에 의해 복희씨는 『주역(周易)』의 팔괘(八卦)를 만들었다고 하며, 낙서(洛書)는 하(夏)나라 우왕(禹王)이 낙수(洛水)에서 얻은 글로, 이것에 의해 우(禹)는 천하를 다스리는 대법(大法)으로서의 홍범구주(洪範九疇)를 만들었다고 한다.

1007　奕棊塲(혁긔쟝) : 혁기장(奕棊塲). 바둑판 또는 박장기판. 왕자의 혁명이나 외적의 침입 등으로 뒤숭숭함을 비유하는 말이다.

成敗(셩픽) 興亡(흥망) 뉘뉘런고?

洪荒(홍황)[1008] 一萬八千歲(일만팔천세)[1009]의

古今(고금) 事蹟(스젹) 班班(반반)[1010]ᄒ다.

丹(단)젹지[1011]의 書寫手(셔사슈)[1012]로

天下(텬하) 名筆(명필) 다 브르니

倉頡(챵힐)[1013]의 鳥篆(조젼)[1014]으로

全秩(젼질) 大全(듸젼) 題目(졔목) 쓰고

史籀(스유)[1015]의 蝌蚪體(과두체)[1016]로

年条(년조)[1017] 編次(편차) 目錄(목녹) 쓰고

程邈(졍막)[1018]의 八分(팔분)[1019]이오

1008 洪荒(홍황) : (우주 형성 이전의) 혼돈 몽매한 상태.

1009 一萬八千歲(일만팔천셰) : 일만팔천세(一萬八千歲). 주 856) 참조.

1010 班班(반반) : 선명하고 뚜렷함. 분명함.

1011 丹(단)젹지 : 단(丹)젹지. 미상

1012 書寫手(셔사슈) : 서사수(書寫手). 글씨를 베껴 쓰는 솜씨.

1013 倉頡(챵힐) : 창힐(倉頡). 중국 고대의 전설적인 제왕인 황제(黃帝) 때의 사관(史官).
새와 짐승의 발자국을 본떠서 처음으로 문자를 만들었다고 전한다.

1014 鳥篆(조젼) : 조전(鳥篆). 새 발자국 모양을 본뜬 서체라는 뜻으로, 전서(篆書)를 이
르는 말.

1015 史籀(스유) : 사주(史籀)의 잘못. 籀는 籒와 동자임. 사주(史籀)는 중국 주나라 선왕
(宣王) 때의 태사(太史)인 주(籒)를 가리킨다. 주(籒)는 창힐(倉頡)이 지었다고 하는 고문을
고쳐 대전(大篆) 15편을 만들었다고 하며, 이에 따라 대전(大篆)을 주문(籒文)이라고도 이
른다.

1016 蝌蚪體(과두체) : 과두체(蝌蚪體). 대전(大篆)의 일종인 과두 문자의 서체. 중국 고대
에 필묵(筆墨)이 아직 쓰이지 않았을 때 죽간(竹簡)에 옻을 묻혀서 글을 썼는데, 대나무는
딱딱하고 옻은 끈적끈적하기 때문에 글자의 획이 머리는 굵고 끝은 가늘게 되어 마치 과두
(蝌蚪, 올챙이) 모양으로 보였기 때문에 과두 문자라는 이름이 붙었다고 한다.

1017 年条(년조) : 연조(年條). 어느 해에 어떤 일이 있었다는 것을 나타내는 조목(條目).

1018 程邈(졍막) : 정막(程邈). 중국 진(秦)나라의 서예가. 자는 원잠(元岑). 기원전 3세기
무렵에 활동하였으며, 옥중에서 예서(隷書)를 만들었다고 전한다.

1019 八分(팔분) : 예서(隷書) 이분(二分)과 전서(篆書) 팔분을 섞어서 만든 한자의 서체.

李斯(니스)[1020]의 楷字(히즈)[1021]로다.

鍾繇(종유)[1022]의 隸書字(예셔즈)[1023]와

張旭(쟝욱)[1024]의 草訣(초결)[1025]이오

衛夫人(위부인)[1026] 蔡邕(치옹)[1027]이와

王羲之(왕희지)[1028] 顏眞卿(안진경)[1029]과

한(漢)나라 채옹(蔡邕)이 처음 만들었다고 한다.

1020 李斯(니스) : 이사(李斯). 중국 진(秦)나라의 정치가. 법가 사상을 이용하여 여러 나라를 병합하였다. 시황제의 승상(丞相)으로서 군현제의 실시, 문자·도량형의 통일 등 통일 제국의 확립에 공헌했다. 통일 전 진나라의 문자인 대전(大篆)의 자형을 간략하게 하여 소전(小篆)을 만들었다.

1021 楷字(히즈) : 해자(楷字). 해서(楷書)로 쓴 글자. 해서는 예서에서 변화 발전하여 위진남북조(魏晉南北朝)시대에 확립된 서체로, 예서보다 단정하고 필법이 법도가 있어 이를 '진서(眞書)' 혹은 '정서(正書)'라고도 한다.

1022 鍾繇(종유) : 종요(鍾繇, 151~230)의 잘못. 중국 삼국시대 위(魏)나라의 대신이자 서예가. 자는 원상(元常). 조조를 도운 공으로 위나라 건국 후 태위(太尉)가 되었다. 해서(楷書)에 뛰어나 후세에 종법(鍾法)으로 일컬어졌다.

1023 隸書字(예셔즈) : 예서자(隸書字). 예서(隸書)로 쓴 글자. 예서는 전서(篆書)의 번잡함을 생략하여 만들었으며, 노예와 같이 천한 일을 하는 사람도 이해하기 쉽도록 한 글씨라는 뜻에서 붙은 이름이다. 진나라 때 행정업무에 실용적으로 사용되다가 한나라 때 본격적으로 통용되었다.

1024 張旭(쟝욱) : 장욱(張旭). 중국 당나라의 서예가. 자는 백고(伯高). 초서(草書)에 뛰어나 초성(草聖)이라 일컬어졌다. 왕희지(王羲之)의 권위를 인정하지 않아 그의 초서를 광초(狂草)라 하였다. 음중팔선(飮中八仙 : 중국 당나라 때에 시와 술을 사랑한 여덟 사람)의 한 사람으로 꼽힌다.

1025 草訣(초결) : 초서의 비법.

1026 衛夫人(위부인) : 중국 동진(東晉)의 여류 화가. 명은 삭(鑠), 자는 무의(茂猗). 서법은 종요(種繇)로부터 배워 왕희지에게 어릴 때부터 가르쳤다.

1027 蔡邕(치옹) : 채옹(蔡邕, 133~192). 중국 후한 때의 문인이자 서예가. 자는 백개(伯喈). 시문에 능하였고, 수학·천문·서도·음악 따위에도 뛰어났다. 팔분체(八分體)와 비백체(飛白體)를 창시했다고 하며, 영자팔법(永字八法)을 고안하였다.

1028 王羲之(왕희지) : 중국 동진(東晉)의 서예가(307~365). 자는 일소(逸少). 우군장군(右軍將軍)을 지냈으며, 해서·행서·초서의 3체를 예술적 완성의 영역까지 끌어올려 서성(書聖)이라고 불린다.

1029 顏眞卿(안진경) : 중국 당(唐)나라의 서예가(709~785). 자는 청신(淸臣). 왕희지의 전

柳公權(뉴공권)¹⁰³⁰ 趙孟頫(됴믹부)¹⁰³¹와

董其昌(동기창)¹⁰³² 文徵明(문증명)¹⁰³³이

草書(초서)¹⁰³⁴ 正字(졍ᄌ) 各筆法(각필법)의

取其所長(취기소장)¹⁰³⁵ 較藝(교예)¹⁰³⁶ᄒ이

五老峯(오노봉) 붓슬 삼여

三相硯(삼상년)의 먹을 갈아

靑天一張(쳥천일쟝) 큰 조희의¹⁰³⁷

아(典雅)한 서체와 달리 남성적인 박력 속에 균제미(均齊美)를 충분히 발휘한 글씨로, 당대 (唐代) 이후의 중국 서도(書道)를 지배했다. 해서·행서·초서의 각 서체에 모두 능했고 많은 걸작을 남겼다.

1030 柳公權(뉴공권) : 유공권(柳公權, 778~865). 중국 당대 후기의 서예가. 자는 성현(誠 懸). 처음 왕희지체를 배우고 후에 제가필법을 익혀 경미(勁媚)한 서풍을 완성했다. 글씨가 뛰어날 때 안근유골(顏筋柳骨)이라는 말을 쓰는데, 이는 안진경과 유공권의 필법을 터득했 다는 뜻이다.

1031 趙孟頫(됴믹부) : 조맹부(趙孟頫, 1254~1322)의 잘못. 중국 원나라의 화가이자 서예가. 자는 자앙(子昂). 호는 집현(集賢), 송설도인(松雪道人). 해서의 균형 잡힌 균정미와 행서의 유려함을 조화시킨 서체를 고안하였는데, 이를 조체(趙體) 또는 송설체(松雪體)라 한다.

1032 董其昌(동기창) : 중국 명나라 말기의 문인이자 서화가(1555~1636). 자는 현재(玄宰). 호는 사백(思白). 벼슬은 예부상서(禮部尙書)를 지냈으며, 행서(行書)와 초서(草書)에 능하 였다. 문인화의 정맥에 해당하는 남종화(南宗畵)를 북종화(北宗畵)보다도 더 정통적인 화 풍으로 한다는 상남폄북론(尙南貶北論)을 주창했다.

1033 文徵明(문증명) : 문징명(文徵明, 1470~1559). 중국 명나라의 문인이자 서화가. 이름은 벽(壁). 호는 형산(衡山). 징명은 그의 자임. 문인 화가들의 유파인 오파(吳派)의 중심인물 가운데 한 사람으로, 여러 화가의 화풍을 아울러 독자적 화풍을 이룩하였다. 글씨에도 뛰어 나 4가지 주요 서체인 전서(篆書)·해서(楷書)·예서(隷書)·초서(草書)에 모두 능했다.

1034 草書(초서) : 초서(草書). 곡선 위주의 흘림체로 된 한자 서체의 하나.

1035 取其所長(취기소장) : 취기소장(取其所長). 다른 사람의 장점을 취하여 자기의 것으 로 함.

1036 較藝(교예) : 재주의 낫고 못함을 비교함.

1037 五老峯(오노봉)~조희의 : 오로봉(五老峯)~종이에. 이 부분은 이백(李白)의 다음 시 를 차용한 것이다. "오로봉으로 붓을 삼고, 삼상으로 연지를 삼아, 푸른 하늘 한 장의 종이 위에다, 내 마음에 품은 시를 옮겨 쓰리라.(五老峯爲筆, 三湘作硯池, 靑天一張紙, 寫我服中 詩.)" 오로봉(五老峯)은 여산(廬山)에 있는 봉우리로, 다섯 사람의 노인이 늘어선 모양을

一筆揮之(일필휘지)[1038] 善書(슨셔)[1039]ᄒ야

丹書鉄券(단셔쳘권)[1040] 冊(칙)을 미여

瑤宮(요궁)[1041] 玉寶(옥보)[1042] 수며닉여

九州(구쥬) 山川(산쳔) 輿地圖(여디도)[1043]의

歷代(역디) 風雲(풍운)[1044] 畫像贊(화샹찬)[1045]과

万古(만고) 慶宴(경년) 玉樓記(옥누긔)를

三絶竒畫(삼졀긔화)[1046] 合編(합편)ᄒ여

上帝(샹졔) 御寶(어보)[1047] 奉安(봉안)[1048]ᄒ고

文昌星(문챵셩)[1049]이 署緘(셔함)[1050]ᄒ여

白玉凾(빅옥함)[1051]의 緊封(긴봉)[1052]ᄒ고

하고 있어 이렇게 불린다고 한다. 삼상(三湘)은 동정호(洞庭湖) 부근의 세 강인 소상(瀟湘), 자상(資湘), 원상(沅湘)을 가리킨다.

1038 一筆揮之(일필휘지) : 글씨를 단숨에 죽 내리 씀.

1039 善書(슨셔) : 선서(善書). 글씨를 아주 잘 씀.

1040 丹書鉄券(단셔쳘권) : 단서철권(丹書鐵券). 붉은색으로 표지를 하고 쇠줄로 엮은 책. 소중한 내용을 남기기 위해 잘 만들어 영원히 보존하는 귀한 책을 가리킨다.

1041 瑤宮(요궁) : 하늘에 있는 궁전.

1042 玉寶(옥보) : 임금의 존호(尊號)를 새긴 도장.

1043 輿地圖(여디도) : 여지도(輿地圖). 종합적인 내용을 담은 일반 지도.

1044 風雲(풍운) : 용이 바람과 구름을 타고 하늘로 오르는 것처럼 영웅호걸들이 세상에 두각을 나타내는 좋은 기운. 여기서는 좋은 기운을 타고 세상에 두각을 나타낸 사람인 풍운아(風雲兒)를 뜻함.

1045 畫像贊(화샹찬) : 화상찬(畫像贊). 인물을 그린 그림에 쓴 시문.

1046 三絶竒畫(삼졀긔화) : 삼절기화(三絶奇畫). 세 가지 기묘한 그림.

1047 御寶(어보) : 임금의 도장. 국새(國璽). 옥보(玉寶).

1048 奉安(봉안) : 죽은 사람의 위패(位牌), 화상(畫像)이나 시신 따위를 모시어 둠.

1049 文昌星(문챵셩) : 문창성(文昌星). 중국에서, 북두칠성 중의 여섯째 별인 개양(開陽)을 달리 이르는 말. 학문을 맡아 다스리는 별이라 하여 붙은 이름이다.

1050 署緘(셔함) : 서함(署緘). 편지 겉봉의 봉한 자리에 봉한다는 뜻으로 '緘'이라 씀.

1051 白玉凾(빅옥함) : 백옥함(白玉函). 흰 옥으로 만든 함.

1052 緊封(긴봉) : (입구를) 굳게 봉함.

黃金鑰(황금약)[1053]을 橫鑠(횡쇄)[1054]ᄒ여

人間(인간) 帝王(제왕) 受命符(슈명부)[1055]를

朝鮮國(조선국)의 下送(하송)ᄒ여

黃河(황하) 泰岳(틱악)[1056] 굿은 盟誓(밍셔)

金樻(금궤) 石室(셕실) 깁히 너허

万世(만세) 宗祊(종방)[1057] 傳國寶(젼국보)[1058]를

永守勿失(영슈물실)[1059] 傳喩(젼유)[1060]ᄒ다.

一介小臣(일기소신) 跪受(궤슈)[1061]ᄒ여

國王(국왕) 앏희 奉獻(봉혼)[1062]ᄒ니

우리 聖主(셩쥬) 感恩(감은)[1063]ᄒ샤

四拜天恩(ᄉ비텬은)[1064] ᄒ압시고

下界(하계)[1065]로 回鑾(회란)[1066]ᄒ샤

彩雲(치운) 中(듕)의 나오시니

1053　黃金鑰(황금약) : 황금으로 된 자물쇠.

1054　橫鑠(횡쇄) : 자물쇠를 채움.

1055　受命符(슈명부) : 수명부(受命符). 천명을 받아 제위에 올랐다는 증표.

1056　泰岳(틱악) : 태악(泰岳). 태산(泰山).

1057　宗祊(종방) : 종팽(宗祊)의 잘못. 종팽은 종묘(宗廟)를 가리킨다.

1058　傳國寶(젼국보) : 전국보(傳國寶). 황제의 옥새. 전국새(傳國璽).

1059　永守勿失(영슈물실) : 영수물실(永守勿失). 영원토록 잘 간직하여 잃어버리지 말라는 뜻.

1060　傳喩(젼유) : 전유(傳喩). 전해 줌.

1061　跪受(궤슈) : 궤수(跪受). 꿇어앉아 받음.

1062　奉獻(봉혼) : 봉헌(奉獻). 물건을 받들어 바침.

1063　感恩(감은) : 은혜를 고맙게 여김.

1064　四拜天恩(ᄉ비텬은) : 사배천은(四拜天恩). 네 번 절하여 옥황상제의 은혜에 예를 표함.

1065　下界(하계) : 천상계에 상대하여 사람이 사는 이 세상을 이르는 말.

1066　回鑾(회란) : 임금이 대궐 밖으로 나갔다가 다시 환궁(還宮)하는 것.

二十八将(이십팔쟝)[1067] 天神(텬신)들은

瑤臺(요딕)[1068] 下(하)의 拜別(비별)[1069]ᄒᆞ고

五方神将(오방신쟝)[1070] 天官(텬관)들은

雲衢(운가)[1071] 上(샹)의 擁護(옹호)ᄒᆞᆫ다.

周穆王(쥬목왕)[1072] 八駿馬(팔쥰마)[1073]의

羲仲(희듕)[1074]의 치를 졔겨

霓旌(예졍)[1075] 雲盖(운긔)[1076] 前導(젼도)ᄒᆞ고

月輪(월윤)[1077] 風馭(풍어)[1078] 長驅(쟝구)[1079]ᄒᆞ야

1067 二十八将(이십팔쟝) : 이십팔장(二十八將). 이십팔수(二十八宿)를 가리킴. 이십팔수에 대해서는 주 122) 참조.

1068 瑤臺(요딕) : 요대(瑤臺). 옥(玉)으로 장식한 화려한 대(臺)로서 신선이 사는 곳을 가리킴.

1069 拜別(비별) : 배별(拜別). 절하고 작별한다는 뜻으로, 존경하는 사람과의 작별을 높여 이르는 말.

1070 五方神将(오방신쟝) : 오방신장(五方神將). 주 123) 참조.

1071 雲衢(운가) : 운구(雲衢)의 잘못. 구름이 오가는 통로 곧 허공(虛空).

1072 周穆王(쥬목왕) : 주목왕(周穆王). 중국 서주(西周)의 목왕(穆王). 성은 희(姬)이고, 이름은 만(滿)이다. 소왕(昭王)의 아들로, 일찍이 서쪽으로 견융(犬戎)을 치고 5왕을 사로잡았고, 도읍을 태원(太原)으로 옮겼다. 후세에 전하기를 그가 일찍이 팔준마(八駿馬)를 얻어 천하를 주행(周行)했다고 한다.

1073 八駿馬(팔쥰마) : 팔준마(八駿馬). 중국 주나라 목왕이 사랑하던 여덟 마리의 준마. 화류(華騮), 녹이(綠耳), 적기(赤驥), 백의(白義), 유륜(踰輪), 거황(渠黃), 도려(盜驪), 산자(山子)를 이름.

1074 羲仲(희듕) : 희중(羲仲). 옛날 중국 요임금 때 천문(天文)의 일을 관장하던 네 인물 중 동쪽을 주관한 인물. 주 255) 참조.

1075 霓旌(예졍) : 예정(霓旌). 무지개를 그려 넣은 깃발로, 왕후(王侯)의 수레 장식용으로 달았기 때문에 왕후가 타는 수레를 일컬음. 전(轉)하여 왕후 자체를 가리키는 말로도 쓰임.

1076 雲盖(운긔) : 운개(雲盖). 우개(羽蓋)의 잘못인 듯. 우개(羽蓋)는 녹색의 새털로 된, 왕후의 수레를 덮던 덮개 또는 그 수레를 가리킨다.

1077 月輪(월윤) : 월륜(月輪). 둥근 달. 왕후의 수레를 가리킴.

1078 風馭(풍어) : 전설 속에 나오는, 바람을 타고 몰아가는 신선의 수레.

1079 長驅(쟝구) : 장구(長驅). 말을 타고 멀리 달려감.

扶桑(부상)[1080] 若木(약목)[1081] 徃來(왕뇌)ㅎ여

玄圃(현포)[1082] 滄洲(창쥬)[1083] 다시 보고

瑤池(요지)[1084]의 千日酒(천일쥬)[1085]를

蟠桃實(반도실)[1086]노 按酒(안쥬)ㅎ고

金盤(금반)[1087]의 놉히 밧쳐

萬壽無疆(만슈무강) 獻賀(혼하)ㅎ고

三神山(삼신산)[1088] 不老草(불노초)를

甘露水(감노슈)[1089]의 煎半(전반)[1090]ㅎ여

九轉丹(구전단)[1091] 作丸(작환)[1092]ㅎ야

1080　扶桑(부상) : 부상(扶桑). 중국 전설에 나오는, 동쪽 바다의 해가 뜨는 곳에 있다는 신성한 나무. 또는 그 나무가 있는 동쪽 바다 해 뜨는 곳을 가리킴.

1081　若木(약목) : 예전에 해가 지는 곳에 서 있었다는 나무. 또는 해가 지는 곳을 가리킴.

1082　玄圃(현포) : 중국 곤륜산(崑崙山)에 있다는 신선의 동산.

1083　滄洲(창쥬) : 창주(滄洲). 동쪽 바다 가운데 있는, 신선이 사는 곳.

1084　瑤池(요지) : 중국 곤륜산에 있다는 못으로, 주나라 목왕이 서왕모(西王母)를 만났다고 하는 곳.

1085　千日酒(천일쥬) : 마고선녀(麻姑仙女)가 서왕모의 생일에 영지버섯으로 빚어 올렸다는 술. 영지버섯술은 담근 지 천 일이 지나면 쓴맛이 없어지면서 최상의 술이 된다고 한다. 또한 한 번 마시면 천 일 동안 취한다는 술로 통하기도 한다.

1086　蟠桃實(반도실) : 곤륜산의 선녀 서왕모가 한무제(漢武帝)에게 주었다는 복숭아. 3천 년에 한 번씩 열매가 열린다고 하며, 이것을 먹으면 불로장생(不老長生)하는 신선이 된다고 한다.

1087　金盤(금반) : 금으로 만든 소반 또는 쟁반.

1088　三神山(삼신산) : 중국 전설에 나오는 봉래산(蓬萊山), 방장산(方丈山), 영주산(瀛洲山)을 아울러 이르는 말. 이곳에는 주옥(珠玉)으로 된 나무가 우거져 있는데, 그 나무의 열매를 먹으면 불로불사(不老不死)하는 신선이 된다고 한다.

1089　甘露水(감노슈) : 감로수(甘露水). 천하가 태평하면 하늘이 내린다는 달콤한 이슬. 신들이 마시는 음료수라는 뜻에서 '신장(神漿)' 또는 '천주(天酒)'라고도 한다.

1090　煎半(전반) : 전반(煎半). 반이 남을 때까지 달임.

1091　九轉丹(구전단) : 구전단(九轉丹). 아홉 번 제련한 단약(丹藥). 이것을 복용하면 3일 만에 신선이 된다고 한다.

1092　作丸(작환) : 환약(丸藥)을 만듦.

無時服(무시복)[1093] 進御(진어)[1094]호샤

長生不死(장싱불ᄉ) 益壽方(익슈방)[1095]을

一朝(일조)의 어더시니

秦皇(진황)[1096] 漢武(한무)[1097] 못ᄒ 일을

오날날 聖君(셩군)이라.

九點(구졈)[1098] 靑烟(쳥년) 齊州路(졔쥬노)[1099]의

六龍駕(뉵농가)[1100]로 밧밧[1101] 모라

崑崙山(곤윤산)[1102] 駐輦(쥬연)[1103] 后(후)의

祝融峯(츅융봉)[1104]의 歷臨(역임)[1105]ᄒ셔

黃黑道(황흑도)[1106] 過去路(과거노)[1107]의

廣寒殿(광한전)[1108]이 여긔로다.

1093 無時服(무시복) : 때를 정하지 않고 아무 때나 약을 먹음.

1094 進御(진어) : 임금이 먹고 입는 일을 높여 이르던 말.

1095 益壽方(익슈방) : 익수방(益壽方). 오래 사는 방법.

1096 秦皇(진황) : 진시황(秦始皇). 주 180) 참조.

1097 漢武(한무) : 한무제(漢武帝). 주 702) 참조.

1098 九點(구졈) : 구점(九點). 구주(九州). 옛날 중국은 구주로 나뉘어 있었는데, 이를 하늘에서 내려다보면 조그만 점에 지나지 않는다 하여 구점이라고 한 것이다.

1099 齊州路(졔쥬노) : 제주로(齊州路). 제주(齊州)는 중주(中州), 곧 중국을 가리킨다.

1100 六龍駕(뉵농가) : 육룡가(六龍駕). 여섯 마리의 말이 끄는 수레라는 뜻으로, 천자의 수레를 가리킴.

1101 밧밧 : 바삐.

1102 崑崙山(곤윤산) : 곤륜산(崑崙山). 주 851) 참조.

1103 駐輦(쥬연) : 주연(駐輦). 임금이 행차할 때, 도중에 잠시 가마를 머무르게 하던 일.

1104 祝融峯(츅융봉) : 축융봉(祝融峯). 중국 오악(五岳) 중의 하나인 남악 형산(衡山)의 주봉. 역대 황제들이 하늘에 예를 올리는 봉선(封禪) 의식을 행했던 곳이다.

1105 歷臨(역임) : 지나는 길에 들름.

1106 黃黑道(황흑도) : 황도와 흑도. 황도는 태양(太陽)의 궤도이고, 흑도는 태음(太陰 : 달)의 궤도이다.

1107 過去路(과거노) : 과거로(過去路). 지나가는 길.

銀河水(은하슈) 너른 믈의

烏鵲橋(오작교)[1109]를 건너오셔

張騫(쟝건)[1110]의 浮海槎(부히ᄉ)[1111]와

葉仙師(셥션ᄉ)[1112]의 連雲梯(연운졔)[1113]로

靑天大道(쳥텬대도) 彩紅橋(치홍교)[1114]를

滄海東(챵히동)[1115] 橫駕(횡가)[1116]ᄒ샤

漢陽城(한양셩) 놉흔 大闕(대궐)

瞬息間(슌식간)의 還宮(환궁)ᄒ샤

仁政殿(인졍뎐)[1117] 月臺(월ᄃᆡ)[1118] 下(하)의

1108 廣寒殿(광한뎐) : 광한전(廣寒殿). 달나라에 있다는 궁전.

1109 烏鵲橋(오작교) : 7월 칠석날 밤에 견우(牽牛)와 직녀(織女) 두 별을 만나게 하려고 까마귀와 까치들이 모여 은하수에 놓는다는 상상의 다리.

1110 張騫(쟝건) : 장건(張騫). 중국 전한(前漢) 때의 외교가. 자는 자문(子文). 인도 통로를 개척하고, 서역 정보를 가져와 동서의 교통과 문화 교류의 길을 열었다. 그에 대해서는 다음과 같은 전설이 전한다. 한무제(漢武帝) 때 장건이 사명을 받들고 서역에 나갔던 길에 뗏목을 타고 황하(黃河)의 근원을 한없이 거슬러 올라가다가 한 성시(城市)에 이르러 보니, 한 여인은 방 안에서 베를 짜고, 한 남자는 소를 끌고 은하의 물을 먹이고 있으므로, 그들에게 “여기가 어느 곳인가?”라고 묻자, 그 여인이 지기석(支機石) 하나를 장건에게 주면서 말하기를, “성도(成都)의 엄군평(嚴君平)에게 가서 물어보라.”고 하므로, 과연 그가 돌아와서 엄군평을 찾아가서 지기석을 보이자, 엄군평이 말하기를, “이것은 직녀(織女)의 지기석이다. 아무 연월일에 객성(客星)이 견우(牽牛), 직녀를 범했는데, 지금 헤아려보니 그때가 바로 이 사람이 은하(銀河)에 당도한 때였도다.”라고 하였다.

1111 浮海槎(부히ᄉ) : 부해사(浮海槎). 바다에 뜬 뗏목.

1112 葉仙師(셥션ᄉ) : 섭선사(葉仙師). 섭(葉) 땅의 선사(仙師)라는 뜻으로 공수반(公輸般)을 가리킴. 공수반은 초나라의 병법가로, 성을 공격하는 데 사용하는 사다리인 운제(雲梯)를 처음 발명한 인물이다.

1113 連雲梯(연운졔) : 연운제(連雲梯). 구름에 닿을 정도로 높은 사다리.

1114 彩紅橋(치홍교) : 채홍교(彩虹橋 : 무지개다리)의 잘못인 듯.

1115 滄海東(챵히동) : 창해동(滄海東). 넓고 큰 바다의 동쪽. 곧 조선을 가리킴.

1116 橫駕(횡가) : 가로타다. 가로질러 가다.

1117 仁政殿(인졍뎐) : 인정전(仁政殿). 창덕궁(昌德宮)의 정전(正殿).

1118 月臺(월ᄃᆡ) : 월대(月臺). 궁궐의 정전(正殿)과 같은 중요한 건물 앞에 놓이는 넓

滿朝百官(만조빅관) 陳賀(진하)[1119]ᄒ니

天香(천향)[1120]이 襲人(습인)[1121]ᄒ고

瑞氣(셔긔)[1122]가 葱欝(총울)[1123]ᄒ다.

國家(국가)의 祈天永命(긔쳔녕명)[1124]

萬萬世之(만만셰지) 無窮(무궁)이라.

么麼(요마)[1125]ᄒ 一个臣(일기신)이

九萬里(구만니)를 隨駕(슈가)[1126]ᄒ야

鴻毛(홍모)[1127]의 順風(슌풍) 便(편)의

鶴背上(학비상)의 徃来(왕닉)ᄒ니

어와 聖恩(셩은)이야

天上遠遊(텬상원유) 거록ᄒ다.

大夢(대몽)을 先覺(션각)ᄒ니

平生(평싱)을 我自知(아ᄌ지)라.[1128]

은 대.

1119 陳賀(진하) : 진하(陳賀). 나라에 경사가 있을 때 조정의 신하들이 모여 임금에게 나아가 축하하는 일.

1120 天香(천향) : 천향(天香). 매우 좋은 향기.

1121 襲人(습인) : 사람의 몸에 뱀.

1122 瑞氣(셔긔) : 서기(瑞氣). 상서로운 기운.

1123 葱欝(총울) : 나무들이 촘촘하게 들어서서 우거짐.

1124 祈天永命(긔쳔녕명) : 기천영명(祈天永命). 하늘의 영원한 명을 비는 것. 『서경(書經)』「주서(周書)」〈소고(召誥)〉에 나오는 말이다. "宅新邑, 肆惟王, 其疾敬德. 王其德之用, 祈天永命.(새 도읍에 머무시어 왕께서는 빨리 덕을 공경하소서. 왕께서 덕을 씀이 하늘의 영원한 명을 비는 것입니다.)"

1125 么麼(요마) : 매우 작음. 보잘것없음. 변변치 못함.

1126 隨駕(슈가) : 수가(隨駕). 주 102) 참조.

1127 鴻毛(홍모) : 기러기의 털. 아주 가볍거나 보잘것없는 사물.

1128 大夢(대몽)을 先覺(션각)ᄒ니 / 平生(평싱)을 我自知(아ᄌ지)라. : 대몽(大夢)을 선각(先覺)하니 / 평생(平生)을 아자지(我自知)라. 유비가 제갈량을 삼고초려했을 때 제갈량이 읊었다는 시의 한 부분을 가져온 것이다. "大夢誰先覺, 平生我自知, 草堂春睡足, 窓外日

오냐 이 내 夢兆(몽됴)[1129] 異常(니샹)ᄒᆞ니

아마도 與國家同休戚(여국가동휴척)[1130] ᄒᆞ리로다.

遲遲.(큰 꿈 누가 먼저 깨달았나, 평생 내 스스로 알았다네. 초당에서의 봄잠 족하였는데, 창 밖엔 해가 더디고 더디구나.)"

1129 夢兆(몽됴) : 몽조(夢兆). 꿈자리에서의 조짐. 꿈에 나타난 길흉의 징조.

1130 與國家同休戚(여국가동휴척) : 여국가동휴척(與國家同休戚). 국가와 함께 고락(苦 樂)을 같이 하는 일.

2

農家月令歌 농가월령가

天地(텬디) 肇判(죠판)[1]ᄒᆞᄆᆡ

日月星辰(일월성신)[2] 빗최거다.

日月(일월)은 度數(도슈)[3] 잇고

星辰(셩신)은 躔次(즌차)[4] 잇셔

一年(일년) 三百六十日(삼빅뉵십일)의

제 度数(도슈) 도라오믹

冬至(동지)[5] 夏至(ᄒᆞ지)[6] 春秋分(츈츄분)[7]은

日行(일힝)[8]으로 推測(츄측)ᄒᆞ고

上弦(샹현)[9] 下弦(ᄒᆞ현)[10] 望晦朔(망회삭)[11]은

1　肇判(죠판) : 조판(肇判). 처음 쪼개어 갈라짐.

2　日月星辰(일월성신) : 일월성신(日月星辰). 해와 달과 별을 통틀어 이르는 말.

3　度數(도슈) : 도수(度數). 일월이 일정한 운행의 질서에 따라 순환하는 것.

4　躔次(즌차) : 전차(躔次). 별이 운행하는 길.

5　冬至(동지) : 24절기의 하나. 대설과 소한 사이에 있으며, 양력 12월 22일경이다. 태양의 황경(黃經)이 270° 위치에 있을 때로, 일 년 중에서 밤이 가장 길고 낮이 가장 짧은 날이다.

6　夏至(ᄒᆞ지) : 하지(夏至). 24절기의 하나. 망종과 소서 사이에 있으며, 양력 6월 22일경이다. 태양의 황경이 90° 위치에 있을 때로, 일 년 중에서 낮이 가장 길고 밤이 가장 짧은 날이다.

7　春秋分(츈츄분) : 춘추분(春秋分). 24절기의 하나인 춘분(春分)과 추분(秋分). 춘분은 태양의 중심이 춘분점(春分點 : 태양이 남쪽에서 북쪽을 향하여 적도를 통과하는 점) 위에 왔을 때이며, 양력 3월 21일경이다. 태양은 적도 위를 똑바로 비추고 지구상에서는 낮과 밤의 길이가 같다. 추분은 태양의 중심이 추분점(秋分點 : 태양이 북쪽에서 남쪽을 향하여 적도를 통과하는 점) 위에 왔을 때이며, 양력 9월 23일경이다. 역시 낮과 밤의 길이가 같다.

8　日行(일힝) : 일행(日行). 태양의 운행.

月輪(월윤)[12]의　盈虧(영휴)[13]로다.

大地上(대지샹)　東西南北(동셔남북)

곳을 ᄯ라 틀리기로

北極(북극)[14]을　보람ᄒ야[15]

遠近(원근)을　磨鍊(마련)ᄒ니[16]

二十四(이십스)　節候(졀후)[17]를

十二朔(십이삭)[18]의　分排(분비)ᄒ여

每朔(믹삭)의 두　節候(졀후)가

一望(일망)[19]이 사이로다.

春夏秋冬(츈하츄동)　往来(왕늬)ᄒ야

自然(자년)이　成歲(셩세)[20]ᄒ니

堯舜(요슌)[21] 갓치 착흔 님군

9　上弦(샹현) : 상현(上弦). 음력 매달 7~8일경에 나타나는 반원 모양의 달. 둥근 쪽이 아래로 향한다.

10　下弦(ᄒ현) : 하현(下弦). 음력 매달 22~23일경에 나타나는 반원 모양의 달. 둥근 쪽이 위로 향한다.

11　望晦朔(망회삭) : 망(望)은 보름, 회(晦)는 그믐, 삭(朔)은 초하루를 가리킴.

12　月輪(월윤) : 월륜(月輪). 둥근 달.

13　盈虧(영휴) : 차는 일과 이지러지는 일.

14　北極(북극) : 북극성(北極星).

15　보람ᄒ야 : 보람하야. '보람하다(어떤 일을 잊지 아니하거나 다른 물건과 구별하기 위하여 표시를 하다)'의 활용형.

16　磨鍊(마련)ᄒ니 : 마련(磨鍊)하니. '마련하다(연마하다)'의 활용형.

17　節候(졀후) : 절후(節候). 절기(節氣). 한 해를 스물넷으로 나눈, 기후(氣候)의 표준점. 15일 내지 16일에 한 번씩 돌아온다. 24절후(또는 절기)는 태양의 황도(黃道) 상 위치에 따라 계절적 구분을 하기 위해 만든 것으로, 황도에서 춘분점을 기점으로 15° 간격으로 점을 찍어 나타낸 것이다.

18　十二朔(십이삭) : 열두 달.

19　一望(일망) : 한 보름 동안.

20　成歲(셩세) : 성세(成歲). 한 해를 이룸.

曆法(역법)[22]을 剏開(창개)[23]ㅎ샤

天時(텬시)[24]을 밝혀뉘여

萬民(만민)을 맛기시니

夏后氏(하후시)[25] 五百年(오빅년)[26]은

寅月(인월)[27]로 歲首(세슈)[28]하고

周(쥬)나라[29] 八百年(팔빅년)은

子月(ᄌ월)[30]이 新正(신졍)[31]이라.

當今(당금)[32]의 쓰ᄂ 曆法(역법)

夏后氏(하후시)와 흔 法(법)이라.

---

21 堯舜(요슌) : 요순(堯舜). 중국 고대 신화에 나오는 요임금과 순임금. 요는 성이 도당(陶唐), 이름이 방훈(放勳)이며, 제곡(帝嚳)의 손자로 회화(羲和) 등에게 명하여 역법(曆法)을 정하였다. 순은 성이 우(虞) 또는 유우(有虞), 이름이 중화(重華)이며, 전욱(顓頊)의 6세손으로 치수사업을 성공시켜 홍수 피해를 막았다.

22 曆法(역법) : 천체의 주기적 현상을 기준 삼아 달, 날짜, 시간 따위를 구획하는 방법.

23 剏開(창개) : 처음으로 시작함. 창시(創始).

24 天時(텬시) : 천시(天時). 때를 따라서 돌아가는 자연 현상. 곧 계절, 밤과 낮, 더위와 추위 따위를 이른다.

25 夏后氏(하후시) : 하후씨(夏后氏). 중국 하나라 창시자 우임금을 가리킨다. 요(堯)의 치세에 대홍수가 발생하여 섭정인 순(舜)이 그에게 치수(治水)를 명하자, 13년간 고심 노력한 끝에 사업에 성공하고, 천하를 9주(九州)로 나누었다. 순이 죽자 인망(人望)을 모은 그가 제위를 계승하여, 나라이름을 하(夏)로 고치고 안읍(安邑)에 도읍하였다.

26 五百年(오빅년) : 오백년(五百年). 중국 하나라의 존속 기간을 대략적으로 말한 것이다. 하나라는 우(禹)에서 걸(桀)까지 17왕 472년 동안 존속한 것으로 전한다.

27 寅月(인월) : 월건(月建)의 지지(地支)가 인(寅)인 달. 곧 음력 정월을 이른다.

28 歲首(세슈) : 세수(歲首). 한 해의 첫머리.

29 周(쥬)나라 : 주(周)나라. 기원전 1046년에서 기원전 256년까지 중국을 지배한 왕조. 무왕이 은나라를 멸망시키고 건국하여, 호경(鎬京 : 西安 부근)에 도읍을 정하고 봉건 제도를 시행하였다.

30 子月(ᄌ월) : 자월(子月). 월건(月建)의 지지(地支)가 자(子)인 달. 곧 음력 동짓달(11월)을 이른다.

31 新正(신졍) : 신정(新正). 새해의 첫머리.

32 當今(당금) : 당면한 지금.

寒署(한셔)[33] 溫冷(온닝)[34] 氣候(긔후) 次例(ᄎ례)

四時(ᄉ시)[35]의 맛가즈니[36]

孔夫子(공부ᄌ)[37]의 取(취)ᄒ심이

夏令(하령)[38]을 行(행)ᄒ도다.

正月(뎡월)은 孟春(밍츈)[39]이라

立春(닙츈)[40] 雨水(우슈)[41] 節氣(졀긔)로다.

山中(산듕) 澗壑(간학)[42]의

氷雪(빙셜)이 남아시나

平郊(평교)[43] 廣野(광야)의

雲物(운물)[44]이 變(변)ᄒ도다.

어와 우리 聖上(셩상)

---

33 寒署(한셔) : 한서(寒署). 추위와 더위.

34 溫冷(온닝) : 온랭(溫冷). 따뜻함과 서늘함.

35 四時(ᄉ시) : 사시(四時). 네 계절.

36 맛가즈니 : 맞갖으니. '맞갖다(마음이나 입맛에 꼭 맞다)'의 활용형.

37 孔夫子(공부ᄌ) : 공부자(孔夫子). 공자(孔子)를 높여 이르는 말. "孔夫子(공부ᄌ)의 取(취)ᄒ심"은 공자가 행하지시(行夏之時 : 하나라의 역법을 씀)를 주장한 것을 가리킨다.

38 夏令(하령) : 하나라 때 매월 농사 활동의 배치를 규정한 것.

39 孟春(밍츈) : 맹춘(孟春). 봄을 셋으로 나눌 때, 그 첫 부분. 즉 음력 정월을 달리 이르는 말이다.

40 立春(닙츈) : 입춘(立春). 24절기의 하나. 대한과 우수 사이에 있으며, 양력 2월 4일경이다. 태양의 황경(黃經)이 315° 위치에 있을 때로, 봄이 시작된다는 날이다.

41 雨水(우슈) : 우수(雨水). 24절기의 하나. 입춘과 경칩 사이에 있으며, 양력 2월 19일경이다. 태양의 황경(黃經)이 330° 위치에 있을 때로, 겨울이 지나 비가 오고 얼음이 녹는다는 날이다.

42 澗壑(간학) : 물이 흐르는 골짜기.

43 平郊(평교) : 교외(郊外)나 성(城) 밖의 넓은 들판.

44 雲物(운물) : 태양 곁에 있는 구름 빛깔. 옛날에는 이것으로 길흉, 수재, 한재 등을 예측했다.

愛民重農(이민즁농)[45] 호오시니

懇惻(간측)[46] 호신 勸農綸音(권농뉸음)[47]

坊曲(방곡)[48]의 頒布(반포)[49] 호니.

슬프다 農夫(농부)들아

아모리 無知(무지) 혼들

네 몸 利害(리히) 姑舍(고샤) 호고[50]

聖意(셩의)[51]를 어길소냐?

山田(산젼) 水畓(슈답)[52] 相半(상반)[53] 호여

힘디로 호여보세.

一年(일년) 豊凶(풍흉)[54]은

測量(측양)[55]치 못호여도

人力(인역)이 極盡(극진) 호면

天災(쳔지)[56]를 免(면) 호니

---

45 愛民重農(이민즁농) : 애민중농(愛民重農). 백성을 사랑하고 농사를 중히 여김.

46 懇惻(간측) : 몹시 간절하고 지극히 정성스러움.

47 勸農綸音(권농뉸음) : 권농윤음(勸農綸音). 농사를 장려하는 국왕의 교서(敎書). 윤음은 『예기(禮記)』「치의(緇衣)」에 나오는 "王言如絲, 其出如綸.(임금의 말이 실과 같아도, 그것이 나오게 되면 인끈과 같이 굵게 된다.)"에서 유래한 것으로, 임금이 신하나 백성에게 내리는 말씀을 가리킨다.

48 坊曲(방곡) : 방방곡곡(坊坊曲曲). 한군데도 빠짐이 없는 모든 곳.

49 頒布(반포) : 세상에 널리 퍼뜨려 모두 알게 함.

50 姑舍(고샤) 호고 : 고사(姑捨)하고의 잘못. 더 말할 나위도 없이.

51 聖意(셩의) : 성의(聖意). 임금의 뜻.

52 水畓(슈답) : 수답(水畓). 무논. 물을 쉽게 댈 수 있는 논.

53 相半(상반) : 서로 절반씩 어슷비슷함.

54 豊凶(풍흉) : 풍년과 흉년.

55 測量(측양) : 측량(測量). 생각하여 헤아림.

56 天災(쳔지) : 천재(天災). 자연재해. 풍수해, 지진, 가뭄 따위와 같이 자연의 변화로 일어나는 재앙.

져 各各(각각) 勸勉(권면)[57]ᄒ야
게얼니[58] 구지 마라.
一年之計(일년지계) 在春(지츈)ᄒ니[59]
凡事(범ᄉ)[60]를 미리 ᄒ쇼.
農器(농긔)[61]를 다스리고
農牛(농우)[62]를 살펴 먹여
ᄌ거름[63] ᄌ와[64] 노코
一邉(일변)[65]으로 시러 내고
麥田(믹젼)[66]의 오좀 치기[67]
歲前(세젼)[68]보다 힘뼈 ᄒ소.
늙으니 근녁[69] 업셔
힘든 일은 못ᄒ여도
낫이면 니영[70] 녁고

---

57 勸勉(권면) : 알아듣도록 권하고 격려하여 힘쓰게 함.
58 게얼니 : 게을리.
59 一年之計(일년지계) 在春(지츈)ᄒ니 : 일년지계(一年之計) 재춘(在春)하니. 일 년의 계획은 봄에 달려있으니.
60 凡事(범ᄉ) : 범사(凡事). 모든 일.
61 農器(농긔) : 농기(農器). 농구(農具). 농사를 짓는 데 쓰는 기구.
62 農牛(농우) : 농사일에 부리는 소.
63 ᄌ거름 : 재거름. 재로 만든 거름.
64 ᄌ와 : 재와. 재워. '재우다(두엄이나 거름이 잘 썩도록 손질하다)'의 활용형.
65 一邉(일변) : 한편.
66 麥田(믹젼) : 맥전(麥田). 보리밭.
67 오좀 치기 : 오줌 뿌리기.
68 歲前(세젼) : 세전(歲前). 설을 쇠기 전.
69 근녁 : 근력(筋力). 근육의 힘, 또는 그 힘의 지속성.
70 니영 : 이엉. 초가집의 지붕이나 담을 이기 위하여 짚이나 새(볏과 식물) 따위로 엮은 물건.

밤이면 삿기[71] 쇠아

씌 밋쳐 집 니이면

큰 근심 더럿도다.

실과나모[72] 버곳[73] 싹고

가지 스이 돌 씌우기[74]

正朝(뎡죠)날[75] 未明時(미명시)[76]의

試驗条(시험조)로 ᄒ여 보소.

며느리 닛지 말고

小麴酒(소국쥬)[77] 밋[78] ᄒ여라.

三春(삼츈)[79] 百花時(빅화시)[80]의

花前一醉(화전일취)[81] ᄒ여 보즈.

上元(상원)날[82] 달을 보아

水旱(슈한)[83]을 안다 ᄒ니

---

71 삿기 : 새끼. 짚으로 꼬아 줄처럼 만든 것.

72 실과나모 : 과실나무.

73 버곳 : 보굿. 굵은 나무줄기에 비늘 모양으로 덮여 있는 겉껍질. 이것을 벗겨 두면 나무
에 벌레가 붙지 않는다고 한다.

74 가지 스이 돌 씌우기 : 가지 사이 돌 끼우기. 가지 사이에 돌을 끼우면 가지가 벌어져서
과일이 많이 열린다고 믿는 풍습이 있다. 이를 '나무시집보내기'라 한다.

75 正朝(뎡죠)날 : 정조(正朝)날. 원단(元旦). 설날 아침.

76 未明時(미명시) : 날이 채 밝지 않았을 때.

77 小麴酒(소국쥬) : 소국주(小麴酒). 막걸리의 하나. 누룩을 적게 하여 찹쌀로 담근 술로
서 맑은 수정 빛깔이 난다. 충청남도 서천군 한산(韓山)에서 나는 것이 유명하다.

78 밋 : 술밑. 누룩을 섞어 버무린 지에밥. 술의 원료가 된다.

79 三春(삼츈) : 삼춘(三春). 봄의 석 달. 맹춘(孟春), 중춘(仲春), 계춘(季春)을 이른다.

80 百花時(빅화시) : 백화시(百花時). 온갖 꽃이 필 때.

81 花前一醉(화전일취) : 화전일취(花前一醉). 꽃 앞에서 한 번 취함.

82 上元(상원)날 : 도교에서 '대보름날'을 이르는 말. 도교에서는 천상(天上)의 선관(仙官)
이 일 년에 세 번(음력으로 1월 15일, 7월 15일, 10월 15일) 초제(醮祭)를 지내는데, 이를 '삼
원'이라고 한다. 상원은 이 가운데 1월 15일을 이르는 말이다.

老農(노농)[84]의 徵驗(증험)[85]이라

大强(대강)은 짐작ᄂᆞ니

正朝(졍죠)의 歲拜(셰ᄇᆡ)흠은

敦厚(돈후)[86]흔 風俗(풍속)이라.

새 衣服(의복) 썰쳐 닙고

親戚(친척) 隣里(인리)[87] 셔로 ᄎᆞᆽ

老少(노소) 男女(남녀) 児童(아동)ᄭᆞ지

三三五五(삼삼오오) 단닐 젹의

와삭버석 울긋불긋

物色(물ᄉᆡᆨ)[88]이 繁華(번화)ᄒᆞ다.

사나희 鳶(연) 쒸우고

겨집아희 널쮜기오

윳 노라 낙이[89] ᄒᆞ기

少年(소년)들의 노리로다.

祠堂(ᄉᆞ당)[90]의 現謁(현알)[91]ᄒᆞ니

餠湯(병탕)[92]의 酒果(쥬과)[93]로다.

---

83 水旱(슈한) : 수한(水旱). 장마와 가뭄을 아울러 이르는 말.

84 老農(노농) : 농사일에 경험이 많은 사람.

85 徵驗(증험) : 징험(徵驗). 어떤 징조를 경험함. 경험에 비추어 앎.

86 敦厚(돈후) : 인정이 두텁고 후함.

87 隣里(인리) : 이웃 마을.

88 物色(물ᄉᆡᆨ) : 물색(物色). 물건의 빛깔.

89 낙이 : 동나기. 처음에 달았던 말이 말판을 돌아서 밖으로 나오는 것. 먼저 넉동이 나는 편이 이긴다.

90 祠堂(ᄉᆞ당) : 사당(祠堂). 조상의 신주(神主)를 모셔 놓은 집.

91 現謁(현알) : 알현(謁見). 지체가 높고 귀한 사람을 찾아가 뵘.

92 餠湯(병탕) : 떡국.

93 酒果(쥬과) : 주과(酒果). 술과 과일만으로 간소하게 차린 제물(祭物).

엄파[94]와 미나리를

무엄[95]에 겻드리면

보기의 新新(신신)[96]ㅎ기

五辛菜(오신치)[97] 부러ㅎ랴?

보름날 藥(약)밥 制度(제도)[98]

新羅(실나) 젹 風俗(풍쇽)[99]이라.

묵은 山菜(산치) 살마 내니

肉味(육미)를 밧골쇼냐?

---

94 엄파 : 움파. 겨울에 움 속에서 자란, 빛이 누런 파.

95 무엄 : 무움. 무순. 저장하여 둔 무에서 자라난 순.

96 新新(신신) : 아주 신선함.

97 五辛菜(오신치) : 오신채(五辛菜). 다섯 가지 매운 맛이 나는 채소－움파, 산갓, 신감채(辛甘菜), 미나리싹(산미나리), 무움－로 만든 새봄의 생채요리.

98 보름날 藥(약)밥 制度(제도) : 보름날 약(藥)밥 제도(制度). 정월 대보름에 약밥을 먹는 풍습. 찹쌀을 쪄서 대추, 밤, 기름, 꿀, 간장을 섞어서 함께 찌고 잣을 박은 것을 약밥[藥飯]이라고 한다. 약밥은 대보름의 좋은 음식으로 간주되어 손님을 대접하거나 이웃과 나눠 먹었으며, 이것으로 제사를 지내기도 하였다.

99 新羅(실나) 젹 風俗(풍쇽) : 신라(新羅) 젹 풍속(風俗). 정월 대보름을 달리 오기일(烏忌日)이라고도 하는데, 이는 찰밥을 지어 까마귀에게 제사지내는 날이라는 뜻에서 유래된 말이다. 까마귀에게 제사지내는 풍속의 유래는 『삼국유사』 권1 「기이(紀異)」, 〈사금갑조(射琴匣條)〉에 기인한다. 신라 제21대 소지왕(炤智王) 10년(488년)에 왕이 천천정(天泉亭)에 거동하였는데, 그때 까마귀와 쥐가 와서 울다가 쥐가 사람의 말로 "이 까마귀가 가는 곳을 따라가 보라."고 했다. 왕이 명하여 기사(騎士)가 까마귀를 뒤쫓아서 남쪽으로 피촌(避村)에 이르니 돼지 두 마리가 싸우고 있었다. 그것을 구경하다가 까마귀를 놓치고 길가에서 방황하고 있을 때 한 노인이 못에서 나와 글을 바쳤다. 겉봉에 "이를 떼어 보면 두 사람이 죽고, 떼어 보지 않으면 한 사람이 죽는다."고 적혀 있었다. 기사가 돌아와 글을 왕에게 올리니 왕이 "열어 보지 않고 한 사람이 죽는 것이 낫다."고 하였다. 이에 일관(日官)이 "두 사람은 서민이요, 한 사람은 왕입니다." 하고 아뢰므로 그 편지를 열어 보니 "금갑(琴匣)을 쏘라."고 적혀 있었다. 왕이 이상히 여겨 곧 궁중에 들어가 금갑을 쏘니 그 안에 내전(內殿)의 분수승(焚修僧)이 궁주(宮主)와 통정하며 간계를 꾸미고 있었다. 이에 두 사람을 복주(伏誅)하였다. 이로부터 이날을 기념하여 오기일(烏忌日)이라 하고, 그 은혜에 보답하기 위해 찰밥을 만들어 까마귀에게 제사지냈다. 대보름에 찰밥이나 약밥을 만든 것은 여기서 유래한 것인데, 지금은 찰밥이나 약밥이 정월 대보름에 먹는 절식(節食)이 되었다.

귀 밝히는 藥(약)슐[100]이오

부름[101] 삭는 生栗(싱율)[102]이라.

먼져 블너 더위팔기[103]

달마지[104] 횃불혀기[105]

흘너오는 風俗(풍속)이오

児戲(아희)들의 노리로다.

二月(이월)은 仲春(즁츈)[106]이라

驚蟄(경쳡)[107] 春分(츈분)[108] 節候(졀후)로다.

初六日(초뉵일) 좀싱이[109]는

---

100 귀 밝히는 藥(약)슐 : 귀 밝히는 약(藥)술. 귀밝이술. 음력 정월 대보름날 아침에 마시는 술. 이날 아침에 데우지 않은 찬 술을 마시면 귀가 밝아지고 귓병이 생기지 않으며 한 해 동안 좋은 소식을 듣게 된다고 한다.

101 부름 : 부럼. 음력 정월 대보름날 새벽에 깨물어 먹는 딱딱한 열매류인 땅콩, 호두, 잣, 밤, 은행 따위를 통틀어 이르는 말. 이런 것을 깨물면 한 해 동안 부스럼이 생기지 않는다고 한다.

102 生栗(싱율) : 생률(生栗). 날밤.

103 먼져 블너 더위팔기 : 먼저 불러 더위팔기. 음력 정월 대보름날 하는 풍속의 하나. 이날 아침에 사람을 만나면 급히 이름을 부르고, 만약 대답을 하면 곧 '내 더위 사 가게.'라고 말하여 대답한 사람에게 더위를 판다. 이렇게 하면 그해 여름에 더위를 먹지 않는다고 한다.

104 달마지 : 달맞이. 음력 정월 대보름날 저녁에 산이나 들에 나가 달이 뜨기를 기다려 맞이하는 일. 달을 보고 소원을 빌기도 하고, 달빛에 따라 1년 농사를 미리 점치기도 한다.

105 횃불혀기 : 횃불싸움. 음력 정월 대보름날에 하는 민속놀이의 하나. 마을 청소년들이 패를 갈라 진을 치고 있다가 달이 떠오른 후 농악대의 풍악에 맞춰 횃불을 밝혀 들고 편싸움을 하여 승부를 겨루는데, 진 편은 그해에 흉년이 들고 이긴 편은 그해에 풍년이 든다고 한다.

106 仲春(즁츈) : 중춘(仲春). 봄이 한창인 때라는 뜻으로, 음력 2월을 달리 이르는 말.

107 驚蟄(경쳡) : 경칩(驚蟄)의 잘못. 24절기의 하나. 우수와 춘분 사이에 있으며, 양력 3월 5일경이다. 태양의 황경(黃經)이 345° 위치에 있을 때로 겨울잠을 자던 벌레, 개구리 따위가 깨어 꿈틀거리기 시작한다는 시기이다.

108 春分(츈분) : 춘분(春分). 24절기의 하나. 자세한 것은 주 7) 참조.

豊凶(풍흉)을 안다 ᄒ되

스므날 陰晴(음청)[110]으로

大强(딕강)은 짐작ᄒ리.

반갑다 봄바람이

依舊(의구)이[111] 門(문)을 여니

말낫던 플ᄲ리는

속닙히 萌動(밍동)[112]ᄒ다.

개고리 우는 곳의

논믈[113]이 흐르도다.

뫼비들기 소릭 나니

버들빗 싀로와라.

보장기[114] ᄎ려 노코

春耕(츈경)[115]을 ᄒ오리라.

살진[116] 밧 갈희여셔[117]

---

109 좀싱이 : 좀생이. 좀생이별. 묘성(昴星). 이십팔수(二十八宿)의 열여덟째 별자리의 별들. 음력 이월 초엿샛날 저녁에 좀생이별의 빛깔과 자리를 보아 그해 농사의 풍흉을 점치는 일이 있어 왔는데 이를 '좀생이보기'라 한다. 좀생이가 달과 나란히 운행하거나 또는 조금 앞서 있으면 길조이어서 풍년이 들고 운수가 좋으며, 그와 반대로 달과 좀생이가 멀리 떨어져 있으면 흉조이어서 농사는 흉작이 되고 운수가 나쁘며 재앙이 자주 있어 불행하다고 판단을 하였다.

110 陰晴(음청) : 음청(陰晴). 날씨가 흐림과 갬. 풍신(風神)이요, 내방신(來訪神)인 영등할미가 지상으로 내려오는 날(음력 이월 초하루)과 하늘로 올라가는 날(음력 이월 스무날)에 바람 부는 것을 보아 한 해의 풍흉을 점치는 풍습이 있어 왔는데 이를 '영등날바람점'이라 한다. 이날 비가 오면 그해 풍년이 들고 바람이 불면 그해 흉년이 든다고 믿었다.

111 依舊(의구)이 : 의구히. 옛날 그대로 변함이 없이.

112 萌動(밍동) : 맹동(萌動). 싹이 남.

113 논믈 : 논물. 논에 대는 물.

114 보장기 : 보쟁기. 보습을 낀 쟁기.

115 春耕(츈경) : 춘경(春耕). 봄갈이. 봄철에 논밭을 가는 일.

116 살진 : '살지다(땅이 기름지다)'의 활용형.

春牟(츈모)[118]를 만이 갈소[119].

면화밧[120] 되와[121] 두어

제씨를 기다리소.

담비 모[122]와 닛[123] 심으기

일을스록 조흐이라.

園林(원임)[124]을 粧點(장점)[125]ㅎ니

生理(싱니)[126]를 兼(겸)ㅎ도다.

一分(일분)[127]은 果木(과목)[128]이오

二分(이분)[129]은 쏭나무라.

쌀희[130]를 상치 말고

비 오는 날 심으리라.

솔가지 삑어다가

울타리 싀로 ㅎ고

---

117 갈희여셔 : 가려서. 골라서. '갈희다(가리다의 옛말)'의 활용형.

118 春牟(츈모) : 춘모(春麰)의 잘못. 봄보리. 이른 봄에 씨를 뿌려 첫여름에 거두는 보리.

119 갈소 : 심으소. '갈다(주로 밭작물의 씨앗을 심어 가꾸다)'의 활용형.

120 면화밧 : 면화밭. 목화밭.

121 되와 : 되어. '되다(논밭을 다시 갈다)'의 활용형.

122 모 : 모종. 옮겨 심으려고 가꾼, 벼 이외의 온갖 어린 식물.

123 닛 : 잇. 잇꽃. 국화과의 두해살이풀로 흔히 홍화(紅花)라고 한다.

124 園林(원임) : 원림(園林). 자연에 약간의 인공을 가하여 자신의 생활공간으로 삼은 것.

125 粧點(장점) : 장점(粧點). 좋은 땅을 가리어 집을 지음. 여기서는 원림을 가꾸는 것-
원림에 정자를 짓거나 나무나 꽃을 심어 정원을 꾸미는 것-을 말한다.

126 生理(싱니) : 생리(生理). 생활의 원리.

127 一分(일분) : 한 부분.

128 果木(과목) : 과실나무.

129 二分(이분) : 둘로 나눔. 여기서는 '둘로 나누었을 때 하나를 뺀 나머지'를 가리키는
것으로 보인다.

130 쌀희 : 뿌리.

墻垣(장원)[131]도 修築(슈축)[132]ᄒ고

개천을 쳐[133] 올니소.

안밧게[134] 벗힌 검블[135]

精灑(졍쇄)히[136] 쓸어닉여

블 노하 ᄌᆡ 바드면

거름을 보티ᄂᆞ니

六畜(뉵츅)[137]은 못다 ᄒ나

牛馬鷄犬(우마게견)[138] 기르리라.

빈암ᄐᆞᆰ[139] 두세 마리

알 안겨 싀여[140] 보즈.

山菜(산ᄎᆡ)ᄂᆞᆫ 일너시나

들나믈 캐야 먹싀.

고들ᄲᅢ기[141] ᄯᅳᆫ바귀[142]며

쇼로장이[143] 믈ᄡᅮᆨ[144]이라.

131　墻垣(장원) : 담.

132　修築(슈축) : 수축(修築). 집이나 다리, 방죽 따위의 헐어진 곳을 고쳐 짓거나 보수함.

133　쳐 : '치다(논이나 물길 따위를 만들기 위하여 땅을 파내거나 고르다)'의 활용형.

134　안밧게 : 안팎에.

135　검블 : 검불. 가느다란 마른 나뭇가지, 마른 풀, 낙엽 따위를 통틀어 이르는 말.

136　精灑(졍쇄)히 : 정쇄(精灑)히. 매우 맑고 깨끗하게.

137　六畜(뉵츅) : 육축(六畜). 집에서 기르는 대표적인 여섯 가지 가축. 소, 말, 양, 돼지, 개, 닭을 이른다.

138　牛馬鷄犬(우마게견) : 우마계견(牛馬鷄犬). 소, 말, 닭, 개.

139　빈암ᄐᆞᆰ : 씨암탉. 씨를 받기 위하여 기르는 암탉.

140　싀여 : 까게 하여. '깨다(알을 품어 새끼가 껍질을 깨고 나오게 하다)'의 활용형.

141　고들ᄲᅢ기 : 고들빼기.

142　ᄯᅳᆫ바귀 : 씀바귀.

143　쇼로장이 : 소루쟁이.

144　믈ᄡᅮᆨ : 물쑥.

달닉김치[145] 낭이국[146]은

脾胃(비위)[147]를 씬치ᄂ니[148]

本草(본초)[149]를 詳考(상고)[150]ᄒ야

藥材(약지)를 캐오리라.

蒼白朮(창빅츌)[151] 當歸(당귀)[152] 川芎(천궁)[153]

柴胡(시호)[154] 防風(방풍)[155] 山藥(산약)[156] 澤瀉(틱사)[157]

---

145 달닉김치 : 달래김치.

146 낭이국 : 냉잇국.

147 脾胃(비위) : 어떤 음식물이나 일에 대하여 먹고 싶거나 하고 싶은 마음.

148 씬치ᄂ니 : 깨치나니. '깨치다(깨달아 알게 하다)'의 활용형. '脾胃(비위)를 씬치ᄂ니'는 결국 음식물을 먹고 싶은 마음이 일어나게 한다는 뜻으로 '입맛을 돋우나니' 정도로 풀이할 수 있다.

149 本草(본초) :『본초강목(本草綱目)』. 1590년에 중국 명나라의 이시진(李時珍)이 지은 본초학의 연구서. 종래의 본초학에 관한 책을 정리하여 약의 올바른 이름을 강(綱)이라 하고, 해석한 이름을 목(目)이라 하였다. 약이 되는 흙, 옥(玉), 돌, 초목(草木), 금수(禽獸), 충어(蟲魚) 따위의 1,892종을 7항목으로 분류하고 형상(形狀)과 처방을 적었다.

150 詳考(상고) : 꼼꼼하게 따져서 검토하거나 참고함.

151 蒼白朮(창빅츌) : 창백출(蒼白朮). 창출과 백출을 아울러 이르는 말. 창출은 당삽주의 뿌리를 한방에서 이르는 말이다. 소화 불량, 설사, 수종(水腫) 따위에 쓴다. 백출은 삽주의 덩이줄기를 말린 약재이다. 맛은 달고 쓰며 성질은 따뜻한데, 비기를 보하고 입맛을 돕고 음식물의 소화를 도우며 이뇨 작용을 한다.

152 當歸(당귀) : 신감채의 뿌리를 한방에서 이르는 말. 보혈 작용이 뛰어나 부인병에 쓴다.

153 川芎(천궁) : 천궁(川芎). 산형과의 여러해살이풀. 높이는 30~60cm이며, 잎은 어긋나고 우상 복엽으로 톱니가 있다. 8~9월에 흰 꽃이 줄기 끝이나 가지 끝에 복산형 화서로 피고 열매는 여물지 않는다. 애순은 식용하고 뿌리는 약용한다. 중국이 원산지로 우리나라 각지에 분포한다.

154 柴胡(시호) : 산형과의 여러해살이풀. 높이는 40~70cm이며, 잎은 어긋나고 피침 모양이다. 8~9월에 노란색의 꽃이 복산형(複繖形) 화서로 피고 열매는 긴 타원형으로 9~10월에 익으며 뿌리는 말려 약재로 쓴다.

155 防風(방풍) : 산형과의 여러해살이풀. 높이는 1미터 정도이며, 잎은 어긋나고 가지가 많이 갈라진다. 여름에 흰 꽃이 복산형(複繖形) 화서로 핀다. 뿌리는 감기, 두통, 발한 따위에 약재로 쓴다.

156 山藥(산약) : 마의 뿌리를 한방에서 이르는 말. 강장제로서 유정(遺精), 대하, 소갈,

낫낫치 記錄(긔록)ᄒ야
씨 미쳐 캐야 두소.
村家(촌가)의 器具(긔구)[158] 업시
갑진 藥(약) 쓰올소냐?

三月(삼월)은 暮春(모츈)[159]이라
淸明(청명)[160] 穀雨(곡우)[161] 節候(졀후)로다.
春日(츈일)이 載陽(지양)[162]ᄒ야
萬物(만물)이 和暢(화챵)ᄒ니
百花(빅화)ᄂᆞᆫ 爛熳(난만)ᄒ고
시소릭 各色(각식)이라.
堂前(당젼)[163]의 雙(빵)져비[164]ᄂᆞᆫ
옛집을 차즈오고
花間(화간)[165]의 벌 나뷔ᄂᆞᆫ

설사 따위를 치료하는 데에 쓴다.

157 澤瀉(틱사) : 택사과의 여러해살이풀. 높이는 40~130cm이며, 잎은 뿌리에서 뭉쳐나고 피침 모양이다. 7~8월에 흰 꽃이 총상(總狀) 화서로 피고 열매는 수과(瘦果)를 맺는다. 한방에서 덩이뿌리를 말려 약재로 사용한다.

158 器具(긔구) : 기구(器具). 예법에 필요한 것이 골고루 갖추어져 있는 형세.

159 暮春(모츈) : 모춘(暮春). 늦봄. 음력 3월을 달리 이르는 말.

160 淸明(청명) : 청명(淸明). 24절기의 하나. 춘분과 곡우 사이에 있으며, 양력 4월 5일경이다. 태양의 황경(黃經)이 15° 위치에 있을 때로 본격적으로 날이 풀리기 시작해 화창해지므로 농가에서는 이때를 기하여 농사를 시작하였다.

161 穀雨(곡우) : 24절기의 하나. 청명과 입하 사이에 있으며, 양력 4월 20일경이다. 태양의 황경(黃經)이 30° 위치에 있을 때로, 이때가 되면 봄비가 내려서 온갖 곡식이 윤택하여진다고 한다.

162 載陽(지양) : 재양(載陽). 절기가 비로소 따뜻함.

163 堂前(당젼) : 당전(堂前). 대청마루의 앞.

164 雙(빵)져비 : 쌍(雙)제비. 한 쌍의 제비.

紛紛(분분)이[166] 날고 긔니

微物(미물)도 得時(득시)[167]ᄒᆞ여

自樂(ᄌᆞ낙)홈[168]이 ᄉᆞ랑홉다[169].

寒食(한식)날[170] 上墓(샹뫼)[171]ᄒᆞ니

白楊(ᄇᆡᆨ양)나모 싱닙 ᄂᆞᆫ다.

雨露(우노)[172]의 感愴(감챵)홈[173]을

酒果(쥬과)[174]로나 펴오리라.

農夫(농부)의 힘드는 일

가릐질[175] 첫지로다.

点心(졈심)밥 豊備(풍비)[176]ᄒᆞ여

씌 마초와 비 블니소[177].

일군의 妻子(쳐ᄌ) 眷屬(권속)[178]

---

165 花間(화간) : 꽃과 꽃의 사이.

166 紛紛(분분)이 : 분분히. 여럿이 한데 뒤섞여 어수선하게.

167 得時(득시) : 좋은 때를 알맞게 만남.

168 自樂(ᄌᆞ낙)홈 : 자락(自樂)함. 스스로 즐김.

169 ᄉᆞ랑홉다 : '사랑옵다(생김새나 행동이 사랑을 느낄 정도로 귀엽다)'의 원말.

170 寒食(한식)날 : 우리나라 명절의 하나. 동지에서 105일째 되는 날로서 4월 5일이나 6일쯤이 되며, 민간에서는 조상의 산소를 찾아 제사를 지내고 사초(莎草)하는 등 묘를 돌아본다.

171 上墓(샹뫼) : 상묘(上墓). 묘제(墓祭)를 지냄.

172 雨露(우노) : 우로(雨露). 비와 이슬. 여기서는 우로지은(雨露之恩), 즉 부모님(또는 조상님)의 은혜라는 뜻으로 쓰였다.

173 感愴(감챵)홈 : 감창(感愴)함. '감창하다(어떤 느낌이 가슴에 사무쳐 슬프다)'의 명사형.

174 酒果(쥬과) : 주과(酒果). 주 93) 참조.

175 가릐질 : 가래질. 가래로 흙을 파헤치거나 퍼 옮기는 일.

176 豊備(풍비) : 풍부하게 갖춤.

177 블니소 : 불리소. '불리다(부르게 하다)'의 활용형.

178 眷屬(권속) : 권솔(眷率). 한집에 거느리고 사는 식구.

쓰라와 굿치 먹시.

農村(농촌)의 厚(후)흔 風俗(풍속)

斗穀(두곡)[179]을 앗길소냐?

믈고들[180] 깁히 츠고[181]

드렁[182] 발바 믈을 막고

흔편의 모판[183] 흐고

그 남아[184] 살미흐니[185]

날마다 두세 번식

근거이[186] 살펴보소.

弱(약)흔 싹 셰워닐 제

어린 兒孩(아히) 保護(보호)흐듯

百穀(빅곡)[187] 中(듕) 논農事(농스)가

泛然(범년)[188]흐고 못흐리라.

浦田(포전)[189]의 黍粟(셔속)[190]이요

山田(산젼)의 豆太(두틱)[191]로다.

---

179 斗穀(두곡) : 말곡식. 한 말 가량 되는 곡식.

180 믈고들 : 물꼬를. '물꼬'는 논에 물이 넘어 들어오거나 나가게 하기 위하여 만든 좁은 통로를 말한다.

181 츠고 : 치고. 주 133) 참조.

182 드렁 : 두렁. 논이나 밭 가장자리에 경계를 이룰 수 있도록 두두룩하게 만든 것.

183 모판 : 씨를 뿌려 모를 키우기 위하여 만들어 놓은 곳.

184 남아 : 나머지.

185 살미흐니 : 삶이하니. '삶이하다(못자리를 따로 마련하지 아니하고 처음 삶은 논에 바로 볍씨를 뿌리다)'의 활용형.

186 근거이 : 근검히. 부지런하고 검소한 태도로.

187 百穀(빅곡) : 백곡(百穀). 온갖 곡식. 여기서는 온갖 농사라는 뜻으로 쓰였음.

188 泛然(범년) : 범연(泛然). 차근차근한 맛이 없이 데면데면함.

189 浦田(포전) : 포전(浦田). 갯밭. 갯가의 개흙밭.

190 黍粟(셔속) : 서속(黍粟). 기장과 조를 아울러 이르는 말.

들씌 모[192] 일즉 붓고[193]
삼農事(농ᄉᆞ)도 ᄒᆞ오리라.
조흔 ᄡᅵ 갈희여셔
그루[194]를 相換(상환)[195] ᄒᆞ소.
보리밧 미여 노코
못논[196]을 되야[197] 두고
들農事(농ᄉᆞ) ᄒᆞᄂᆞᆫ 틈의
治圃(치포)[198]를 아니ᄒᆞᆯ가?
울밋희 호박이요
簷下(쳠하)[199] 가의 박 시므고
담 근쳐 동와[200] 심어
架子(가ᄌᆞ)[201] ᄒᆞ여 올녀 보소.
무우 비츠 아옥 샹치
苦椒(고초)[202] 茄(가)지 파 마ᄂᆞᆯ을
色色(ᄉᆡᆨᄉᆡᆨ)이 區別(구별)ᄒᆞ여
ᄲᅵᆫ ᄯᅡ 업시 심어 노코

---

191 豆太(두틱) : 두태(豆太). 콩과 팥을 아울러 이르는 말.
192 모 : 주 122) 참조.
193 붓고 : 붓고. '붓다(모종을 내기 위하여 씨앗을 많이 뿌리다)'의 활용형.
194 그루 : 종자(種子).
195 相換(상환) : 서로 맞바꿈.
196 못논 : 모를 심은 논.
197 되야 : 되어. 주 121) 참조.
198 治圃(치포) : 채소밭을 가꿈.
199 簷下(쳠하) : 첨하(簷下). 처마 밑.
200 동와 : 동아. 박과의 한해살이 덩굴성 식물.
201 架子(가ᄌᆞ) : 가자(架子). 가지가 늘어지지 않도록 밑에서 받쳐 세운 시렁.
202 苦椒(고초) : 고추의 원말.

갯버들 븨여[203]다가

개바즈[204] 둘너 막어

鷄犬(계견)을 防備(방비)ㅎ면

즈연이 茂盛(무셩)ㅎ리.

외밧[205]슨 쓴로 하여

거름을 만히 ㅎ소.

農家(농가)의 여름 飯饌(반찬)

이 밧긔 또 잇는가?

뽕 눈을 살펴보니

누에 날 씌 되거고나[206].

어와 婦女(부녀)들아

蠶農(잠농)[207]을 專心(젼심)[208]ㅎ소.

蠶室(잠실)[209]을 灑掃(쇄소)[210]ㅎ고

諸具(계구)[211]를 準備(쥰비)ㅎ니

다락기[212] 칼 도마며

치광쥬리 달발[213]이라.

---

203 븨여 : 븨어(베어). '븨다(베다의 옛말)'의 활용형.

204 개바즈 : 개바자. 갯버들의 가지로 엮은 바자. 바자는 대, 갈대, 수수깡, 싸리 따위로 발처럼 엮거나 결어서 만든 물건으로 울타리를 만드는 데 쓰이는 것이다.

205 외밧 : 외밭. 오이나 참외를 심는 밭.

206 되거고나 : 되었구나. '되다'의 활용형.

207 蠶農(잠농) : 누에 농사.

208 專心(젼심) : 전심(專心). 마음을 오로지 한곳에만 기울임.

209 蠶室(잠실) : 누에를 치는 방.

210 灑掃(쇄소) : 물을 뿌리고 비로 쓰는 일.

211 諸具(계구) : 제구(諸具). 여러 가지의 기구.

212 다락기 : 다래끼. 아가리가 좁고 바닥이 넓은 바구니.

213 달발 : 달뿌리풀로 엮어 만든 발.

각별이 조심ᄒ여

내암시 업시 ᄒ소.

寒食(한식) 前後(젼후) 三四日(삼ᄉ일)의

果木(과목)을 接(졉)ᄒᄂ니

丹杏(단ᄒᆡᆼ)[214] 油杏(유ᄒᆡᆼ)[215] 欝陵桃(울능도)[216]며

문비[217] 춤비[218] 능금[219] 사과

엇接(졉)[220] 皮接(피졉)[221] 도마接(졉)[222]의

行次接(ᄒᆡᆼ츠졉)[223]이 잘 사ᄂ니

靑(쳥)다ᄃᆡ[224] 靑陵梅(쳥능ᄆᆡ)[225]도

古査(고ᄉ)[226]의 接(졉)을 브쳐

農事(농ᄉ)을 畢(필)ᄒ 後(후)의

---

214 丹杏(단ᄒᆡᆼ) : 단행(丹杏). 붉은 빛이 나는 살구.

215 油杏(유ᄒᆡᆼ) : 유행(流杏)의 잘못. 살구의 일종이다.

216 欝陵桃(울능도) : 울릉도(鬱陵桃). 울릉도에서 생산되는 큰 복숭아.

217 문비 : 문배. 문배나무의 열매. 모양은 고살래(모양이 기름하고 꼭지 달린 부분이 뾰족한 배)와 비슷하며 단단하기 때문에 무르게 하여서 먹는다.

218 춤비 : 참배. 먹을 수 있는 보통의 배를 똘배나 문배에 상대하여 이르는 말.

219 능금 : 능금나무의 열매. 사과와 비슷한 모양이지만 훨씬 작다.

220 엇接(졉) : 엇접(接). 접본(椄本, 밑나무)과 접지(椄枝, 접가지)를 엇비슷하게 잘라서 붙이는 접.

221 皮接(피졉) : 피접(皮接). 두 나무의 한쪽을 깎아 껍질이 붙게 하는 접. 첩접 또는 과접이라고도 한다.

222 도마接(졉) : 도마접(接). 나무를 잘라내어 나무도마를 만든 뒤 그 양옆에 홈을 파서 접지(椄枝)를 붙이는 접. 요접(凹接) 또는 산접(蒜接)이라고도 한다.

223 行次接(ᄒᆡᆼ츠졉) : 행차접(行次接). 접본(椄本)으로 쓸 나무를 옮겨와서 거기에 접지(椄枝)를 붙이는 접.

224 靑(쳥)다ᄃᆡ : 청(靑)다래.

225 靑陵梅(쳥능ᄆᆡ) : 정릉매(靖陵梅)의 잘못. 사명대사가 일본에서 가져와 봉은사에 심었다가 나중에 정릉으로 옮긴 매화.

226 古査(고ᄉ) : 고사(古楂)의 잘못. 오래 묵은 나뭇등걸이나 그루터기.

盆(분)의 올녀 드려노코

天寒白屋(천한빅옥)[227] 風雪(풍셜) 中(듕)의

春色(츈싴)을 홀로 보니

實用(실용)은 아니라도

山中(산듕)의 趣味(취미)로다.

人家(인가)의 要緊(요긴)흔 일

醬(쟝) 담은는[228] 政事(졍스)[229]로다.

소금믈 미리 바다

法(법)딕로 담으리라.

苦椒醬(고초쟝) 豆腐醬(두부쟝)[230]도

맛맛으로[231] 갓초[232] 흐소.

前山(젼산)의 비가 긔니

살진 香菜(향치)[233] 키오리라.

삽쥬 두룹 고스리며

고비 도랏[234] 어아리[235]를

一分(일분)[236]은 역거 달고

227　天寒白屋(천한빅옥) : 천한백옥(天寒白屋). 추운 날의 허술한 초가집이라는 뜻으로, 엄동설한에 떠는 가난한 생활을 이르는 말.

228　담은는 : 담그는. '담다(담그다의 방언)'의 활용형.

229　政事(졍스) : 정사(政事). 정치 또는 행정상의 일. 여기서는 집안 행사를 가리킴.

230　豆腐醬(두부장) : 두부를 주머니에 넣어 고추장이나 된장에 오래 박아 두었다가 꺼내 먹는 반찬.

231　맛맛으로 : 입맛을 새롭게 하기 위하여 여러 가지 음식을 조금씩 바꾸어 가며 색다른 맛으로.

232　갓초 : 갖추. 고루 있는 대로.

233　香菜(향치) : 향채(香菜). 향기로운 나물.

234　도랏 : 도라지.

235　어아리 : 으아리. 미나리아재빗과에 속하는 다년생 덩굴성 식물.

二分(이분)[237]은 뭉쳐 먹시.

落花(낙화)를 쓸고 안즈

瓶(병)슐로 즐길 적의

山妻(산쳐)[238]의 準備(쥰비)홈미

佳肴(가효)[239]가 이뿐이라.

四月(亽월)이라 孟夏(밍하)[240] 되니

立夏(닙하)[241] 小滿(소만)[242] 節氣(졀긔)로다.

비 온 씃희 빗치 나니

日氣(일긔)도 淸和(청화)[243]ᄒ다.

덥갈닙[244] 퍼질 적의

벅국시[245] 즈로[246] 울고

보리 이삭 픠여[247] 나니

236　一分(일분) : 주 127) 참조.

237　二分(이분) : 주 129) 참조.

238　山妻(산쳐) : 산처(山妻). 자기 아내의 겸칭(謙稱).

239　佳肴(가효) : 맛이 좋은 안주나 요리.

240　孟夏(밍하) : 맹하(孟夏). 여름을 셋으로 나눌 때, 그 첫 부분. 즉 음력 사월을 달리 이르는 말이다.

241　立夏(닙하) : 입하(立夏). 24절기의 하나. 곡우와 소만 사이에 있으며, 양력 5월 5일경이다. 태양의 황경(黃經)이 45° 위치에 있을 때로, 이때부터 여름이 시작된다고 한다.

242　小滿(소만) : 소만(小滿). 24절기의 하나. 입하와 망종 사이에 있으며, 양력 5월 21일경이다. 태양의 황경(黃經)이 60° 위치에 있을 때로, 이때가 되면 햇볕이 풍부하고 만물이 점차 생장(生長)하여 가득 찬다고 한다.

243　淸和(청화) : 청화(淸和). 날씨가 맑고 화창함.

244　덥갈닙 : 떡갈잎. 떡갈나무의 잎.

245　벅국시 : 뻐꾹새.

246　즈로 : 자주의 옛말.

247　픠여 : 패어. '패다(곡식의 이삭 따위가 나오다)'의 활용형.

쇠고리[248] 소리 혼다.

農事(농ᄉ)도 흔챵이요

蠶功(잠공)[249]도 方張(방장)[250]이라.

男女老少(남녀노소) 汨沒(골몰)ᄒ여

집의 잇슬 틈이 업셔

寂寞(젹막)혼 대사립[251]을

綠陰(녹음)의 다닷도다.

綿花(면화)를 만히 갈소.

紡績(방젹)[252]의 根本(근본)이라.

슈슈[253] 동부[254] 綠豆(녹두) 춤ᄭ

부룩[255]을 격계 ᄒ소.

갈[256] 썩거 거름홀 졔

플 부여[257] 셧거 ᄒ소.

모논[258]은 뼈을이소[259].

일은 모 ᄂᆡ여 보ᄉᆡ.

農粮(농냥)[260]이 不足(부독)ᄒ니

---

248 쇠고리 : 꾀꼬리.

249 蠶功(잠공) : 누에 농사.

250 方張(방장) : 한창 세력을 뻗어 감.

251 대사립 : 대로 엮어 만든 사립문.

252 紡績(방젹) : 방적(紡績). 길쌈. 섬유 원료로 실을 뽑아 피륙을 짜 내기까지의 모든 일.

253 슈슈 : 수수.

254 동부 : 콩과의 한해살이 덩굴성 식물.

255 부룩 : 곡식이나 채소를 심은 밭두둑 사이나 빈틈에 다른 농작물을 듬성듬성 심는 일.

256 갈 : 떡갈나무. 떡갈나무의 잎과 열매로 거름을 만든다.

257 부여 : 뷔어(베어). ‘뷔다(베다의 방언)’의 활용형.

258 모논 : 씨를 뿌려 모판을 만든 논.

259 뼈을이소 : 써리소. ‘써리다(써레질을 하다)’의 활용형.

환즈[261] 타 보틴리라.

흔 잠 자고 이는[262] 누의[263]

흐로도 열두 밥을

밤낫으로 쉬지 말고

부즈러니 먹이리라.

솽 ᄯᄂ 으희들아

훗그루[264] 보아 ᄒ여

고목은 가지 삑고

힛닙은 졋쳐 ᄯᆞ라.

씰리솟[265] 만발ᄒ니

져근 가믐 업슬소냐?

이 쎄를 숭시[266] ᄒ여

나 홀 일 싱각ᄒ소.

ᄯ랑 쳐 水道(슈도) 닉고

雨漏處(우루쳐)[267] 改瓦(키와)[268]ᄒ여

陰雨(음우)[269]를 防備(방비)ᄒ면

훗근심[270] 더읍나니[271].

---

260 農粮(농냥) : 농량(農糧). 농사짓는 동안 먹을 양식.

261 환즈 : 환자. 환곡(還穀). 조선시대에, 곡식을 사창(社倉)에 저장하였다가 백성들에게 봄에 꾸어 주고 가을에 이자를 붙여 거두던 일. 또는 그 곡식.

262 이는 : 일어난. '일다(일어나다)'의 활용형.

263 누의 : 누에.

264 훗그루 : 후그루. 뒤에 남겨 둔 그루.

265 씰리솟 : 찔레꽃.

266 숭시 : 乘時. 적당한 때를 탐.

267 雨漏處(우루쳐) : 우루처(雨漏處). 비가 새는 곳.

268 改瓦(키와) : 개와(改瓦). 지붕의 기와를 새로 고침.

269 陰雨(음우) : 오래 내리는 궂은비.

봄나이[272] 疋(필)무명[273]을

이 씨의 마젼[274]ᄒ고

뵈[275] 모시 形勢(형세)[276]ᄃᆡ로

여름옷 지어 두소.

벌통의 삿기[277] 치니

시 통의 바드리라.

千萬(천만)이 一心(일심)ᄒ여

蜂王(봉왕)[278]을 護衛(호위)ᄒ니

꿀 먹기도 ᄒ려니와

君臣分義(군신분의)[279] ᄭᅵ닷도다.

八日(팔일)[280]의 懸燈(현등)[281] 홈은

山村(산촌)의 不緊(불긴)[282]ᄒ나

늣희쩍[283] 콩 ᄣᅵ기는

---

270 훗근심 : 뒷근심.

271 더웁나니 : 더웁나니. '덜다'의 활용형.

272 봄나이 : 봄낳이. 봄에 짠 무명.

273 疋(필)무명 : 일정한 길이로 말아 놓은, 무명실로 짠 피륙.

274 마젼 : 마전. 생피륙을 삶거나 빨아 볕에 바래는 일.

275 뵈 : 베의 옛말.

276 形勢(형세) : 형세(形勢). 살림살이의 형편.

277 삿기 : 새끼의 옛말.

278 蜂王(봉왕) : 여왕벌.

279 君臣分義(군신분의) : 임금과 신하 사이에 지켜야 할 직분과 의리.

280 八日(팔일) : 초파일. 석가모니의 탄생일. 이날에는 파일등을 단다. 8일 및 9일의 이틀 밤에는 집집마다 여러 가지 모양의 등에 불을 켜 달고 그 아래서 물장구를 치거나 풍악을 하고, 딱총과 불놀이를 하며 느티나무 잎을 넣어 만든 시루떡과 검정콩을 쪄서 먹는다.

281 懸燈(현등) : 등을 높이 매닮.

282 不緊(불긴) : 꼭 필요하지 아니함.

283 늣희쩍 : 느티떡. 느티나무의 연한 잎을 쌀가루에 섞어서 찐 시루떡.

제법의 別味(별미)로다.

압닉의 믈이 쥬니

川猟(쳐엽)[284]을 ᄒ여 보식.

히 길고 잔풍[285]ᄒ니

오날 노리[286] 잘 되거다.

碧溪水(벽계슈)[287] 白沙塲(빅ᄉ쟝)을

구븨구븨 ᄎᄌ가니

水丹花(슈단화)[288] 느즌 곳슨

봄빗치 남앗고나.

촉고[289]를 둘너치고

銀鱗玉尺(은인옥척)[290] 후려내여

磐石(반셕)[291]의 鑪口(노구)[292] 걸고

속고쳐[293] 스려ᄂᆞ니

八珍味(팔진미)[294] 五侯湯(오후탕)[295]을

---

284 川猟(쳐엽) : 천렵(川獵)의 잘못. 냇물에서 고기잡이하는 일.

285 잔풍 : 潺風. 고요하고 잔잔하게 부는 바람.

286 노리 : 놀이.

287 碧溪水(벽계슈) : 벽계수(碧溪水). 물빛이 맑아 푸르게 보이는 시냇물.

288 水丹花(슈단화) : 수단화(水丹花). 연꽃.

289 촉고 : 數罟. 눈을 상당히 잘게 떠서 촘촘하게 만든 그물.

290 銀鱗玉尺(은인옥척) : 은린옥척(銀鱗玉尺). 모양이 좋고 큰 물고기.

291 磐石(반셕) : 반석(磐石). 넓고 평평한 큰 돌.

292 鑪口(노구) : 노구솥. 놋쇠나 구리쇠로 만든 작은 솥. 자유롭게 옮겨 따로 걸고 쓸 수 있다.

293 속고쳐 : 솟구쳐. '솟구치다'의 활용형.

294 八珍味(팔진미) : 중국에서 성대한 음식상에 갖춘다고 하는 진귀한 여덟 가지 음식의 아주 좋은 맛. 순모(淳母), 순오(淳熬), 포장(炮牂), 포돈(炮豚), 도진(擣珍), 오(熬), 지(漬), 간료(肝膋)를 이르기도 하고 용간(龍肝), 봉수(鳳髓), 토태(兎胎), 이미(鯉尾), 악적(鶚炙), 웅장(熊掌), 성순(猩脣), 수락(酥酪)을 이르기도 한다.

이 맛과 밧골소냐?

五月(오월)이라 仲夏(즁ᄒ)[296] 되니

芒種(망죵)[297] 夏至(하지)[298] 節氣(졀긔)로다.

南風(남풍)은 ᄯᅴ 맛초와

麥秋(맥츄)[299]를 지축ᄒ니

보리밧 누른 빗치

밤 ᄉ이 나거고나.

門(문) 압히 터를 닥고

打麥塲(타믹쟝)[300] ᄒ오리라.

드ᄂᆫ 낫 븨여다가

단단이 헤쳐 노코

도리ᄭ[301] 마조 셔셔

즛[302] ᄂᆡ여 두드리니

블고 쓴 듯ᄒ던[303] 집안

295　五侯湯(오후탕) : 오후정(五侯鯖)의 잘못. 오후정은 매우 맛있는 음식을 이르는 말로, 중국 한(漢)나라 성제 때 누호라는 사람이 외삼촌인 오후가 보낸 고기와 생선을 맛있게 먹었다는 데서 유래한다.

296　仲夏(즁ᄒ) : 중하(仲夏). 여름이 한창인 때라는 뜻으로, 음력 5월을 달리 이르는 말.

297　芒種(망죵) : 망종(芒種). 24절기의 하나. 소만과 하지 사이에 있으며, 양력 6월 6일경이다. 태양의 황경(黃經)이 75° 위치에 있을 때로, 이맘때가 되면 보리는 익어 먹게 되고 모를 심게 된다.

298　夏至(하지) : 주 6) 참조.

299　麥秋(맥츄) : 맥추(麥秋). 보릿가을. 익은 보리를 거두어들이는 철.

300　打麥塲(타믹쟝) : 타맥장(打麥塲). 보리를 타작하는 곳.

301　도리ᄭ : 도리깨. 곡식의 낟알을 떠는 데 쓰는 농구. 긴 막대기 한끝에 가로로 구멍을 뚫어 나무로 된 비녀못을 끼우고, 비녀못 한끝에 도리깻열을 맨다. 도리깻열은 곧고 가느다란 나뭇가지 두세 개로 만들며, 이 부분으로 곡식을 두드려 낟알을 떤다.

302　즛 : 모습이나 모양.

猝然(졸년)이[304] 興盛(흥셩)ᄒ다.

擔石(담셕)[305]의 남은 穀食(곡식)

ᄒ마 거의 盡(진)홀너니[306]

中間(듕간)의 이 穀食(곡식)이

新舊相繼(신구샹게)[307] ᄒ거고나.

이 穀食(곡식) 아니러면

여름 農事(농ᄉ) 엇지홀고?

天心(텬심)[308]을 싱각ᄒ면

恩惠(은혜)도 罔極(망극)ᄒ다.

牧童(목동)은 노지 말고

農牛(농우)를 보슬펴라.

ᄡ믈의 쇌[309] 먹이고

이슬플[310] 자로[311] 쯧겨

그루가리[312] 모 심으기

졔 힘을 빌니로다.

---

303 블고 쓴 듯ᄒ던 : 불고 쓴 듯하던. 깨끗하게 아무것도 남은 것이 없는 경우를 비유적으로 이르는 말.

304 猝然(졸년)이 : 졸연(猝然)히. 갑작스럽게.

305 擔石(담셕) : 담석(擔石). 적은 양의 곡식을 이름. '擔'은 두 섬, '石'은 한 섬을 가리킴.

306 盡(진)홀너니 : 진(盡)할러니. '盡(진)ᄒ다(다하여 없어지다)'의 활용형.

307 新舊相繼(신구샹게) : 신구상계(新舊相繼). 새것으로 옛것을 잇는다는 뜻으로, 문맥 상 보릿고개를 넘기는 것을 이름.

308 天心(텬심) : 천심(天心). 하늘의 뜻. 임금의 뜻.

309 쇌 : 꼴. 말이나 소에게 먹이는 풀.

310 이슬플 : 이슬풀. 닭의장풀. 보통 달개비라고 부른다. 이 풀의 꽃이 아침에 피었다가 한낮이면 지기 때문에 이슬풀이라고도 한다.

311 자로 : 자주의 옛말.

312 그루가리 : 그루갈이. 한 해에 같은 땅에서 두 번 농사짓는 일. 또는 그렇게 지은 농사.

보리집[313] 말니우고

솔가지 만히 밧아

댱마나모[314] 쥰비ᄒ여

臨時(임시) 걱정 업시 ᄒ소.

蠶農(잠농)을 맛츨 ᄢ의

사나회 힘을 비러

누에셥[315]도 ᄒ려니와

고치나모[316] 쟝만ᄒ소.

고치를 ᄯ오리라

淸明(쳥명)ᄒ 날 갈희여셔

발 우희 엷게 널고

暴陽(폭냥)[317]의 말니우소.

뿔고치[318] 무리고치[319]

누른 고치 흰 고치를

色色(ᄉᆡᆨᄉᆡᆨ)이 分別(분별)ᄒ야

一二(일이) 分(분) ᄢᅵ를 두고

그 남아 켜오리라[320]

즈의[321]를 츠려 노코

---

313 보리집 : 보릿짚.

314 댱마나모 : 장마나무. 장마철에 쓸 땔나무.

315 누에셥 : 누에섶. 누에가 올라 고치를 짓게 하려고 차려 주는 물건. 수지 섶, 판지 섶, 새끼 섶, 나무 섶, 발 섶 따위가 있다.

316 고치나모 : 고치나무. 누에가 올라가 고치를 짓도록 섶 대신 마련한 나뭇가지.

317 暴陽(폭냥) : 폭양(暴陽). 뜨겁게 내리쬐는 볕.

318 뿔고치 : 쌀고치. 희고 굵으며 야무지게 지어 질이 좋은 고치.

319 무리고치 : 군물이 들어 깨끗하지 못한 고치.

320 켜오리라 : '켜다(누에고치에서 실을 뽑다)'의 활용형.

왕치322의 올녀닉니

氷雪(빙셜) 가튼 실오리323라.

스랑홉다 즈의 소릭

琴瑟(금슬)324를 고로는 듯

婦女(부녀)들 積功(젹공)325 드려

이 滋味(즈미)326 보는고나.

五月(오월) 五日(오일) 端午(단오)327날의

믈쇠이 生新(싱신)328ᄒ다.

외밧희 첫믈329 싸니

이슬의 져젓시며

櫻桃(잉도)330 익어 붉은 빗치

아춤볏희 바희도다331.

목 미친332 軟鷄(연계)333 소릭

익임벌334로 즈로 우닉.

---

321 즈의 : 물레의 옛말. 솜이나 털 따위의 섬유를 자아서 실을 만드는 간단한 재래식 기구.

322 왕치 : 왕채. 설다리. 물레의 바탕 위에 세우는 두 개의 기둥. 윗부분에 구멍이 뚫려
굴통을 끼우게 되어 있다.

323 실오리 : 한 가닥의 실.

324 琴瑟(금슬) : 거문고와 비파를 아울러 이르는 말.

325 積功(젹공) : 적공(積功). 많은 힘을 들여 애를 씀.

326 滋味(즈미) : 재미의 옛말. 좋은 성과나 보람.

327 端午(단오) : 우리나라 명절의 하나. 음력 5월 5일로, 단오떡을 해 먹고 여자는 창포물
에 머리를 감고 그네를 뛰며 남자는 씨름을 한다.

328 生新(싱신) : 생신(生新). 생기 있고 새로움.

329 첫믈 : 첫물. 맏물. 과일, 푸성귀, 해산물 따위에서 그해의 맨 처음에 나는 것.

330 櫻桃(잉도) : 앵두의 원말.

331 바희도다 : '바희다(비치다, 눈부시다)'의 활용형.

332 미친 : 멘. '미치다(메다의 방언)'의 활용형.

333 軟鷄(연계) : 영계의 원말. 병아리보다 조금 큰 어린 닭.

鄕村(향촌)의 兒女(아녀)들아

秋千(츄쳔)[335]은 말녀니와

靑紅裳(쳥홍상)[336] 菖蒲(챵포)빈혀[337]

佳節(가졀)[338]을 虛送(허송) 마라.

노는 틈의 ᄒᆞ올 일이

藥(약)뿍이나 븨여 두소.

上天(샹텬)[339]이 至仁(지인)[340]ᄒᆞ샤

油然(유년)이[341] 作雲(작운)[342]ᄒᆞ니

ᄶᆡ 밋쳐 오는 비를

뉘 능히 막을소냐?

쳐음의 부슬부슬

몬지[343]를 젹신 후의

밤 드러 오는 소ᄅᆡ

沛然(픠년)이[344] 드리운다.

관솔블 둘너 안ᄌᆞ

來日(ᄂᆡ일) 일 磨鍊(마련)ᄒᆞ니

334　익임벌 : 연습. 연습 조.

335　秋千(츄쳔) : 추천(秋千). 그네.

336　靑紅裳(쳥홍상) : 청홍상(靑紅裳). 파란 치마와 붉은 치마.

337　菖蒲(챵포)빈혀 : 창포(菖蒲)비녀. 창포 뿌리를 깎아 만든 비녀. 단오에 부녀자들이 역병을 물리치려는 액땜으로 꽂았다.

338　佳節(가졀) : 가절(佳節). 좋은 시절이나 계절. 좋은 명절.

339　上天(샹텬) : 상천(上天). 하늘. 하느님.

340　至仁(지인) : 더없이 인자함.

341　油然(유년)이 : 유연(油然)히. 구름이 뭉게뭉게 피어나고 있는 상태로.

342　作雲(작운) : 구름을 일으킴.

343　몬지 : 먼지의 방언.

344　沛然(픠년)이 : 패연(沛然)히. 비나 폭포 따위가 쏟아지는 모양이 매우 세차게.

뒤논은 뉘 심으며

압밧츤 뉘가 갈고?

되롱이[345] 접스리[346]며

簑笠(사닙)[347]은 몃 벌인고?

모찌기[348]는 자늬 ᄒ소.

논삼기[349]는 내가 홈식.

들씩 모[350] 담빅 모늘

머음ᄋ히[351] 맛하 늬고

茄子(가즈)[352] 모 苦椒(고초) 모늘

아기쌀[353]이 ᄒ려니와

민도람[354] 봉선화는

네 사쳔[355] 너모 마라.

아기어멈 방아 찍어

들바라지[356] 点心(졈심) ᄒ소.

---

345 되롱이 : 도롱이의 옛말. 짚, 띠 따위로 엮어 허리나 어깨에 걸쳐 두르는 비옷. 예전에 주로 농촌에서 일할 때 비가 오면 사용하던 것으로 안쪽은 엮고 겉은 줄거리로 드리워 끝이 너털너털하게 만든다.

346 접스리 : 접사리. 농촌에서 모내기할 때에 쓰던 비옷. 머리부터 덮어쓰면 무릎까지 내려오는데, 띠나 밀짚 따위로 만든다.

347 簑笠(사닙) : 사립(簑笠). 도롱이와 삿갓을 아울러 이르는 말.

348 모찌기 : 모찌기. 모를 내기 위하여 모판에서 모를 뽑음, 또는 그런 일.

349 논삼기 : 논에 물을 대고 써레질을 하여 모내기를 할 수 있게 만드는 일.

350 모 : 모종. 주 122) 참조.

351 머음ᄋ히 : 머슴아이. 남자아이를 낮잡아 이르는 말.

352 茄子(가즈) : 가지.

353 아기쌀 : 딸아기 또는 딸아이.

354 민도람 : 맨드라미.

355 사쳔 : 사천[私錢]. 부녀자가 살림살이에 쓸 돈을 절약하여 남몰래 모아 둔 돈.

356 들바라지 : 들일하는 사람에게 음식을 가져가거나 하는 따위의 보살피는 일.

보리밥 파찬국357의

苦椒醬(고초장) 常菜(상치)밤을

食口(식구)를 혜아려서

넉넉히 능358을 두소.

실 씐의 문의 나니

개올의 믈 넘는다.

메나리359 和答(화답)ᄒ니

擊壤歌(격양가)360 아니런가?

六月(뉴월)이라 季夏(계하)361 되니

小暑(소셔)362 大暑(대셔)363 節氣(졀긔)로다.

大雨(대우)도 時行(시힝)364ᄒ고

더위도 극심ᄒ다.

草木(초목)이 茂盛(무셩)ᄒ니

파리 모긔 모혀들고

平地(평디)의 믈이 괴니

---

357 파찬국 : 파를 넣어 만든 냉국.

358 능 : 빠듯하지 아니하게 넉넉히 잡은 여유.

359 메나리 : 경상도, 전라도, 충청도 지방에 전해 오는 농부가의 하나. 노랫말은 지방마다 조금씩 다르나 슬프고 처량한 음조를 띤다.

360 擊壤歌(격양가) : 풍년이 들어 농부가 태평한 세월을 즐기는 노래. 중국의 요임금 때에, 태평한 생활을 즐거워하여 불렀다고 한다. 자세한 것은 〈옥루연가〉 주 83) 참조.

361 季夏(계하) : 늦여름. 음력 6월을 달리 이르는 말.

362 小暑(소셔) : 소서(小暑). 24절기의 하나. 하지와 대서 사이에 있으며, 양력 7월 7~8일경이다. 태양의 황경(黃經)이 105° 위치에 있을 때로, 이때부터 본격적인 무더위가 시작된다.

363 大暑(대셔) : 대서(大暑). 24절기의 하나. 소서와 입추 사이에 있으며, 양력 7월 24일경이다. 태양의 황경(黃經)이 120° 위치에 있을 때로, 일 년 중 가장 무더운 시기이다.

364 時行(시힝) : 시행(時行). 때때로 옴.

악머구리[365] 소릭로다.

봄보리 밀 구우리[366]

次例(차례)로 븨여 닉고

느즌 콩 팟 조 기쟝을

븨기 젼 딕우[367] 드려

地力(지역)[368]을 쉬지 말고

極盡(극진)이 다스리소.

졀무니 ᄒᆞ는 일이

기음밋기[369] 쑨이로다.

논밧츨 갈마들여[370]

三四次(삼ᄉ차) 돌녀 밀 졔

그 등의 綿花(면화)밧츤

人力(인역)이 더 드ᄂᆞ니

틈틈이 나믈밧도

붓도도와[371] 믹[372] 갓구소.

집터 울밋 도라가며

雜(잡)풀을 업게 ᄒᆞ소.

날 식면 호믜 들고

---

365 악머구리 : 잘 우는 개구리라는 뜻으로, '참개구리'를 이르는 말.

366 구우리 : 귀리.

367 딕우 : 대우. 초봄에 보리, 밀, 조 따위를 심은 밭에서, 심어 놓은 작물 사이에 콩이나 팥 따위를 드문드문 심는 일.

368 地力(지역) : 지력(地力). 농작물을 길러 낼 수 있는 땅의 힘.

369 기음밋기 : 김매기. 논밭의 잡초를 뽑는 일.

370 갈마들여 : 서로 번갈아가며. '갈마들다(서로 번갈아들다)'의 활용형.

371 붓도도와 : 북돋우어. '붓도도다(북돋우다)'의 활용형.

372 믹 : 매. 보통 정도보다 훨씬 심하게. 또는 보통 정도보다 더 공을 들여.

긴긴 히 쉴 찌 업시

쏨 흘너 흙이 졋고

숨 막혀 氣盡(긔진)[373]홀 듯

씬마츰 點心(졈심)밥이

반갑고 新奇(신긔)ᄒ다.

졍ᄌ나모[374] 그늘 밋히

坐次(좌차)[375]를 乧(졍)ᄒ 후의

點心(졈심) 그릇 여러 노코

보리단슐[376] 몬져 먹시.

飯饌(반찬)이야 잇고 업고

쥬린 창ᄌ 메인[377] 後(후)의

淸風(쳥풍)의 醉飽(취포)[378]ᄒ니

暫時間(잠시간) 樂(낙)이로다.

農夫(농부)야 근심 마라

슈고ᄒᄂ 갑시 잇ᄂ.

오조[379] 이삭 쳥ᄃ콩[380]이

어느 ᄉ이 익엇도다.

일노 보아 짐작ᄒ면

---

373 氣盡(긔진) : 기진(氣盡). 기운이 다하여 힘이 없어짐.

374 졍ᄌ나모 : 정자나무. 집 근처나 길가에 있는 큰 나무.

375 坐次(좌차) : 좌석의 차례.

376 보리단슐 : 보리단술. 보리쌀을 넣어 빚은 단술.

377 메인 : '메이다(뚫려 있거나 비어 있는 곳이 막히거나 채워지다)'의 활용형.

378 醉飽(취포) : 취포(醉飽). 취차포(醉且飽). 취하도록 술을 마시고 배부르도록 음식을 먹음.

379 오조 : 일찍 익는 조.

380 쳥ᄃ콩 : 청대콩. 푸르대콩. 콩의 한 품종. 열매의 껍질과 속살이 다 푸르다.

糧食(양식) 걱정 오릴소냐?

히 진 후 도라올 제

노릭 ㅅ곳희 우슴이라.

藹藹(이이)[381] 혼 저녁 내[382] 는

山村(산촌)의 잠겨 잇고

朦朧(몽몽)[383] 혼 밤달빗츤

밧길의 빗초엿다.

늙으니 ㅎ 는 일도

바히[384]야 업다 ㅎ랴?

이슬아젹[385] 외 ㅼ기와

되약볏[386]히 보리 널기

그늘 겻희 누역[387] 치기[388]

窓門(창문) 압희 노[389] 쇠기라.

ㅎ다가 고달프면

木枕(목침) 베고 허리쉬움[390]

北窓風(북창풍)의 잠을 드니

羲皇氏(희황시)[391] 젹 百姓(빅셩)이라.

---

381 藹藹(이이) : 애애(藹藹)의 잘못. 안개나 구름, 아지랑이 따위가 짙게 끼어 자욱한 모양.

382 내 : 이내. 해 질 무렵 멀리 보이는 푸르스름하고 흐릿한 기운.

383 朦朧(몽몽) : 달빛이 어슴푸레한 모양.

384 바히 : 바이의 옛말. 아주 전혀.

385 이슬아젹 : 이슬아적. 이슬아침의 방언. 이슬이 채 마르지 않은 이른 아침.

386 되약볏 : 뙤약볕.

387 누역 : 도롱이. 짚, 띠 따위로 엮어 허리나 어깨에 걸쳐 두르는 비옷.

388 치기 : '치다(손으로 엮거나 틀어서 만들다)'의 명사형.

389 노 : 실, 삼, 종이 따위를 가늘게 비비거나 꼬아 만든 줄.

390 허리쉬움 : 허리쉼. 허리를 써서 일을 하여 허리가 아플 때 잠깐 쉬면서 허리의 피로를 풂.

잠 씌여 바라보니

急(급)흔 비 지나가고

먼나무[392]의 쓰르러기[393]

夕陽(석양)을 지促(촉)흔다.

老婆(노파)[394]의 흐는 일은

여러 가지 못흐여도

묵은 솜 들고 안져

알쓸이 픠워 내니

당마 속의 消日(소일)이오

낫잠즈기 니졋도다.

三伏(삼복)[395]은 俗節(속절)[396]이오

流頭(유두)[397]는 佳日(가일)[398]이라.

---

391 義皇氏(희황시) : 희황씨(羲皇氏). 복희씨(伏羲氏)의 다른 이름. 중국 고대 신화에 나
오는 삼황(三皇) 또는 오제(五帝)의 한 사람으로, 뱀 몸에 사람 머리를 하고 있으며, 사람들
에게 처음으로 사냥법과 불을 활용하는 법을 가르쳤다. "義皇氏(희황시) 적"은 복희 황제
시절로서 태평한 시대를 가리킨다.

392 먼나무 : 감탕나뭇과의 상록 교목. 높이는 10미터 정도이며, 잎은 어긋나고 타원형이다.

393 쓰르러기 : 쓰르라미. 저녁매미. 매밋과의 곤충. 몸의 길이는 4cm 정도이며, 붉은 갈색
이고 녹색의 얼룩무늬가 있다.

394 老婆(노파) : 늙은 여자.

395 三伏(삼복) : 초복, 중복, 말복을 통틀어 이르는 말. 여름철의 몹시 더운 기간.

396 俗節(속절) : 속절(俗節). 제삿날 이외에 철이 바뀔 때마다 사당이나 조상의 묘에 차례
를 지내는 날. 중국에서는 춘추시대 진나라 덕공 2년(기원전 676년)에 삼복 제사를 지냈는
데 이때 성(城)안 사대문에서 개를 잡아 해충의 피해를 막았다고 한다. 또한 우리나라에서
는 초복에 떡과 전을 장만하여 논에 가지고 가서 벼농사가 잘되도록 복제(伏祭)를 지냈다
고 한다.

397 流頭(유두) : 우리나라 명절의 하나. 음력 유월 보름날이다. 신라 때부터 유래한 것으
로, 나쁜 일을 떨어 버리기 위하여 동쪽으로 흐르는 물에 머리를 감는 풍속이 있었다. 근래
까지 수단(水團)·수교위 같은 음식물을 만들어 먹으며, 농사가 잘되라고 용신제를 지내기
도 하였다.

398 佳日(가일) : 날씨나 일진 따위가 좋은 날. 경사가 있는 날.

원두밧[399]희 참외 ᄊᆞ고
밀 가라 국슈 ᄒᆞ야
家廟(가묘)[400]의 薦新(쳔신)[401] ᄒᆞ고
ᄒᆞᆫ ᄯᅢ 飮食(음식) 즐겨 보ᄉᆡ.
婦女(부녀)ᄂᆞᆫ 협히[402] 마라.
밀기울[403] ᄒᆞᆫ듸 모하
누룩을 드듸여라[404].
流頭麴(유두국)[405]을 혜ᄂᆞ니라[406].
호박나믈 가지김치
픗苦椒(고초) 양념ᄒᆞ고
玉(옥)슈슈 ᄉᆡ맛스로
일 업ᄂᆞ니 먹어 보소.
醬(장)독을 살펴보아
졔 마슬 일치 마소.
맑은 醬(장) ᄯᆞ로 모하
익는 족족 ᄯᅥ내여라.

---

399 원두밧 : 원두밭. 오이, 참외, 수박, 호박 따위를 심은 밭.

400 家廟(가묘) : 한 집안의 사당(祠堂).

401 薦新(쳔신) : 천신(薦新). 철 따라 새로 난 과실이나 농산물을 먼저 신위(神位)에 올리는 일. 유두 무렵에는 참외, 수박 같은 과일이 나기 시작하므로 햇과일과 함께 밭작물인 밀로 만든 국수, 또는 밀전병을 조상에게 제물로 올려 유두제사를 지낸다.

402 협히 : 헤피. 물건이나 돈 따위를 아끼지 아니하고 함부로.

403 밀기울 : 밀을 빻아 체로 쳐서 남은 찌꺼기.

404 드듸여라 : '드듸다(디디다의 옛말)'의 활용형. 누룩이나 메주 따위의 반죽을 보자기에 싸서 발로 밟아 덩어리를 짓다.

405 流頭麴(유두국) : 유둣날에 참밀의 누룩으로 구슬 모양을 만들어 오색으로 물들이고, 세 개씩 포개어 색실로 꿰어 맨 것. 악신을 쫓는다 하여 몸에 차거나 문짝에 건다.

406 혜ᄂᆞ니라 : 헤느니라. '혜다(세다의 옛말)'의 활용형.

비 오면 덥기 신칙407

독 젼408을 졍이409 흐소.

南北村(남북촌) 合力(합역)흐야

삼 구덩이 흐여 보시.

삼쎠410를 븨여 묵거

익게 뼈 볏기리라.

고은 삼 길삼흐고411

굴근 삼 바412 드리셔413

農家(농가)의 요긴키가

穀食(곡식)과 갓치 치니.

山田(산젼) 모밀 몬져 갈고

浦田(포젼)414은 나종 갈소.

七月(칠월)이라 孟秋(밍츄)415 되니

立秋(닙츄)416 處暑(쳐셔)417 節氣(졀긔)로다.

---

407 신칙 : 申飭. 단단히 타일러서 경계함.

408 젼 : 젼[邊]. 물건의 위쪽 가장자리가 조금 넓적하게 된 부분.

409 졍이 : 졍(淨)히. 맑고 깨끗하게.

410 삼쎠 : 삼대. 삼의 줄기.

411 길삼흐고 : 길삼하고. '길삼하다(길쌈하다—실을 내어 옷감을 짜다—의 옛말)'의 활용형.

412 바 : 참바. 삼이나 칡 따위로 세 가닥을 지어 굵다랗게 드린 줄.

413 드리셔 : 드려서. '드리다(여러 가닥의 실이나 끈을 하나로 땋거나 꼬다)'의 활용형.

414 浦田(포젼) : 포전(浦田). 주 189) 참조.

415 孟秋(밍츄) : 맹추(孟秋). 가을을 셋으로 나눌 때, 그 첫 부분. 즉 음력 7월을 달리 이르는 말이다.

416 立秋(닙츄) : 입추(立秋). 24절기의 하나. 대서와 처서 사이에 있으며, 양력 8월 8일~9 일경이다. 태양의 황경(黃經)이 135° 위치에 있을 때로, 여름이 지나고 가을에 접어들었음 을 알리는 시기이다.

417 處暑(쳐셔) : 처서(處暑). 24절기의 하나. 입추와 백로 사이에 있으며, 양력 8월 23일

火星(화셩)[418]은 西流(셔류)ᄒ고

尾星(미셩)[419]은 中天(듕쳔)이라.

늣더위 잇다 ᄒᆞᆫ들

節序(졀셔)[420]야 속일소냐?

비밋[421]도 가븨얍고[422]

바름ᄭᅵᆺ도 다르도다.

가지 우희 져 ᄆᆡ암이[423]

무어스로 비를 블녀

空中(공듕)의 말근 소ᄅᆡ

닷토아 자랑ᄂᆞᆫ고?

七夕(칠셕)[424]의 牽牛(견우)[425] 織女(직녀)[426]

離別淚(이별누) 비가 되야[427]

셕은비[428] ᄭᅵ로 개고

경이다. 태양의 황경(黃經)이 150° 위치에 있을 때로, 이 무렵이 되면 더위가 한풀 꺾이면서 아침저녁으로 제법 선선한 가을바람이 불어오기 시작한다.

418　火星(화셩) : 화성(火星). 태양에서 넷째로 가까운 행성.

419　尾星(미셩) : 미성(尾星). 이십팔수(二十八宿)의 여섯째 별자리에 있는 별들.

420　節序(졀셔) : 절서(節序). 절기의 차례, 또는 차례로 바뀌는 절기.

421　비밋 : 비밑. 오던 비의 뒤끝.

422　가븨얍고 : '가븨얍다(가볍다의 옛말)'의 활용형.

423　ᄆᆡ암이 : 매미의 옛말.

424　七夕(칠셕) : 칠석(七夕). 음력으로 칠월 초이렛날의 밤. 이때에 은하의 서쪽에 있는 직녀와 동쪽에 있는 견우가 오작교에서 일 년에 한 번 만난다는 전설이 있다.

425　牽牛(견우) : 견우성(牽牛星). 독수리자리에서 가장 밝은 별. 실시 등급 1등급의 별로, 은하수를 경계로 직녀성과 마주하고 있다.

426　織女(직녀) : 직녀성(織女星). 거문고자리에서 가장 밝은 별.

427　離別淚(이별누) 비가 되야 : 이별루(離別淚) 비가 되어. 칠석날에 오는 비를 칠석물이라 하며, 이는 칠석날 견우와 직녀가 흘리는 눈물이라는 전설이 있다.

428　셕은비 : '셧귄비'의 잘못. '셧긔다'는 '성기다'의 옛말이다. 따라서 '셧귄비'는 '성긴비[疏雨]'로서, '뚝뚝 성기게 내리는 비'를 가리킨다.

梧桐(오동)닙 써러질 졔

蛾眉(아미)[429] 갓흔 初生(초싱)달은

西天(셔텬)의 거지거다[430].

슬프다 農夫(농부)들아

우리 일 거의로다.

언마나 남아시며

엇더케 되다 ㅎ노?

ᄆᆞ음을 노치 말소

아직도 멀고 머다.

골[431] 거두어[432] 기음 ᄆᆡ기

벼 퍼귀[433]의 피[434] 고로기

낫 벼러[435] 드렁[436] 싹기

先山(션산)[437]의 伐草(벌초)ㅎ기

거름플[438] 만히 븨여

덤이[439] 지어 모하 노코

---

429 蛾眉(아미) : 누에나방의 눈썹이라는 뜻으로, 가늘고 길게 굽어진 아름다운 눈썹을 이르는 말. 미인의 눈썹을 이른다.

430 거지거다 : 걸리었다. '거지다(거디다)'는 '걸리다'의 옛말이다.

431 골 : 밭이나 논을 갈아 곡식을 심을 수 있게 손질하여 놓은 두둑과 고랑을 통틀어 이르는 말.

432 거두어 : '거두다(돌보아 살피다)'의 활용형.

433 퍼귀 : 포기.

434 피 : 볏과의 한해살이풀. 피는 벼의 영양분을 빼앗아가는 잡초이므로 피를 골라 뽑아내는 일은 벼농사에서 중요한 한 부분을 차지했다.

435 벼러 : '벼리다(무디어진 연장의 날을 불에 달구어 두드려서 날카롭게 만들다)'의 활용형.

436 드렁 : 두렁. 주 182) 참조.

437 先山(션산) : 선산(先山). 선영(先塋). 조상의 무덤.

438 거름플 : 거름풀. 논밭에 거름으로 주기 위하여 벤 풀이나 나뭇잎.

439 덤이 : 더미. 많은 물건이 한데 모여 쌓인 큰 덩어리.

주채논[440]의 식 보기와

오조밧[441]희 정의아비[442]

밧 가의 길도 닥고

복시[443]도 쳐 올니소.

살지고[444] 연흔 밧희

거름ᄒ고 익게 가라[445]

김장홀 무우 빈츠

남 몬져 심어 노코

가싀울[446] 진작 막아

闊失(셔실)[447] 홈도 업게 ᄒ소.

婦女(부녀)들도 혐[448]이 업다.

압일을 싱각ᄒ소.

뵈땽이 우는 소릭

ᄌ늬를 爲(위) 홈이라.

져 소릭 싀쳐 듯고

놀늬쳐 다ᄉ리소.

댱마를 격거시니

---

440 주채논 : 자채논. 자채볏논. 자채벼(질이 우수한 올벼의 하나)를 심은 논. 또는 자채벼를 심을 만큼 땅이 기름지고 농사가 잘되는 논.

441 오조밧 : 오조밭. 오조(일찍 익는 조)를 심은 밭.

442 정의아비 : 허수아비의 옛말.

443 복시 : '복사(覆沙/覆砂, 모래가 물에 밀려 논밭 따위에 덮여 쌓임, 또는 그 모래)'의 잘못.

444 살지고 : '살지다(땅이 기름지다)'의 활용형.

445 익게 가라 : 익게 갈아. 거름이 충분히 섞이도록 땅을 파서 뒤집어.

446 가싀울 : 가시울타리. 가시나무로 친 울타리.

447 闊失(셔실) : 서실(闊失). 물건을 흐지부지 잃어버림.

448 혐 : 혬. 생각. 헤아림.

집안을 돌나보아[449]

穀食(곡식)도 去風(거풍)[450]ᄒ고

衣服(의복)도 布曬(포쇄)[451]ᄒ소.

명지[452] 오리[453] 어셔 뭉쳐

生凉(싱냥)[454] 前(전) ᄶᅧ아[455] 내소.

늙으신내 氣衰(긔쇠)[456]ᄒ미

換節(환졀)[457] ᄯᅢ를 조心(심)ᄒ소.

秋凉(츄양)[458]이 갓가오니

衣服(의복)을 留意(유의)ᄒ소.

셸내ᄒ야 바라오고[459]

플 먹여 다듬을 제

月下(월ᄒ)의 방츄[460] 소리

소리마다 밧분 ᄆᆞ음

室家(실가)[461]의 汨沒(골몰)흠이

449　돌나보아 : '돌나보다(돌라보다 - 주위를 요리조리 두루 살펴보다)'의 활용형.

450　去風(거풍) : '거풍(擧風)'의 잘못. 쌓아 두었거나 바람이 안 통하는 곳에 두었던 물건을 바람에 쐼.

451　布曬(포쇄) : 젖거나 축축한 것을 바람에 쐬고 볕에 말림.

452　명지 : 명주(明紬). 명주실로 무늬 없이 짠 피륙.

453　오리 : 실, 나무, 대 따위의 가늘고 긴 조각.

454　生凉(싱냥) : 생량(生凉). 가을이 되어 서늘한 기운이 생김, 또는 그런 기운.

455　ᄶᅧ아 : 'ᄶᅥ다(짜다의 옛말)'의 활용형.

456　氣衰(긔쇠) : 기쇠(氣衰). 기운이 줄어서 약해짐.

457　換節(환졀) : 환절(換節). 철이 바뀜.

458　秋凉(츄양) : 추량(秋凉). 가을의 서늘한 기운.

459　바라오고 : '바라오다(바래다 - 볕에 쬐거나 약물을 써서 빛깔을 희게 하다)'의 활용형.

460　방츄 : 방추(棒鎚). 다듬잇방망이의 방언.

461　室家(실가) : 집 또는 가정.

一邊(일변)은 滋味(자미)로다.

蔬菜(소치)⁴⁶² 果實(과실) 흔흘 젹의

儲蓄(져츅)함을 싱각ᄒ야

박 호박 고지⁴⁶³ 켜고⁴⁶⁴

외 가지 ᄲᅡ게 져려

겨을의 먹어 보소

貴物(귀물)이 아니 될가?

綿花(면화)밧 ᄌ로 살펴

올다리⁴⁶⁵ 픠엿ᄂᆞᆫ가?

각구기도 ᄒᆞ려니와

거두기의 달녓ᄂᆞ니.

八月(팔월)이라 仲秋(듕츄)⁴⁶⁶ 되니

白露(ᄇᆡᆨ노)⁴⁶⁷ 秋分(츄분)⁴⁶⁸ 節氣(졀긔)로다.

北斗星(북두셩) ᄌᆞ로 도라

西天(셔텬)을 가르치니

션션흔 朝夕(조석) 긔운

秋意(츄의)⁴⁶⁹가 宛然(완년)ᄒ다.

---

462 蔬菜(소치) : 소채(蔬菜). 채소(菜蔬).

463 고지 : 호박, 박, 가지, 고구마 따위를 납작납작하거나 잘고 길게 썰어 말린 것.

464 켜고 : '켜다(썰다)'의 활용형.

465 올다리 : 올다래. 일찍 익는 다래. 다래는 아직 피지 아니한 목화의 열매이다.

466 仲秋(듕츄) : 중추(仲秋). 가을이 한창인 때라는 뜻으로, 음력 8월을 달리 이르는 말.

467 白露(ᄇᆡᆨ노) : 백로(白露). 24절기의 하나. 처서와 추분 사이에 있으며, 양력 9월 8일경
이다. 태양의 황경(黃經)이 165° 위치에 있을 때로, 이때쯤이면 밤에 기온이 이슬점 이하로
내려가 풀잎이나 물체에 이슬이 맺히고 가을의 기운이 완연히 나타나게 된다.

468 秋分(츄분) : 추분(秋分). 24절기의 하나. 자세한 것은 주 7) 참조.

귀쓰람이 맑은 소리

壁間(벽간)의 들니거다.

아츰의 안기 씨고

밤이면 이슬 나려

百穀(빅곡)[470]을 成實(셩실)[471]ᄒ고

萬物(만믈)을 지促(쵹)ᄒ니

들 구경 돌나보니

힘드린 일 공싱ᄒ다[472].

百穀(빅곡)의 이삭[473] 픠고[474]

여믈[475] 드러 고개 숙여

西風(셔풍)의 익ᄂ 빗츤

黃雲(황운)[476]이 니러난다.

白雪(빅셜) 갓흔 綿花(면화)송이

珊瑚(산호) 갓흔 苦椒(고초)다릭[477]

簷下(쳠하)[478]의 너러시니

가을볏 明朗(명낭)ᄒ다.

---

469 秋意(츄의) : 추의(秋意). 가을이 되었다는 기분이나 느낌.

470 百穀(빅곡) : 백곡(百穀). 온갖 곡식.

471 成實(셩실) : 성실(成實). 곡식 따위가 다 자라서 열매를 맺음.

472 공싱ᄒ다 : 공생(功生)하다. 보람이 나타나다.

473 이삭 : 벼, 보리 따위 곡식에서 꽃이 피고 꽃대의 끝에 열매가 더부룩하게 많이 열리는 부분.

474 픠고 : 패고. '픠다(곡식의 이삭 따위가 나오다)'의 활용형.

475 여믈 : 여물. 물알의 방언. 아직 덜 여물어서 물기가 많고 말랑한 곡식알.

476 黃雲(황운) : 누런 빛깔의 구름. 넓은 들판에 벼가 누렇게 익은 모습을 비유적으로 이르는 말.

477 苦椒(고초)다릭 : 고추타래. 고추를 가는 실이나 끈에 꿰어서 묶은 타래.

478 簷下(쳠하) : 주 199) 참조.

안팟 마당 닥가 노코

발치[479] 망구[480] 당만ᄒᆞ소.

綿花(면화) ᄯᆞ는 다락기[481]의

슈슈 이삭 콩 가지오

나모군[482] 도라오니

머루 다리 山果(산과)로다.

뒷동산 밤 대초는

児戲(아희)들 世上(세샹)이라.

알암[483] 모아 말니워라.

쳘 다여 쓰게 ᄒᆞ소.

명지를 ᄉᆞᆯ어내여

秋陽(츄양)의 磨湔(마젼)[484]ᄒᆞ소.

쑥[485] 드리고 닛[486] 드리니

靑紅(쳥홍)이 色色(ᄉᆡᆨᄉᆡᆨ)이라.

父母(부모)님 年滿(년만)[487]ᄒᆞ니

壽衣(슈의)[488]를 留意(유의)ᄒᆞ소.

479 　발치 : 발채. 짐을 싣기 위하여 지게에 얹는 소쿠리 모양의 물건.

480 　망구 : 옹구. 새끼로 망태처럼 엮어 만든 농구(農具).

481 　다락기 : 다래끼. 주 212) 참조.

482 　나모군 : 나무꾼.

483 　알암 : 아람. 밤이나 상수리 따위가 충분히 익어 저절로 떨어질 정도가 된 상태. 또는 그런 열매.

484 　磨湔(마젼) : 마전. 생피륙을 삶거나 빨아 볕에 바래는 일.

485 　쑥 : 쪽. 마디풀과의 한해살이풀. 잎은 염료로 쓴다. 여기서는 '쪽물(쪽에서 얻는 짙푸른 물감)'의 의미로 쓰였다.

486 　닛 : 잇. 잇꽃. 잇꽃의 꽃부리에서 얻은 붉은빛의 물감.

487 　年滿(년만) : 연만(年滿). 나이가 아주 많음.

488 　壽衣(슈의) : 수의(壽衣). 염습할 때에 송장에 입히는 옷.

그 남아 마르지야[489]

子女(ᄌ녀)의 婚需(혼슈) ᄒᆞᄉᆡ.

집 우희 굿은 박은

要緊(요긴)ᄒᆞᆫ 器皿(긔명)[490]이라.

댑사리 뷔를 믹야

마당질의 쓰오리라.

참ᄭᆡ 들ᄭᆡ 거둔 후의

中(듕)오려[491] 타작ᄒᆞ고

담븨 줄 菉豆(녹두) 말은

아쇠야 작젼[492]ᄒᆞ랴?

댱 구경도 ᄒᆞ려이와

興成(홍셩)[493]ᄒᆞᆯ 것 닛지 마소.

北魚(북어) 쾌[494] 젓조긔[495]를

秋夕(츄셕) 名日(명일)[496] 쇠야 보ᄉᆡ.

新稻酒(신도쥬)[497] 오려[498] 송편

---

489 마르지야 : '마르지다(마르다−옷감이나 재목 따위의 재료를 치수에 맞게 자르다)'의 활용형.

490 器皿(긔명) : 기명(器皿). 살림살이에 쓰는 그릇을 통틀어 이르는 말.

491 中(듕)오려 : 중올벼. 중생종 벼. 성숙기가 이르지도 늦지도 아니한 중간 정도에 속하는 벼.

492 작젼 : 작전(作錢). 물건을 팔아서 돈을 마련함.

493 興成(홍셩) : 홍성(興成). 흥정. 물건을 사거나 팔기 위하여 품질이나 가격 따위를 의논함.

494 쾌 : 북어를 묶어 세는 단위. 한 쾌는 북어 스무 마리를 이른다.

495 젓조긔 : 젓조기. 젓을 담그는 조기.

496 名日(명일) : 명절과 국경일을 통틀어 이르는 말.

497 新稻酒(신도쥬) : 신도주(新稻酒). 햅쌀로 빚은 술.

498 오려 : 올벼의 옛말.

박나믈⁴⁹⁹ 土蓮(토련)국⁵⁰⁰을

先山(션산)의 祭物(제믈)⁵⁰¹ 흐고

니웃집 난화⁵⁰² 먹시.

며ᄂ리 말믜⁵⁰³ 바다

本(본)집의 覲親(근친)⁵⁰⁴ 갈 졔

개 잡아 살마 건져

썩고리⁵⁰⁵와 술병이라.

草綠(초록) 댱옷⁵⁰⁶ 반믈치마⁵⁰⁷

粧束(댱속)⁵⁰⁸흐고 다시 보니

여름 지닌 지친 얼굴

蘇復(소복)⁵⁰⁹이 되엿ᄂ냐?

中秋夜(듕츄야)⁵¹⁰ 밝은 달의

志氣(지긔)⁵¹¹ 펴고 놀고 오소.

---

499 박나믈 : 박나물. 덜 여문 박을 얇게 저며서 쇠고기와 함께 간장에 볶은 뒤에 파, 깨소금, 후춧가루를 치고 주물러서 만든 나물.

500 土蓮(토련)국 : 토란(土卵)국.

501 祭物(제믈) : 제물(祭物). 제사에 쓰는 음식물.

502 난화 : '난호다(나누다의 옛말)'의 활용형.

503 말믜 : 말미. 일정한 직업이나 일 따위에 매인 사람이 다른 일로 말미암아 얻는 겨를.

504 覲親(근친) : 시집간 딸이 친정에 가서 부모를 뵘.

505 썩고리 : 떡고리. 떡을 담아 두는 상자.

506 댱옷 : 장옷. 예전에 여자들이 나들이할 때에 얼굴을 가리느라고 머리에서부터 길게 내려 쓰던 옷.

507 반믈치마 : 반물치마. 반물 빛깔(검은빛을 띤 짙은 남색)의 치마.

508 粧束(댱속) : 장속(裝束). 입고 매고 하여 몸차림을 든든히 갖추어 꾸밈, 또는 그런 차림새.

509 蘇復(소복) : 소복(蘇復). 원기가 회복됨, 또는 원기가 회복되게 함.

510 中秋夜(듕츄야) : 중추절(仲秋節) 밤, 즉 추석날 밤.

511 志氣(지긔) : 지기(志氣). 의지와 기개를 아울러 이르는 말.

今年(금년) 홀 일 못다 ᄒᆞ야

明年(명년)[512] 計較(계교)[513] ᄒᆞ오리라.

밀직[514] 븨여 더운가리[515]

牟麥(모믹)[516]을 秋畊(츄경)[517]ᄒᆞ시.

ᄉᆞᆺᄉᆞᆺ히[518] 못 닉어도

急(급)ᄒᆞᆫ 듸로 것고 갈소.

人功(인공)[519]만 그러ᄒᆞᆯ가?

天時(텬시)[520]도 이러ᄒᆞ니

半刻(반각)[521]도 쉴 찍 업시

맛츠며 始作(시작)ᄂᆞ니.

九月(구월)이라 季秋(계츄)[522] 되니

寒露(한노)[523] 霜降(상강)[524] 節氣(절긔)로다.

---

512 明年(명년) : 올해의 다음, 즉 내년(來年).

513 計較(계교) : 서로 견주어 살펴봄.

514 밀직 : 밀대의 잘못. 밀짚.

515 더운가리 : 더운갈이. 몹시 가물다가 소나기가 내린 뒤, 그 물로 논을 가는 일.

516 牟麥(모믹) : 모맥(牟麥). 보리.

517 秋畊(츄경) : 추경(秋耕). 가을갈이. 다음 해의 농사에 대비하여, 가을에 논밭을 미리 갈아 두는 일.

518 ᄉᆞᆺᄉᆞᆺ히 : 꿋꿋이. 끝끝내.

519 人功(인공) : 인공(人工)의 잘못. 사람이 하는 일.

520 天時(텬시) : 천시(天時). 주 24) 참조.

521 半刻(반각) : 1각(약 15분)의 반, 즉 아주 짧은 시간.

522 季秋(계츄) : 계추(季秋). 늦가을. 음력 9월을 달리 이르는 말.

523 寒露(한노) : 한로(寒露). 24절기의 하나. 추분과 상강 사이에 있으며, 양력 10월 8일경이다. 태양의 황경(黃經)이 195° 위치에 있을 때로, 공기가 차츰 선선해짐에 따라 이슬이 찬 공기를 만나 서리로 변하기 직전의 시기이다.

524 霜降(상강) : 24절기의 하나. 한로와 입동 사이에 있으며, 양력 10월 23일경이다. 태양

져비[525]는 도라가고

쎄기러기 언제 왓노?

碧空(벽공)의 우는 소리

찬 이슬 지促(촉)흔다.

滿山(만산) 楓葉(풍엽)[526]은

臙脂(연지)를 믈드리고

울 밋희 黃菊花(황국화)는

秋光(츄광)[527]을 자랑흔다.

九月(구월) 九日(구일) 佳節(가절)[528]이라

花煎(화전)[529]흐야 薦新(쳔신)[530]흐시.

節序(졀셔)를 쏘라가며

追遠報恩(츄원보은)[531] 닛지 말소.

物色(믈싁)은 조커니와

秋收(츄슈)가 時急(시급)흐다.

들마당 집마당의

의 황경(黃經)이 210° 위치에 있을 때로, 아침과 저녁의 기온이 내려가고 서리가 내리기 시작하는 시기이다.

525 져비 : 제비의 옛말.

526 楓葉(풍엽) : 단풍(丹楓).

527 秋光(츄광) : 추광(秋光). 추색(秋色). 가을철의 빛, 또는 가을철을 느끼게 하는 경치나 분위기.

528 佳節(가절) : 가절(佳節). 주 338) 참조. 음력 9월 9일은 세시 명절의 하나인 중양절(重陽節)이다. 이날 남자들은 시를 짓고 각 가정에서는 국화전을 만들어 먹고 놀았다.

529 花煎(화전) : 화전(花煎). 찹쌀가루를 반죽하여 진달래나 개나리, 국화 따위의 꽃잎이나 대추를 붙여서 기름에 지진 떡.

530 薦新(쳔신) : 천신(薦新). 주 401) 참조. 추석 때 햇곡식으로 제사를 올리지 못한 집안에서는 중양절에 조상에게 천신(薦新)을 하였다.

531 追遠報恩(츄원보은) : 추원보은(追遠報恩). 조상의 덕을 생각하여 제사에 정성을 다함으로써 은혜에 보답하는 것.

기샹[532]과 틔도리라[533].
무논[534]은 븨여 실고

乾畓(건답)[535]은 븨[536] 두드려
오날은 精金(정금)벼[537]오
내일은 샤발벼[538]라.
밀다리[539] 대초벼[540]와
등트기[541] 경상벼[542]라.
들의는 조 피 덤이
집 근쳐 콩 풋 가리[543]
벼 타작 맛츤 후의
틈 나거든 두드리소.
비단출[544] 니븍구리[545]

---

532 기샹 : 개상. 볏단을 메어쳐서 이삭을 떨어내는 데 쓰던 농기구. 굵은 서까래 같은
통나무 네댓 개를 가로로 대어 엮고 다리 네 개를 박아 만든다.
533 틔도리라 : 틔돌이라. 틔돌은 탯돌로서, 타작할 때에 개상질하는 데 쓰는 돌이다.
534 무논 : 물이 괴어 있는 논.
535 乾畓(건답) : 마른논. 물이 실려 있지 않은 논.
536 븨 : 븨어(베어). '븨다(베다)'의 활용형.
537 精金(정금)벼 : 정근(精根)벼의 잘못. 늦벼의 하나. 갈색이고 품질은 중질이다.
538 샤발벼 : 사발벼. 늦벼의 하나.
539 밀다리 : 밀따리. 늦벼의 하나. 황적색이고 품질이 매우 좋다.
540 대초벼 : 대추벼. 늦벼의 하나. 까끄라기가 없고 껍질이 진한 붉은색이다.
541 등트기 : 등터지기. 늦벼의 하나. 성숙할 무렵에 껍질의 등이 터진다.
542 경상벼 : 경상벼. 늦벼의 하나인 분홍벼를 가리킴. 줄기와 잎이 강하여 벌레의 피해도
덜 받고 알이 커서 소출도 많다. 경상도 지역에서 많이 재배하여 일명 경상벼로 불린다.
543 가리 : 단으로 묶은 곡식이나 장작 따위를 차곡차곡 쌓은 더미.
544 비단출 : '비단츠조'의 오기. 차조의 일종.
545 니븍구리 : 이부꾸리. 동부의 일종.

믜눈이콩[546] 황부듸[547]를

이삭으로 몬져 잘나

훗씨[548]를 ᄯᅩ로 두고

졀므니ᄂᆞᆫ 틔질[549]이오

겨집ᄉᆞ름[550] 낫질이라.

児孩(아히)ᄂᆞᆫ 소 몰니고

늙으니ᄂᆞᆫ 셤[551] 우기기[552]

이웃집 運力(운역)[553]ᄒᆞ야

졔 일 ᄒᆞ듯 ᄒᆞᄂᆞᆫ 거시

뒤목치기[554] 집[555] 널기와

마당ᄉᆞᆺ희 키질[556]이라.

一遍(일변)으로 綿花(면화) 트니[557]

씨아[558] 소ᄅᆡ 擾亂(요란)ᄒᆞ다.

틀[559] ᄎᆞ려 기름 ᄶᅡ기

---

546 믜눈이콩 : 매눈이콩. 콩의 일종. 녹색 바탕에 검은 빛의 점무늬가 있다.

547 황부듸 : 황부대. 콩의 일종.

548 훗씨 : 후씨. 내년에 쓸 씨앗.

549 틔질 : 태질. 개상질. 볏단이나 보릿단 따위를 개상에 메어쳐서 이삭을 떠는 일.

550 겨집ᄉᆞ름 : 계집사람. 여자 어른을 낮잡아 이르는 말.

551 셤 : 섬. 곡식 따위를 담기 위하여 짚으로 엮어 만든 그릇.

552 우기기 : '우기다(우그리다의 옛말)'의 명사형.

553 運力(운역) : 운력(運力). 울력. 여러 사람이 힘을 합하여 일함, 또는 그런 힘.

554 뒤목치기 : 뒷목추기. 타작하고 난 뒤 마당에 떨어져 있는 낟알을 줍는 일.

555 집 : 짚. 벼, 보리, 밀, 조 따위의 이삭을 떨어낸 줄기와 잎.

556 키질 : 키로 곡식 따위를 까부르는 일.

557 트니 : '틀다(타다—목화를 씨아로 틀어서 씨를 빼내고 활줄로 튀기어 퍼지게 하다)'의 활용형.

558 씨아 : 씨아. 목화의 씨를 빼는 기구. 토막나무에 두 개의 기둥을 박고 그 사이에 둥근 나무 두 개를 끼워 손잡이를 돌리면 톱니처럼 마주 돌아가면서 목화의 씨가 빠진다.

이웃기리 合力(합역)ᄒᆞ시.

燈油(등슈)[560]도 ᄒᆞ려니와

飮食(음식)도 맛시 나ᄂᆡ.

밤의ᄂᆞᆫ 방ᄋᆞ ᄢᅵ어

밥벌을 댱만ᄒᆞᆯ 졔

찬 셔리 긴긴 밤의

우ᄂᆞᆫ ᄋᆞ기 도라볼가?

打作(타작) 点心(졈심) ᄒᆞ오이라

黃鷄(황계) 白酒(ᄇᆡ쥬)[561] 不足(불족)ᄒᆞ다.

싀오젓 鷄卵(계란)ᄢᅵ기

上饌(샹찬)[562]으로 차려 노코

비ᄎᆞ국 무우나믈

苦椒(고초)닙 쟝아ᄣᅵ라.

큰 가마의 안친 밥이

太半(틱반)이나 不足(불족)ᄒᆞ다.

흔가을[563] 흔홀 젹의

過客(과긱)[564]도 請(쳥)ᄒᆞ나니

흔 洞內(동ᄂᆡ) 니웃ᄒᆞ여

흔 들의 農事(농ᄉᆞ)ᄒᆞ니

슈고도 난화 ᄒᆞ고

---

559 틀 : 기름틀(참깨, 들깨, 콩 따위로 기름을 짜는 틀)을 가리킴.

560 燈油(등슈) : 등유(燈油, 등에 쓰는 기름)의 잘못.

561 白酒(ᄇᆡ쥬) : 백주(白酒). 빛깔이 흰 술. 약주와 탁주의 중간에 위치하는 술.

562 上饌(샹찬) : 상찬(上饌). 매우 좋은 반찬.

563 흔가을 : 한가을. 한창 무르익은 가을철. 농사일이 한창 벌어지는 때.

564 過客(과긱) : 과객(過客). 지나가는 나그네.

업는 것도 셔로 도아

잇쩨를 만나시니

즐기기도 갓치 ᄒᆞ시.

아모리 多事(다ᄉᆞ)ᄒᆞ나

農牛(농우)를 보슬펴라.

피쩨565의 살을 지워566

제 功(공)을 갑흘지라.

十月(십월)은 孟冬(밍동)567이라

立冬(닙동)568 小雪(소셜)569 節氣(졀긔)로다.

나모닙 쩌러지고

鵾伊(곤이)570 소릐 놉히 난다.

듯거라 児孩(아희)들아

農功(농공)571을 畢(필)ᄒᆞ도다.

남은 일 싱각ᄒᆞ야

집안일 마ᄌᆞ572 ᄒᆞ시.

---

565 피쩨 : 핏대. 피나 돌피의 줄기.

566 지워 : '지우다(찌우다의 옛말)'의 활용형.

567 孟冬(밍동) : 맹동(孟冬). 겨울을 셋으로 나눌 때, 그 첫 부분. 즉 음력 10월을 달리 이르는 말이다.

568 立冬(닙동) : 입동(立冬). 24절기의 하나. 상강과 소설 사이에 있으며, 양력 11월 8일경이다. 태양의 황경(黃經)이 225° 위치에 있을 때로, 이때부터 겨울이 시작된다고 보아 겨울채비를 하는 시기이다.

569 小雪(소셜) : 소설(小雪). 24절기의 하나. 입동과 대설 사이에 있으며, 양력 11월 22~23일경이다. 태양의 황경(黃經)이 240° 위치에 있을 때로, 첫눈이 내릴 정도로 기온이 내려가는 시기이다.

570 鵾伊(곤이) : 고니의 옛말.

571 農功(농공) : 농사일.

무우 비츠 캐야 드려

짐쟝[573]을 ᄒ오리라.

압ᄂᆡᄆᆞᆯ의 精(졍)히[574] ᄡᅵ셔

塩淡(염담)[575]을 맛게 ᄒ소.

苦椒(고초) 마ᄂᆞᆯ 生薑(싱강) 파의

젓국지[576] 쟝아ᄶᅵ를

독 겻희 즁두리[577]오

밧탕이[578] 항아리라.

陽地(양지)의 가가[579] 짓고

집희 ᄲᅡ 깁히 뭇고

박이무우[580] 아람[581] 말도

얼ᄌᆞ니케[582] 간슈ᄒ소.

방고ᄅᆡ[583] 구루질[584]과

바람壁(벽)[585] 믹질ᄒ기[586]

---

572 마ᄌᆞ : 마저. 남김없이 모두.

573 짐쟝 : 김장의 방언.

574 精(졍)히 : 정(淨)히의 잘못. 맑고 깨끗하게.

575 塩淡(염담) : '염담(鹽膽, 간)'의 잘못.

576 젓국지 : 젓국을 냉수에 타서 국물을 부어 담근 김치. 주로 조기 젓국을 쓴다.

577 즁두리 : 중두리. 독보다 조금 작고 배가 부른 오지그릇.

578 밧탕이 : 바탱이. 오지그릇의 하나. 중두리와 비슷하나 배가 더 나오고 키가 작으며 아가리가 좁다.

579 가가 : 가가(假家). 임시로 지은 집. 김장독을 묻기 위해 지은 움막집을 가리킨다.

580 박이무우 : 박이무. 장다리무. 씨를 받기 위하여, 장다리꽃이 피게 가꾼 무.

581 아람 : 주 483) 참조.

582 얼ᄌᆞ니케 : 얼잖게. 얼지 않게.

583 방고ᄅᆡ : 방고래. 방의 구들장 밑으로 나 있는, 불길과 연기가 통하여 나가는 길.

584 구루질 : 구둣질. 방고래에 모인 재를 구둣대로 쑤시어 그러내는 일.

585 바람壁(벽) : 방이나 칸살의 옆을 둘러막은 둘레의 벽.

窓戶(창호)[587]도 발나 노코

쥐구멍도 막으이라.

슈슈ᄃᆡ로 덧울[588] ᄒᆞ고

喂養間(외양간)의 쩍젹[589] 치고

각지동[590] 믁거 셰고

過冬柴(과동시)[591] 밧아 노코

우리집 婦女(부녀)들아

겨을옷 지엇ᄂᆞ냐?

슐 빗고 썩 ᄒᆞ여라

講信(강신)날[592] 갓가왓ᄂᆡ.

쑬 썩거 단ᄌᆞ[593] ᄒᆞ고

모밀 아셔[594] 국슈 ᄒᆞ고

소 잡고 돗[595] 잡으니

飮食(음식)이 豐備(풍비)ᄒᆞ다.

들마당의 遮日(치일)[596] 치고

---

586 믹질ᄒᆞ기 : 맥질하기. '맥질하다(매흙질하다-벽 거죽에 매흙을 바르다-의 준말)'의 명사형.

587 窓戶(창호) : 온갖 창과 문을 통틀어 이르는 말.

588 덧울 : 울타리 위에 덧댄 울타리.

589 쩍젹 : 떼적. 비나 바람 따위를 막으려고 치는 거적 같은 것.

590 각지동 : 깍짓동. 콩이나 팥의 깍지를 줄기가 달린 채로 묶은 큰 단.

591 過冬柴(과동시) : 겨울 땔감으로 마련하여 두는 나무.

592 講信(강신)날 : 향약(鄕約)에서, 조직체의 성원들이 한자리에 모여서 술을 마시며 신의를 새롭게 다지던 날.

593 단ᄌᆞ : 단자(團養). 찹쌀가루를 쪄서 보에 싸 방망이로 치댄 다음 모양을 만들고 꿀과 잣가루 등으로 고물을 묻힌 떡.

594 아셔 : 앗아. '앗다(콩이나 메밀을 갈거나 빻아서 두부나 묵 따위를 만들다)'의 활용형.

595 돗 : 돝. 돼지의 옛말.

596 遮日(치일) : 차일(遮日). 햇볕을 가리기 위하여 치는 포장.

洞內(동닉) 모하[597] 자리 鋪陳(포진)[598]

老少(노소) 次例(차예) 틀닐셰라

男女(남녀) 分別(분별) 各各(각각) ㅎ소.

三絃(삼현)[599] 흔 牌(픽) 어더오니

花郞(화랑)이[600] 쥰모지[601]라.

북 치고 피리 브니

與民樂(여민낙)[602]이 졔法(법)이라.

李(니) 風憲(풍헌)[603] 金(김) 僉知(첨지)[604]는

잔말 섯희 醉倒(취도)[605]ㅎ고

崔(최) 勸農(권농)[606] 姜(강) 約正(약졍)[607]은

---

597 모하 : '몯다(모으다의 옛말)'의 활용형.

598 鋪陳(포진) : 잔치 따위를 할 때에 앉을 자리를 마련하여 깖.

599 三絃(삼현) : 삼현육각(三絃六角). 피리가 둘, 대금, 해금, 장구, 북이 각각 하나씩 편성되는 풍류.

600 花郞(화랑)이 : 광대와 비슷한 놀이꾼의 패. 옷을 잘 꾸며 입고 가무와 행락을 주로 하던 무리로 대개 무당의 남편이었다.

601 쥰모지 : 중모지의 잘못. 중모지는 줄무지의 옛말로서 기생이나 장난꾼의 행상(行喪)을 가리킨다. 가까운 친구끼리 풍악을 울리고 춤을 추며 상여를 메고 나간다.

602 與民樂(여민낙) : 여민락(與民樂). 조선시대에, 임금의 거둥 때나 궁중의 잔치 때에 연주하던 아악곡(雅樂曲). 세종 때 〈용비어천가〉 1~4장과 125장을 아악 곡조에 얹어 부를 수 있도록 작곡한 가락으로 모두 10장이었는데, 지금은 7장만 관현악기로 연주하며 노래는 부르지 않는다.

603 風憲(풍헌) : 조선시대에 유향소에서 면(面)이나 이(里)의 일을 맡아보던 사람.

604 僉知(첨지) : 원래는 조선시대 중추부에 속한 정3품 무관의 벼슬을 이르는 말이었으나, 돈으로 벼슬을 맘대로 살 수 있게 되면서 나이 많은 사람의 성씨 뒤에 붙여 낮잡아 이르는 명칭으로 바뀌었다.

605 醉倒(취도) : 취도(醉倒). 술에 취하여 쓰러짐.

606 勸農(권농) : 조선시대에 지방의 방(坊)이나 면(面)에 속하여 농사를 장려하던 직책, 또는 그 사람.

607 約正(약졍) : 약정(約正). 조선시대 향약 조직의 임원. 수령이 향약을 실시할 때 보조적인 역할을 하였고 실무적인 면에서는 중추적인 위치에 섰다.

체궐이[608] 츔을 츈다.

盞進支(잔진지)[609] ᄒ올 적의

洞長(동장)님 上坐(샹좌)[610] ᄒ야

盞(잔) 밧고 ᄒᄂ는 말이

仔細(ᄌ세)히 드러 보소.

어와 오날 노롬

이 노롬이 뉘 德(덕)인고?

天恩(쳔은)도 그지업고

國恩(국은)도 罔極(망극)ᄒ다.

多幸(다ᄒᆡᆼ)이 豊年(풍년) 만나

飢寒(긔한)[611]을 免(면)ᄒ도다.

鄕約(향약)[612]은 못ᄒ여도

洞憲(동혼)[613]이야 업슬소냐?

孝悌忠信(효제츙신)[614] 大强(대강) 알아

道理(도리)를 일치 말소.

ᄉᆞᆷ의 子息(ᄌ식) 되야

父母(부모) 恩惠(은혜) 모롤소냐?

---

608 체궐이 : 체괄(體适)이. 체괄이는 망석중(이)를 가리킨다. 한편 일부에서는 탈춤에 등장하는 취발이가 '체괄이(쳬괄이) → 취괄이 → 취발이'의 변천과정을 거친 것으로 보기도 한다.

609 盞進支(잔진지) : 잔(盞)을 올리는 일.

610 上坐(샹좌) : 상좌(上坐). 윗자리에 앉음.

611 飢寒(긔한) : 기한(飢寒). 굶주리고 헐벗어 배고프고 추움.

612 鄕約(향약) : 조선시대에 권선징악과 상부상조를 목적으로 만든 양반들의 향촌 자치 규약.

613 洞憲(동혼) : 동헌(洞憲). 상하 합계인 동계(洞契)의 규약.

614 孝悌忠信(효제츙신) : 효제충신(孝悌忠信). 어버이에 대한 효도, 형제끼리의 우애, 임금에 대한 충성, 벗 사이의 믿음을 통틀어 이르는 말.

子息(ᄌ식)을 길너 보면

그졔야 씌다르리.

千辛萬苦(천신만고)[615] 길너 내여

男婚女嫁(남혼녀가)[616] 畢(필)ᄒ오면

져 各各(각각) 몸만 알아

父母奉養(부모봉양) 이즐소냐?

긔운이 衰敗(쇠픠)[617]ᄒ면

ᄇ라ᄂ니 졀므니라.

衣服(의복) 飮食(음식) 잠ᄯ리를

各別(각별)이 살펴 드려

힝히나 病(병) 나실가

밤낫으로 닛지 마소.

곡가오신[618] 마음으로

걱졍을 ᄒ실 적의

등등그려[619] 대답 말고

和氣(화긔)[620]로 프러 내소.

드러오ᄂ는 지어미[621]ᄂ

---

615 千辛萬苦(천신만고) : 천신만고(千辛萬苦). 천 가지 매운 것과 만 가지 쓴 것이라는 뜻으로, 온갖 어려운 고비를 다 겪으며 심하게 고생함을 이르는 말.

616 男婚女嫁(남혼녀가) : 남혼여가(男婚女嫁). 아들은 장가들고 딸은 시집간다는 뜻으로, 자녀의 혼인을 이르는 말.

617 衰敗(쇠픠) : 쇠패(衰敗). 늙어서 기력이 약해짐.

618 곡가오신 : 고까우신. '곡갑다(고깝다―섭섭하고 야속하여 마음이 언짢다―의 옛말)'의 활용형.

619 등등그려 : 중중거려. '등등그리다(중중거리다―몹시 원망하듯 남이 알아들을 수 없는 군소리로 자꾸 중얼거리다)'의 활용형.

620 和氣(화긔) : 화기(和氣). 온화한 기색, 또는 화목한 분위기.

621 지어미 : 아내를 예스럽게 이르는 말.

남편의 거동 보아

그딕로 本(본)을 쓰니

보는 딕 죠心(심)ㅎ소.

兄弟(형제)는 흔 긔운이

두 몸이 난화시니

貴重(귀즁)ㅎ고 스랑홈이

父母(부모)의 다음이라.

間隔(간격) 업시 흔통치고[622]

네 것 내 것 計較(게교)[623] 마소.

남남기리 모힌 同婿(동셔)

틈 나셔 ㅎ는 말을

귀의 담아 듯지 마소.

自然(즈년)이 貴重(귀즁)[624]ㅎ리.

行身(힝신)[625]의 몬져 흘 일

恭順(공순)[626]이 第一(제일)이라.

내 늙으니 恭敬(공경)흘 제

남의 어른 다를소냐?

말슴을 조心(심)ㅎ야

人事(인스)를 일치 마소.

ㅎ믈며 上下(샹하) 分義(분의)[627]

---

622 흔통치고 : 한통치고. '흔통치다(한통치다 — 나누지 아니하고 한곳에 합치다)'의 활용형.

623 計較(게교) : 계교(計較). 주 513) 참조.

624 貴重(귀즁) : 귀중(貴重). 귀중(歸重)의 잘못. 중요한 곳을 좇음.

625 行身(힝신) : 행신(行身). 처신(處身).

626 恭順(공순) : 공순(恭順). 공손하고 온순함.

627 分義(분의) : 자기의 분수에 알맞은 정당한 도리.

尊卑(존비)가 顯隔(혼격)[628]ᄒ다.

내 道理(도리) 極盡(극진)ᄒ면

罪責(죄칙)[629]을 아니 보리.

님군의 百姓(빅셩) 되야

恩德(은덕)으로 사라가니

거믜 갓흔 우리 百姓(빅셩)

무어스로 갑하 볼고?

一年(일년)의 還上(환상)[630] 身役(신역)[631]

그 무엇 만타 ᄒ고?

限前(한젼)[632]의 畢納(필납)[633]홈이

分義(분의)의 맛당ᄒ다.

ᄒ믈며 젼답 구실[634]

土地(토지)로 分等(분등)[635]ᄒ니

所出(소츌)[636]을 싱각ᄒ면

什一稅(십일셰)[637]도 못 되ᄂ니

그러나 못 먹으면

灾(직)[638] 주어 蕩減(탕감)[639]ᄒ니

---

628 顯隔(혼격) : 현격(顯隔). 분명한 차이가 있음.

629 罪責(죄칙) : 죄책(罪責). 잘못을 저지른 책임.

630 還上(환상) : 환상(還上). 환곡(還穀). 주 261) 참조.

631 身役(신역) : 나라에서 성인 장정에게 부과하던 군역과 부역.

632 限前(한젼) : 한전(限前). 기한이 되기 전.

633 畢納(필납) : 납세나 납품 따위를 끝냄.

634 구실 : 예전에 온갖 세납(稅納)을 통틀어 이르던 말.

635 分等(분등) : 등급이나 등수를 나누어 매김.

636 所出(소츌) : 소출(所出). 논밭에서 나는 곡식, 또는 그 곡식의 양.

637 什一稅(십일셰) : 십일세(十一稅). 과세 대상의 10분의 1의 비율로 징수하던 세.

638 灾(직) : 재(災). 재상(災傷). 자연의 재해로 농작물이 입는 피해.

이런 일 ᄌ시640 알면

王稅(왕세)641를 拒納(그납)642홀가?

호 洞內(동닉) 몃 戶首(호슈)의

各姓(각셩)이 居生(거싱)643호야

信義(신의)를 아니호면

和睦(화목)을 엇지홀고?

婚姻(혼인) 大事(대ᄉ) 扶助(부조)호고

喪葬(상쟝) 憂患(우환) 보슬피며

水火(슈화) 盜賊(도젹)644 救援(구권)645호고

有無稱貸(유무층대)646 셔로 호야

날보다 饒冨(요부)647호니

用心(용심)648 닉여 是非(시비) 말고

그 中(듕)의 鰥寡孤獨(환과고독)649

自別(ᄌ별)이650 救恤(구휼)호소.

졔 각각 ᄌ(졍)호 分福(분복)651

639 　蕩減(탕감) : 세금이나 빚 따위를 덜어 주거나 모두 없애 줌.

640 　ᄌ시 : 자시. 자세히의 방언.

641 　王稅(왕세) : 왕세(王稅). 예전에 나라에 바치는 조세를 이르던 말.

642 　拒納(그납) : 거납(拒納). 세금을 내는 것을 거부함.

643 　居生(거싱) : 거생(居生). 일정한 곳에 머물러 살아감.

644 　水火(슈화) 盜賊(도젹) : 수화(水火) 도적(盜賊). 수재(水災)와 화재(火災).

645 　救援(구권) : 구원(救援)의 잘못.

646 　有無稱貸(유무층대) : 유무칭대(有無稱貸). 있고 없음을 헤아리지 않고 돈이나 물건을 꾸어 줌.

647 　饒冨(요부) : 살림이 넉넉함.

648 　用心(용심) : 남을 시기하는 심술궂은 마음.

649 　鰥寡孤獨(환과고독) : 홀아비, 과부, 고아, 늙어서 자식 없는 사람을 아울러 이르는 말. 의지할 곳 없이 외로운 처지에 있는 사람을 이르는 말.

650 　自別(ᄌ별)이 : 자별(自別)히. 남보다 특별한 친분으로.

抑志(억지)로 못 ᄒᆞᄂᆞ니
ᄌᆞ늬들 혜여 보아
내 말을 닛지 마소.
이듸로 ᄒᆞ여 가면
雜(잡)싱각 아니 나리.
酒色雜技(쥬싁잡기)[652] ᄒᆞᄂᆞ 사름
初頭(초두)[653]부터 그러홀가?
偶然(우년)이 그릇ᄒᆞ야
ᄒᆞ 번 ᄒᆞ고 두 번 ᄒᆞ면
마음이 방탕ᄒᆞ야
긋칠 쥴 모로ᄂᆞ니
ᄌᆞ내들 조心(심)ᄒᆞ야
젹은 허믈 짓지 마소.

十一月(십일월)은 仲冬(즁동)[654]이라
大雪(듸셜)[655] 冬至(동지)[656] 節氣(졀긔)로다.
바름 블고 서리 치고
눈 오고 어름 언다.

---

651 分福(분복) : 각자 타고난 복.
652 酒色雜技(쥬싁잡기) : 주색잡기(酒色雜技). 술과 여자와 노름을 아울러 이르는 말.
653 初頭(초두) : 애초. 맨 처음.
654 仲冬(즁동) : 중동(仲冬). 겨울이 한창인 때라는 뜻으로, 음력 11월을 달리 이르는 말.
655 大雪(듸셜) : 대설(大雪). 24절기의 하나. 소설과 동지 사이에 있으며, 양력 12월 8일경이다. 태양의 황경(黃經)이 255° 위치에 있을 때로, 눈이 가장 많이 내린다는 뜻에서 붙여진 이름이다. 하지만 이는 원래 재래 역법(曆法)의 발상지이며 기준 지점인 중국 화북지방(華北地方)의 계절적 특징을 반영한 절기이기 때문에 우리나라의 경우 반드시 이 시기에 적설량(積雪量)이 많다고 볼 수는 없다.
656 冬至(동지) : 24절기의 하나. 자세한 것은 주 5) 참조.

가을의 거든 穀食(곡식)

언마나 ᄒ엿ᄂ고?

멋 셤은 還上(환샹)[657]ᄒ고

멋 셤은 王稅(왕셰)[658]ᄒ고

언마ᄂ 祭飯米(졔반미)[659]오

언마ᄂ 삐앗이며

賭地(도지)[660]도 되여[661] 내고

픔갑[662]도 갑흐리라.

시곗돈[663] 塲邊利(장변리)[664]를

낫낫치 收殺(슈쇄)[665]ᄒ니

엄브렁ᄒ던[666] 거시

남져지[667] 바히 업다.

그러ᄒᆞᆫ들 엇지ᄒᆞᆯ고?

農粮(농양)[668]이나 엿투어라[669].

---

657 還上(환샹) : 환상(還上). 주 (630) 참조.

658 王稅(왕셰) : 왕세(王稅). 주 (641) 참조.

659 祭飯米(졔반미) : 제반미(祭飯米). 젯메쌀. 제사 때 올릴 밥을 지으려고 마련한 쌀.

660 賭地(도지) : 도조(賭租). 남의 논밭을 빌려서 부치고 논밭을 빌린 대가로 해마다 내는 벼.

661 되여 : 되어. '되다(말, 되, 홉 따위로 가루, 곡식, 액체 따위의 분량을 헤아리다)'의 활용형.

662 픔갑 : 품값. 품삯. 품을 판 대가로 받거나, 품을 산 대가로 주는 돈이나 물건.

663 시곗돈 : 시장에서 판 곡식의 값으로 받는 돈.

664 塲邊利(장변리) : 장변(場邊). 장에서 꾸는 돈의 이자. 한 장도막, 곧 닷새 동안의 이자를 얼마로 셈한다.

665 收殺(슈쇄) : 수쇄(收殺). 모두 거두어들임.

666 엄브렁ᄒ던 : 엄부렁하던. '엄부렁하다(엄범부렁하다 ─ 실속은 없이 겉만 크다 ─ 의 준말)'의 활용형.

667 남져지 : 남저지. 나머지의 방언.

668 農粮(농양) : 농량(農糧). 주 (260) 참조.

콩기름[670] 우거지로

朝飯夕粥(조반셕쥭)[671] 多幸(디힝)[672]ㅎ다.

婦女(부녀)야 너 홀 일이

며조[673] 쑬 일 남앗도다.

익계 삼고 만이 쪄어

씌워셔[674] 지와[675] 두소.

冬至(동지)ᄂᆞᆫ 名日(명일)[676]이라

一陽(일양)이 生(싱)ㅎ도다.[677]

時食(시식)[678]으로 팟쥭 뿌어

隣里(인리)와 즐기리라.

시 冊曆(칙역)[679] 頒布(반포)ㅎ니

来年(ᄂᆡ년) 節候(졀후) 엇더ㅎ고?

히 졀너[680] 덧[681]이 업셔

669　엿투어라 : 여투어라. '여투다(돈이나 물건을 아껴 쓰고 나머지를 모아 두다)'의 활용형.

670　콩기름 : 콩나물의 방언.

671　朝飯夕粥(조반셕쥭) : 조반석죽(朝飯夕粥). 아침에는 밥을 먹고 저녁에는 죽을 먹는다는 뜻으로, 몹시 가난한 살림을 이르는 말.

672　多幸(디힝) : 다행(多幸)의 잘못.

673　며조 : 메주의 옛말.

674　씌워셔 : 띄워서. '띄우다(누룩이나 메주 따위를 발효시키다)'의 활용형.

675　지와 : 재와. '재오다(재우다의 옛말)'의 활용형.

676　名日(명일) : 명절(名節). 동지를 흔히 아세(亞歲) 또는 작은설이라 하였다.

677　一陽(일양)이 生(싱)ㅎ도다 : 일양(一陽)이 생(生)하도다. 양효(陽爻) 하나가 처음 생기도다. 동지는 일 년 중 밤이 가장 길고 낮이 가장 짧은 날이다. 그러나 이날을 기점으로 밤이 점점 짧아지고 낮은 점점 길어지기 시작한다. 그래서 옛사람들은 이날을 일양(一陽)이 아래에서 생(生)하는 날, 즉 태양이 죽음으로부터 부활하는 날로 생각하여 명절로 삼았다.

678　時食(시식) : 그 계절에 특별히 있는 음식, 또는 그 시절에 알맞은 음식.

679　冊曆(칙역) : 책력(冊曆). 일 년 동안의 월일, 해와 달의 운행, 월식과 일식, 절기, 특별한 기상 변동 따위를 날의 순서에 따라 적은 책.

680　졀너 : 졀러(짧아). '저르다(짧다의 방언)'의 활용형.

밤 길기 支離(지리)ᄒ다[682].

公債(공치) 私債(사치) 了當(요당)[683]ᄒ니

官吏(관니) 面任(면님)[684] 아니 온다.

柴扉(시비)[685]를 닷아시니

草屋(초옥)이 閑暇(한가)ᄒ다.

短晷(단구)[686]의 朝夕(묘셕)ᄒ니[687]

自然(ᄌ년)이 틈 업ᄂ니

燈盞(등잔)블 긴긴 밤의

길삼[688]을 힘뼈 ᄒ소.

뵈틀[689] 겻희 믈네[690] 노코

틀고 타고 잣고 ᄲᄂ니.

ᄌ란아희 글 비오고

어린아희 노ᄂ 소ᄅ

여러 소ᄅ 직거리니

室家(실가)[691]의 滋味(자미)로다.

늙으니 일 업스니

681　덧 : 얼마 안 되는 퍽 짧은 시간.

682　支離(지리)ᄒ다 : 지리(支離)하다. 지루하다의 옛말.

683　了當(요당) : 일을 다 마침. 여기서는 빚을 다 갚음.

684　面任(면님) : 면임(面任). 조선시대에 지방의 면에서 호적과 공공사무를 맡아보던 사람.

685　柴扉(시비) : 사립문.

686　短晷(단구) : 짧은 해라는 뜻으로, 짧은 낮을 이르는 말.

687　朝夕(묘셕)ᄒ니 : 조석(朝夕)하니. '조석하다(아침밥과 저녁밥을 짓다)'의 활용형.

688　길삼 : '길쌈(실을 내어 옷감을 짜는 모든 일을 통틀어 이르는 말)'의 옛말.

689　뵈틀 : '베틀(삼베, 무명, 명주 따위의 피륙을 짜는 틀)'의 옛말.

690　믈네 : 믈레. '물레(솜이나 털 따위의 섬유를 자아서 실을 만드는 간단한 재래식 기구)'의 옛말.

691　室家(실가) : 주 461) 참조.

기즑[692]이나 마야 보식.

喂養間(외양간) 슬펴보아

여믈[693]을 갓금 주소.

깃[694] 쥬어 밧은 거름

ᄌᆞ로 처야[695] 모히ᄂᆞ니.

十二月(십이월)은 季冬(계동)[696]이라

小寒(소한)[697] 大寒(대한)[698] 節候(절후)로다.

雪中(셜듕)의 峯巒(봉만)[699]들은

히 졈은[700] 빗치로다.

歲前(세젼)[701]의 남은 날이

언마나 걸넛ᄂᆞᆫ고?

집안의 女人(녀인)들은

歲時(셰시) 衣服(의복)[702] 댱만ᄒᆞᆫ다.

692　기즑 : 기직. 왕골껍질이나 부들 잎으로 짚을 싸서 엮은 돗자리.

693　여믈 : '여물(마소를 먹이기 위하여 말려서 썬 짚이나 마른풀)'의 옛말.

694　깃 : 외양간, 마구간, 닭둥우리 따위에 깔아 주는 짚이나 마른풀.

695　처야 : '치다(불필요하게 쌓인 물건을 파내거나 옮기어 깨끗이 하다)'의 활용형.

696　季冬(계동) : 늦겨울. 음력 12월을 달리 이르는 말.

697　小寒(소한) : 24절기의 하나. 동지와 대한 사이에 있으며, 양력 1월 6일경이다. 태양의
황경(黃經)이 285° 위치에 있을 때로, '대한이 소한 집에 놀러 갔다가 얼어 죽었다.'는 데서
보듯 가장 추운 시기이다.

698　大寒(대한) : 24절기의 하나. 소한과 입춘 사이에 있으며, 양력 1월 20일경이다. 태양
의 황경(黃經)이 300° 위치에 있을 때로, 가장 춥다고 해서 붙여진 이름이나 실은 소한보다
덜 추운 경우가 많다.

699　峯巒(봉만) : 꼭대기가 뾰족뾰족하게 솟은 산봉우리.

700　졈은 : 져믄(저문). '져믈다(저물다의 옛말)'의 활용형.

701　歲前(세젼) : 세전(歲前). 주 68) 참조.

702　歲時(셰시) 衣服(의복) : 세시(歲時) 의복(衣服). 설을 맞이하여 새로 장만하여 입는

무명703 명지704 싣어 내여

온갓 物色(믈싴) 드려 내니

紫的(ᄌ지)705 甫羅(보라) 松花色(송화싴)706의

靑花(청화)707 葛梅(갈ᄆ)708 玉色(옥싴)709이라.

一遍(일변)으로 다듬으며

一遍(일변)으로 지어내니

箱子(상ᄌ)의도 가득ᄒ고

횃딕710의도 거럿도다.

닙을 것 그만ᄒ고

飮食(음식) 댱만 ᄒ오리라.

쎡ᄬᆯ은 몃 말이며

술ᄬᆯ은 몃 말인고?

콩 가라 豆腐(두부) ᄒ고

모밀ᄬᆯ711 饅頭(만두) ᄒ고

歲肉(셰육)712은 稧(게)713를 밋고

옷, 즉 설빔.

703 무명 : 솜을 자아 만든 실로 짠 피륙.

704 명지 : '명주(明紬, 누에고치에서 뽑은 가늘고 고운 실로 무늬 없이 짠 피륙)'의 방언.

705 紫的(ᄌ지) : 자지(紫的). 자주색. '紫的'은 근대국어 시기에 중국어에서 차용된 말로,
'자디'로 쓰이다가 '자지'로 바뀌었다.

706 松花色(송화싴) : 송화색(松花色). 소나무의 꽃가루 빛깔과 같이 엷은 노란색.

707 靑花(청화) : 청화(靑花). 중국에서 나는 푸른 물감의 하나.

708 葛梅(갈ᄆ) : 갈매. 짙은 초록색.

709 玉色(옥싴) : 옥색(玉色). 옥의 빛깔과 같은 흐린 초록색.

710 횃딕 : 횃대. 옷을 걸 수 있게 만든 막대. 간짓대를 잘라 두 끝에 끈을 매어 벽에 달아
매어 둔다.

711 모밀ᄬᆯ : 모밀쌀. '맵쌀(쪄서 약간 말린 다음, 찧어서 껍질을 벗긴 메밀)'의 방언.

712 歲肉(셰육) : 세육(歲肉). 설에 쓰는 고기.

713 稧(게) : 계(鷄)의 잘못. 대부분의 판본에 '계'라 하였고, 일부 판본에 '집닭'이라 한 것

北魚(북어)는 場(장)의 사시.

臘平(납평)날[714] 창아[715] 뭇어

잡은 꿩 몃 마린고?

児戱(아희)들 그믈 쳐셔

참시도 지져 먹시.

시江丁(강졍) 콩江丁(강졍)의

곳감 大棗(대초) 生栗(싱율)[716]이라.

酒樽(쥬쥰)[717]의 슐 드르니[718]

돌 틈의 시암[719] 소리

압뒤집 打餠聲(타병셩)[720]은

예도 나고 졔도 난다.

새 燈盞(등잔) 시발심지[721]

長燈(장등)[722]ᄒ야 시올 젹의

웃방 봉당[723] 부억가지

으로 보아 계(鷄)로 보는 것이 옳을 듯하다. 일부에서 계(契)를 쓴 것은 계를 닭이 아닌 契로 착각한 데서 기인한 것으로 보인다.

714 臘平(납평)날 : 납일(臘日). 민간이나 조정에서 조상이나 종묘 또는 사직에 제사 지내던 날. 동지 뒤의 셋째 술일(戌日)에 지냈으나, 조선 태조 이후에는 동지 뒤 셋째 미일(未日)로 하였다.

715 창아 : 덫의 방언.

716 生栗(싱율) : 생률(生栗). 껍질을 벗겨 나부죽하게 쳐서 깎은 밤. 흔히 제상(祭床)이나 잔칫상에 올린다.

717 酒樽(쥬쥰) : 주준(酒樽). 술통.

718 드르니 : 들으니. '듣다(눈물, 빗물 따위의 액체가 방울져 떨어지다)'의 활용형.

719 시암 : 새암. 샘의 옛말.

720 打餠聲(타병셩) : 타병성(打餠聲). 떡 치는 소리.

721 시발심지 : 새발심지. 종이나 실, 솜 따위로 새의 발처럼 세 갈래가 되게 꼬아 세워 놓게 만든 등잔의 심지.

722 長燈(장등) : 밤새도록 등불을 켜 둠.

곳곳이 明朗(명낭)ㅎ다.
燭籠(촉농)블[724] 오락가락
믁은歲拜(셰ㅂㅣ)[725] ㅎ는고나.

어와 내 말 듯소.
農業(농업)이 엇더ㅎ고?
終年勤苦(동년근고)[726] ㅎ다 ㅎ나
그 中(듕)의 낙이 잇내.
우ㅎ로 國家補用(국가보용)[727]
私計(사계)[728]로 祭先奉親(제션봉친)[729]
兄弟(형졔) 妻子(쳐ᄌ) 婚喪(혼상) 大事(대ᄉ)
먹고 닙고 쓰ᄂᆞᆫ 거시
土地(토지) 所出(소츌) 안니러면
돈 지당[730]을 뉘가 홀고?
녜로부터 니른 말이
農業(농업)이 根本(근본)이라.
ㅂㅣ 부려 船業(션업) ㅎ고

---

723 봉당 : 안방과 건넌방 사이의 마루를 놓을 자리에 마루를 놓지 아니하고 흙바닥 그대로 둔 곳.

724 燭籠(촉농)블 : 촉롱(燭籠)불. 초롱불.

725 믁은歲拜(셰ㅂㅣ) : 묵은세배(歲拜). 섣달 그믐날 저녁에 그해를 보내는 인사로 웃어른에게 하는 절.

726 終年勤苦(동년근고) : 종년근고(終年勤苦). 한 해 내내 마음과 몸을 다하며 애씀.

727 國家補用(국가보용) : 나라에서 부족한 것에 보태어 씀.

728 私計(사계) : 개인적인 생각이나 계획.

729 祭先奉親(제션봉친) : 제선봉친(祭先奉親). 조상께 제사를 지내고 어버이를 받들어 모심.

730 지당 : 지탱(支撑).

말 부려 댱ᄉᄒ기
典當(전당) 잡고 빗 쥬기와
塲坂(장판)의 髢稧(톄게)[731] 노키
슐댱ᄉ 썩댱ᄉ며
슐막질[732] 가가[733] 보기
아직은 혼전ᄒ나[734]
ᄒ 번을 뒤쑥ᄒ면
破落戶(파낙호)[735] 빗구럭이[736]
ᄉ던 곳 터히 업다.
農事(농ᄉ)는 밋는 거시
내 몸의 달녓ᄂ니.
節氣(졀긔)도 進退(진퇴) 잇고
年事(년ᄉ)[737]도 豊凶(풍흉) 잇셔
水旱(슈한)[738] 風雹(풍박)[739] 暫時(잠시) 灾殃(지앙)
업다야 ᄒ랴마ᄂ
極盡(극진)이 힘을 드려

---

731 髢稧(톄게) : 체계(遞計)의 잘못. 장체계(場遞計). 예전에 장에서 비싼 이자로 돈을 꾸어 주고 장날마다 본전의 일부와 이자를 받아들이던 일.

732 슐막질 : 술막질. 주막(酒幕)질. 주막에서 영업하는 것.

733 가가 : 가게의 원말.

734 혼전ᄒ나 : 혼전하나. '혼전하다(생활이 넉넉하여 아쉬움이 없다)'의 활용형.

735 破落戶(파낙호) : 파락호(破落戶). 재산이나 세력이 있는 집안의 자손으로서 집안의 재산을 몽땅 털어먹는 난봉꾼을 이르는 말.

736 빗구럭이 : 빗구럭. 빚이 많아서 헤어나지 못하는 어려운 상태.

737 年事(년ᄉ) : 연사(年事). 농형(農形). 농사가 잘되고 못된 형편, 또는 농사가 되어 가는 형편.

738 水旱(슈한) : 수한(水旱). 장마와 가뭄을 아울러 이르는 말.

739 風雹(풍박) : 바람과 우박.

家率(가솔)이 一心(일심)ᄒ면

아모리 殺年(살년)[740]의도

餓死(아ᄉ)를 免(면)ᄒᄂ니

졔 싀굴[741] 졔 직희여

騷動(소동)ᄒᆯ[742] 듯[743] 두지 마소.

皇天(황텬)이 仁慈ᄒ셔

怒(노)ᄒ심도 一時(일시)로다.

쟈늬도 혜여 보소.

十年(십년)을 假量(가량)[744]ᄒ면

豊年(풍년)은 二分(이분)[745]이요

凶年(흉년)은 一分(일분)[746]이라.

千萬(쳔만) 가지 싱각 말고

내 말을 고지 듯소.

夏小正(하소졍)[747] 豳風詩(빈풍시)[748]를

---

740 殺年(살년) : 크게 흉년이 든 해.

741 싀굴 : 시골.

742 騷動(소동)ᄒᆯ : 소동(騷動)할. '소동하다(사람들이 놀라거나 흥분하여 시끄럽게 법석거리고 떠들어 대다)'의 활용형.

743 듯 : 뜻.

744 假量(가량) : 어떤 일에 대하여 확실한 계산은 아니나 얼마쯤이나 정도가 되리라고 짐작하여 봄.

745 二分(이분) : 셋 중의 둘. 즉 2/3를 가리킴.

746 一分(일분) : 셋 중의 하나. 즉 1/3을 가리킴.

747 夏小正(하소정) : 하소정(夏小正). 중국 전한(前漢) 때 대덕(戴德)이 편찬한 『대대례(大戴禮)』의 편명. 성상(星象)과 기후에 따른 종식(種植), 잠상(蠶桑), 목축, 어렵(漁獵) 활동에 대해 기록하고 있다.

748 豳風詩(빈풍시) : 『시경(詩經)』「빈풍(豳風)」〈칠월(七月)〉편을 가리킴. 주(周)나라 주공(周公)이 나이가 어리고 경험이 부족한 성왕(成王)을 섭정하면서, 백성들의 농사짓는 어려움을 인식시키기 위하여 지은 것이다.

聖人(셩인)이 지엇ᄂᆞ니.
至極(지극)흔 ᄯᅳᆺ 본바다셔
大强(듸강)을 記錄(긔록)ᄂᆞ니
이 글을 ᄌᆞ셰 보아
힘쓰기를 ᄇᆞ라노라.

3
春眠曲 츈면곡

春眠(츈면)[1]을 느짓 씌여

竹窓(쥭챵)[2]을 半(반)만 여니

庭花(졍화)[3]는 灼灼(쟉쟉)[4]ᄒ여

가는 나븨 머므르고

岸柳(안뉴)[5]는 依依(의의)[6]ᄒ야

섯긴[7] 안기 가리웟다.

浩蕩(호탕)ᄒ 미친 興(흥)을

브즐업시[8] 즈아닉여

窓(챵) 밧긔 들 괸[9] 술을

두세 즌 먹은 후의

빅마 금안[10]으로

야유원[11] ᄎᄌ가니

---

1 春眠(츈면) : 춘면(春眠). 봄철의 노곤한 졸음. 봄날의 낮잠.

2 竹窓(쥭챵) : 죽창(竹窓). 대로 창살을 만든 창문.

3 庭花(졍화) : 정화(庭花). 뜰에 핀 꽃.

4 灼灼(쟉쟉) : 꽃이 핀 모양이 몹시 화려하고 찬란함.

5 岸柳(안뉴) : 안류(岸柳). 강 언덕에 있는 버드나무.

6 依依(의의) : 풀이 무성하여 싱싱하게 푸름.

7 섯긴 : 성긴. '섯기다(성기다 — 반복되는 횟수나 도수가 뜨다 — 의 옛말)'의 활용형.

8 브즐업시 : 부질없이.

9 들 괸 : 덜 발효된.

10   빅마 금안 : 백마(白馬) 금안(金鞍). 흰 말과 금으로 꾸민 안장. 호사스런 행장(行裝).

화향은 습의[12]ᄒ고

월식은 만졍[13]흔ᄃᆡ

광긱인 듯 취긱인 듯

흥을 겨워 머므ᄂᆞᆫ 듯

빙회 고면[14]ᄒ여

유졍이[15] 섯노라니

紗窓(샤창)[16]을 半開(반ᄀᆡ)ᄒ고

玉顔(옥안)[17]을 죱간 드러

웃ᄂᆞᆫ 듯 ᄢᅵᆼ기ᄂᆞᆫ[18] 듯

嬌態(교ᄐᆡ)ᄒ여 마ᄌᆞ 드려

秋波(츄파)[19]ᄂᆞᆫ 암강[20]흔ᄃᆡ

녹의금[21] 빗겨 안고

淸歌(청가)[22] 一曲(일곡)으로

春興(츈흥)을 기여ᄂᆡ니[23]

---

11 야유원 : 冶遊園. 기생이 있는 술집.

12 습의 : 襲衣. 옷 속에 스며듦.

13 만졍 : 만정(滿庭). 뜰에 가득함.

14 빙회 고면 : 배회고면(徘徊顧眄). 아무 목적도 없이 거닐면서 여기저기 돌아봄.

15 유졍이 : 유정(有情)히. 인정이나 동정심이 있게.

16 紗窓(샤창) : 사창(紗窓). 얇고 성기게 짠 비단으로 바른 창문. 예전에 규방(閨房)의 창문을 비유적으로 이르던 말.

17 玉顔(옥안) : 여자의 아름다운 얼굴.

18 ᄢᅵᆼ기ᄂᆞᆫ : 찡그리는. 'ᄢᅵᆼ기다(찡그리다의 옛말)'의 활용형.

19 秋波(츄파) : 추파(秋波). 이성의 관심을 끌기 위하여 은근히 보내는 눈길.

20 암강 : 暗剛. 은근히 굳셈.

21 녹의금 : 녹기금(綠綺琴)의 잘못. 녹기금은 중국 한(漢)나라 때 유명한 문인 사마상여(司馬相如)가 탁문군(卓文君)의 마음을 얻기 위하여 연주하였던 거문고이다.

22 淸歌(청가) : 청가(淸歌). 맑은 목소리로 부르는 노래.

23 기여ᄂᆡ니 : 게어내니. '게어내다(게우다의 방언)'의 활용형. 토해 내니.

스랑도 그지업고
緣分(연분)도 깁플시고.
이 스랑 이 연분이
비홀 딕 젼혀 업닉.
너는 죽어 곳치 되고
나는 죽어 나뷔 되여
靑春(청춘)이 진ᄒ도록[24]
쩌나 스지 마즈더니
人間(인간)이 일이 ᄒ고[25]
造物(조물)이 다싀[26]ᄒ여
新情(신정)[27]이 未洽(미흡)ᄒ딕
이달를스 離別(니별)이야.
淸江(쳥강)의 씻는 鴛鴦(원앙)
가다가 돌치는[28] 듯
征馬(졍마)[29]은 즈조 울고
夕陽(셕양)은 지 넘을 졔
羅衫(나슴)[30]을 뷔여줍고[31]
암연이[32] 여흰 후의

---

24 진ᄒ도록 : 진(盡)하도록. '진하다(다하여 없어지다)'의 활용형.
25 ᄒ고 : 하고. '하다(많다의 옛말)'의 활용형.
26 다싀 : 다시(多猜). 시기(猜忌)를 많이 함.
27 新情(신정) : 신정(新情). 새로 사귄 정.
28 돌치는 : 돌치는. '돌치다(되돌다)'의 활용형.
29 征馬(졍마) : 정마(征馬). 먼 길을 갈 때에 타는 말.
30 羅衫(나슴) : 나삼(羅衫). 얇고 가벼운 비단으로 만든 적삼.
31 뷔여줍고 : 부여잡고. '부여잡다(두 손으로 힘껏 붙들어 잡다)'의 활용형.
32 암연이 : 암연(黯然)히. 슬프고 침울하게.

미친 마음 살든[33] 스랑
님의 손의 부쳐두고
긴 흔습 지는 눈물
속졀업시 혬만 만타.
一身(일신)의 병이 되고
萬事(만亽)의 무심ᄒ야
書窓(셔창)[34]을 구지[35] 닷고
셥거이[36] 누워시니
花姿(화亽) 月態(월틱)[37]은
眼中(안듕)의 암암[38]ᄒ고
粉壁(분벽) 紗窓(사창)[39]은
枕邉(침변)[40]의 의의[41]ᄒ다.
花叢(화총)[42]의 露滴(노젹)[43]ᄒ니
別淚(별누)[44]를 쑤리는 듯
柳幕(유막)[45]의 烟濃(연농)[46]ᄒ니

---

33 살든 : 살뜰한. '살뜰하다(사랑하고 위하는 마음이 자상하고 지극하다)'의 활용형.
34 書窓(셔창) : 서창(書窓). 서재(書齋)에 나 있는 창.
35 구지 : '굳이(단단한 마음으로 굳게)'의 옛말.
36 셥거이 : 섭거이. '섭겁다(나약하다의 옛말)'의 활용형.
37 花姿(화亽) 月態(월틱) : 화자(花姿) 월태(月態). 꽃다운 맵시와 달 같은 자태. 여인의 아름다운 모습을 이르는 말.
38 암암 : 暗暗. 기억에 남은 것이 눈앞에 아른거리는 듯함.
39 粉壁(분벽) 紗窓(사창) : 분벽(粉壁) 사창(紗窓). 하얗게 꾸민 벽과 비단으로 바른 창. 여자가 거처하며 아름답게 꾸민 방을 이르는 말.
40 枕邉(침변) : 베갯머리.
41 의의 : 依依. 기억이 어렴풋함.
42 花叢(화총) : 꽃떨기.
43 露滴(노젹) : 노적(露滴). 이슬이 방울방울 맺힘.
44 別淚(별누) : 별루(別淚). 이별할 때 슬퍼서 흘리는 눈물.

離恨(니한)[47]을 먹으믄 듯

空山(공산) 夜月(야월)[48]의

杜鵑(두견)이 啼血(계힐)[49]홀 졔

슬프다 져 시 소리

늬 마음갓치 블여귀[50]라.

三更(삼경)의 못 든 줌을

四更(스경)의 비러 드려

相思(샹스)ᄒ든 우리 님을

꿈 가오듸 邂逅(히후)ᄒ야

千愁萬恨(쳔슈만한)[51] 못다 ᄒ여

一塲蝴蝶(일쟝호졉)[52] 훗터지니

아리따온 玉鬢紅顔(옥빈홍안)[53]

겻희 얼픗 안ᄌᄂ 듯

어와 황홀ᄒ다.

45　柳幕(유막) : 버들막. 휘늘어진 수양버들 가지를 비유적으로 이르는 말.

46　烟濃(연농) : 연농(烟濃). 안개가 자욱함.

47　離恨(니한) : 이한(離恨). 이별의 한.

48　空山(공산) 夜月(야월) : 텅 빈 산에 밝은 달만 떠 있음.

49　啼血(계힐) : 제혈(啼血). 피를 토하며 욺.

50　블여귀 : 불여귀(不如歸). '돌아감만 못하다'는 뜻으로, 돌아가지 못해 애타는 심정을 토해 내는 소쩍새의 우는 소리를 이르는 말이다.

51　千愁萬恨(쳔슈만한) : 천수만한(千愁萬恨). 이것저것 슬퍼하고 원망함, 또는 그런 슬픔과 한.

52　一塲蝴蝶(일쟝호졉) : 일장호접(一場胡蝶). 한바탕의 호접몽(蝴蝶夢). 호접몽은 장자가 꿈에 나비가 되어 훨훨 날아다니다가 깨서는, 자기가 꿈에 나비가 되었던 것인지 나비가 꿈에 장자가 되었는지 모르겠다고 한 이야기에서 나온 말. 『장자(莊子)』 「내편(內篇)」 〈제물론(齊物論)〉 참조.

53　玉鬢紅顔(옥빈홍안) : 옥 같은 귀밑머리와 붉은 얼굴이라는 뜻으로, 아름다운 여인을 이르는 말.

숨을 샹시[54] 삼을시고.

허희[55] 퇴침[56]ᄒ고

밧비 이러 바라보니

雲山(운산)은 疊疊(쳡쳡)ᄒ야

千里夢(쳔니몽)[57] 가리왓고

皓月(호월)[58]은 蒼蒼(챵챵)[59]ᄒ야

両鄕心(양향심)[60] 비최엿다.

佳期(가긔)[61]는 격졀[62]ᄒ고

歲月(셰월)이 ᄒ도 홀스[63].

엇그제 二月(이월)꼿치

岸柳邊(안류변)[64]의 블그더니

그 덧[65]의 倏忽(훌훌)ᄒ여[66]

落葉(낙엽)이 秋聲(츄셩)이라.

싀벽 셔리 지ᄂ 달의

---

54 샹시 : 생시(生時).

55 허희 : 獻欷. 한숨을 지음.

56 퇴침 : 推枕. 베개를 밀침.

57 千里夢(쳔니몽) : 천리몽(千里夢). 천 리 밖에서 서로를 그리워하는 꿈.

58 皓月(호월) : 매우 맑고 밝게 비치는 달.

59 蒼蒼(챵챵) : 창창(蒼蒼). 바다, 하늘, 호수 따위가 매우 푸름. 여기서는 '달이 매우 밝음'
의 뜻으로 쓰였다.

60 両鄕心(양향심) : 두 고을에서 서로를 그리워하는 마음.

61 佳期(가긔) : 가기(佳期). 사랑을 처음 맺게 되는 좋은 시기.

62 격졀 : 격절(隔絶). 서로 사이가 떨어져서 연락이 끊어짐.

63 ᄒ도 홀스 : 하도 할샤. 많기도 많구나.

64 岸柳邊(안류변) : 강 언덕에 있는 버드나무 근처.

65 덧 : 얼마 안 되는 퍽 짧은 시간.

66 倏忽(훌훌)ᄒ여 : 숙홀(倏忽)하여, 또는 훌훌하여. '훌훌하다'는 '재빨라서 붙잡을 수가
없다. 또는 걷잡을 사이 없이 갑작스럽다.'는 뜻인데, 이것의 원말은 '숙홀(倏忽)하다'이다.

외기력이 슬피 울 제

반가온 님의 소식

힝혀 볼가 바라더니

蒼茫(챵망)흔[67] 구름 밧긔

뷘 소릭 쑨이로다.

支離(지리)타 이 離別(니별)을

언제나 다시 볼고?

이리져리 그리면셔

어이 그리 못 가는고?

弱水(약슈)[68] 三千(삼쳔) 므단[69] 말이

이를 두고 이르미라.

山頭(산두)[70]의 半月(반월) 되야

님의 낫칙 빗최고져.

石上(셕상)의 梧桐(오동)[71] 되야

님의 무룹 베이고져.

공산의 잘식[72] 되야

北窓(북챵)의 우니고져[73].

---

67 蒼茫(챵망)흔 : 창망(蒼茫)한. '창망하다(넓고 멀어서 아득하다)'의 **활용형**.

68 弱水(약슈) : 약수(弱水). 신선이 살았다는 중국 서쪽의 전설적인 강. 길이가 삼천리나 되며 부력이 매우 약하여 기러기의 털도 가라앉는다고 한다.

69 므단 : 멀단. 멀다의 활용형.

70 山頭(산두) : 산꼭대기.

71 石上(셕상)의 梧桐(오동) : 석상(石上)의 오동(梧桐). 바위틈에 뿌리를 내린 후 세월을 먹으며 자라다 나중에 선 채로 말라죽어 진이 다 **빠져나간** 오동나무. 이렇게 돌 위에서 말라죽은 오동나무가 거문고 제작에 쓰이는 최고의 목재이다.

72 잘식 : 잘새. 밤이 되어 자려고 둥우리를 찾아드는 새.

73 우니고져 : 우닐고자. '우니다(우닐다-울고 다니다-의 옛말)'의 활용형.

書中(셔듕)의 有女(유녀)탄 말[74]

나도 잠간 드러시니

마음을 구지 먹고

감기[75]를 다시 닉여

丈夫(쟝부)의 功業(공업)[76]을

곳곳치[77] 이룬 후의

그졔야 님을 만나

빅연히로 ᄒᆞ오리라.

---

74 書中(셔듕)의 有女(유녀)탄 말 : 서중(書中)에 유녀(有女)탄 말. 책 속에 여자가 있다는 말. 글만 잘하면 아름다운 아내를 얻을 수 있다는 말. 중국 송(宋)나라 진종(眞宗, 986~1022)의 〈권학문(勸學文)〉에 나오는 말이다. "取妻莫恨無良媒, 書中有女顏如玉."(장가들려는데 좋은 중매 없다고 한탄하지 말지니, 책 속에 얼굴이 옥같이 고운 여자가 있도다.)
75 감기 : 감개(感慨). 어떤 감동이나 느낌이 마음 깊은 곳에서 배어 나옴, 또는 그 감동이나 느낌.
76 功業(공업) : 큰 공로가 있는 사업.
77 곳곳치 : 꿋꿋이. 끝끝내의 방언.

4

江村別曲 강촌별곡 — 車天輅[1]

此身(차신)이 無用(무뇽)ᄒ여
聖上(셩상)이 바리시니[2]
冨貴(부귀)을 離別(니별)ᄒ고
貧賤(빈쳔)을 樂(낙)을 삼어
一間(일간) 茅屋(모옥)[3]을
山水間(산슈간)의 지어 놋코
三旬(삼슌) 九食(구식)[4]을
먹으나 못 먹으나
十年(십년) 一冠(일관)[5]을

---

1 車天輅 : 조선 중기의 문신(1556~1615). 본관은 연안(延安). 자는 복원(復元), 호는 오산(五山)·귤실(橘室)·청묘거사(淸妙居士). 송도 출신으로 1577년(선조 10) 알성문과에 병과로 급제, 1583년 문과중시에 을과로 급제했다. 1589년 통신사 황윤길(黃允吉)을 따라 일본에 다녀왔으며, 체류 중에 4,000~5,000수의 시를 지어 일인들을 놀라게 했다. 문장이 수려하여 명나라에 보내는 대부분의 외교문서를 담당했으며 명나라 인사들로부터 동방문사(東方文士)라는 칭호를 받았다. 봉상시판관(奉常寺判官)을 거쳐 1601년 교리가 되어 교정청(校正廳)의 관직을 겸했고 광해군 때 봉상시첨정을 지냈다. 시에 특히 능하였으므로 한호(韓濩)의 글씨, 최립(崔岦)의 문장과 함께 그의 시를 송도삼절(松都三絶)로 일컬었다.

2 바리시니 : 버리시니. '바리다(버리다의 옛말)'의 활용형.

3 茅屋(모옥) : 띠나 이엉 따위로 지붕을 인 초라한 집.

4 三旬(삼슌) 九食(구식) : 삼순구식(三旬九食). 삼십 일 동안 아홉 끼니밖에 먹지 못한다는 뜻으로, 몹시 가난함을 이르는 말.

5 十年(십년) 一冠(일관) : 십년 동안 하나의 갓을 쓴다는 뜻으로, 몹시 가난함을 이르는 말. 삼순구식(三旬九食)과 십년일관(十年一冠)은 도연명(陶淵明)의 〈의고(擬古)〉 9수 중 다섯 번째 시에 나오는 구절이다. "東方有一士, 被服常不完, 三旬九遇食, 十年著一冠, 辛

쓰거나 못 쓰거나

分別(분별)이 업셔지니

일홈[6]인들 닛슬소냐?

萬事(만ᄉ)의 無心(무심)ᄒ여

一身(일신)이 閒暇(한가)ᄒ니

靑松(청송) 亭下(졍하)의

혼ᄌ 안ᄌ 프람ᄒ니[7]

壺中(호듕) 天地(쳔지)[8]의

夕陽(셕양)이 븕아 잇다.

逸興(일흥)[9]을 못 니긔여

蘆簾(노념)[10]을 놉히 것고

遠近(원근) 山川(산쳔)을

眼下(안하)의 브라보니

地勢(디셰)도 죠커니와

風景(풍경)도 그지업다.

霞鶩(하목)[11]이 齊飛(졔비)[12]ᄒ고

苦無此比, 常有好容顔.(동방에 한 선비가 있는데, 옷 입는 게 늘 온전치 못하다네. 한 달 동안 아홉 끼만 먹고, 십 년 동안 하나의 갓을 쓴다네. 맵고 쓴 고생 이에 견줄 수 없지만, 늘 즐거운 얼굴이라네.)"

6 일홈 : 이름의 옛말.

7 프람ᄒ니 : 휘파람을 부니. 프람은 휘파람의 옛말이다.

8 壺中(호듕) 天地(쳔지) : 호중천지(壺中天地). 항아리 속에 있는 신기한 세상이라는 뜻으로, 별천지·별세계·선경(仙境) 따위를 이르는 말. 호중천(壺中天)이라고도 한다. 후한(後漢)시대 관리인 비장방(費長房)이 호공(壺公)이라는 약장수 노인을 따라 그의 거처인 항아리 속에 들어가 보았더니 그곳에는 고래 등 같은 기와집에 진수성찬(珍羞盛饌)이 차려져 있어 그 음식을 맛있게 먹고 나왔다는 이야기에서 온 말이다. 『후한서(後漢書)』 〈방술전(方術傳)〉 참조.

9 逸興(일흥) : 세속을 벗어난 흥취.

10 蘆簾(노념) : 노렴(蘆簾). 갈대발. 가는 갈대의 줄기를 질긴 실이나 노로 엮어서 만든 발.

水天(슈텬)이 一色(일쇡)인 제

南北(남북) 두세 집이

暮烟(모년)[13]의 잠겨셔라.

三山(삼산)[14]이 어듸믜요

武陵(무릉)[15]이 여긔로다.

無心(무심)흔 (저)[16] 구룸은

翠岀(취슈)[17]의 걸녀 잇고

有意(유의)흔 갈메기는

白沙(빅스)의 버러[18] 잇다.

아춤의 키온 취[19]을

点心(졈심)의 다 먹엇다.

일 업시 인[20] 닐면셔[21]

---

11 霞鶩(하목) : 낙하고목(落霞孤鶩)의 준말. 낙하(落霞)는 지는 노을이고 고목(孤鶩)은 외로운 오리이다. 당(唐)나라 왕발(王勃)의 〈등왕각서(滕王閣序)〉에 나오는 구절이다. "落霞與孤鶩齊飛, 秋水共長天一色.(지는 노을은 외로운 오리와 나란히 날고, 가을 강물은 드넓은 하늘과 같은 빛이다.)"

12 齊飛(졔비) : 제비(齊飛). 나란히 낢.

13 暮烟(모년) : 모연(暮煙). 저녁 무렵의 연기.

14 三山(삼산) : 삼신산(三神山). 중국 전설에 나오는 봉래산(蓬萊山), 방장산(方丈山), 영주산(瀛洲山)을 아울러 이르는 말. 이곳에는 주옥(珠玉)으로 된 나무가 우거져 있는데, 그 나무의 열매를 먹으면 불로불사(不老不死)하는 신선이 된다고 한다.

15 武陵(무릉) : 무릉도원(武陵桃源). 도연명(陶淵明)의 〈도화원기(桃花源記)〉에 나오는 말로 이상향, 별천지를 비유적으로 이르는 말. 중국 진(晉)나라 때 호남(湖南) 무릉의 한 어부가 배를 저어 복숭아꽃이 아름답게 핀 수원지로 올라가 굴속에서 진나라의 난리를 피하여 온 사람들을 만났는데, 그들은 하도 살기 좋아 그동안 바깥세상의 변천과 많은 세월이 지난 줄도 몰랐다고 한다.

16 (저) : 원래의 위치가 아니라 우측 옆에 가필로 쓰여 있다.

17 翠岀(취슈) : 취수(翠岀). 푸른 산골짜기.

18 버러 : 벌어(늘어서). 벌다의 활용형.

19 취 : 취. 곰취, 단풍취, 참취, 수리취 따위의 산나물을 통틀어 이르는 말.

夕釣(셕조)[22]을 말냐 ᄒ여

낙디을 드러 메고

釣臺(조디)[23]로 나려가니

흐르ᄂᆞᆫ니 믈결이오

쮜노ᄂᆞᆫ니 고기로다.

銀鱗(은닌) 玉尺(옥쳑)[24]을

버들 움[25]의 쮜여[26] 들고

落照(낙조) 江湖(강호)의

寂寞(젹막)히 도라오니

山歌(산가)[27] 村笛(촌젹)[28]은

漁父詞(어부ᄉᆞ)[29]로 화답ᄒ고

西湖(셔호) 梅鶴(미학)[30]은

ᄇ라도 못ᄒᆞ여도

曾點(증졈) 咏歸(영귀)[31]은

---

20 인 : 일의 오기인 듯. 일은 일찍의 옛말이다.

21 닐면셔 : 일어나면서. '닐다(일어나다의 옛말)'의 활용형.

22 夕釣(셕조) : 석조(夕釣). 저녁 낚시.

23 釣臺(조디) : 조대(釣臺). 낚시터.

24 銀鱗(은닌) 玉尺(옥쳑) : 은린옥척(銀鱗玉尺). 비늘이 은빛으로 빛나고 모양이 좋은 큰 물고기. 물고기를 아름답게 이르는 말.

25 버들 움 : 버드나무에서 새로 돋아 나온 연한 가지.

26 쮜여 : 꿰어.

27 山歌(산가) : 산에서 나무하는 사람들이 부르는 노래.

28 村笛(촌젹) : 촌적(村笛). 시골아이들이 부는 피리 소리.

29 漁父詞(어부ᄉᆞ) : 어부사(漁父詞). 특정 〈어부사〉를 지칭하기보다는 어부의 즐거움을 읊은 노래 일반을 가리킴.

30 西湖(셔호) 梅鶴(미학) : 서호(西湖) 매학(梅鶴). 서호의 매화와 학. 중국 송나라 때의 시인인 임포(林逋)가 일생 독신으로 서호에 은거한 채 매화 300본을 심고 학 두 마리를 기르며 풍류 생활을 즐긴 것을 가리킨다.

이네셔 더흘손가?

箕山(긔산) 穎水(녕슈)[32]의

巢許(소허)[33]의 물이 되여

千乘(쳔승)[34]을 닝소ㅎ고

萬鐘(만종)[35]이 초기[36]로다.

닉 슬님 담박[37]ㅎ니

어닉 버지 ᄎᄌ오리?

瓦樽(와쥰)[38]의 濁醪(탁요)[39] 걸너

박잔[40]의 가득 부어

淸風(쳥풍)의 半醉(반취)ㅎ여

31 　曾點(증점) 咏歸(영귀) : 증점(曾點) 영귀(詠歸). 증점이 자신의 뜻(포부)을 표현한 것으로, 명리를 잊고 유유자적함을 이르는 말. 공자가 제자들을 모아 놓고 각자 자신의 뜻(포부)을 말해보라고 하자 증점이 "暮春者, 春服旣成, 冠者五六人, 童子六七人, 浴乎沂, 風乎舞雩, 詠而歸.(늦봄에 봄옷이 이미 이루어지면 관을 쓴 어른 5~6명과 동자 6~7명과 함께 기수에서 목욕하고 무우에서 바람 쐬고서 노래하며 돌아오겠습니다.)"라고 대답한 데서 유래한 말이다. 『논어(論語)』「선진편(先進篇)」 참조.

32 　箕山(긔산) 穎水(녕슈) : 기산(箕山) 영수(穎水). 중국 하남성에 있는 산과 시내의 이름. 요임금 때 소부와 허유가 임금의 자리를 물려받으라는 왕명을 피해 들어가 은거한 곳이다.

33 　巢許(소허) : 소부(巢父)와 허유(許由). 중국 고대의 고사(高士)로, 요임금이 나라를 맡기고자 하였으나 이를 거절하고 기산(箕山)에 들어가 은거한 인물들이다. 소부는 속세를 떠나서 산의 나무 위에서 살았기 때문에 생긴 이름이라고 한다. 허유는 기산에 은거한 뒤 요임금이 또다시 자신을 구주(九州)의 장(長)으로 삼으려 하자 그 말을 듣고 자기의 귀가 더러워졌다며 영수 강물에 귀를 씻었다고 하며, 소에게 물을 먹이려고 왔다가 이를 본 소부는 그러한 더러운 물은 소에게도 마시게 할 수 없다며 돌아갔다는 이야기가 전한다.

34 　千乘(쳔승) : 천승(千乘). 천 대의 병거(兵車)라는 뜻으로, 제후를 이르는 말.

35 　萬鐘(만종) : 만종록(萬鐘祿). 아주 많은 녹봉(祿俸).

36 　초기 : 초개(草芥). 지푸라기로서, 쓸모없고 하찮은 것을 비유적으로 이르는 말.

37 　담박 : 淡泊. 담백(淡白). 욕심이 없고 마음이 깨끗함.

38 　瓦樽(와쥰) : 와준(瓦樽). 진흙으로 빚어 만든 술 그릇.

39 　濁醪(탁요) : 탁료(濁醪). 막걸리.

40 　박잔 : 조그만 박을 반으로 갈라 만든 잔.

北窓(북창)의 누어시니

無懷氏(무회씨)[41] 적 스름인가?

葛天氏(갈텬씨)[42] 적 빅셩인가?[43]

紛紛(분분)흔[44] 世上(세상) 消息(소식)

아는 듯 모로는 듯

누으면 잠샏이요

씬 후의 일리 업셔

黃庭経(황졍경)[45] 손의 들고

紫芝曲(ᄌ지곡)[46] 노릭ᄒ니

四皓(ᄉ호)[47](가)[48] 다슷시요

三山(삼산)[49]이 네히로다.

41　無懷氏(무회씨) : 중국 상고의 제왕 이름. 도덕으로 세상을 다스려 당시의 백성들은 모두 사욕이 없고 편안했다고 한다.

42　葛天氏(갈텬씨) : 갈천씨(葛天氏). 중국 상고의 제왕 이름. 교화를 펴지 않아도 저절로 교화가 이루어져 천하가 태평했다고 한다.

43　瓦樽(와준)의~빅셩인가? : 와준(瓦樽)의~백성인가? 이 부분은 도연명(陶淵明)의 〈오류선생전(五柳先生傳)〉을 차용한 것이다. "酣觴賦詩, 以樂其志, 無懷氏之民歟, 葛天氏之民歟?(술 마시고 시를 지으면서 그 뜻을 즐기나니, 무회씨의 백성이런가? 갈천씨의 백성이런가?)"

44　紛紛(분분)흔 : 분분(紛紛)한. '분분하다(떠들썩하고 뒤숭숭하다. 어지럽다)'의 활용형.

45　黃庭経(황졍경) : 황정경(黃庭經). 도가(道家)의 경문. 위부인(魏夫人)이 전한 황제 내경경(黃帝內景經), 왕희지가 베껴서 거위와 바꾸었다는 황제 외경경(黃帝外景經), 황정 둔갑 연신경(黃庭遁甲緣身經), 황정 옥축경(黃庭玉軸經)의 네 가지가 있다.

46　紫芝曲(ᄌ지곡) : 자지곡(紫芝曲). 옛 악곡 이름. 상산사호(商山四皓)가 진(秦)의 난리를 피해 산속에 들어가 은거하며 지은 것이라고 한다.

47　四皓(ᄉ호) : 상산사호(商山四皓). 중국 진시황 때에 난리를 피하여 섬서성(陝西省) 상산(商山)에 들어가서 숨은 네 사람. 동원공(東園公), 기리계(綺里季), 하황공(夏黃公), 녹리선생(甪里先生)을 이른다. 호(皓)란 본래 희다는 뜻으로, 이들이 모두 눈썹과 수염이 흰 노인이었다는 데서 유래한다.

48　(가) : 원래의 위치가 아니라 우측 옆에 가필로 쓰여 있다.

49　三山(삼산) : 주 14) 참조.

周時(듀시)의 師尙父(ㅅ샹보)[50]는

渭水(위슈)[51]의 고기 낙고

漢家(한가)의 諸葛亮(졔갈양)[52]은

南陽(남양)[53]의 밧츨 가니

그 아니 잇씌이며

이 아니 닉롯더가?

黃扉(황비)[54]의 벗님닉는

이 늬 是非(시비)[55] 어이 알니?

狐貉(호낙)[56]을 모로거니

獘袍(폐포)[57]를 붓그릴가[58]?[59]

50　師尙父(ㅅ샹보) : 사상보(師尙父). 중국 주나라 초기의 정치가인 태공망(太公望) 강여
상(姜呂尙)의 딴 이름. 태공망은 문왕(文王)의 태사(太史)로 상보(尙父)라 불리었다. 본명
은 강상(姜尙)이다. 속칭으로 강태공(姜太公)·태공망(太公望) 등으로 불리며, 여(呂)에 봉
해졌으므로 여상이라고 한다. 위수(渭水)에서 낚시질을 하다 문왕을 만나 스승이 되었으며,
문왕이 죽은 뒤에는 무왕을 도와 은나라를 멸하고 천하를 평정하였다. 그 공으로 제(齊)나
라 제후에 봉해져 그 시조가 되었다.

51　渭水(위슈) : 위수(渭水). 중국 황하(黃河)의 큰 지류(支流). 감숙성(甘肅省) 동남부에
서 시작하여 섬서성(陝西省)으로 흘러 황하로 들어간다.

52　諸葛亮(졔갈양) : 제갈량(諸葛亮, 181~234). 중국 삼국시대 촉한(蜀漢)의 정치가 겸 전
략가. 자(字)는 공명(孔明). 시호는 충무(忠武). 남양(南陽)의 초당(草堂)에 있다가 그를 삼
고초려(三顧草廬)한 유비(劉備)와 수어지교(水魚之交)의 관계를 맺었다. 뛰어난 군사 전략
가로, 유비를 도와 오(吳)나라와 연합하여 조조(曹操)의 위(魏)나라 군사를 대파하고 파촉
(巴蜀)을 얻어 촉한을 세웠다. 유비가 죽은 후에 무향후(武鄕侯)로서 남방의 만족(蠻族)을
정벌하고, 위나라 사마의(司馬懿)와 대전 중에 병사하였다.

53　南陽(남양) : 중국의 하남성(河南省) 서남부에 있는 지명. 양자강(揚子江) 지류인 백하
(白河) 연안에 있다. 후한(後漢) 광무제(光武帝) 유수(劉秀)의 출생지이며, 촉한 제갈공명이
은거하던 곳이다.

54　黃扉(황비) : 황색 사립문이라는 뜻으로 재상 등의 고관을 가리킴. 옛날 재상 등 고관
의 관청 문에 황색 칠을 했다는 고사에서 유래한 말이다.

55　是非(시비) : 시비(柴扉, 사립문)의 잘못.

56　狐貉(호낙) : 호학(狐貉)의 잘못. 여우 가죽이나 담비 가죽으로 만든 옷. 귀인(貴人)이
입는 고급 갖옷을 가리킨다.

靑雲(청운)[60]은 제 질겨도[61]

白雲(빅운)이야 닉 조화라.

竹杖(죽장) 芒鞋(망혜)[62]을

분[63]딕로 집고 신고

靑山(쳥산) 綠水(녹슈)의

오며 가며 終日(종일)ᄒ니

잇시면 죽이요

업스면 굴물망졍

갑 업슨 江山(강산)의 누어

함긔 늑즈 ᄒ노라.

---

57 獘袍(폐포) : 해진 솜옷.

58 붓그릴가 : 부끄러워할까. '붓그리다(부끄러워하다의 옛말)'의 활용형.

59 狐貉(호낙)을~붓그릴가? : 이 부분은 『논어(論語)』 「자한편(子罕篇)」에서 공자가 제자 자로(子路)를 칭찬한 말을 차용한 것이다. "子曰, 衣敝縕袍, 與衣狐貉者, 立而不恥者, 其由也與.(공자께서 말씀하시기를, '해진 솜옷을 입고서 여우나 담비 가죽으로 만든 갖옷을 입은 자와 같이 서 있으면서도 부끄러워하지 않는 자, 그게 유(자로)이로다.'라 하셨다.)

60 靑雲(청운) : 청운(靑雲). 높은 지위나 벼슬을 비유적으로 이르는 말.

61 질겨도 : 즐겨도.

62 竹杖(죽장) 芒鞋(망혜) : 죽장망혜(竹杖芒鞋). 대지팡이와 짚신이란 뜻으로, 먼 길을 떠날 때의 아주 간편한 차림새를 이르는 말.

63 분 : 분수(分數).

5

漁父辭 九章 어부ᄉ 구쟝 —李賢輔[1]

雪鬂漁翁住浦間(셜빈어옹쥬포간)[2]ᄒ니

自言居水勝居山(ᄌ언거슈승거산)[3]을

비 쓰여라 비 쓰여라

早潮纔来晚潮来(조됴ᄌ릐만됴늬)[4]을

至菊叢至菊叢於思臥(지국총지국총어ᄉ와)[5]ᄒ니

倚船漁父一肩高(의션어부일견고)[6]을

靑菰葉上凉風起(쳥호엽샹양풍긔)[7]ᄒ니

1　李賢輔 : 조선 중기의 문신(1467~1555). 본관은 영천(永川). 자는 비중(棐仲). 호는 농암
(聾巖)·설빈옹(雪鬂翁). 홍귀달(洪貴達)의 문인이며, 후배인 이황(李滉)·황준량(黃俊良)
등과 친하였다. 1498년 식년문과에 병과로 급제하여 지평·동부승지·경상도관찰사·호조
참판·지중추부사 등을 역임했다. 만년에 고향으로 은퇴하여 시가를 읊조리며 생활하였다.

2　雪鬂漁翁住浦間(셜빈어옹쥬포간) : 설빈어옹주포간(雪鬂漁翁住浦間). 머리가 하얗게
센 어옹이 갯가에서 삶. 백거이(白居易)의 〈어부(漁父)〉에 나오는 구절임.

3　自言居水勝居山(ᄌ언거슈승거산) : 자언거수승거산(自言居水勝居山). 스스로 말하기를
물가에 사는 것이 산속에 사는 것보다 낫다고 함. 백거이(白居易)의 〈어부(漁父)〉에 나오는
구절임.

4　早潮纔来晚潮来(조됴ᄌ릐만됴늬) : 조조재락만조래(早潮纔落晚潮來)의 잘못. 아침 조
수가 밀려가자 저녁 조수가 밀려옴.

5　至菊叢至菊叢於思臥(지국총지국총어ᄉ와) : 흥을 돋우기 위하여 들어간 후렴.

6　倚船漁父一肩高(의션어부일견고) : 의선어부일견고(倚船漁父一肩高). 배에 기댄 어부
의 한 쪽 어깨가 높음. 이인로(李仁老)의 〈송적팔경도(宋迪八景圖)〉 중 '동정추월(洞庭秋
月)'의 한 구절임.

7　靑菰葉上凉風起(쳥호엽샹양풍긔) : 청고엽상량풍기(靑菰葉上凉風起). 푸른 줄 잎사귀

紅蓼花邊白鷗閑(홍요화변빅구한)[8]을

닷 드러라 닷 드러라

洞庭湖裏駕歸凬(동경호니가귀퓽)[9]을

至匊叢至匊叢於思臥(지국총지국총어ᄉ와)ᄒ니

舤急前山忽後山(범급젼산홀후산)[10]을

盡日泛舟烟裡去(진일범쥬연니거)[11]ᄒ니

有時搖掉月中還(유시요도월듕환)[12]을

어와라[13] 어와라

我心隨處自忘機(아심슈쳐ᄌ망긔)[14]을

至匊叢至匊叢於思臥(지국총지국총어ᄉ와)ᄒ니

鼓枻乘流無之居(고셰승뉴무졍거)[15]을

萬事無心一釣竿(만ᄉ무심일조간)[16]이오

위에 서늘한 바람이 일어남. 백거이(白居易)의 〈어부(漁父)〉에 나오는 구절임.

8 紅蓼花邊白鷗閑(홍요화변빅구한) : 홍료화변백로한(紅蓼花邊白鷺閑)의 잘못. 붉은 여뀌꽃 옆에서 백로가 한가로움. 백거이(白居易)의 〈어부(漁父)〉에 나오는 구절임.

9 洞庭湖裏駕歸凬(동경호니가귀퓽) : 동정호리가귀퓽(洞庭湖裏駕歸風). 동정호 안에서 바람을 타고 돌아옴.

10 舤急前山忽後山(범급젼산홀후산) : 범급젼산홀후산(帆急前山忽後山). 돛단배가 앞산을 급히 지나니 갑자기 뒷산이 나타남.

11 盡日泛舟烟裡去(진일범쥬연니거) : 진일범주연리거(盡日泛舟烟裡去). 종일토록 배를 띄워 안개 속으로 나아감. 백거이(白居易)의 〈어부(漁父)〉에 나오는 구절임.

12 有時搖掉月中還(유시요도월듕환) : 유시요도월중환(有時搖掉月中還). 때가 되면 노를 흔들며 달밤에 돌아옴. 백거이(白居易)의 〈어부(漁父)〉에 나오는 구절임.

13 어와라 : '이어라(노를 저어라)'의 잘못.

14 我心隨處自忘機(아심슈쳐ᄌ망긔) : 아심수처자망기(我心隨處自忘機). 내 마음 가는 곳마다 절로 세상일을 잊음.

15 鼓枻乘流無之居(고셰승뉴무졍거) : 고예승류무정기(鼓枻乘流無定期)의 잘못. 삿대를 두드리며 물길을 따라가니 정해진 기한이 없음.

三公不換此江山(삼공불환차강산)[17]을

돗 지워라 돗 지워라

山雨溪風捲釣絲(산우계풍권조사)[18]을

至菊叢至菊叢於思臥(지국총지국총어스와)ᄒ니

一生蹤跡在滄浪(일싱종적지챵낭)[19]을

東風西日楚江深(동풍셔일초강심)[20]ᄒ니

一片笞機萬柳陰(일편틱긔만뉴음)[21]을

어와라 어와라

綠萍身世白鷗深(녹평신셰빅구심)[22]을

至菊叢至菊叢於思臥(지국총지국총어스와)ᄒ니

隔岸漁村三両家(격안어촌삼냥가)[23]을

濯纓歌罷汀洲靜(탁녕가파졍쥬졍)[24]ᄒ니

---

16 萬事無心一釣竿(만스무심일조간) : 만사무심일조간(萬事無心一釣竿). 세상만사에 무
심한 채 낚싯대 하나를 드리우고 있음. 대복고(戴復古)의 〈조대(釣臺)〉에 나오는 구절임.
17 三公不換此江山(삼공불환차강산) : 삼공을 준다 해도 이 강산과 바꾸지 않음. 대복고
(戴復古)의 〈조대(釣臺)〉에 나오는 구절임.
18 山雨溪風捲釣絲(산우계풍권조사) : 산우계풍권조사(山雨溪風捲釣絲). 산에 비오고 시
내에 바람 부니 낚싯줄을 걷음. 두순학(杜筍鶴)의 〈계흥(溪興)〉에 나오는 구절임.
19 一生蹤跡在滄浪(일싱종적지챵낭) : 일생종적재창랑(一生蹤跡在滄浪). 일생의 행적이
큰 바다 푸른 물결에 있음.
20 東風西日楚江深(동풍셔일초강심) : 동풍서일초강심(東風西日楚江深). 동풍이 불고 해
가 서쪽으로 지는데 초강이 깊음.
21 一片笞機萬柳陰(일편틱긔만뉴음) : 일편태기만류음(一片苔磯萬柳陰)의 잘못. 한 조각
낚시터에 온갖 버들이 녹음을 드리움.
22 綠萍身世白鷗深(녹평신셰빅구심) : 녹평신세백구심(綠萍身世白鷗心)의 잘못. 푸른 부
평초 같은 신세는 갈매기의 마음임.
23 隔岸漁村三両家(격안어촌삼냥가) : 격안어촌삼량가(隔岸漁村三兩家). 어촌엔 언덕을
사이에 두고 두세 집이 있음.

竹逕柴門猶未関(쥭경시문유미관)[25]을

빈 듸여라 빈 듸여라

夜泊秦淮近酒家(야박진회근쥬가)[26]을

至菊叢至菊叢於思臥(지국총지국총어ᄉ와)ᄒ니

瓦甌蓬底獨枕時(와구봉져독침시)[27]을

醉来睡着無人喚(취ᄂᆡ슈착무인환)[28]ᄒ니

流下前灘也不知(유하전탄야불지)[29]을

빈 져어라 빈 져어라

桃花流水鱖魚肥(도화유슈궐어비)[30]을

至菊叢至菊叢於思臥(지국총지국총어ᄉ와)ᄒ니

満江凩雨屬漁船(만강풍우속어션)[31]을

夜靜水寒魚不食(야경슈한어불식)[32]ᄒ니

24　濯纓歌罷汀洲靜(탁녕가파졍쥬졍) : 탁영가파정주정(濯纓歌罷汀洲靜). 탁영가 그치니 모래섬이 고요해짐. 백거이(白居易)의 〈어부(漁父)〉에 나오는 구절임.

25　竹逕柴門猶未関(쥭경시문유미관) : 죽경시문유미관(竹逕柴門猶未關). 대숲 길 끝 사립문은 아직 닫히지 않음.

26　夜泊秦淮近酒家(야박진회근쥬가) : 야박진회근주가(夜泊秦淮近酒家). 밤에 진회에 배를 대니 술집이 가까움. 두목(杜牧)의 〈박진회(泊秦淮)〉에 나오는 구절임.

27　瓦甌蓬底獨枕時(와구봉져독침시) : 와구봉저독짐시(瓦甌蓬底獨斟時)의 잘못. 질그릇 사발로 뜸 밑에서 홀로 술을 마실 때. 두순학(杜筍鶴)의 〈계흥(溪興)〉에 나오는 구절임.

28　醉来睡着無人喚(취ᄂᆡ슈착무인환) : 취래수착무인환(醉來睡着無人喚). 취하여 잠들어도 부르는 사람이 없음. 두순학(杜筍鶴)의 〈계흥(溪興)〉에 나오는 구절임.

29　流下前灘也不知(유하전탄야불지) : 유하전탄야부지(流下前灘也不知). 앞 여울로 흘러 내려가도 알지를 못함. 두순학(杜筍鶴)의 〈계흥(溪興)〉에 나오는 구절임.

30　桃花流水鱖魚肥(도화유슈궐어비) : 도화유수궐어비(桃花流水鱖魚肥). 복숭아꽃 흐르는 물에 쏘가리가 살져 있음. 장지화(張志和)의 〈어가자(漁歌子)〉에 나오는 구절임.

31　満江凩雨屬漁船(만강풍우속어션) : 만강풍월속어선(滿江風月屬漁船)의 잘못. 온 강 가득한 풍월이 고깃배를 따름.

滿船空載月明歸(만선공지월명귀)[33]을

닷 지어라 닷 지어라

罷釣歸来擊短蓬(파조귀닉격단봉)[34]을

至菊叢至菊叢於思臥(지국총지국총어ᄉ와)ᄒ니

凮流未必載西施(풍유미필지셔시)[35]을

一自持竿上釣船(일자지간상조션)[36]으로

世間名利盡悠悠(셰간명니진유유)[37]을

빈 부쳐라 빈 부쳐라

繫舟猶有去年痕(계쥬유뉴거년혼)[38]을

至菊叢至菊叢於思臥(지국총지국총어ᄉ와)ᄒ니

款乃一聲山水綠(관닉일셩산슈녹)[39]을

---

32 夜靜水寒魚不食(야졍슈한어불식) : 야정수한어불식(夜靜水寒魚不食). 밤이 고요하고 물이 차가워 고기가 입질을 않음. 종위(宗渭)의 〈천척사륜(千尺絲綸)〉에 나오는 구절임.

33 滿船空載月明歸(만선공지월명귀) : 만선공재월명귀(滿船空載月明歸). 빈 배 가득 밝은 달을 싣고 돌아옴. 종위(宗渭)의 〈천척사륜(千尺絲綸)〉에 나오는 구절임.

34 罷釣歸来擊短蓬(파조귀닉격단봉) : 파조귀래계단봉(罷釣歸来繫短蓬)의 잘못. 낚시 끝내고 돌아와 작은 배를 매어 둠.

35 凮流未必載西施(풍유미필지셔시) : 풍류미필재서시(風流未必載西施). 풍류란 반드시 서시 같은 미인을 싣는 데만 있는 것은 아님. 이제현(李齊賢)의 〈송도팔영(松都八詠)〉 중 '서강월정(西江月艇)'의 한 구절임.

36 一自持竿上釣船(일자지간상조션) : 일자지간상조주(一自持竿上釣舟)의 와전. 낚싯대 하나만 들고 낚싯배에 오름.

37 世間名利盡悠悠(셰간명니진유유) : 세간명리진유유(世間名利盡悠悠). 세상의 명예와 이익이 다 아득히 멀리 있음.

38 繫舟猶有去年痕(계쥬유뉴거년혼) : 계주유유거년혼(繫舟猶有去年痕). 배를 매고 보니 아직도 지난해의 흔적이 남아 있음.

39 款乃一聲山水綠(관닉일셩산슈녹) : 관내일셩산수록(款乃一聲山水綠). 노 저으며 부르는 소리에 산수가 더욱 푸름. 유종원(柳宗元)의 〈어옹(漁翁)〉에 나오는 구절임. 유종원의 〈어옹〉에는 '애내일셩산수록(欸乃一聲山水綠)'으로 되어 있음.

老人歌 노인가

崑崙山[1] 나린 믹[2]의
五岳[3]이 중흥ᄒ니
天下 名山 분비ᄒ고
무슈 江山 구비쳐셔
千水 萬山 곳곳마다
ᄉ람 슐게 숨겨시니[4]
無窮ᄒ 조화 즁의
우리 ᄌ년[5] 늙거고나.
어와 靑春 少年들아
白髮 보고 웃지 마라.
덧읍시[6] 가ᄂ 歲月
네들[7] 민양[8] 졀물소냐?

---

1 崑崙山 : 곤륜산(崑崙山)의 잘못. 중국 전설 속에 나오는 산. 처음에는 하늘에 이르는
높은 산 또는 아름다운 옥이 나는 산으로 알려졌으나 전국시대 말기부터는 서왕모(西王母)
가 살며, 불사의 물이 흐르는 신선경(神仙境)이라 믿어졌다.

2 믹 : 맥(脈). 풍수지리에서, 산맥이나 지세의 정기가 흐르는 줄기.

3 五岳 : 오악. 중국 5대 명산의 통칭. 동악(東岳) 태산(泰山)·서악(西岳) 화산(華山)·
남악(南岳) 형산(衡山)·북악(北岳) 항산(恒山)·중악(中岳) 숭산(嵩山)을 가리킨다.

4 숨겨시니 : 생겼으니. '숨기다(생기다의 옛말)'의 활용형.

5 ᄌ년 : 자연(自然). 저절로.

6 덧읍시 : 덧없이의 방언.

7 네들 : 넨들. 너흰들.

져근닷⁹ 늙거시니

공된¹⁰ 줄 알거이와

소문 읍시 오는 빅발

귀밋치 半白이라.

청좌¹¹ 읍시 오난 白髮

털긋마다 졈졈 흿다.

이리 져리 허여 보니

오난 白髮 거물소냐?

위풍¹²으로 져어ᄒ면¹³

겁 닉여 아니 올가?

긔운으로 조츠 보면

못 이긔여 아니 올가?

ᄭᅮ지져 믈니치면

무싴¹⁴ᄒ여 아니 올가?

욕ᄒ여 거졀ᄒ면

노녀ᄒ여¹⁵ 아니 올가?

긴 챵으로 질너 보면

---

8 믹양 : 매양. 한결같이 늘.

9 져근닷 : 잠깐 동안 또는 잠시의 옛말.

10 공된 : 공(空)으로 된.

11 청좌 : 청좌(請坐). 혼인 때에 신부 집에서 신랑에게 사람을 보내어 초례청에 나오기를 청하던 일. 조선시대에, 이속(吏屬)을 보내서 으뜸 벼슬아치의 출석을 청하던 일.

12 위풍 : 위풍(威風). 위세가 있고 엄숙하여 쉽게 범하기 힘든 풍채나 기세.

13 져어ᄒ면 : 저어하면. '저어하다(염려하거나 두려워하다)'의 활용형. 여기서는 '두렵게 하면'의 뜻임.

14 무싴 : 무색(無色). 겸연쩍고 부끄러움.

15 노녀ᄒ여 : 노여워하여. '노여하다(노여워하다의 잘못)'의 활용형.

무셔워 아니 올가?

드는 칼노 늬쳐 치면

혼이 나셔 아니 올가?

휘장으로 가려 볼가?

방픠로 막어 볼가?

蘇秦[16] 張儀[17] 구변[18]으로

달늬면 아니 올가?

조혼 飮食 가초[19] 츠려

人情 쓰면 아니 올가?

홀 슈 읍다 져 白髮은

스람마다 젹는고나[20].

인부득 향소년[21]은

風月[22] 즁의 명담[23]이요

人世 七十 古来稀[24]는

---

16 蘇秦 : 소진(蘇秦). 중국 전국시대의 책사(策士)로 종횡가(縱橫家)의 한 사람. 자는 계자(季子). 동주(東周)의 낙양(洛陽)에서 태어나 장의(張儀)와 함께 제(齊)의 귀곡선생(鬼谷先生)에게 웅변술을 배웠다. 처음에는 진(秦)의 혜왕(惠王)에게 유세했으나 기용되지 않았다. 후에 연(燕)의 문후(文候)에게 기용되어 동방 6국을 설득하고 합종동맹(合從同盟)을 체결해 진에 대항했다. 이로써 혼자서 6국의 상인(相印 : 재상의 인장)을 가지게 되었고, 스스로 무안군(武安君)이라 칭하여 이름을 떨쳤다.

17 張儀 : 장의. 중국 전국시대 위(魏)나라의 정치가·유세가(遊說家). 귀곡선생(鬼谷先生)에게서 종횡(縱橫)의 술책을 배우고, 뒤에 진(秦)나라의 재상이 되어 연횡책을 6국에 유세(遊說)하여 열국으로 하여금 진나라에 복종하도록 힘썼다.

18 구변 : 口辯. 언변(言辯). 말을 잘하는 재주나 솜씨.

19 가초 : 갖춰. '가초다(갖추다의 옛말)'의 활용형.

20 젹는고나 : 겪는구나. '젹다(겪다의 방언)'의 활용형.

21 인부득 향소년 : 인부득항소년(人不得恒少年)의 잘못. 사람이 항상 소년으로 살 수는 없음.

22 風月 : 풍월. 얻어들은 짧은 지식.

23 명담 : 名談. 사리에 꼭 맞게 뜻이 깊고 멋있는 말.

글귀 중의 흔심ᄒ다.

三千甲子 東方朔[25]도

전무후무 처음이요

칠빅 셰 ᄉ던 彭祖[26]도

금문 고문[27] ᄯ또 잇ᄂ가?

蜉蝣 갓흔 이 셰상[28]의

草露 갓흔 우리 인싱[29]

七八十 ᄉ다 ᄒ들

일장春夢[30] 쑴이로다.

어와 가련ᄒᆞᆯᄉ

물 우의 평초[31]로다.

우리 인싱 가련ᄒ다.

---

24 人世 七十 古来稀 : 인생칠십고래희(人生七十古來稀)의 잘못. 사람이 일흔 살까지 살기는 예로부터 드묾. 두보(杜甫)의 〈곡강(曲江)〉에 나오는 구절임.

25 三千甲子 東方朔 : 삼천갑자 동방삭. 18만 살을 산 동방삭. 동방삭(東方朔)은 중국 전한(前漢)의 문인으로, 자는 만천(曼倩)이다. 해학(諧謔)·변설(辯舌)·직간(直諫)으로 이름이 났다. 속설에 서왕모의 복숭아를 훔쳐 먹어 장수하였으므로 삼천갑자 동방삭이라고 이른다. 삼천갑자는 육십갑자의 삼천 배로 18만 년을 가리킨다.

26 彭祖 : 팽조. 중국 고대 요임금 때의 선인(仙人). 전욱(顓頊)의 현손(玄孫)으로, 은(殷)나라 말에 나이 7백여 세인데도 노쇠하지 않았다 함.

27 금문 고문 : 금문(今文) 고문(古文). 옛 경전이 금문(한대의 예서)으로 쓴 것과 고문(선진시대의 과두문이나 전서)으로 쓴 것이 있던 데서 유래한 말로, 원래는 금문경(今文經)과 고문경(古文經)을 가리킴. 여기서는 고금의 글 또는 고금의 문헌이라는 뜻으로 쓰였다.

28 蜉蝣 갓흔 이 셰상 : 부유(蜉蝣) 같은 이 세상. 부유(蜉蝣) 즉 하루살이 같은 세상이라는 뜻으로, 허무하고 덧없는 세상을 비유적으로 이르는 말.

29 草露 갓흔 우리 인싱 : 초로(草露) 같은 우리 인생. 초로(草露) 즉 풀잎에 맺힌 이슬과 같은 인생이라는 뜻으로, 허무하고 덧없는 인생을 비유적으로 이르는 말.

30 일장春夢 : 일장춘몽(一場春夢). 한바탕의 봄꿈이라는 뜻으로, 헛된 영화나 덧없는 일을 비유적으로 이르는 말.

31 물 우의 평초 : 물 위에 떠 있는 풀인 부평초(浮萍草). 정처 없이 떠돌아다니는 신세를 이르는 말.

이 몸이 늙거지면

다시 졈기 어려워라.

蒼頡[32]이 조즈[33]홀 졔

가증ᄒ다 느글[34] 노즈

秦始皇[35] 분시셔[36]홀 졔

나지 안코 늬다러셔

의미 읍고 스졍 읍시

셰상 스람 늘키ᄂ고[37]?

늘기도 셔룬 즁의

모양조츠 그러홀가?

곳갓치 곱던 얼골

검버셧[38] 무슴 일고?

32　蒼頡 : 창힐. 중국 고대의 전설적인 제왕인 황제(黃帝) 때의 좌사(左史). 새와 짐승의
발자국을 본떠서 처음으로 문자를 만들었다고 한다.

33　조즈 : 조자(造字). 문자를 만듦.

34　느글 : 늙을의 잘못.

35　秦始皇 : 진시황(秦始皇, BC259~BC210). 중국 진나라의 제1대 황제(재위 BC247~
BC210). 기원전 221년에 천하를 통일하고 자칭 시황제(始皇帝)로 군림하였다. 군현제(郡縣
制)에 의한 중앙집권을 확립하고, 분서갱유(焚書坑儒)를 일으켜 사상을 통제하는 한편 도
량형과 화폐를 통일시켰다. 아방궁(阿房宮)과 만리장성을 축조하는 등 위세를 떨쳤다. 말
년에는 신선술과 불로장생술에 심취하기도 했다.

36　분시셔 : 분시서(焚詩書). 진시황이 학자들의 정치적 비판을 막기 위하여 의약, 점복,
농업에 관한 것을 제외한 민간의 모든 서적을 불태운 일. BC 221년 천하를 통일한 시황제는
법가(法家)인 이사(李斯)를 발탁하여, 종래의 봉건제를 폐지하고 군현제(郡縣制)를 시행하
는 등 철저하게 법가사상에 기반을 둔 각종 통일정책을 시행했다. 그러나 이 같은 법가
일색의 정치에 대해 유가를 비롯한 다른 학파들은 이에 반대하고 공공연하게 자기 학파의
학설을 주장했다. 이에 시황제는 이사의 진언을 받아들여 진(秦)의 기록, 박사관(博士官)의
장서, 의약・복서(卜筮)・농업 서적 이외의 책은 모두 몰수하여 불태워버렸다. 또 이것을
위반하는 자, 유교경전을 읽고 의논하는 자, 정치를 비난하는 자 등은 모두 극형에 처한다
고 정했다.

37　늘키ᄂ고 : 늙히는가. 늙게 하는가. '늙히다(늙게 하다)'의 활용형.

옥갓치 희던 슬은

동토 등걸[39] 되엿고나.

슴단갓치 기던 머리

불황당[40]이 쳐 갓고나.

볼다기[41] 잇던 슬은

마구홀미[42] 쑤어 가고

시별[43]갓치 붉든 눈은

판슈[44] 거의 되야 간다.

셜딕[45]갓치 곳더[46] 허리

질마[47]가지[48] 무슴 일고?

유슈갓치 좃턴 말은

반벙어리 무슴 일고?

을는ᄒ면[49] 듯던 귀가

---

38 검버셧 : 검버섯. 주로 노인의 살갗에 생기는 거무스름한 얼룩.

39 동토 등걸 : 동티가 난 등걸. 동토(動土)는 동티로서, 땅·돌·나무 따위를 잘못 건드려 지신(地神)을 화나게 하여 재앙을 받는 일을 가리킨다. 등걸은 줄기를 잘라 낸 나무의 밑동이다.

40 불황당 : 불한당(不汗黨)의 잘못. 떼를 지어 돌아다니며 재물을 마구 **빼**앗는 사람들의 무리.

41 볼다기 : 볼때기의 옛말.

42 마구홀미 : 마고(麻姑)할미의 방언. 중국 전설에 나오는 손톱이 긴 선녀. 새의 발톱같이 긴 손톱을 가지고 있어 가려운 곳을 시원하게 긁어준다고 한다.

43 시별 : 샛별의 옛말.

44 판슈 : 판수. 점치는 일을 직업으로 삼는 맹인.

45 셜딕 : 살대의 잘못. 화살대.

46 곳더 : 곳던(곧던)의 잘못.

47 질마 : 길마의 방언. 짐을 싣거나 수레를 끌기 위하여 소나 말 따위의 등에 얹는 안장.

48 가지 : 갓치(같이)의 잘못.

49 을는ᄒ면 : 얼른하면의 방언. 얼씬하면. '얼른하다(얼씬하다)'의 활용형.

층암졀벽 막혀고나.

졍강이을 것고 보니

비슈검 ᄂ그리셧다.

팔다시[50]을 들고 보니

슈양버들 느러졋다.

무슨 일 보앗ᄂ그가

누물[51]이 귀쥐ᄒ그다[52].

독흔 감긔 드럿ᄂ그가

코물도 츄비ᄒ그다[53].

졍신이 혼미ᄒ그니

총명인들 발걸손가[54]?

썩가로[55] 씨엇ᄂ그가

체미리[56] 무슴 일고?

신풍 미쥬[57] 먹엇ᄂ그가

비틀거름 불샹ᄒ그다.

집팡이을 집허시니

등짐장ᄉ그[58] ᄒ그엿ᄂ그가?

50　팔다시 : 팔뚝의 방언.

51　누물 : 눈물의 잘못.

52　귀쥐ᄒ그다 : 미상. 문맥상 '귀즁즁하다(매우 더럽고 지저분하다)'로 추정됨.

53　츄비ᄒ그다 : 추비(醜卑)하다. 추접하고 불쌍하다.

54　발걸손가 : 밝을쏜가의 방언.

55　썩가로 : 떡가루의 방언.

56　체미리 : 체머리의 잘못. 머리가 저절로 계속하여 흔들리는 병적 현상, 또는 그런 현상을 보이는 머리.

57　신풍 미쥬 : 신풍(新豊) 미주(美酒). 중국 장안(長安)의 신풍현(新豊縣)에서 빚은 좋은 술. 한(漢)의 태상황(太上皇)이 고향인 풍(豊) 땅으로 돌아가고자 하므로 고조(高祖)가 풍과 똑같은 도시를 만들고 풍의 백성들을 옮겨와 살게 한 곳이 신풍(新豊)이다.

묵묵무어[59] 안즈시니
붓쳐님 나리여는가?
남의 말을 참예홀가[60]
문동답셔[61] 답답ᄒ다.
집안 일 분별홀 졔
싼젼이 일슈로다.
그 등의 먹으랴고
비육불포[62] 노릭혼다.
져 즁의도 더우랴고
비빅불난[63] 말슴혼다.
누가 쥬어 늘것는가
소연[64] 보면 즈계ᄒ고[65]
누가 쎄셔 글역[66] 업ᄂ
즈질[67] 보면 쎄을 쓰니.
지쳔ᄒ면[68] 승[69]을 니고

---

58 등짐장ᄉ : 등짐장사. 물건을 등에 지고 다니며 하는 장사.

59 묵묵무어 : 묵묵무어(默默無語). 묵묵히 말이 없음.

60 참예홀가 : 참예(參預)할까. '참예하다(어떤 일에 끼어들어 관계하다)'의 활용형.

61 문동답셔 : 문동답서(問東答西). 동문서답(東問西答).

62 비육불포 : 非肉不飽. 고기를 먹지 아니하면 배가 부르지 아니하다는 뜻으로, 늙은이가
쇠약해진 지경을 이르는 말.

63 비빅불난 : 비백불난(非帛不煖). 비단옷이 아니면 따뜻하지 않다는 뜻으로, 노인의 쇠
약한 지경을 이르는 말.

64 소연 : 소년(少年).

65 즈계ᄒ고 : 자세(藉勢)하고의 잘못. '자세하다(어떤 권력이나 세력 또는 특수한 조건을
믿고 세도를 부리다)'의 활용형.

66 글역 : 근력(筋力).

67 즈질 : 자질(子姪). 자손(子孫).

68 지쳔ᄒ면 : 지적(指斥)하면의 잘못. '지적하다(웃어른의 언행을 지적하여 탓하다)'의 활

육십갑ᄌ[70] 곱어 보니

덧업시 도라온다.

ᄉ시졀 슬펴보니

덧업시도 지ᄂ간다.

늘글ᄉ록 분흔 마음

졍홀 슈 바이[71] 업다.

편즉[72]이 불너다가

늑난 병 곳철손가?

不死藥 으더다가

쇠흐지 은케 ᄒ여 볼가?

畫思夜度[73] 싱각ᄒ가[74]

늙글 밧 홀 슈 업다.

어와 셜운지고.

ᄯᅩ 흔 말 드러 보소.

곳치라도 써러지면

오ᄂ 나뷔 도라가고

나무라도 병이 들면

용형.

69 ᄉ : 성의 방언.

70 육십갑ᄌ : 육십갑자(六十甲子). 천간(天干)의 갑(甲) · 을(乙) · 병(丙) · 정(丁) · 무(戊) · 기(己) · 경(庚) · 신(辛) · 임(壬) · 계(癸)와 지지(地支)의 자(子) · 축(丑) · 인(寅) · 묘(卯) · 진(辰) · 사(巳) · 오(午) · 미(未) · 신(申) · 유(酉) · 술(戌) · 해(亥)를 순차로 배합하여 예순 가지로 늘어놓은 것.

71 바이 : (주로 '아니다', '못하다' 따위의 부정하는 말과 함께 쓰여) 아주 전혀.

72 편즉 : 편작(扁鵲). 중국 전국시대의 명의(名醫). 성은 진(秦), 이름은 월인(越人). 장상군(長桑君)으로부터 의술을 배워 환자의 오장을 투시하는 경지에까지 이르렀다고 전한다.

73 畫思夜度 : 주사야탁. 밤낮으로 깊이 생각하고 헤아림.

74 싱각ᄒ가 : '싱각ᄒ나(생각하나)'의 잘못.

눈 먼 스도 아니 오늬.

검의라도 써러지면

물결[75]대로 도라가고

옥식[76]도 쉬여지면

슈치 구멍 츠즈가늬.

世上일 싱각ᄒ니

萬事가 허스로다.

어졔날 靑春 젹의

업던 親舊 졀노 와셔

듀란화각[77] 놉흔 집의

白玉盤[78] 교즈상의

슐맛도 조커이와

안쥬도 츨난[79]ᄒ다.

츠례로 느러 안져

즙거니 권커니

몃 순빈 도라가늬

풍월[80]도 ᄒ여 볼가?

일각[81]인들 새질소냐?

---

75 물결 : 물것의 잘못. 사람이나 동물의 살을 잘 물어 피를 빨아 먹는 모기, 빈대, 벼룩, 이 따위의 벌레를 통틀어 이르는 말.

76 옥식 : 玉食. 맛있는 음식.

77 듀란화각 : 주란화각(朱欄畫閣). 단청을 곱게 하여 아름답게 꾸민 누각.

78 白玉盤 : 백옥반(白玉盤). 흰 옥으로 만든 쟁반. 봉선제(封禪祭) – 옛날 중국에서 천자 (天子)가 흙으로 단(壇)을 만들어 하늘에 제사 지내고 땅을 정(淨)하게 하여 산천에 제사 지내던 일 – 때 안주를 담는 데 쓰던 그릇이다.

79 츨난 : 찬란(燦爛).

80 풍월 : 風月. 음풍농월(吟風弄月). 맑은 바람과 밝은 달을 대상으로 시를 짓고 흥취를 자아내어 즐겁게 놂.

뉘디[82] 젓디[83] 싱황 양금이며

五音[84] 六律[85] 가진[86] 풍뉴[87]

次第[88]로 노리홀 제

각기 소쟝[89] 불너니여

흔가흔 處士歌[90]는

낙민가[91]로 和答호고

다졍흔 相思歌[92]는

春眠曲[93] 和答호고

허탄호다[94] 漁父辭[95]는

---

81 일각 : 一角. 한 부분.

82 뉘디 : 뉘대. 세로로 부는 관악기(종적). 단소(短簫), 피리.

83 젓디 : 젓대. 가로로 부는 관악기(횡적). 대금(大笒).

84 五音 : 오음. 궁(宮)·상(商)·각(角)·치(徵)·우(羽)의 다섯 소리.

85 六律 : 육률. 십이율 가운데서 양성(陽聲)인 태주(太簇), 고선(姑洗), 황종(黃鐘), 유빈(蕤賓), 이칙(夷則), 무역(無射)의 여섯 음을 가리킴. 음성(陰聲)인 대려(大呂), 협종(夾鐘), 중려(仲呂), 임종(林鐘), 남려(南呂), 응종(應鐘)의 여섯 음은 육려(六呂)라 함.

86 가진 : 갖은.

87 풍뉴 : 풍류(風流). 관악 합주나 소규모로 편성된 관현악을 이르는 말. 피리나 대금 등으로 편성된 대풍류, 거문고가 중심이 된 줄풍류 등이 있다.

88 次第 : 차제(次第). 차례(次例)의 원말.

89 소쟝 : 소장(所長). 자기의 재능이나 장기 가운데 가장 뛰어난 재주.

90 處士歌 : 처사가. 조선시대 십이가사(十二歌詞)의 하나. 벼슬에서 물러난 선비가 전원에 묻혀 자연을 즐기는 내용으로 되어 있다.

91 낙민가 : 樂民歌. 조선시대의 가사(歌辭). 부귀영화를 버리고 강호에 묻혀 유유자적하는 심회를 낙천적으로 읊었다.

92 相思歌 : 상사가. 상사별곡(相思別曲). 조선시대 십이가사의 하나. 생이별한 남녀의 애절한 정을 노래하였다.

93 春眠曲 : 춘면곡. 조선시대 십이가사의 하나. 임을 여의고 괴로워하는 남자의 정회를 다정다감한 시재로 읊은 노래다.

94 허탄호다 : 허탄(虛誕)하다. 거짓이 많아서 미덥지 아니하다.

95 漁父辭 : 어부사. 조선시대 십이가사의 하나. 이현보의 〈어부가〉를 다섯 가지의 가락

梅花曲[96] 和答ㅎ고

듯기 죠흔 길고낙[97]은

권쥬가[98]로 和答ㅎ고

쳐량ㅎ다 노고가[99]는

화계타졍[100] 화답ㅎ고

괴망[101]흔 남힝[102] 친구

화발흔[103] 무면[104] 친구

용졸[105]흔 션뷔 친구

테셜구진[106] 활냥[107] 친구

으로 되풀이하여 부르는 노래다.

96 梅花曲 : 매화곡. 매화가(梅花歌). 조선시대 십이가사의 하나. 사랑을 **빼앗기고** 탄식하는 노래다.

97 길고낙 : 길군악(軍樂)의 잘못. 조선시대 십이가사의 하나. 민요적인 색채를 띠고 있으며 중간에 입타령이 끼어 있다.

98 권쥬가 : 권주가(勸酒歌). 조선시대 십이가사의 하나. 허무한 인생을 탄식하고 부귀와 장수를 빌며 술을 권하는 내용이다.

99 노고가 : 老姑歌. 노처녀가(老處女歌). 조선시대 규방가사의 하나. 부모가 가문 좋은 신랑감을 고르는 바람에 사십이 넘도록 시집을 못 간 노처녀가 앞집 처녀의 혼인을 보고 혼인에 대한 기대와 부모에 대한 원망을 노래한 것이다.

100 화계타졍 : 황계타령의 잘못. 황계사(黃鷄詞). 조선시대 십이가사의 하나. 떠나간 임이 속히 돌아와 주기를 바라는 여인의 심정을 노래한 것이다.

101 괴망 : 怪妄. 말이나 행동이 괴상하고 망측함.

102 남힝 : 남행(南行). 음관(蔭官). 과거를 거치지 아니하고 조상의 공덕에 의하여 맡은 벼슬, 또는 그런 벼슬아치.

103 화발흔 : '활발한'의 잘못.

104 무면 : 무변(武弁)의 잘못. 무관(武官).

105 용졸 : 庸拙. 변변하지 못하고 좀스럽다.

106 테셜구진 : 테셜궂은. '테셜궂다(성격이나 행동이 자상하지 못하고 덜렁거리다)'의 활용형.

107 활냥 : 활량. 한량(閑良)의 변한말. 원래 아직 무과(武科)에 급제하지 못한 호반(虎班)의 사람을 뜻하던 말이다. 그런데 무과 준비를 위해 활을 쏘러 다니던 한량 중에는 멀지 않아 벼슬길에 나서게 될 것이라며 거들먹거리거나 무예 연마 기간 중이라는 핑계를 대고

복식 죠흔 딕젼별감[108]

눈치 만흔 보도보쟝[109]

쎄 만안 졍원ᄉ령[110]

슉긔[111] 죠흔 나쟝[112]이며

돈 줄 쓰는 션젼[113] 시졍[114]

미 줄 치는 각ᄉ[115] ᄉ령[116]

픠가ᄌ졔[117] 난봉들[118]과

허랑[119] 밍랑[120] 무록비[121]

逐日相逢[122] 교유ᄒ니

늙는 쥴 몰는고나.

아무 하는 일 없이 노는 일에만 열심인 사람들도 많았다. 이런 일부 한량들의 모습에서 새로이 부정적인 뜻이 덧붙게 되어 돈 잘 쓰고 잘 노는 사람을 지칭하게 되었다.

108 딕젼별감 : 대전별감(大殿別監). 임금이 거처하는 곳에서 임금의 심부름을 하던 벼슬.

109 보도보쟝 : 포도부장(捕盜部將)의 잘못. 조선시대에 포도청에 속하여 범죄자를 잡아 들이거나 다스리는 일을 맡아보던 벼슬아치.

110 졍원ᄉ령 : 정원사령(政院使令). 조선시대에 승정원에서 심부름하던 사람.

111 슉긔 : 숫기. 활발하여 부끄러워하지 않는 기운.

112 나쟝 : 羅將. 금부나장(禁府羅將). 조선시대에 의금부에 속하여 죄인을 문초할 때에 매질하는 일과 귀양 가는 죄인을 압송하는 일을 맡아보던 하급 관리.

113 션젼 : 선전(縇廛/線廛). 조선시대 육주비전의 하나. 비단을 팔던 가게로 한양이 도읍이 된 뒤 제일 먼저 생겼다. 육주비전 가운데서도 규모와 자본력이 가장 우세하였고, 유분전으로서 국역(國役)의 등급 가운데 십 분을 부담하였다.

114 시졍 : 시정(市井). 시정아치. 시장에서 장사하는 사람의 무리.

115 각ᄉ : 각사(各司). 경각사(京各司). 서울에 있던 관아를 통틀어 이르는 말.

116 ᄉ령 : 사령(使令). 조선시대에 각 관아에서 심부름하던 사람.

117 픠가ᄌ졔 : 패가자제(敗家子弟). 집안의 재산을 다 써 없앤 자제(子弟).

118 난봉들 : 난봉꾼. 허랑방탕한 짓을 일삼는 사람.

119 허랑 : 虛浪. 언행이나 상황 따위가 허황하고 착실하지 못함.

120 밍랑 : 맹랑(孟浪). 생각하던 바와 달리 허망함.

121 무록비 : 무록배(無祿輩). 벼슬에 나가지 않아 녹봉이 없는 무리들.

122 逐日相逢 : 축일상봉. 하루도 거르지 않고 날마다 서로 만남.

어와 셜운지고

늙어지니 어이ᄒ리.

朝夕 상던[123] 친구

부운 갓치 허터지고

죽ᄌ ᄉᄌ ᄒ던 친구

유슈 갓치 도라가니

졀ᄂ 졀ᄂ 독부리여

허희탄식[124] 쑌이로다.

불업다 소연들아

졀머셔 심것[125] 먹쇼.

즐거워라 少年들아

졀머슬 졔 슬킷[126] 노쇼.

食客 三千 孟嘗君[127]는

죽어지면 ᄌ최 업고

百子千孫[128] 郭汾陽[129]도

---

123 상던 : '삼던'의 잘못. '삼다(어떤 대상과 인연을 맺어 자기와 관계있는 사람으로 만들다)'의 활용형.

124 허희탄식 : 歔欷歎息. 한숨을 지으며 탄식함.

125 심것 : '힘껏'의 방언.

126 슬킷 : '슬컷'의 잘못. '슬컷'은 '실컷'의 옛말.

127 孟嘗君 : 맹상군. 중국 전국시대 제나라의 공자(公子). 본명은 전문(田文). 제 위왕(威王)의 막내아들이자 선왕(宣王)의 이복동생인 정곽군(靖郭君) 전영(田嬰)의 아들로 태어났다. 재상이 되었을 때 천하의 인재를 초빙하여 식객이 삼천 명에 이르렀다고 하며, 진(秦)나라에 사신으로 갔다가 죽을 뻔하였으나 식객 중에 남의 물건을 잘 훔치는 사람과 닭의 울음소리를 잘 흉내 내는 사람이 있어 그들의 도움으로 죽음을 모면한 이야기로 유명하다. 『사기(史記)』〈맹상군열전〉 참조.

128 百子千孫 : 백자천손. 헤아릴 수 없이 많은 자손.

129 郭汾陽 : 곽분양. 본명은 곽자의(郭子儀, 697~781). 중국 당나라의 명장. 안사의 난을 토벌하여 도읍 장안(長安)을 탈환하였고, 뒤에 토번(吐蕃)을 쳐서 큰 공을 세웠다. 그의 무

죽어지면 허스로다.
英雄도 말을 마쇼.
英雄도 아니 늑나?
豪傑도 즈랑 마쇼.
豪傑은 일싱 스나?
아마도 먹고 쓰고
노는 거시
호걸인다 ᄒ노라.

공은 비할 데가 없다고 칭송되어 상부(尙父)의 칭호를 받고 분양왕(汾陽王)에 봉해졌으며, 당나라 최대의 공신으로서 영광을 누렸다.

神仙歌 — 李之菡

天地間 萬物 中에 人生이 貴타 하나
百年이 초로이니 그 아니 헛도인가?
진시황 漢武제가 신선을 求흔 뜻을
이제 와 생각흐면 허랑타 홀 수 업네.
百万 권 글을 일거 심력을 허비 말고
한나나 절멋슬 쌔 仙술에 착념하소.
山해경 펼처 노코 宇宙을 도라보매
해동 삼신산이 分明코 내 나라니,
신선의 집에 나서 신선을 모로오면
그 아니 수치이며 그 아니 恨 되이랴?
주목왕 팔준마로 요지를 차저갈 제
東왕보 西王모는 呼吸間 서로 맛나
길검이 무궁함을 그 뉘라 아럿쓰랴?
연소왕 제자 되여 황금대 놉히 짓고
왕모님 뫼시자고 정성을 드릴 쌔에
동지쌀 자시 반에 찬물에 목욕하고
날몸에 쯰을 묵거 제단에 올녀쓰매
왕모님 지나시다 한 발작 내리시사
손으로 만지시니 황금쎗 도다 노고
일신이 羽化하야 玉京에 올낫서라.

우리도 지성 닥거 하날에 사모치면
혹가 탄 몸을 벗고 신선이 되오리라.
날기가 업시 날고 먹는 게 업시 사네.
요 자미 조 자미가 옥실도 오실하다.
고량에 무치기로 이가치 맛잇스며
서시를 본다 한들 이가치 길거우랴?
인간과 天上새가 구만 리 된다 하나
흔숨에 올너가고 한숨에 내려오네.
万千 억 환형술도 임의로 할 수 잇서
은안장 白馬 우에 公子의 몸이 되여
홍누의 미인 차저 농낙도 여믜하며
절대의 가인 되여 王公을 휘여잡고
迭宕히 노다가서 善惡을 區別하야
벽역불 내리치면 제왕도 분쇄일다.
인간에 긔여 닷는 사람을 볼짝시면
개미가 아니이면 귀덕이 분명하다.
엇지타 너의 몸이 이가치 마음대로
활활히 날너단여 귀경을 못 하고서
흔 곳에 애오애옹 불상흔 무리로다.
금강산 만二千을 해동에 배판할 째
신선의 씨를 불여 곳곳에 부처스매
上古의 모든 신선 콩나물 듯듯 하야
仙化를 메이고서 天上에 올나간 후
삼흔의 七十國이 차차로 통합 되여
北方은 해모수의 동명왕 나라 되고
南方은 파사승모 혁거시 나라 되매

大部에 大人 나고 선문이 열니이믜
반산의 고든 믹이 게림에 전파 되여
굴공은 범을 타고 길공은 소롤 타고
을공은 羊을 타고 阿世는 개롤 타고
달문은 봉을 타고 옥모는 용을 탓네.
三태양 三태음이 仙徒의 根氣 되야
일월선 마련ᄒ고 대도위 상전할 째
즁연이 즁흥하사 깁흔 뜻 발키시며
손광은 경을 짓고 良夫는 전을 내며
공태는 法을 내고 世己는 율을 세워
제도가 구비하니 이 아니 오승인가?
성동의 무품녀가 순실낭 탄싱ᄒ사
玄妙의 무궁지롤 또다시 전ᄒ시믜
위조님 즁흥ᄒ사 화랑의 도롤 냇네.
연제후 사신하사 오도롤 붓쓰시니
村村이 선원이요 家家이 수왕이라.
송셩이 連天ᄒ고 舞袖는 편야ᄒ야
춘삼월 花開時와 추팔월 月明夜에
擧國이 興 지워서 樂太平 하옵더니
영웅이 게긔ᄒ고 士風이 大振ᄒ야
김유신 화랑으로 숨흔을 통일ᄒ고
랑도롤 분봉하고 仙業을 힘쓰더니
복녹이 넘치여서 자손이 교태ᄒ새.
이단이 틈을 타고 도적이 봉긔ᄒ야
금쏫치 쩌러지고 시대가 변천ᄒ니
王氏의 四百年은 佛道롤 슝상 타가

必竟은 만경창파 山僧이 엇지ᄒ며
李氏는 긔국 후로 유교만 슝상ᄒ나
글 한 수 지여내여 오랑키 못 잡나니
창고한 소리하고 박성을 곤치다가
임진의 왜난 보고 병자의 호난 맛나
고생을 하고서도 오히려 못 째치며
편당의 쌈만 하고 다른 염 업섯스니
이리고 아니 亡할 나라가 어대 잇나?
동지달 설한풍에 잠 ᄌ든 초목들아
봄바람 모러친다 님 되고 ᄯ 되이자.
슝인이 다시 나고 참도가 열니이면
화랑이 독시ᄒ고 금곳의 세게 되네.
어화야 붓님네야 내 말슴 명심ᄒ소.
정성을 다ᄒ여서 성왕님 섬기이세.
세주먹 님살이면 치성을 ᄒᆯ 수 잇고
ᄌ야슈 ᄒᆫ 그릇이 신명을 잇ᄯ나니
낫이면 일을 ᄒ고 밤이면 경을 보세.
빅년이 일일가치 공부만 지속ᄒ면
복녹이 도라오고 운슈가 통ᄒ리라.
일시의 곤고랑은 조곰도 싱각 말고
즁늬의 무궁낙을 싱각고 길이 싯세.
첫직는 미덕이요 둘직는 정성이요
셋직는 ᄯᆫ긔이고 넷직는 율힝일다.
스승님 공경ᄒ여 부모와 가치ᄒ고
동지를 사랑ᄒ야 형제와 가치ᄒ세.
직물이 조타 ᄒ나 천상에 쇼용 업고

처자가 조타 ᄒ나 인간의 정근일다.
엇지타 우매 인싱 헐몸을 앳기여서
몸 바처 통선ᄒ는 비밀을 모르는가?
연닝즈 위태후의 고통을 급히 듯고
만승의 귀ᄒ 몸을 화랑ᄭᅵ ᄇ치시던
연제님 정성 보소 이야말 귀의일세.
쑴 갓튼 네 일싱의 구덤을 버서치고
쾌활ᄒ 저 세상의 ᄀ벼운 몸 되이쇼.
빅옥누 황금대가 도처에 별니이고
청학선 빅학선이 좌우에 분분ᄒ데
자란을 불너내여 쏫등에 올너타니
향내도 조흘시고 단슐에 취ᄒ 드시
쏫 갓튼 선녀들이 玉 갓ᄒ 손을 들어
풍악을 희롱ᄒ며 전후에 옹위ᄒ니
옥황ᄭᅵ 됴의ᄒ고 삼청에 쥬류ᄒ자.
만사이 내 뜻대로 여일영 시행 되니
홍대로 노러 주고 멋대로 길기이자.
그 즈미 말ᄒ즈면 일구로 난설일다.
이른바 극낙이란 이것을 이름일세.
이가치 조흔 곳에 ᄒ 번만 오고 보면
장싱코 불사ᄒ니 그 아니 조흘소냐?
슬푸다 인싱들아 왜 아니 일이 오나
비로봉 승승봉에 올나서 내려보니
동희가 아득ᄒ고 인간이 칠야일다.
불상ᄒ 저 무리랄 씨치자 ᄒ옵시고
강림ᄒ 우리 님을 어이나 아니 섬겨?

제3부 원전 영인

가사육종(歌辭六種) 국립중앙도서관 소장 마이크로필름본

※ 382쪽부터 역으로 보아 주시기 바랍니다.

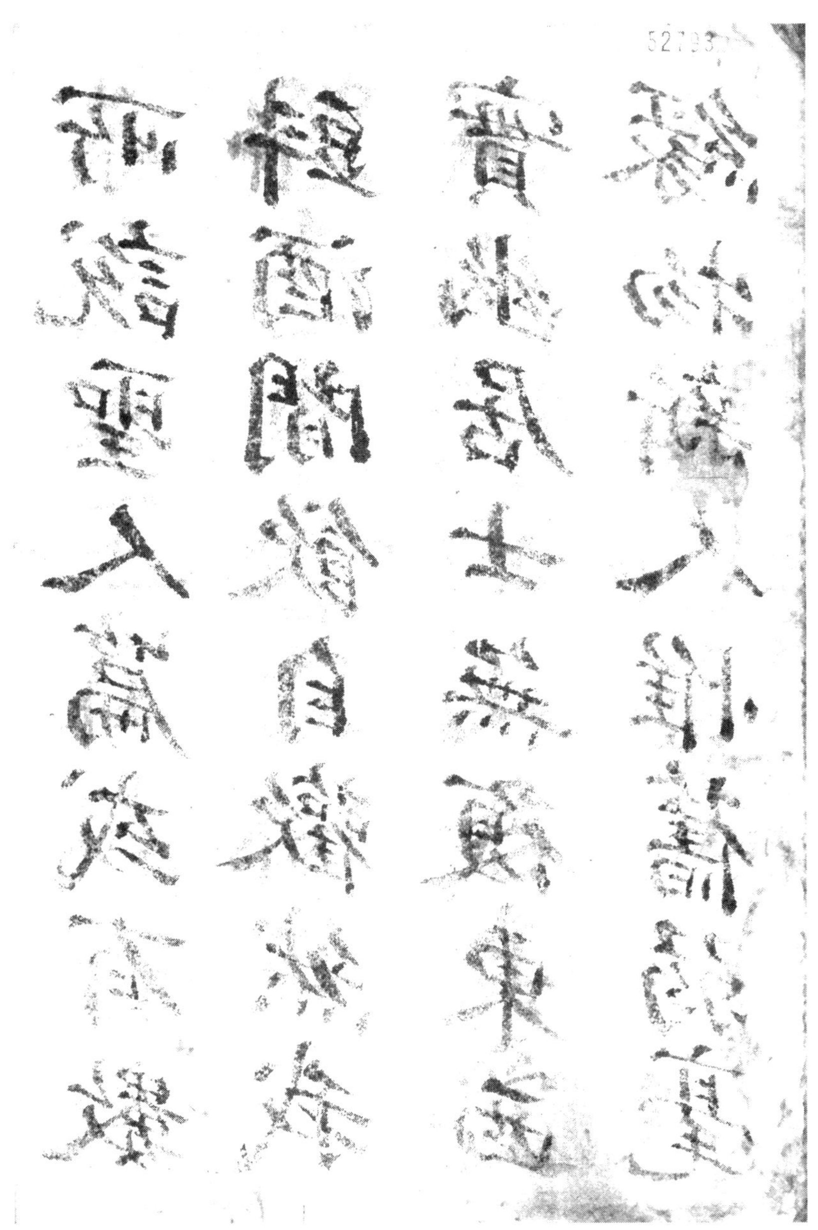

玉樓宴歌

天皇地皇開闢後에
人皇九州分張宮에
構木爲巢鷇食호야
千萬古興亡事蹟
伏羲神農黃帝堯舜
繼天立極
人物山川赫
風俗이 熙熙호다
禮樂敎化宜 分別호야 布
文章貴賤 分別호니
八年五圭利導호니
地平天成底績호니
夏后氏
惟精惟一允執厥中
三聖傳授心法
先後天이 運氣
九年洪水懷襄
媂序學校
司徒之職典樂官이
鴻濛日月太古初
素樸玄風混同

一局交争되단말이
三綱五常煥明호고
音六律和暢호고
師之伝未得호야
素王之權擅行호야

亞聖이庵拳大踢
所謂孔이위이여
天地劫運嘉平世의
詩書こ무合일고

麟経一部에王春脈이
天下志延褒貶호니
綿往聖開来学과
報異端邪説이
漢家의三章約法
四百年의法業이오

尼丘山五亮元氣
天縦聖人門에
五百年運開基호고
萬世爲土開基호고
秦山气象으로
千載真儒되시거다
晋世의柱老之學
六朝乾坤다니되고

唐朝의 綺麗文章
五季風雨 ᄆᆞ디거라
宋德이 隆盛ᄒᆞ야
無徃不復 天運으로
大平運을 マ리와라

洙泗의 나리를 ᄲᅵᆯ어
扁舟로 타고
胡元의 百年運이
長夜 乾坤 되되ᄂᆞ고
三百年 文明世界
億萬洪福期約
河南 程氏 兩夫子와
考亭 先生이라
紅羅 日月 火明 天地되
聖帝明君 紐起ᄒᆞ사
蒼范 百車 申申年
天下 匹民 無祿이라
海東 一隅 朝鮮國의
禮樂文物을 ᄇᆞᆯ며

春秋大義 熀然 善道
先王 文物 이
儒門道統 이여
披髮 左衽 되단말가
中華 德化

我太祖 洪謨功 偉烈이
聖君이라
堯之日月 舜乾坤이
天下 엇더ᄒᆞ던지
어제밤 橋을 什니
엇지 그리 恍惚ᄒᆞ고
三公卿 侍衛ᄒᆞ고
五軍門이 陪從ᄒᆞ니
紅雲紫濃 깁흔 곳의
羽葆旍旗 느러셧다

四百年 宗社慶이
聖子神孫 繼繼承承ᄒᆞ니
康衢烟月 擊壤歌와
薰殿南風 五絃琴을
玉皇上帝 下詔ᄒᆞ사
天下侯王 朝會ᄒᆞ니
六龍御天 ᄒᆞ오시니
우리 聖主 承命ᄒᆞ사
朝宗江漢을 百派ᄒᆞ야
銀河水를 湖流ᄒᆞ야
八鸞鳴 이야
九天高處 들의
丁寧 小臣 微賤이
玉轎을 作ᄒᆞ로니
鶴을 應駕ᄒᆞ니
千年黃河 一淸運이
太平聖主
오날ᄭᆞ디 다시보니

金山日月 玉帛禮豆
萬國衣冠 會同이라
白玉樓 어른집의
上帝 殿座호샤
靑龍白虎朱雀玄武
前後左右 環衛호고
飛廉神 玄冥神은
白黑冠冕 鮮明호다
月宮姮娥 玉兎는
西王母 麻姑仙은

平生 世觀이오
世上업는 긔라不具로다
山龍補袞 儀僎臨호니
高一巍巍 難明이라
二十八宿 五方神將
各方位의 버려잇다
文曲星 武曲星은
文武惇 相輔弼이오
雲母屏 水晶簾의
霓裳羽衣 닙느럿고

三淸星月五城의
十二樓가 玲瓏호고
彤庭玉階九級上의
列仙儀仗 羅列호니
句芒神 祝融神은
靑紅衣裳 燦爛호고
南北門戶 樞機로다
南斗星 北斗星은
廣成子 赤松子와
安期生 呂東賓은

驂鸞鶴 모다드리고
香案前의 周旋호다
明堂에 옛 威儀를
上帝ㅅ긔 시버려
三皇五帝 나리안位
禹湯文武 次第로다
三代以下 創業主는
차례로 列坐호니
萬古帝王 블너드려
天上人間 慶壽宴의
五色雲 繡御幕안의
注目列位호니
上ㅅ座 第一層의
누고누구 안즈신고
漢高祖가 主壁호고
唐太宗이 對座로다
風雲際會 호고
日月이 光華로다
그 아리를 살펴보니
中興之主도 다시니
夏少康 殷高宗과
周宣王 漢光武와
晉高宗 唐肅宗과
宋太祖 明太祖는
初次로 안즈엿다
漢光武 漢昭烈은
그다음의 안즈시고
宋高宗 景泰帝라
閏位之君 안즈시니
그 아리를 다시보니

秦始皇이 玉壁호고 晉武帝가 對座로다
隋高祖 元世祖와 淸世祖가 안ᄌ이다
그아리ᄃ 누구런고 覇業之主 모다ᄯ도다
齊桓公이 玉壁호고 晉文公이 對座로다
秦穆公等 宋襄公과 楚霸王이 玉壁호고
侯次로 別座호다 千八百國 諸侯王이
그아리ᄃ 누구런고 覇業之主 모다ᄯ도다
箕尾分野 彩雲中의 朝鮮國王坐 烟로다
替爲之君 모다시니 그아리ᄃ 너머보니
阿保機 打破와 鐵木眞도 보닷도다
觀書擥吳 孫權과 六朝五季 諸君이오
孔夫子 안ᄌ시고 七十弟子 侍立호고
聖門道統 여러시니 그우희 音혼곳의
雛國亞聖 孟子로다 그ᄃ음 안즈시니
公孫丑 萬章輩도 函丈進의 別座 잇고

天下텬下英雄 다모도니
許多名色 無限하니
難婁師曠 聰明人이라
輔獻文章音樂이오
燕秦張儀 亭于號은
縱橫反覆辭 굽이오
劃[illegible]
蕪趙悲歌遊俠客은
燕[illegible]改削卿이오
曺沫[illegible] 通변라
経進宿寢 通변라
帝子師傅 못벗다

容成義和 脩象官과
岐伯扁鵲醫藥이오
俞[illegible]扁匠[illegible]
乙輪[illegible] 直[illegible]墨手는
方[illegible]曲[illegible]
平原孟嘗信陵君은
遊[illegible]孔子[illegible]
竹林七賢 故達士는
劉伶山濤阮籍이라
曺[illegible]教[illegible]
伊尹傅說 [illegible]감반
微子箕子微仲이오

唐拳 呂尙相人術이오
君平季主卜筮로다
田駢愼到[illegible]孫龍은
堅白銅異詭說이오
陶朱猗頓不崇이는
屬[illegible]王乙行[illegible]이오
雲龍風虎一堂會의
萬古朝廷排擺라
微子箕子微仲이오
周公[illegible]召公이요

綿最權職叔孫通과
布衣後極張良이오

明堂圖畵麗老와
草堂魚水孔明이라

領議政의風府어고
左右相의襠契이라

四嶽九官十二牧과
祖宗에尸鳩라

夏殷周君臣으로
管仲晏子晉叔向과

君陳과
思皇多士十亂臣과

武孫과
臧孫武子范文子三

宋明의 儒臣으로 林씨와 正言特平 그子子나 漢獎英晉殷浩는 일은 찬민진은호 隱逸發薦水에 笑音나

王堂學士輪林씨와 藏貢善그子子며 正言特平 그子子나 隱逸發薦水에 笑音나

仁義行師 儒將으로 孫武子 田穰苴와 副元帥의 力牧이오 都元帥의 力牧이오 詩書禮樂御戴이오 文武吉甫南仲이오

金體斧鉞 令이오 孫臏吳起 尉練子와 上下班列이며 三公써 하빅 각人가 金冠朝服더 움玉라

權謀術敎智將으로 韓信彭越 風國과 衛靑去病 趙充國과 藥香廣頻李牧이와 趙奢白起 王尅이오

亞將平惋 物堅이오 輔佐越왕 風過夫와 鄧病馮異 眼食이와 祭遵買後 冠㣧이오

兩漢(냥한)의 名將(명장)으로
別將(별쟝) 千摠(쳔총) 摠兵(총병) 水使(슈ᄉᆞ)오
李靖(리졍) 裴寂(비젹) 劉文靜(뉴문졍)과
尉遲耿德(울지경덕) 薛仁貴(셜인귀)니
曹彬(됴빈) 高瓊(고경) 狄靑(젹쳥)의와
李綱(리강) 張浚(쟝쥰) 韓世忠(한셰충)이라
大將(대쟝)이하 諸將官(졔쟝관)이
先後相(션후상)의 環衛(환위)ᄒᆞ니
龍逄比干(룡방비간) 차례안고
伯夷叔齊(ᄇᆡ이슉졔)라 [illegible]손이라

趙雲張飛(됴운장비)ᄂᆞᆫ 蜀漢(촉한)의 勇將(용쟝)이오
杜預(두예)ᄂᆞᆫ 西晋(셔진)의 [illegible]
祖逖(조젹) [illegible]
郭子儀(곽ᄌᆞ의) 李光弼(리광필)은 唐朝(당됴)의 良將(냥쟝)으로
李愬(리소) 馬燧(마슈) 渾瑊(혼감)이는 [illegible]
徐達(셔달) 花雲(화운) 常遇春(상우춘)이라
朱明(쥬명)의 猛將(밍쟝)으로 偏將(편쟝)이라
把捉(파착) 哨官(쵸관) 偏將(편쟝)이라
金胄鐵甲(금쥬텰갑)이 더욱 묘라
立介(립개) [illegible] 釼佩同圖(도패동도)라
百官侍衛(ᄇᆡ관시위) [illegible] 列某(렬모)라
忠臣節士(충신졀ᄉᆞ)라
割股食之(할고식지) 介子推(개ᄌᆞ츄)ᄂᆞᆫ
賞功(상공) 不添(불참) [illegible]이오
擊衣報仇(격의보구) 豫讓(예양)이는
誤列刺客(오렬ᄌᆞᆨ객) 怪異(괴이)ᄒᆞ다

15

三日(삼일유가) 進街를 다닐ᄉᆡ야
明倫堂(명윤당)의 謁聖(알셩)ᄒᆞ고
兩司(양ᄉᆞ) 玉堂(옥당) 分揀(분간)ᄒᆞ야
當年(당년) 祿(녹)의 呼薦(호쳔)ᄒᆞ니
文武(문무) 新恩(신은) 다날이고
一體(일쳬) 君臣(군신) 生ᄒᆞᆫ
掌樂院(장악원) 긴 風流(풍류)로
俳舞(ᄇᆡ무)를 버려두니
帝堯(뎨요)의 大章曲(대장곡)은
神人以和(신인이화)ᄒᆞ던 八音(팔음)이오
絲理(ᄉᆡ조리)之 金聲(금셩)이오
終條理(종조리)之 玉振(옥진)이라

口過(구과)ᄒᆡ잇ᄂᆞᆫ 宋之問(송지문)을
鳴鼓攻改之(명고공개지) 罰(벌)을 맛고
春風(춘풍) 三月(삼월) 曲江宴(곡강연)의
五雲龍音(오운룡음)이 ...
句天廣樂(균텬광악) 咸池曲(함지곡)은
軒轅氏(헌원씨)의 仙樂(선악)이오
女媧氏(녀와씨)의 笙簧(생황)이오
十二律呂(십이률녀) 嶧谷竹(역곡죽)은
大舜(대순)의 簫韶曲(소소곡)은
鳳凰來儀(봉황래의) 簫韶九成(소소구성)이라
伶倫曲(영륜곡)을 ... 仙(선)ᄒᆞ야
紫雲曲(자운곡)을 듯오치니
佩庭魚龍(패정어룡) 起舞(긔무)ᄒᆞ고
蒼梧島(창오도) ... 喜瞻(희쳠)ᄒᆞ다
仙裙(선군) 玉佩(옥패) ... 起舞(긔무)ᄒᆞ니
綠衣紅裳(녹의홍상) ... 起舞(긔무)ᄒᆞ니

吳王宮裡越西施오왕궁리월서시오

白行簡의妙曲이오박행간의묘곡이오

漢武帝의斷腸이오한무제의단장이오

夜帳燭下李夫人은야장촉하이부인은

千古尖節王昭君은천고첨절왕소군은

掩面低頭着㳂호고엄면저두착삼호고

綠珠碧玉佳姬로다녹쥬벽옥가희로다

白雲珊瑚東山妓와백운산호동산기와

崔瑗의城南女와최원의성남녀와

元稹의章台妓와원진의장대기와

楚王臺上巫山神女초왕대상무산신녀

雲雨梦의佳緣이오운우몽의가연이오

趙飛燕의留仙裙은조비연의유선군은

步生蓮纖織호고보생련섬직호고

萬里從軍木蘭이는만리종군목란이는

馬上請纓奇絶호다마상청영기절호다

長安月夜紅拂妓는장안월야홍불기는

風流男子찻을찻고풍류남자짝을찻고

牧之의짝이여든목지의짝이여든

林東坡의朝雲이와임동파의조운이와

八年馬上廣美人우미인팔년마상광미인

伯王의末忘이오빅왕의말망이오

中仙樂奇興혼다중선락기흥혼다

楊貴妃의廣陵觀燈양귀비의광릉관등

楊國忠의樂鳥이오양국충의악조이오

呂布의貂蟬이와여포의초선이와

魏博帳中紅線이는위박장중홍선이는

女中豪傑아니런가녀중호걸아니런가

絶代佳人이모드니절대가인이모드니

瑞婚媒風流롯다서혼미풍류롯다

太平度로 반ᄒᆞ고
安不忘危ᄒᆞ오리라
五營五司 南軍制오
三郡六勾 北軍制오
左營將의 司命旗는
靑心黃邊 燦爛ᄒᆞ고
黑心白邊 ᄯᅥ라오니
後營將의 뒤의 셧다
淸道ᄒᆞ고 朱雀旗오
南旗ᄒᆞ고 紅高招오

露梁沙場 너른 터의
掌三縣의 聚軍ᄒᆞ고
三軍門이 習陣ᄒᆞ니
主將이 上馬ᄒᆞ며
三隊平行 入營ᄒᆞ며
前營將의 司命旗는
一路에 分ᄒᆞ여
紅心靑邊 煇煌ᄒᆞ고
黃心仁邊 分明ᄒᆞ니
白心黃邊 的寶ᄒᆞ니
中營將이 ᄉᆞ신가
右營將의 우의로 셧다
各營各司 將信軍을
大將威儀 淸道國ᄒᆞ고
左右札 駐排立ᄒᆞ고
鳴金二下 打ᄒᆞ니
藍旗ᄒᆞ고 靑龍旗오
黃旗騰蛇 巡視ᄒᆞ며
南旗ᄒᆞ고 藍高招오
白旗ᄒᆞ고 白虎旗오

五方神旗 二럿[더]었고
豹尾金鼓諸號이라

坐馬藥의 楠後視호오
敎事據報 니러셔다

七色四手軍牢들은
先駿次로 叩頭ᄒ고

六司藏設다른後ᄒ니

各菩一體費敎ᄒ니

開方陣九營陣이여

八陣圖ㅣ되여러되다

臺上旗鼓擺列圖로
中軍以下子地撓라

升帳升旗迎즉ᄒ며

諸將店이參見ᄒ니

敎場行營一駐ᄒ여

前後層의列陣ᄒ니

黃旗旗의起火一校ㅣ

신旗陣이되여잇고

鑼鉦喇叭이라
鼓鼙處處變旗牌두

魏事호ᄆᆞ旗牌두

記過請罷조쿄ᄒ다
知事軍信

左右一作

四十八面大旗幟

三進三退塵戰ᄒ고

間花疊迭ᄒᆞ되

前後左右四面點이

五行陣번화잇다

韓陣을 翼博立ᄒᆞ고
轉身刺以 堅靠ᄒᆞ다
百萬陣을 進退ᄒᆞ니
鴛鴦聲혼 소리의
一字조흔 衛霍等은
行伍의 發薦ᄒᆞ고
擡撼惑不動ᄒᆞ야
天下四方 無事ᄒᆞ다
萬國侯 君王匹들이
各歸其阿 下直ᄒᆞ니

三才兩儀 비러라가
鴛鴦家로 늘씨에워
四面楚歌를 맛츤후의
査功罪를 ᄒᆞ단말가
爭功不和 王瀾이ᄂᆞᆫ
揮軍나拿入 微覽ᄒᆞ다
太平萬代 歡歌舞로
振旅還軍 드러와셔
車馬騈闐ᄒᆞ고
萬長天 五雲街의

東方營이 變ᄒᆞ야
左右發放 馳突ᄒᆞ니
兵法用ᄒᆞᆫ 孫吳는
主初練의 賞을주고
角宮選旗 打得勝鼓를
黃信旗是 돌너시니
紫宸府中이로의
罷宴曲을 終隊ᄒᆞ니
朝鮮國王들이
紫宸仙官이셔

星孫ᄭᆞ 揚對之燿ᄒᆞ며
順順 天輪祈下 迎敎ᄒᆞ니의
오ᄂᆞᆯᄂᆞᆯ을 시니
天地運氣 도라시니
青邱一面 小中華의
胡無百年 運이로다
蒼蒼下土 四海中의
明倫ᄒᆞ여 春顧ᄒᆞ야
天時人事 ᄆᆞᆾ얼 노ᄃᆞ
天恩時雨雪恥 ᄆᆞᆾ얼ᄂᆞ며
除函雪恥 ᄒᆞ니지
方八千年 龍盤山은
盤古氏의 開國이로다

君子國이 삼아시니
先王禮樂衣冠文物
内修外攘ᄒᆞ야 두면
春秋大義秉執으로
生民之難 ᄒᆞ리라
有德真人 ᄀᆞᆺ희여
大明日月 重明ᄒᆞ리라
萬古帝王創業基라
乾坤山朝宗脈이야
四瀆五岳分開ᄒᆞ야
漆鹿高陽氏로다
都松晋作曲阜之
伏羲大帝 ᄆᆞ지ᄒᆞ고
黃帝顓頊 相傳ᄒᆞᆯ

永曆南羅 江南 新清太祖 東朝鮮開
第一衛平壤基는 檀其古都二千載오
高麗國仁京都는 新羅國鷄林府의
五百년事藏의遺壇일세

西北으로흐르흘
白馬江어들녀졌다

西南으로싀闢亭
鷄龍山督興垈는

不盡元氣流行호야
循環天理니無窮키고

尉禮城의高句麗오
卒本川의高句麗오

新羅國鷄林府의
太白山開業호야
小白山開葉호야

俗離山
錦江으로順流호고

西로朝帶호고
南으로臨津江

東北강江

天텬府부 金금楊湯 四塞지地 석디 이야
漢한陽양 基긔地지 排비辨辦 호야
龍용湾만浦포 踏답 三삼角각山산의
北북岳악山이 主쥬山산이오
오五강江슈水가 橫횡帶대 호야
出출산山이 案안山산이오

駝대駱락뫼가 靑청龍룡이오
마져가 白白虎호라
天텬荒황地디 老로 漢한陽양城셩의
萬만歲세 基긔業이라
天텬下하名명 畵화 龍룡眼手슈의
毛모延슈壽의 西셔法법으로
玉옥樓누 今금일 慶경會會宴연의
고古 城셩 ...

歷역代디君군 臣신 好호氣긔象상을
一일堂당 風풍雲운 묵墨畵화 호야
人인物물 屛병 風풍이오
畵화 龍룡 點졈晴청 張장僧승繇요요
顧고凱개之지 의 模모樣을 드고
寮료鶴학 誤오響향 鄭졍慶경이오

潤윤立립本본 의 西셔格격으로
오二 彩칭色색 筆필 붓을 잡아
一일幅폭 生성絹견 길을 떠리고

曺조將장軍의 따靑쳥 ...
府부의 山산水水牌의
元원氣긔 淋림 裡福복 ...

삼三味미 造조化화 流流動동 호고
七칠分분 摹모狀샹 傳젼神신 호야

의意匠장 慘참淡담 경經營 하고

二十八將天神들은
이십팔장현신

五方神將天官들은
오방신장현관

周穆王八駿馬의
쥬목왕팔쥰마의

瑤池의千日酒를
요지의천일쥬를

嬌도산寶桃 桃實酒하고
교도산 반도 실쥬하고

三神山不老草를
삼신산 불노초를

甘露水의煎半하여
감노슈의 전반하여

無時服進하여御하사
무시복진하여 어하사

九轉丹作光하야
구전단 작광하야

紀靑酒醴州路호
졍쳥쥬 졔쥬로호

文龍蟹五味
구념 구군 룡해 오미

扶桑若木
부상 약목

玄圃倉洲더시보고
현포 창쥬더시보고

雲衢의擡擻었다
운구의 ...

義神의치룰리며

月輪風馭長驅하여
월륜풍어 장구하여

金母의음히밧ᄉᆞ
금모

萬壽無疆獻賀하고
만슈무강 헌하하고

長生不死益壽한
장생불사 익슈한

一朝
일조

崑崙山 駐輦后의
祝融峰의 歷臨호샤
張騫의 浮海槎와
葉仙師의 連雲棧도
仁政殿 月臺下의
朝百官 陳賀호니
么麼一个民이
九萬里를 隨駕호야
大海을 一覽호니
平生을 我自知라

黃黑通過路의 去路로다
銀河水여 烏鵲橋를 건너오리
廣寒殿이 여긔로다
青天大道 彩紅橋를
滄海東橫駕호사
漢陽城中 大闕로
瞬息間의 還歸官 호쟈
天香이 襲人호고
國家의 新天永命
瑞氣가 慈鬱호다
萬世之無窮이라
鴻毛의 順風便와
鶴背上의 佳來호니
天上遠遊 거룩호다
聖恩이아
與國家同休戚호리로다

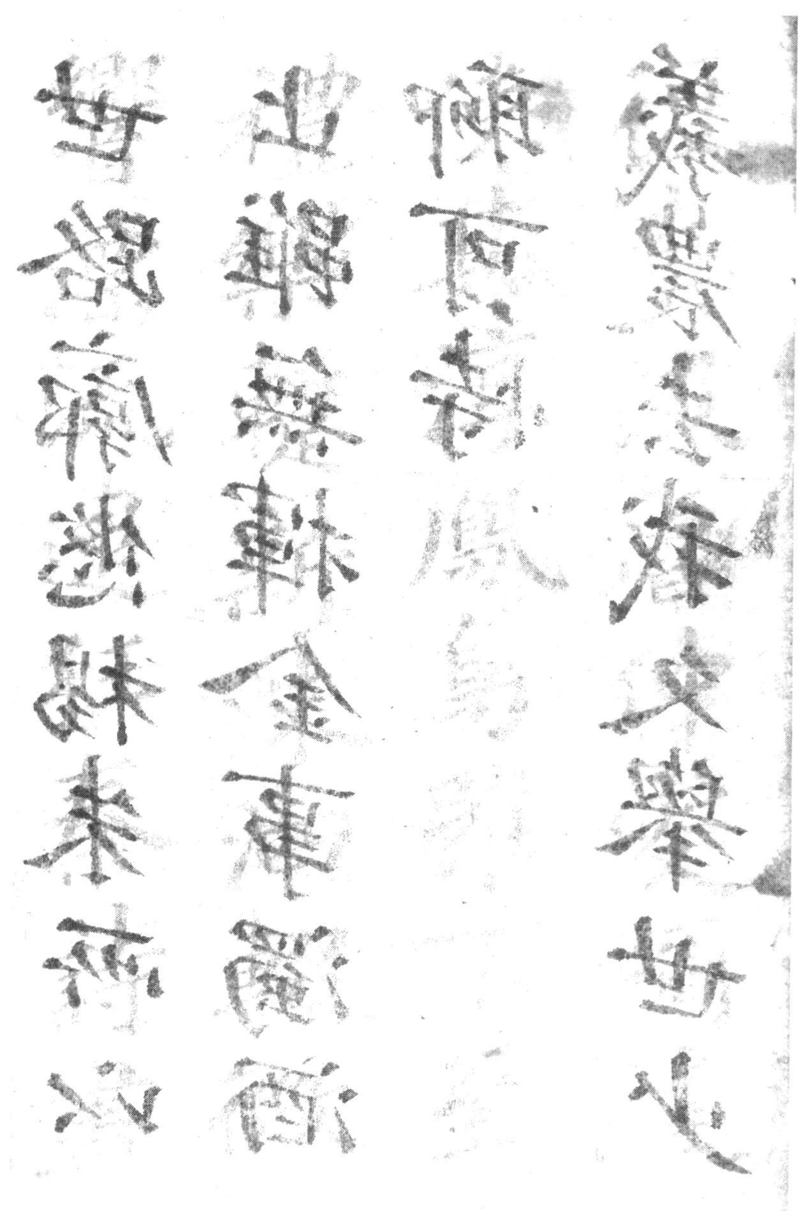

農家月令歌 (농가월령가)

天地肇判(텬디됴판)ᄒᆞ매 日月星辰(일월셩신) 비최거다
日月은 度數 잇고 星辰은 纏次 잇서
一年 三百六十日의
冬至 夏至 春秋分은 日行으로 推測ᄒᆞ고
上弦 下弦 望晦朔은 月輪의 盈虧로다
大地上 東西南北 곳을 ᄯᅡ라 다르기로
二十四 節候를 十二朔의 分排ᄒᆞ며
每朔의 두 節候가
一朔 二十九日 三十日이로다
每朔의 節候가 天時를 밝히시니
曆法을 創開ᄒᆞ사 萬民을 맛기셔셔
自然이 成歲ᄒᆞᆫ다
遠近을 磨鍊ᄒᆞ니

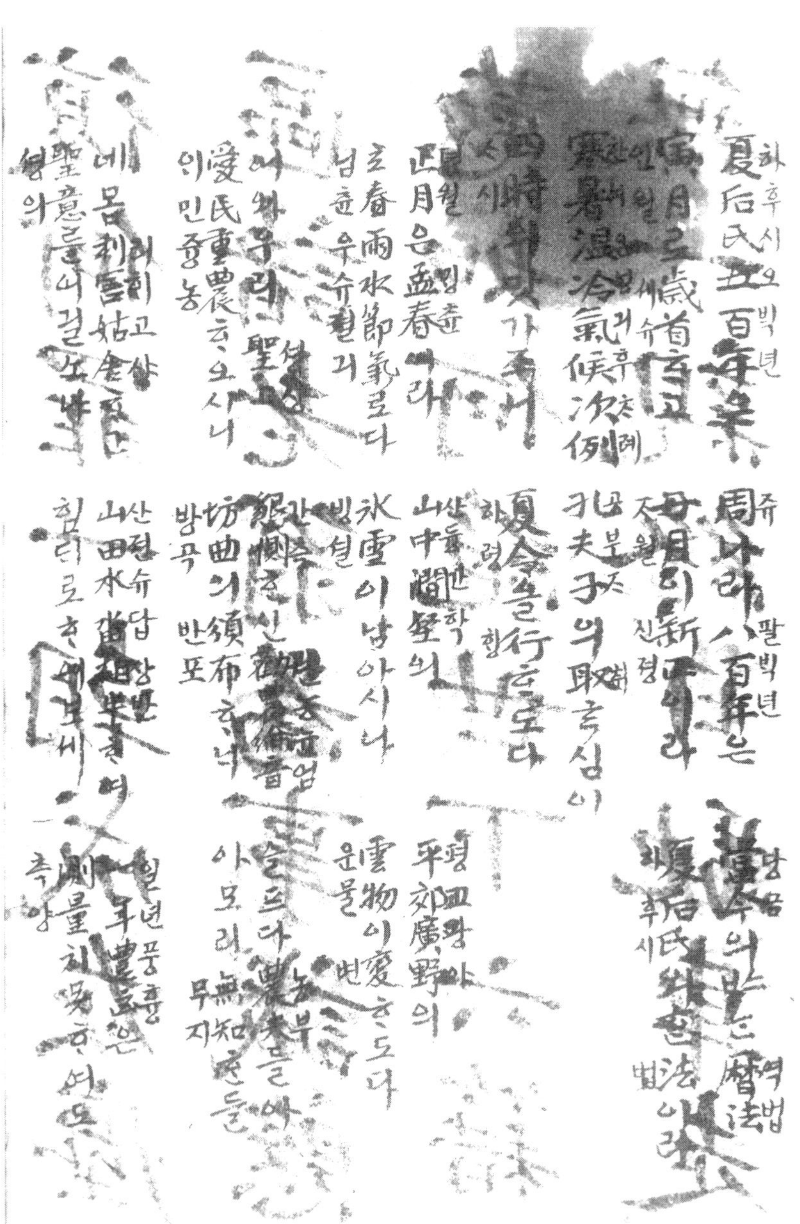

人力(인력)이여 極盡(극진)ᄒᆞ면
天灾(천재)를 免(면)ᄒᆞ고
천지면
제各(각)을 勸(권)ᄒᆞ여
게열셔 구지마라

農器(농기)를 다ᄌᆞ리고
農乂(농사)돌 살펴며
지거름지와보고
一遍(일편)으로 사의셔
歲前(세전)보

늙으니 근력업셔
젼든 볏은 못ᄒᆞ여도
밤이면 삿기꼬고
낫이면 너영벽고
근ᄆᆞ십더랏도다

잿파나 모버 ᄯᅥ커고
正朝(정조)날 未明時(미명시)의
試驗(시험)조로 ᄒᆞ여보소
小麯酒(소국주) 맛ᄒᆞ여라

가지소이 돌게우기
三春(삼춘) 百(백) 時(시)의
上元(상원)날
老農(노농)의 經驗(경험)이니
大强(대강)은 짐작ᄒᆞ니

花前(화전)일 一醉(일취)ᄒᆞ여보ᄌᆞ
水(수)한 旱(한)을 안다ᄒᆞ니

二月은 仲春이라 驚蟄春分節候(경칩춘분절)이로다 〔즁츈〕

初六日 ...

反갑다 봄바람이

依舊(의구)히 ...

머비들기 소리나나

버들빗 시로와라

春興(춘흥)을 ...

맨 화맛되와 두어

졔비를 기다리노

보장기 ...

말밧턴플 ...

일글 소록 ...

담밧보와 나 심으기

生理(生理)를 ...

본문 ... 라 무 ...

비오는 날 심으며 ...

분

堂前(당젼)의 雙(쌍)제비는 옛집을 차즈고
寒食(한식)날 上墓(샹묘)호니 白楊(ᄇᆡᆨ양)나모 셔 잇난다
点心(졈심)밥 豐備(풍비)호여 뎌마초 비빌 볼아호
물골을 갑하호고 드렁밧바 물을 블막꾜
約(약)호 ᄲᅢ전 우읠헌 어린 兒孩(ᄋᆞᄒᆡ) 保護(보호)之못

花間(화간)의 벌나뷔는 微物(미물)도 得時(득시)호여
雨露(우로)의 感愴(감창)홈을 農夫(농부)의 힘드는일 가ᄅᆡ질쳐 오로다
일군의 妻子(쳐ᄌᆞ) 眷屬(권쇽) 農村(농촌)의 厚(후)호 風俗(풍쇽)
들라와 못치며셔 흔편의 모만호고
날마다 두세번식 그거의 살펴보소
그남아 살 미흐니 山田(산전)의 豆太(두태)로다
百穀(ᄇᆡᆨ곡)中(듕) 農事(농ᄉᆞ)人가 浩然(호연)호 고롱흐리라

다락기를도마며
혀광 쥬리달밧이라
丹杏油杏餅麥
분빼춤비
農事을畢흔後의
天寒白屋風雪中의
人家의要緊흔닐
鹽의놀너오고
醬담은政事로다
前山의가
살진靑菜킹오리라
소금믈미리바다
法듸로담으리라
苦椒醬豆腐醬도
맛으로맛초흐소

落花를 쓸고 앉아 술길 적의
四月이라 孟夏되니
立夏 小滿 節氣로다
보리이삭 피어나니
꾀꼬리 소리흔다
蠶麻흔여 사리를
綠陰의 다닷도다
녹음
엇게 거름흘이
를 부쎠 거두소

山妻村 肴이
비온 侯의 빗치나
日氣도 淸和호여
男女老少 波흐여
집의 잇술 틈이업셔
紅債의 根本이라
綿花를 만히 갈고
得功도 方張이라
부룩을 젹게 호소
粗糲이 不足흐니
뼈를 부식
모니 보릴리라

잠재끄이는ㄴ것의
호로모열 두밤을
밤낫오로 부즈러니 먹이리라
고목은 까지찌고
[illegible] 나는이의 둘만
흇그흠보아ᄒ여

고목은 까지찌고
횟남은 [illegible]
伍란죄 水道ᄉ슈도 밉고
빌리엿만발ᄒ야
[illegible]흠엽슬ᄒ나
陰雨음우를 防備방비ᄒ면
밤비
봄나이 또무[illegible]
필

[illegible]편遠邁정쇄와
[illegible]규勢일로
여름못지어두ᄉ
실롱의바드리라
[illegible]의삿기친
혼조섬더ᄒ나니
원萬이일[illegible]ᄒ여
[illegible]전ᄒ고

雅[illegible]
君臣군신分義분의 何닷ᄃ다
군신분의
[illegible]기ᄒ로 ᄒ나
山村산촌의 不綵불긴ᄒ다
一日일일의 懸燈[illegible]을
붓희[illegible]긴
[illegible]法의 別[illegible]로다
별이
帥正을 護衛호위ᄒ나
봄왕 호위

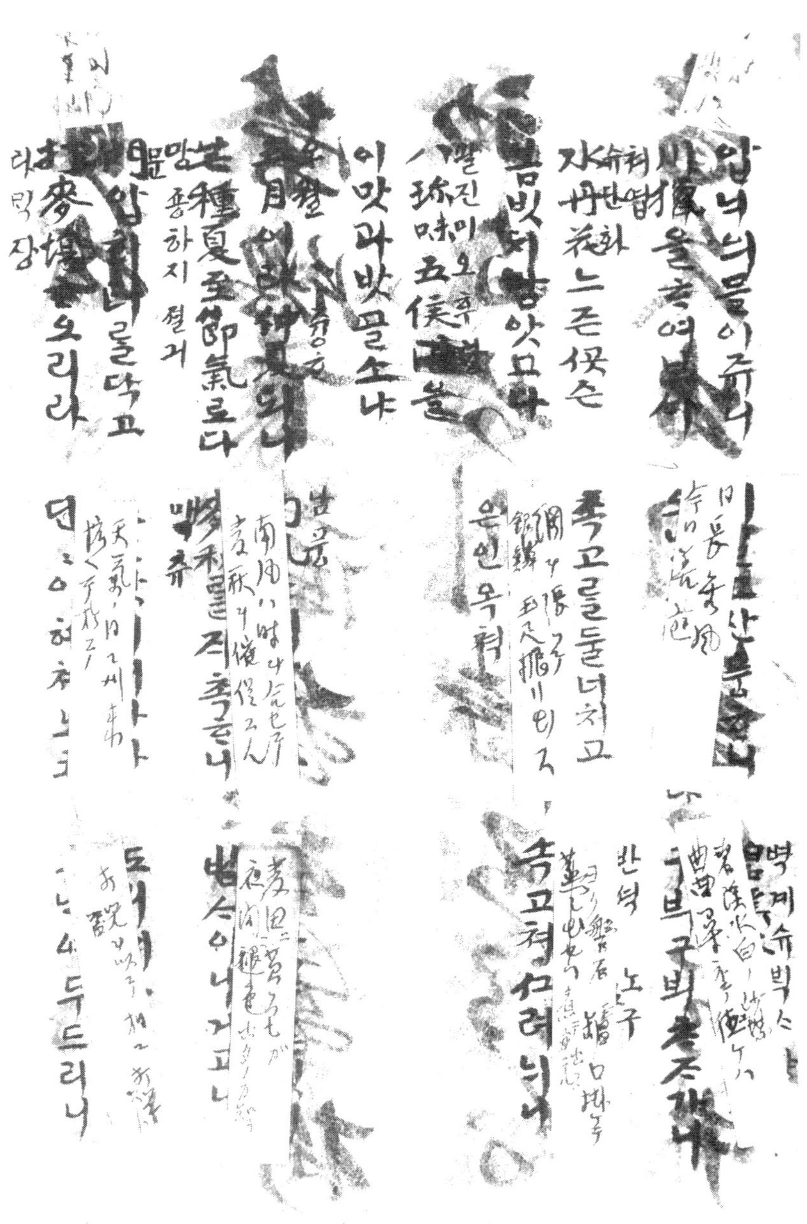

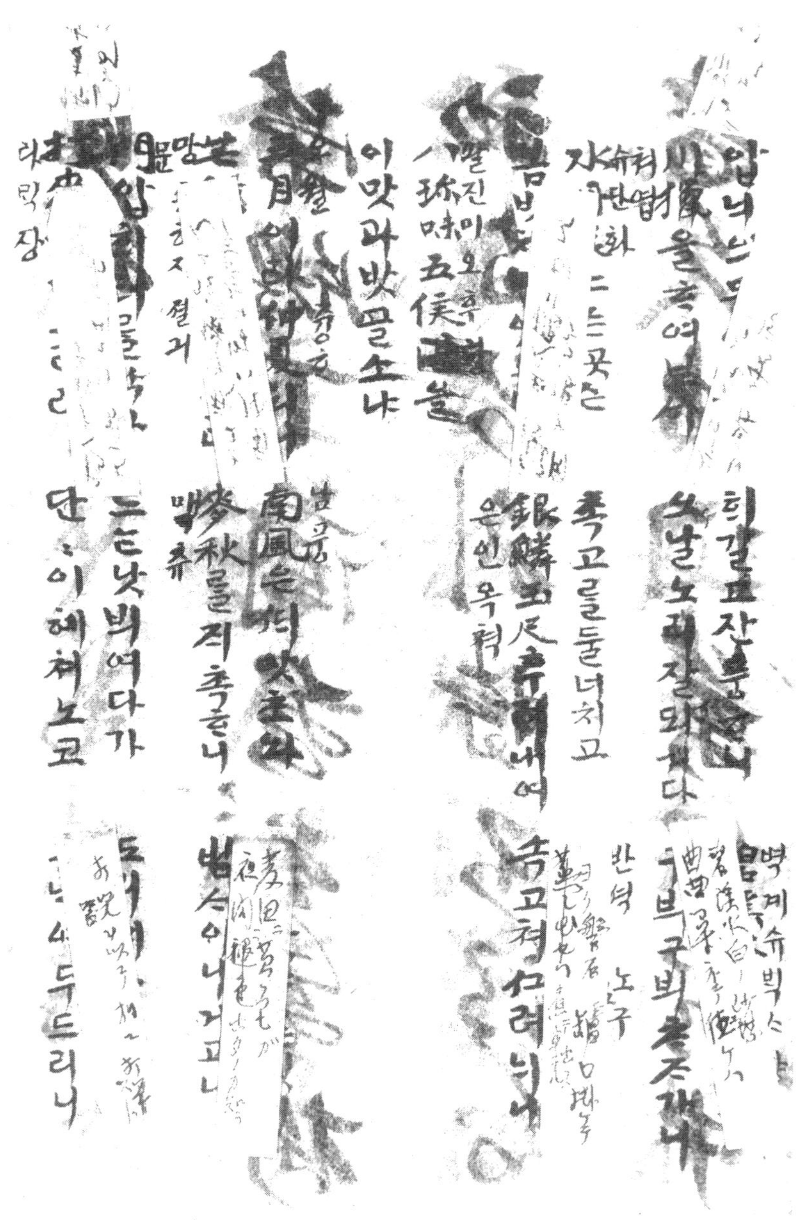

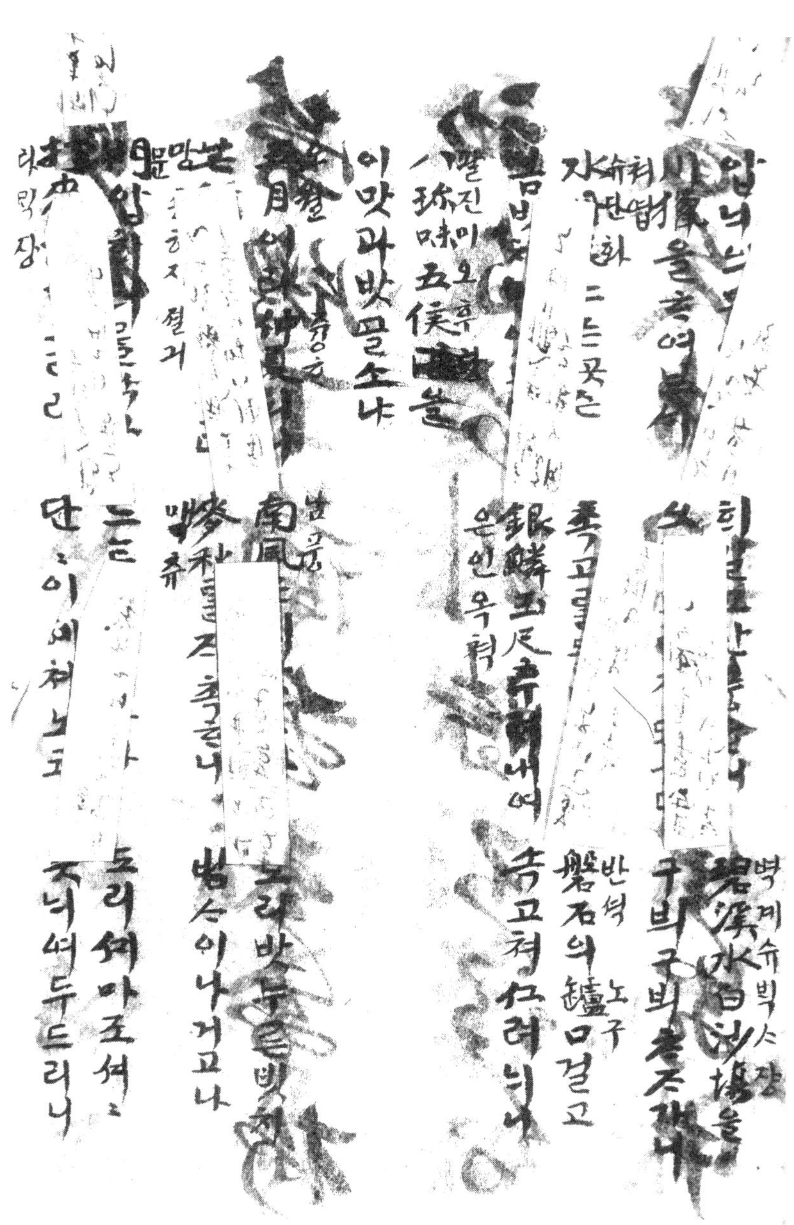

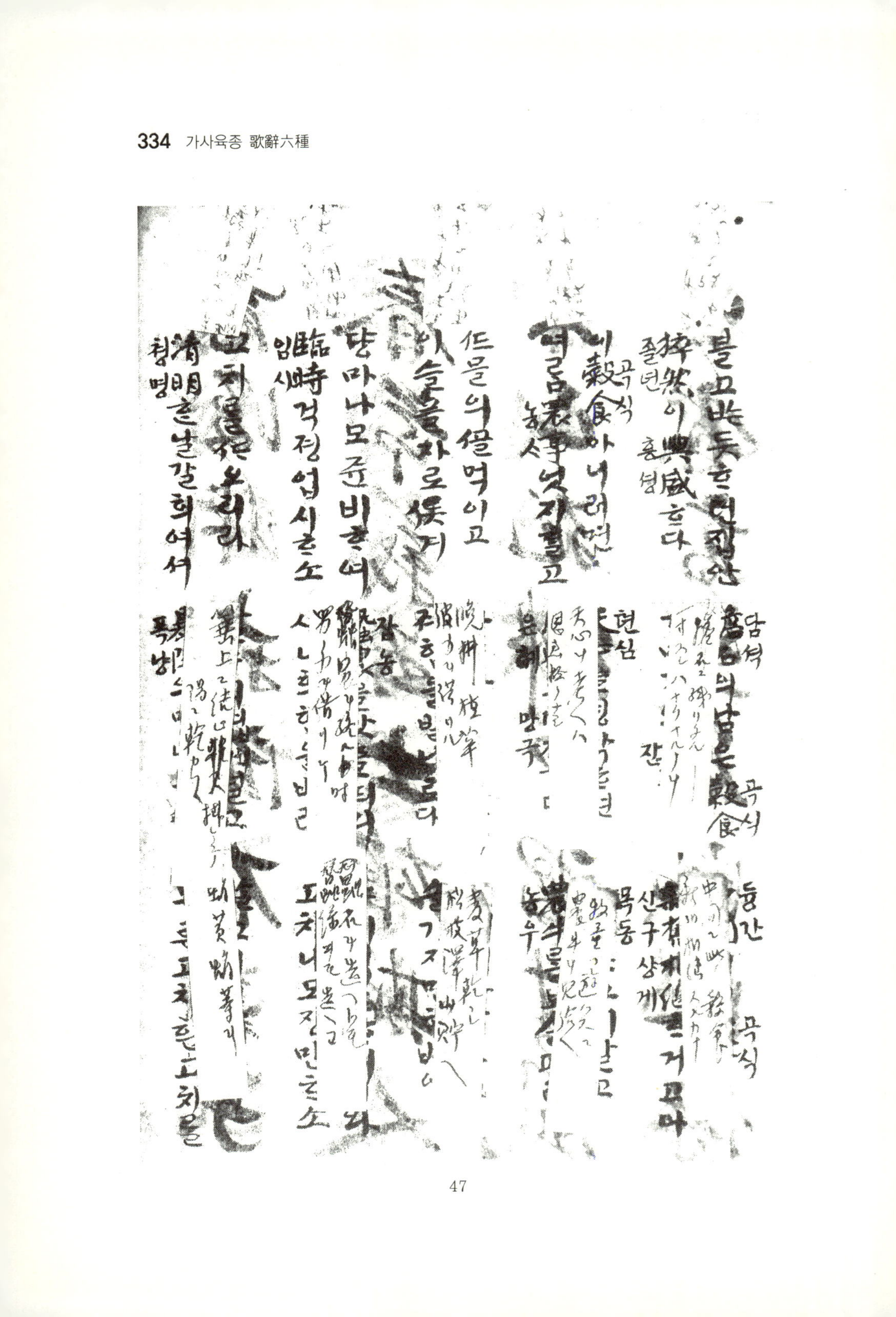

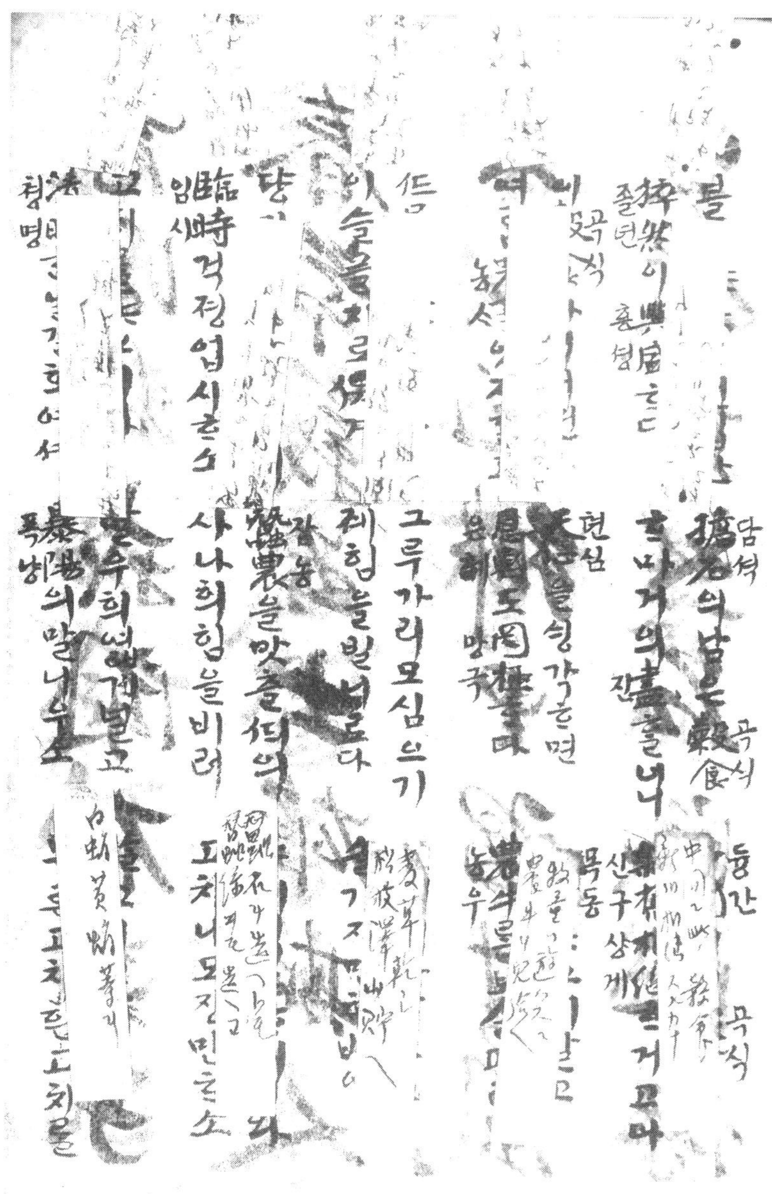

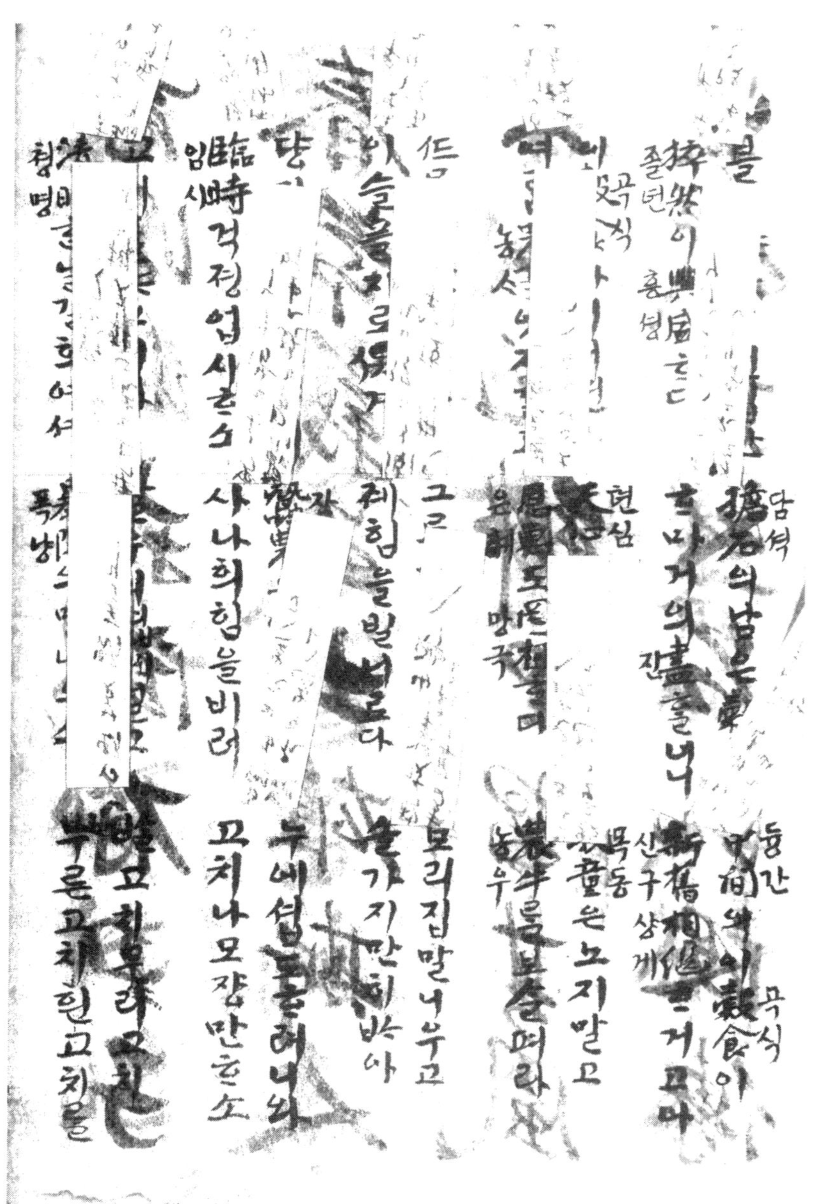

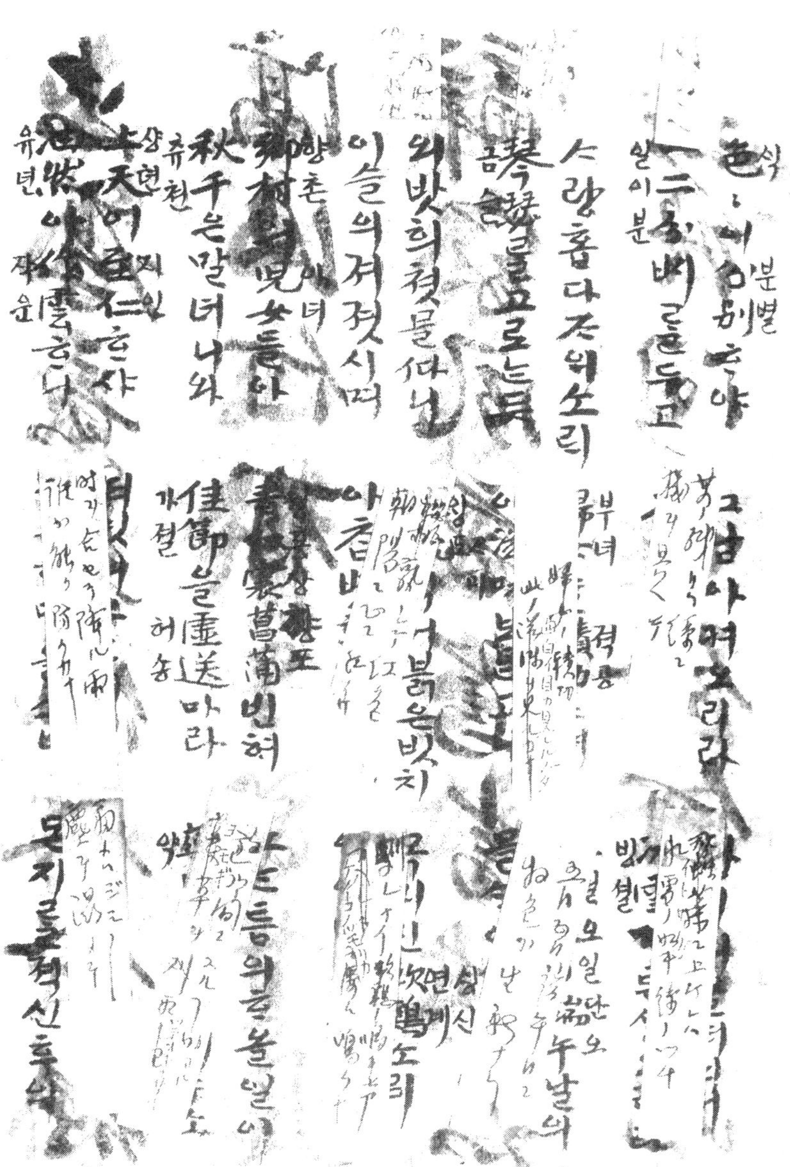

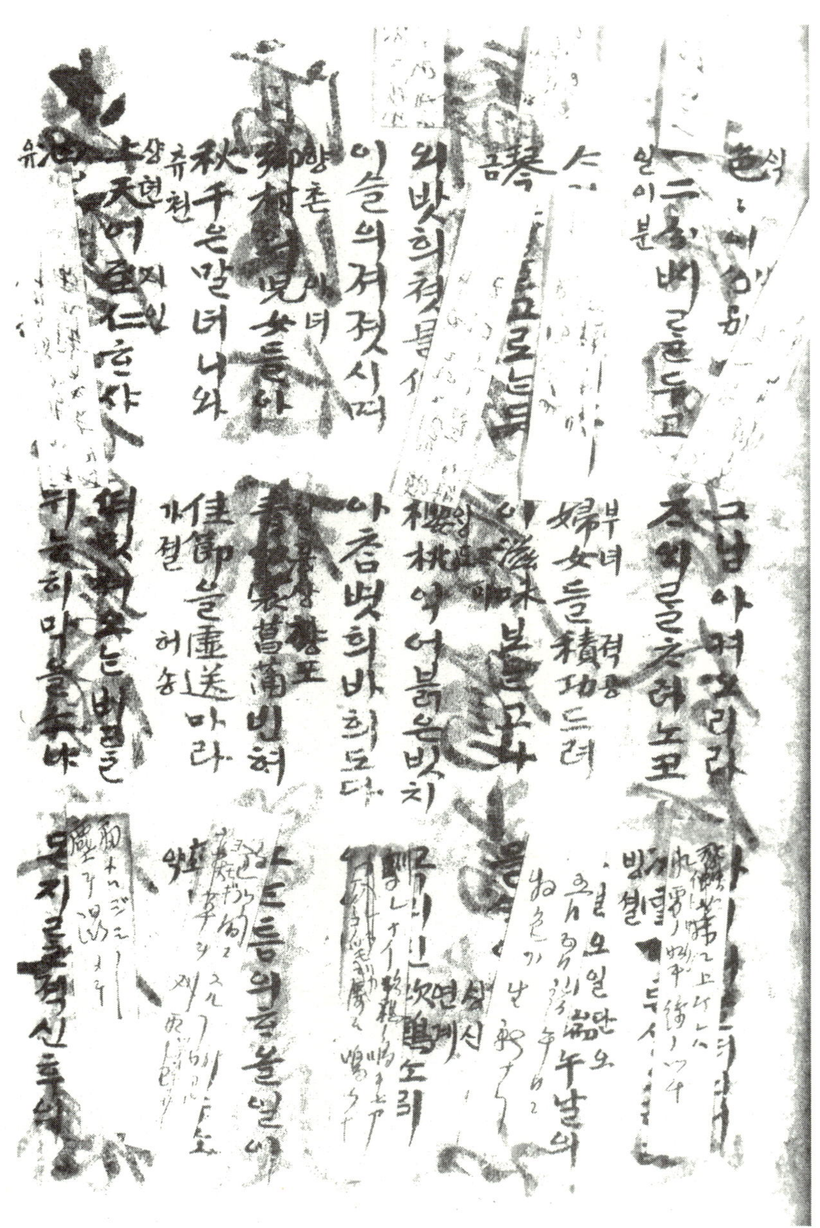

六月(월)이라 季夏(계하)되니

大暑(대서) 小暑(소서) 節氣(절기)로다

大雨(대우)도 時行(시행)하고 草木(초목)이 茂盛(무성)하며

平地(평지)의 물이마니 느즌 곡식 조기장을

地力(지력)을 쉬지말고 논밧츨 갈마드려

極盡(극진)이다 소리소 三四次(삼사차) 돌버릴제

아머머라 소리소 次例(차례)로 뷔여내고

절무니 ㅎ눈일이 봄보리 말구우리

기음미기 權(권)일로다 집더리 믹도라가며

人力(인력)이 더드느니 雜(잡)풀을 업게ㅎ소

綿花(면화)밧도 믹미깃구소

信(신)을 더흙이라고 仲(중)마춤 熱心(열심)밤에

희믿업시 밧갑고 新穀(신곡)거나

쳥ᄌᆞ니 묘 그늘 ᄆᆞ\
坐次를 定훈 후의\
심 고 ᄇᆞᆯᄂᆡ 져 심ᄂᆞᆫ\
보리밥을 몬져 머시\
뉴리 ᄒᆞᆯ 져 메인 後의\
飯饌이야 이고 엽고\
반찬

淸風의 醉能ᄒᆞ니\
暫時間集이로ᄇᆡ\
잠시 간 ᄉᆡ\
農夫야 근심마라\
뉴고ᄒᆞᄂᆞᆫ 밥이 잇ᄂᆡ\
오 조이삭 쳥디 콩이\
이삿ᄉᆞ이 ᄒᆡᄒᆞ도다

일노보아 집작ᄒᆞ면\
種食 거ᄒᆞᆷ 오립소냐\
희진 후 도라올 졔\
뉘 긋희 우음이라\
藕 ᄒᆞᆫ져 ᄇᆡ긔 써ᄂᆞ\
촌村의 잠겨 잇고\
ᄂᆞᆯᄋᆞ젹ᄆᆡ 기와

勝ᄒᆞᆫ 밤달 빗춘\
밧길의 빗초엿다\
긔 우의 는 실도\
ᄇᆞ히 야 업다 ᄒᆞ랴\
되야 벗히 보리 널기

窓门 압희 노이 기라\
창문\
그늘 졋퇴누여쳐긔\
ᄒᆞ다가 고곳뜨면\
木桃배 고허거 읽음\
목침\
北窓风의 잠을 드니\
義皇氏젹百姓이라\
희 확시\
빙 병

잠 신니 바라보내
급惡흔 비기 나까교
묵은 놈들 고 안저
알들이의 위내새
밀가라국슈ᄒᆞ야
원두밧희 참외仕고
流頭麯을 헤ᄂᆞ니라
누록 섯드의며라
장독을 살펴보고
제마을 일치마소

면니 무의 빗
밧 陽을 지버 ᄂᆞ리다
댱마쇽의 消日이오
낫잠 ᄌᆞ기 니졋도다
水 텬신
家廟의 薦新ᄒᆞ고
혼伯 음飮식食을 져보시
호박나믈 가지 김치
풋고홈 椒 양렴ᄒᆞ고
옥슈[illegible] 맛스로
일 섭ᄂᆞ니 먹어보소
流頭 ᄂᆞ惟일이라
三삼伏복은 俗卽이오
婦女는 쳔신 마라
밀기울 ᄒᆞᄂᆞ의 모ᄒᆞ

南北村(남북촌) 合力(합역)ᄒ야
삼구덩이흘 여 보서
삼티로 ᄆᆞ여 묵게 볏기리라
꼬은 삼길삼 바드러서

農家(농가)의 요긴키가
山田(산젼) 모멀 모져말고
굴근 삼 바드러

七月(칠월)이라 孟秋(밍츄)되니
火星(화셩)은 西流(셔류)ᄒ고
늣더위 잇다ᄒᆞᆫ들

立秋(입츄) 處暑(쳐셔) 節氣(졀긔)로다
尾星(미셩)이 中天(즁텬)이라
節序(졀셔)야 속일소냐

新涼(신냥) 月(월) 헐셔
가지우희 저 매미가
空中(공즁)의 말군 소리

비밋ᄯᅩ 가벼압고
무어스로 배를 불녀 닷토아 자라는고

바람긋도 다르도다
七夕(칠셕)의 牽牛織女(견우직녀)
梧桐(오동)닙 ᄯᅥ러질제

離別淚(이별누)가 비가 되아
蛾眉(아미)ᄯᅩᆫ 初生(초싱)달
西天(셔텬)의 거지거다

슬프다 農농夫부들아
우리일겨의로다
물거두너기음미기
져머거여의공뷰기
조채논의서보기와
노조밧희젼의아비
김잔혈우...
남믄져심어노고

언아남아시며
엿머에되닷트노
낫버러드러각각기
벌伐草초...기
밧가의길도닥고
복석도쳐올너소
가서를진...막아
開失음도업게호소
...녀오의세...고
농뇌쳐마손혀소

맛음을...말...
아직도멀고머다
거름플만히비어
덥이...모하노코
살지고연흔밧희
거름을고익게까라
婦부...
남일을셩갓...소
챙안을떡거시...
챙안을...나보아

穀食이 去風호고
衣服도 布麗호고
夜服도 布麗호고

療前 眼이내노
명지오리 문전

衣服을 留意호소
秋凉이 갓가오니
室家의 汨沒홈이
一遍은 滋味로다
거을의 먹어보노
貴物이 아니될가

八月이라 仲秋되니
白露秋分節氣로다

北斗星 자로도라
西天을 가르치니
秋意가 完然호다
젼~호 朝叉라온

蔬菜果實 흔흘젹의
諸當밤을 심과아
綿花밧즐로살며
올다리퓌엿는가
박호박고지쩌고
외가지빠게쩌려
각구기도흐러니와
거두기의달벗느니

비쳐 아바오고
月下의밤슈노리
노리마다빗분모음

慢節何 물조心

거ㅣ드람이 맑은 ㅣ를
벽壁 간間의 ㅣ들니거ㄴ

아ᄒᆞᆯ의 안ᄀᆞ미ᄭᅵ고
밤이면 아ᄉᆞᆯ니려

百박穀곡을 成셩實실ᄒᆞ고
百박물物을 졔졔ᄌᆞᆨ슉ᄒᆞ

들구경돌나보니
百박穀곡의 이삭피고
西셔風풍의 익는 빗촌
黃황雲운이 니러난다

綿면花화 作번난다ᄒᆞ기의
이삭콩가지오
珊산瑚호ㅣ 갓흔 고椒초다리
白박雪셜 갓흔 綿면花화 숑이
簷쳠下하의 머러시니
月월明명 ᄒᆞ다
가을 벗

山산菓과로다
나모군과 ᄒᆞ노니
뒤동산바머소
兒아戲희 世셰上샹이라
머루다리

멸치들 언어ㅣ여
드리곳듯더
청靑홍紅 이色ᄉᆞᆨ이ㅣ라

철ᄂᆞ여 ᄲᅡᆮ게ᄒᆞ소
알압프아말너워라
秋츄陽양의 磨마前젼ᄒᆞ소

안ᄭᅡᆺ마당닥가노코
발치망구당만흐소

父母(부모)님 年(년)이 滿(만)호니
壽衣(수의)를 留意(유의)호소
子女(자녀)의 婚需(혼수)ᄒᆞ야
要緊(요긴)한 器皿(기명)이가
집우희 [illegible]
[illegible]
마ᄂᆞ달와 밧오라
덥사리 뷔를 미야 [illegible]
참시들 [illegible] 담비줄 [illegible]
당구경도 흐려이와
北魚(북어)쾌 젓조기를
秋夕(추석) 名日(명일) 쇠야보세
新稻酒(신도주) 오려숑편
興成(흥성)흔 것 잇지마소
박나물 土蓮(토련)국을
先山(선산)의 祭物(제물)ᄒᆞ고
니웃집 난화먹셔
며ᄂᆞ리 말미바다
本(본)집의 覲親(근친) 갈제
개잡아 살마 [illegible]
떡고리와 술병이라
草綠(초록) 장옷 반물치마
粧束(장속)ᄒᆞ고 다시보니
어름지어 지친 얼골
소복이 되엿ᄂᆞ냐
中秋夜(중추야) 밝은 달에
지긔펴고 놀고오소

뫼 논은 비여 ᄂᆞᆯ고
乾답은 밧두흐레
들의흔 조 뎨덥이
집근 ᄯᅥ 풍흇가리
이삭으로 몬 쳐잘나
흇뼤물 作로 ᄯᅳ고
이웃집 運力ᄒ여
제일흔 둣ᄒ는거시
들ᄎᆞ러끼름짜
이웃기라 協合力ᄒ서

찬써리간∶밤의
츈우는가 모르누나를
비츈국무로누나를

十月월은 孟밍冬동이라
農농牛우를 보술펴라
아모리 農事ᄒᆞ니

五立冬小쇼雪셜節졀氣긔오다
立冬小雪節氣오다

남은 일 상강ᄒᆞ여
집안 일 마조ᄒᆞ며 苦椒(고초) 生薑(성강)
엿 국ᄎᆡ 잡아 ᄲᆡᆯ고
박이 무누아람 말ᄒᆞ됴
얼ᄌᆞ ᄲᆡᆯ간 슈ᄒᆞ됴
슈ᄌᆞ 말로 ᄃᆞᆯᄒᆞᆯ
養間(양간)의 何(어)젿졀됴
過冬(과동) 此ᄉᆞ아노고
侵ᄉᆡ거가 단 ᄌᆞᄒᆞ
講信(강신) 갓ᄭᅡ 왓ᄂᆡ

무우 김장을 ᄒᆞ리라
독 빗ᄐᆡ 규두려오 陽地(양지)
받ᄐᆞ이 항 얼라
반 고리 구르질과 窓戶(창호) 받나노고
박람 ᄲᆡᆨ 물ᄭᆞᆯᄒᆞ기 壁(벽)
쥐 구멍 돌ᄭᆞ서 으더라
쥐의 잡 婦女(부녀)들을 아
거ᄂᆞᆯ 못지엇ᄂᆞ냐
모밀 아서 국슈ᄒᆞ고
飮食(음식)이 豊備(풍비)ᄒᆞ다

鹽淡(염담)을 ᄲᆞᆺ게 ᄒᆞ며 精(정)

興民樂제結하니
국恩도노흐지셜고
李風憲金斂쳠은

崔勸農姜約正은

부모봉양(父母奉養) 남편(男便)의 집가필(家車必)
주청시고

의복음식(衣服飲食) 잘밧리를
각별(各別)이 산펴 힘힘이며 병(病)나실가

듬〻그러대 답말고
두러오는지어미는 그터로本을드니
보느티고호소

화긔(和氣)로쓰러써
남편(男便)의 러동보아

형제(兄弟)는 흔가운이
두몸이난화시니 부모(父母)의다음이라

귀듕(貴重)호고슈활홈이
간격(間隔)업시혼차고 네것써것計較마소

남〻기라 모한 同婚에
흠나셔흐는말을 조연(自然)이 귀듕호리라

行身의분리를 렴신
恭順이第一시라 공슌계일

네 前(전)의 비 恭敬(공경)할 제
말솜을 조심ᄒ야
남의 서른 나를 ᄒ노ᄂ
人事(인사)를 일허 ᄒ노
네 道理(도리) 秘盡(비진)ᄒ면 그ᄅ긴 ᄒ면
罪責(죄책)을 아니 보아
남군의 百姓(빅셩)되야
恩德(은덕)으로 사라가니
一年(일년)의 還上(환상) 身役(신역)
限前(한전)의 里納(이납)홈이
分義(분의)의 맛당ᄒ다
구무 ᄡ 만다 ᄒ고
上下分義(상하분의) 尊卑(존비) 頏隔(항격)ᄒ야

什一稅(십일세)도 못 되ᄂ니
洞內(동내) 戶首(호수)의
各姓(각성)의 居生(거생)ᄒ야
定(정)주어 蕩減(탕감)ᄒ니
土稅(토세)를 拒納(거납)ᄒ을가
婚姻(혼인) 大事(대사) 扶助(부조)ᄒ고
喪葬(상장) 憂患(우환)도 ᄒ ᄯ며
信義(신의)를 아니 ᄒ면
和睦(화목)을 ᄒ ᄯ며

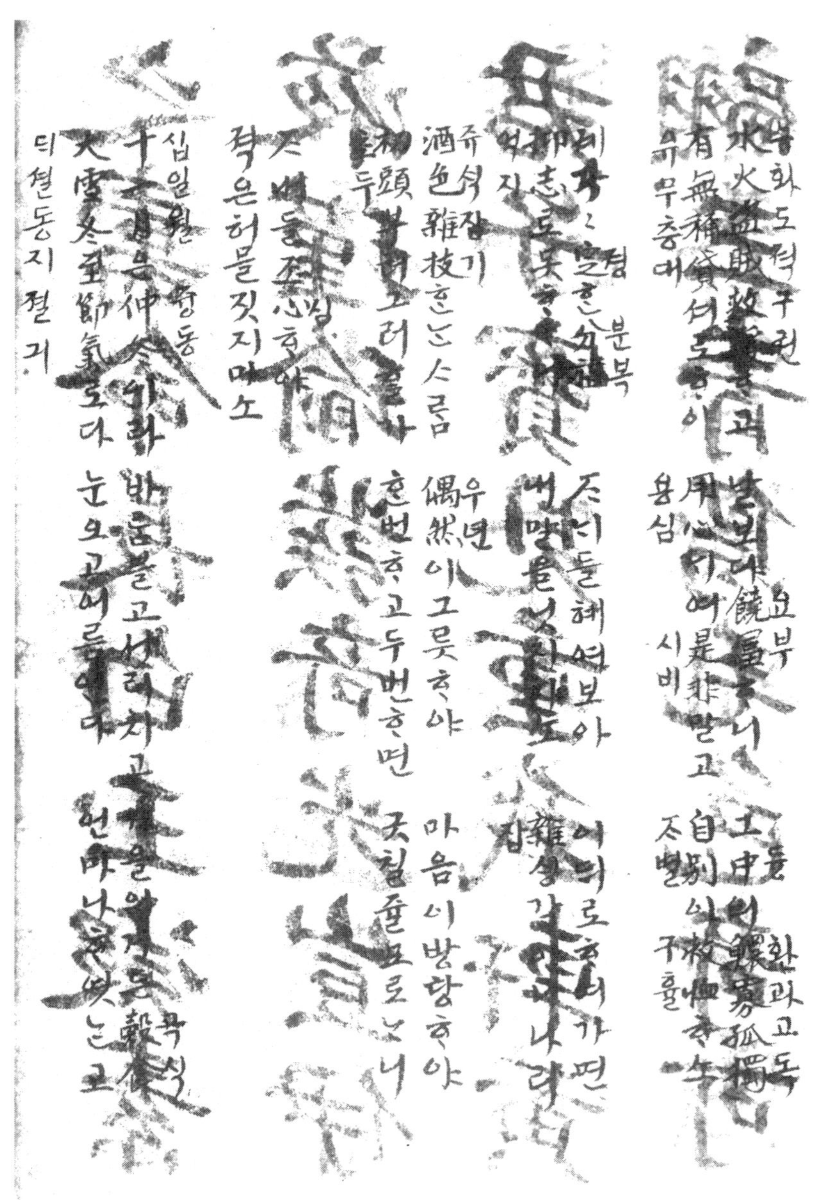

朝飯夕粥多孝흐다
冬至는 名日 도다
一陽이 生ᄒᆞᆫ도다
콩기름 수거지로
婦女ᄂᆞᆫ 머흘일이 조쌀 일 남앗도다
時食으로 ᄡᅥ 기라라
陵里外 즐기라라
公債私債當ᄒᆞ니
官吏面徒아니 온야
草屋이 한 ᄀᆡ 脈ᄒᆞ다
曆須布ᄒᆞ니
節候잇더ᄒᆞ고

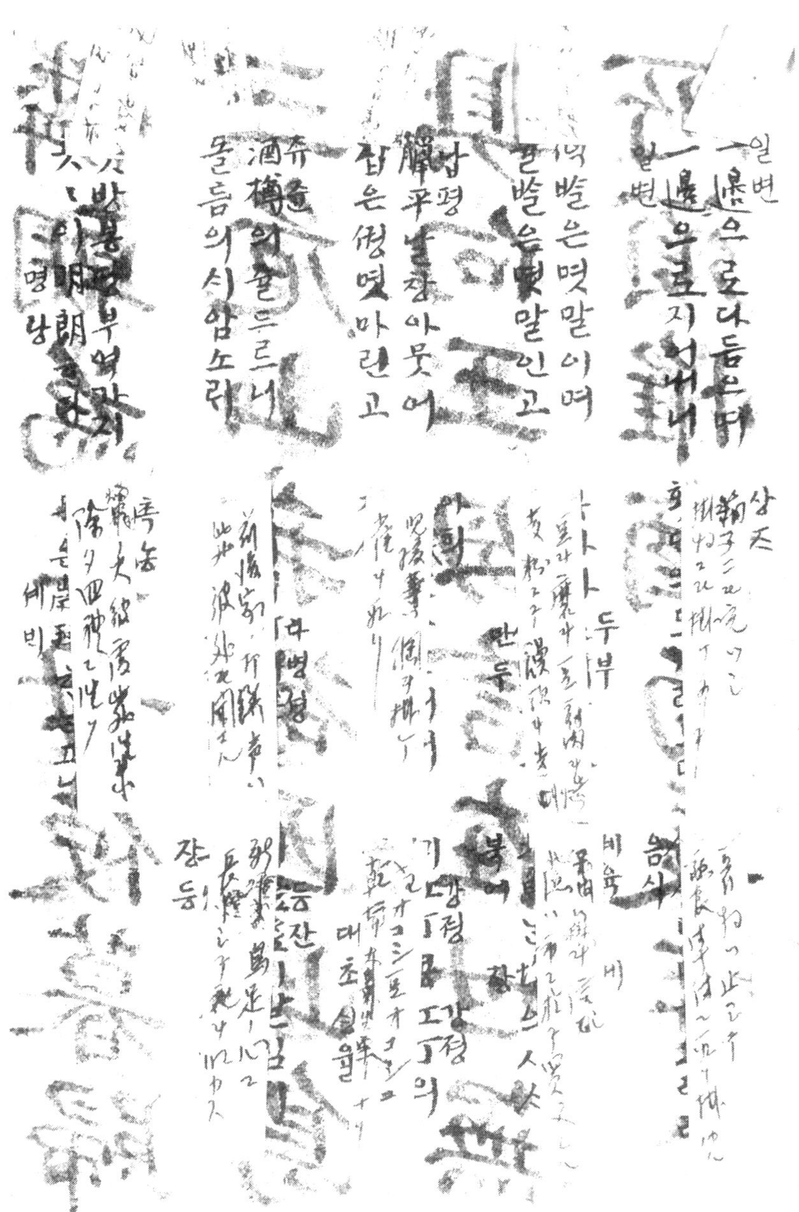

… 와서 말듯소
農業(농업)이 엇더ᄒᆞ고
終年動苦(죵년동고) ᄒᆞ나 그中(듕)의 나이 잇써
우흐로 國家(국가) 補用(보용) 私計(사계)로 祭先奉親(제션봉친)
兄弟妻子(형뎨쳐ᄌᆞ) 婚喪大事(혼상대ᄉᆞ) 먹고 쓰고 ᄡᅳ거시
土地所出(토지노츌) 안니러면 …을 어…ᄒᆞ고
네로부터 니른밧이 農業(농업)이 根本(근본)이라
典當(뎐당)잡고 빗쥬기와 場坂(댱판)의 투젼노기
술양소 何當소 술막질ᄭᅡ 보기
破落户(파낙호) 빗구려이 農事(농ᄉᆞ)눈 잇는거시 내몸의 달렷ᄂᆞ니
비부려 船業(션업)ᄒᆞ고 말부려 장ᄉᆞᄒᆞ기
훈번을 뒤得(득)ᄒᆞ면 아식은 흔젼ᄒᆞ나
節氣(졀긔)도 進退(진퇴)이고 年事(년ᄉᆞ)도 豊凶(풍흉) 잇써
水旱風雹(수한풍박) 雷霆旱時火狹 業(업)을 드려
極盡(극진)이 … 家率(가솔)이 一心(일심)으로 …

십구년(十九年)을 假量(가량)ᄒᆞ면
자ᄂᆡ도 혜여보노
하ᄂᆞ림 빈풍시(豳風詩)
夏(하) 小正(소정) 豳風詩(풍시)를
聖人(셩인)이 지엇ᄂᆞ니

至秘(지비)호 侯(후)본 바다셔
大强(대강)을 記錄(긔록)ᄒᆞ니
豐年(풍년)은 二升(이승)이오
풍년 이분
흉년(凶年)은 一分(일분)이라
일분

犧動(희동)을 듯ᄒᆞ마노
制(제)ᄒᆞ리 ᄒᆞᆯ天련(天) 仁(인)ᄒᆞ신 一時(일시)로다
일시

구천만(九千萬) 가지 셩각 말고
네 말을 ... 듯노
이 글을 ᄌᆞ셰 보아
힘ᄡᅥ 기록ᄒᆞ라 노라

春眠을

春睡窓 慱 만호야
浩蕩 훈 興을

월식은 만졍 호듸

정화 작
건곤 灼
안계의

窓창

두셰

광긱인듯

흥을 겨워 머므는듯

비회 고면 호여
유졍이 잇노라니

박마금 안으로

야유원

淸歌一曲(쳥가일곡)으로
春興(츈흥)을 기여내여

너는 죽어 俟치 되고
나는 죽어 나뷔 되여

新情(신졍)이 未洽(미흡)ᄒᆞ되
이별를 人離別(이별)이야
니별

靑春(쳥츈)이 진(盡)토록
어ᄂᆞ지 마ᄌᆞ니

淸江(쳥강)의 어ᄂᆞ 鴛鴦(원앙)
가다가 둘치ᄂᆞᆫ듯

物(물)이 다씨ᄒᆞ여
人間(인간)이 일이ᄒᆞ고

征馬(졍마)ᄂᆞᆫ 자조 우울
夕陽(셕양)은 지넘을 제

스랑도고 지여 ᄀᆞ고
俟도 김ᄒᆞ시고
비ᄒᆞ터 ...

羅衫(라삼)을 新(신)ᄒᆞ여 春(츈)
남연이 어여히 두ᄀᆞ아

넘의논의 부쳐두고
녹쳥업시 쳐만만디

一身(일신)이 ... 이 되고
萬事(만사)ㅣ 무숨 ...여

書房(셔방)님
書房(셔방) ... 구지 맑지 랑고

花蕊月態(화예월태)은
眼(안)ᄆᆞ 눈이 더ᄇᆞ ...

碧紗窓 밝은

松壁沙窓은

抱遙의의, 云年

花巖의 露庭ᄒᆞ니

別淚를 伴ᄒᆞ는듯

柳幕의 烟辰ᄒᆞ야

紅顔을 띄운듯

空山夜月의

柚楊셔 啼血ᄒᆞ여

두견

相思ᄒᆞ듯우리님을

千愁萬恨 못다ᄒᆞ야

一場胡蝶 못ᄒᆞ지니

雲山은 疊疊ᄒᆞ고

千里戀기리왓고

玉貧紅顔

皓月은 蒼蒼ᄒᆞ야

兩鄕心 비최엿다

歲月이 류ᄒᆞᆫ또

歲物通의 불ᄂᆞ머니

蒼茫한 구름 밧긔
落葉 秋風
弱水三千 멀어
이를두고 이르미라
山頭의 半月이
支離타이 離別을

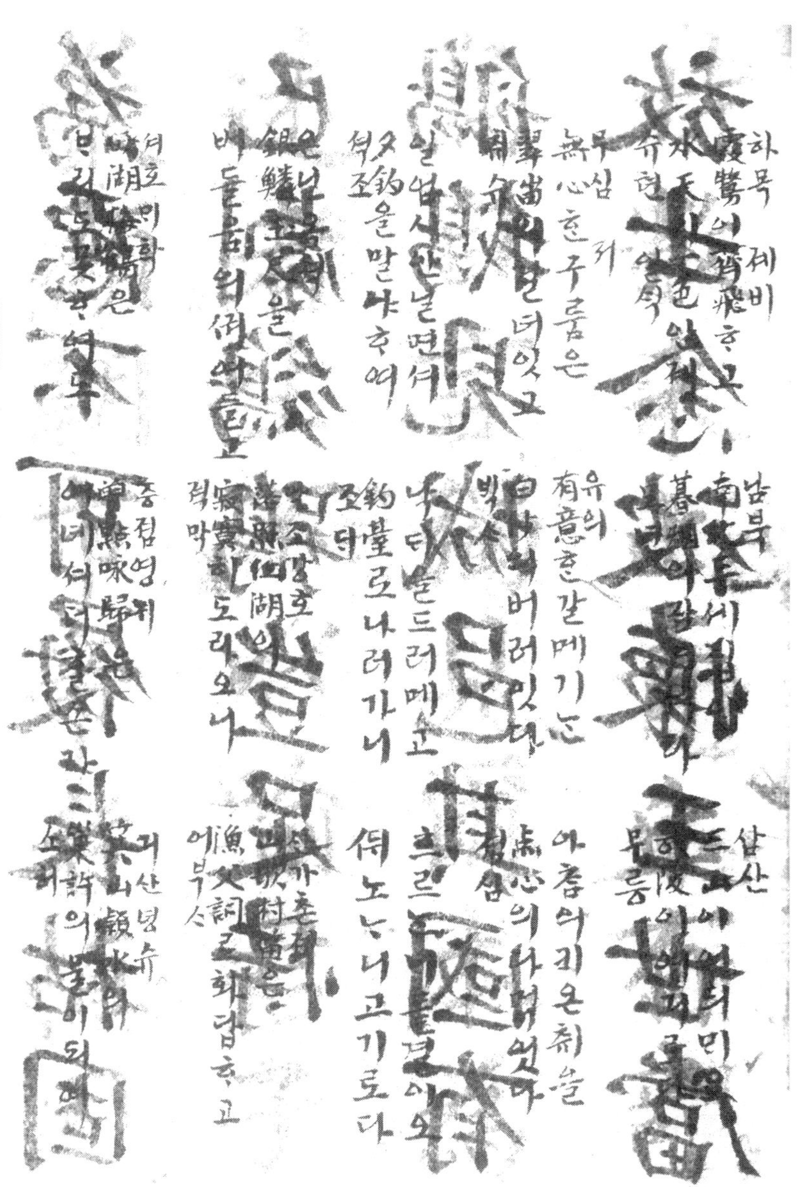

淸風의 半醉ᄒᆞ여
北窓의
渭水의 고기낙고
周時의 師尙父ᄂᆞᆫ
所시上
누으면 잠션이요
션ᄒᆞ의 실리업셔

南陽의 밧츨 가니
漢家의 諸葛亮은
四皓다 숫시요
山山이에 회로

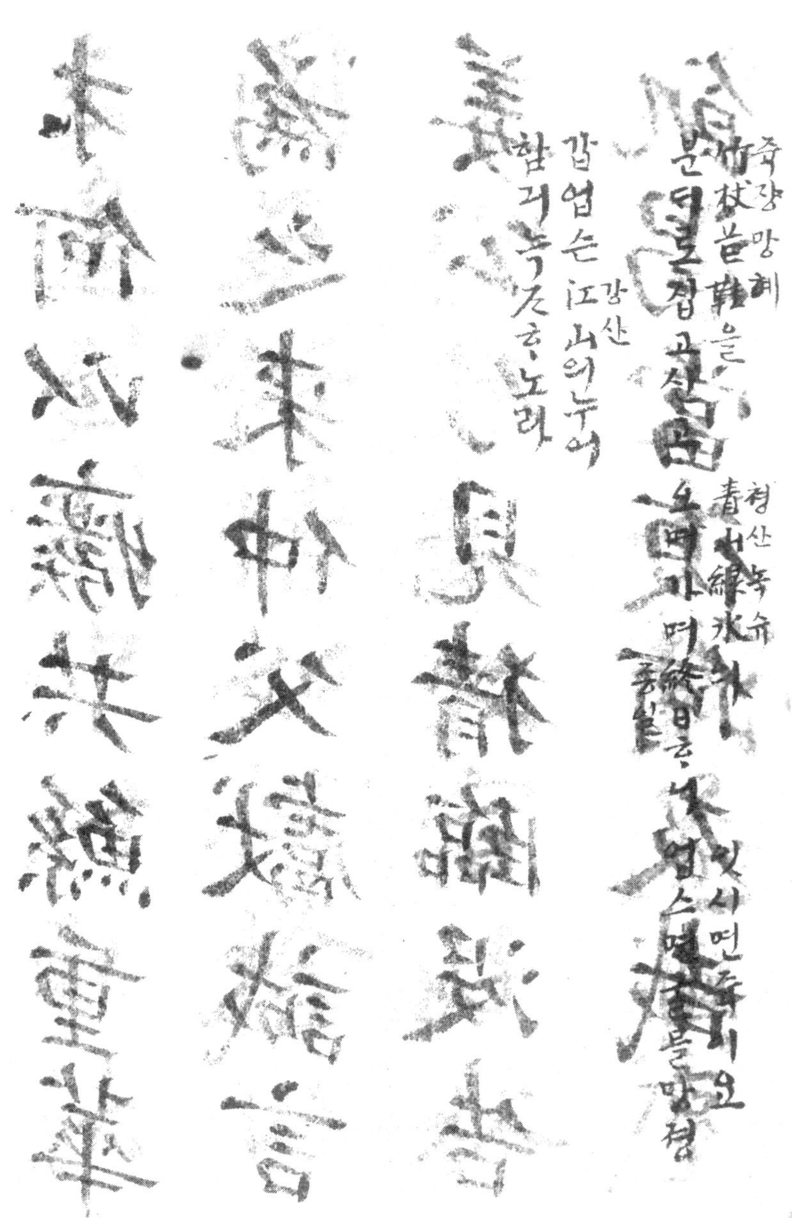

漁父辭九章 李賢輔

雪鬢漁翁住浦間ᄒᆞ니
自言居水勝居山을
ᄇᆡᄯᅥ라 ᄇᆡᄯᅥ라
早潮纔落晩潮來라
至菊叢 於思臥
依船漁父一肩高ㅣ라

靑菰葉上凉風起ᄒᆞ니
紅蓼花邊白鷗開을
닷드러라 닷드러라
洞庭湖裏駕歸風을
至菊叢 於思臥
帆急前山忽後山을

盡日泛舟烟裏去ᄒᆞ니
有時搖棹月中還을
이어라 이어라
我心隨處自忘機을
至菊叢 於思臥
鼓枻乘流無定居을

萬事無心一釣竿을
三公不換此江山을
山雨溪風捲釣絲을
一生蹤跡在滄浪을

老人歌

天下名山昆崙山은
崑崙山에서 린밋에
五岳山下 ○○○
無窮는 조화을의
어와 青春 少年들아
白髮보고 웃지마라
우리도 ○○○○○
엿○쉬가는 歲月

드노갈노녀쳐리면
혼이나셔아니올가

조혼飮食가초츠려
人情싸뗜아니올가

人生七十古來稀
世上古來稀

三千甲子東方朔도

풍월호의

太上王

孤蔡張儀구변으로
風月圣

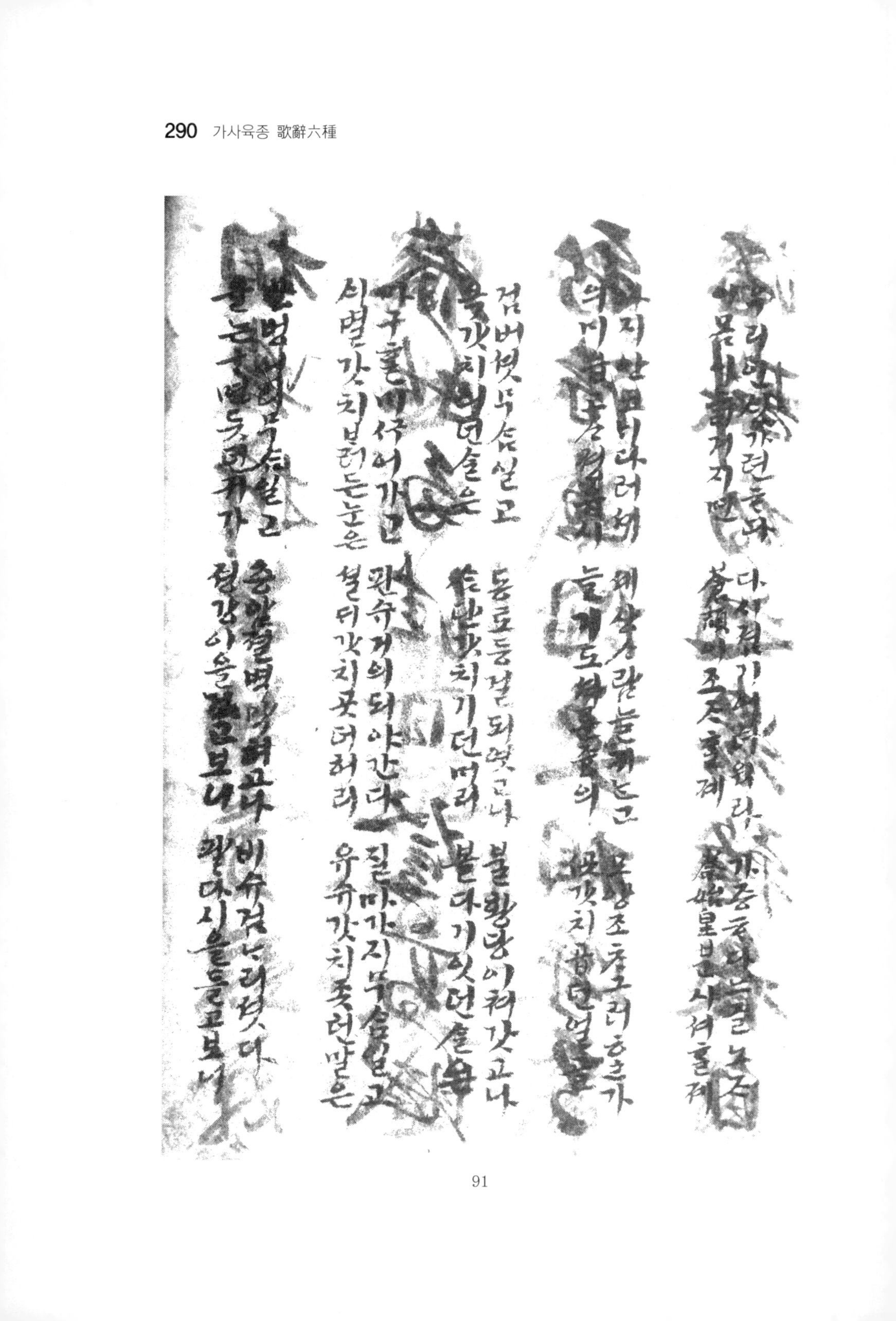

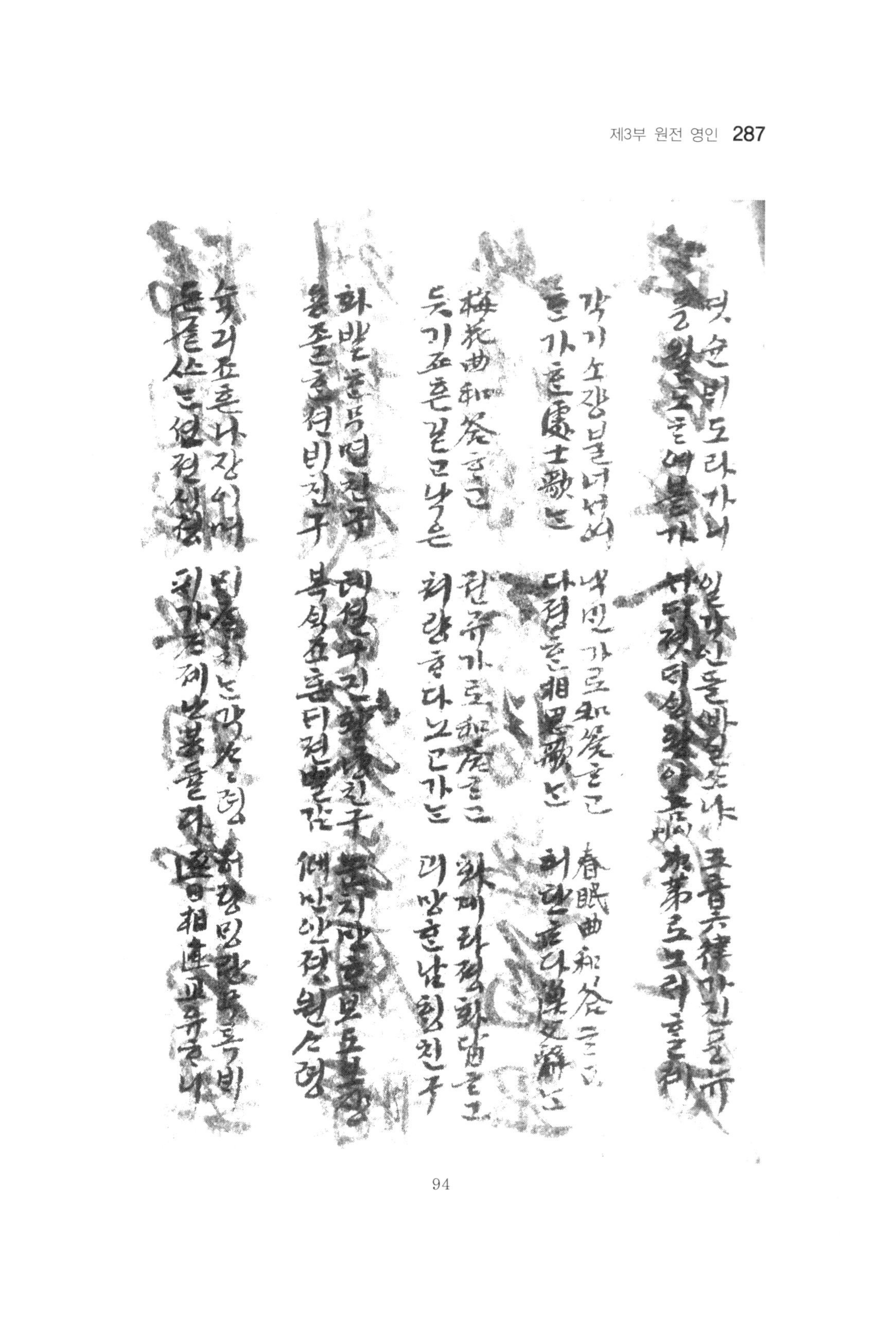

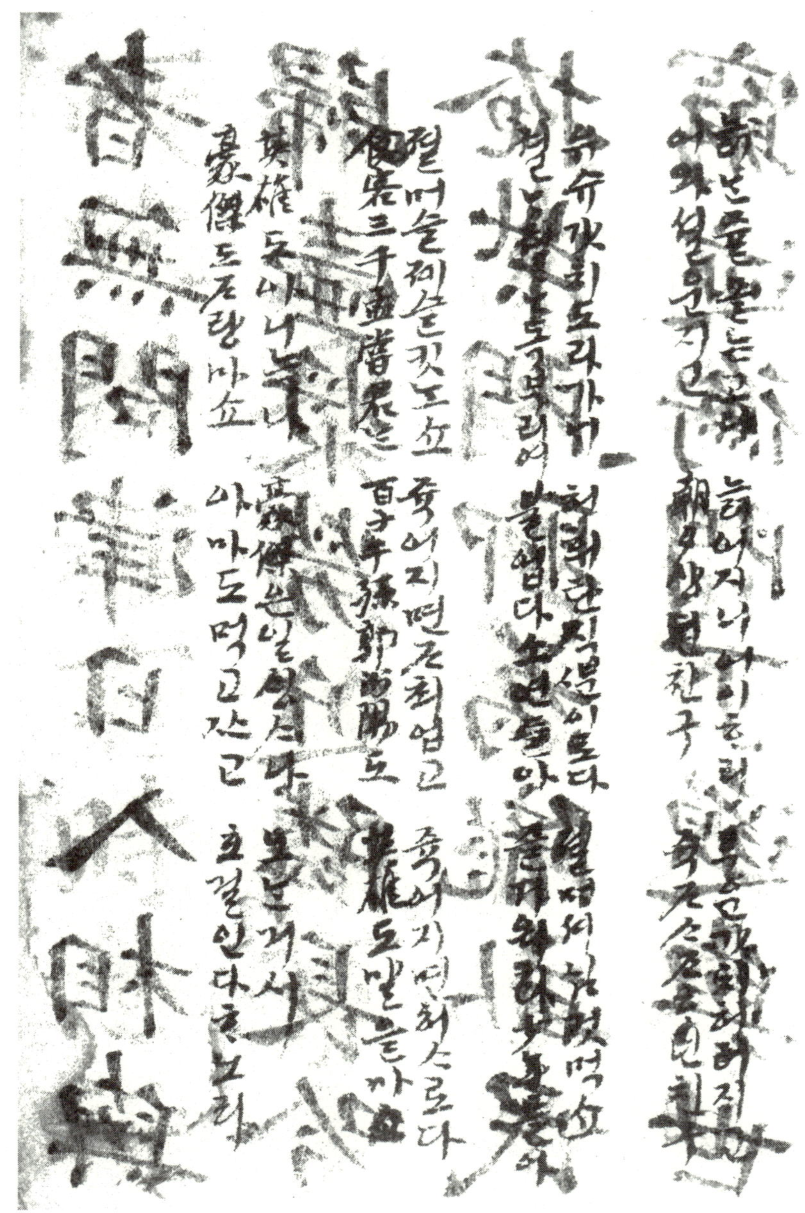

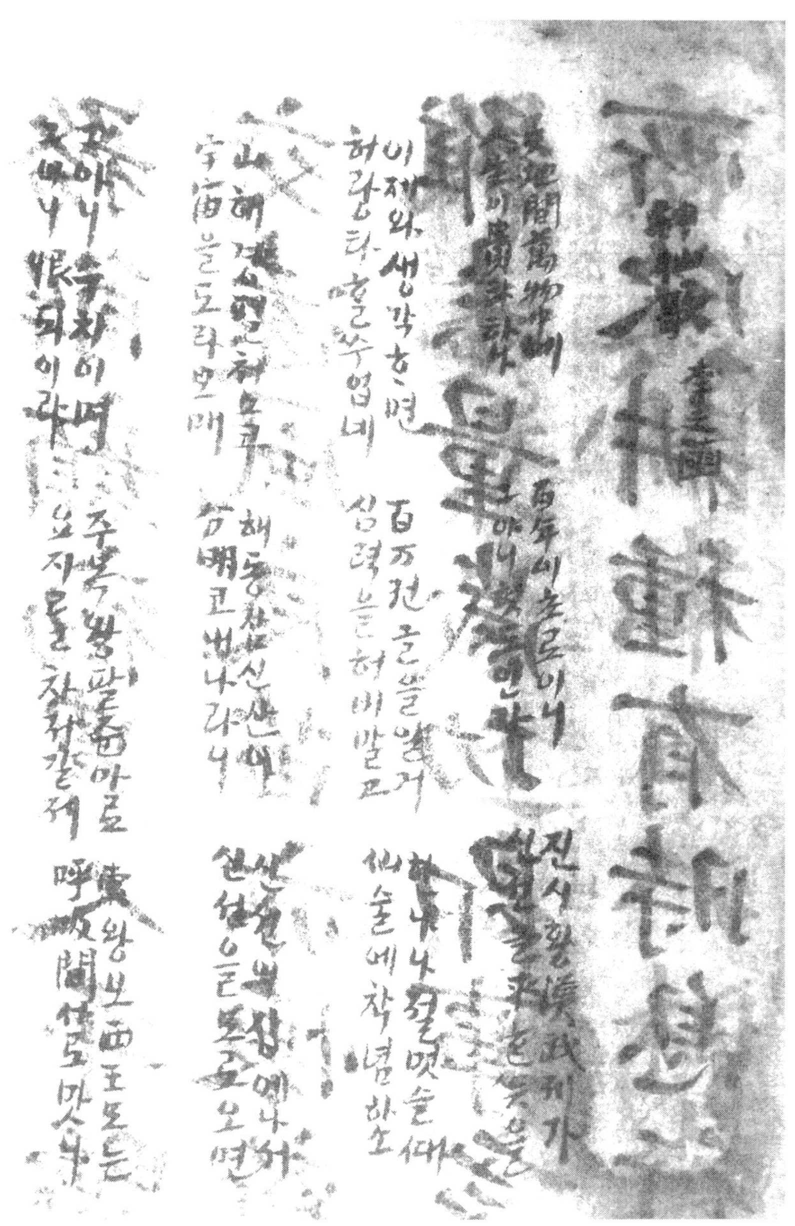

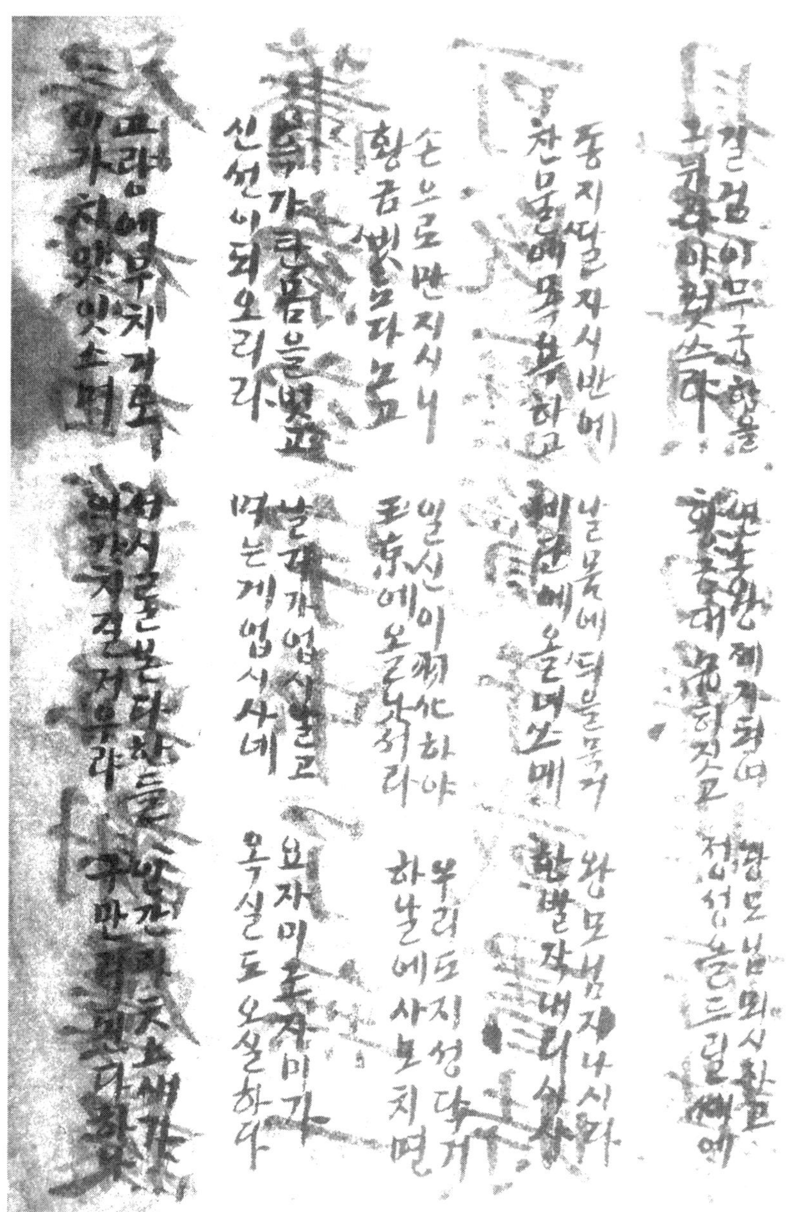

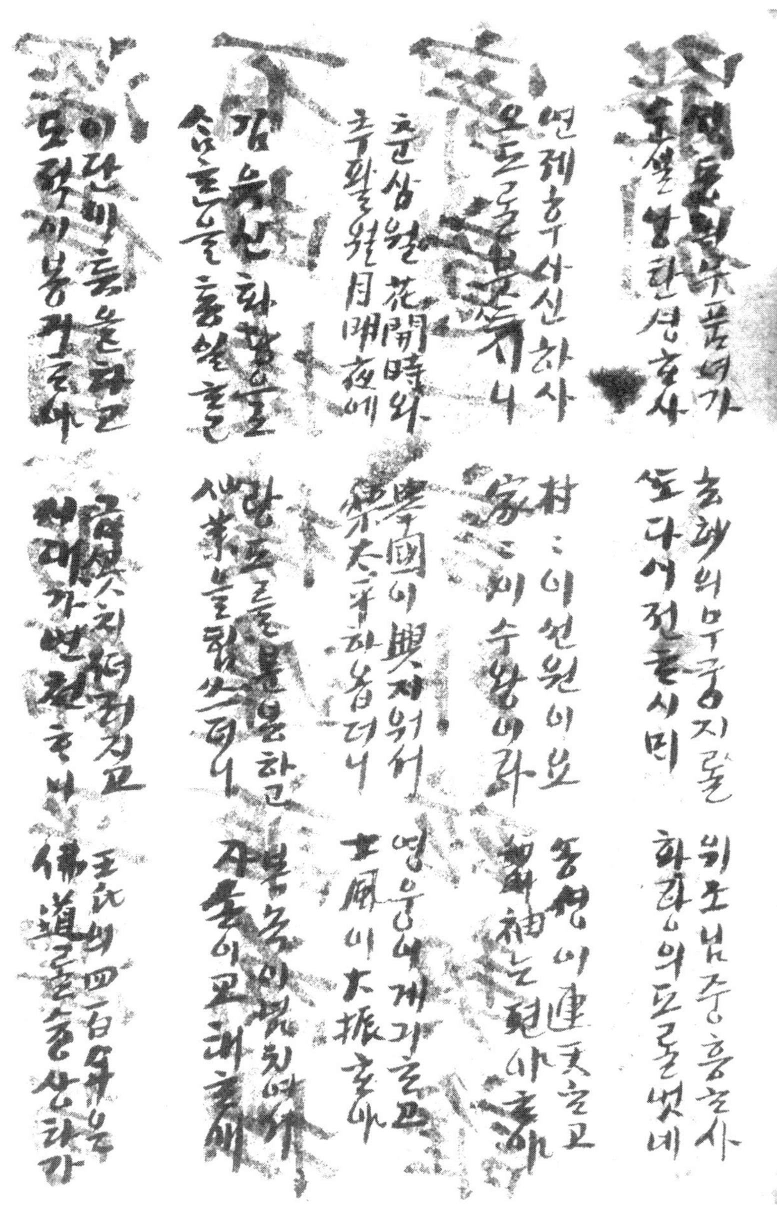

춘삼월 花開時와
후활 殘月 明夜에
樂太平하압더니
家二째 수밤이라
村에 이션원이요
土風이 大振하나
王氏이 四百年을
佛道를

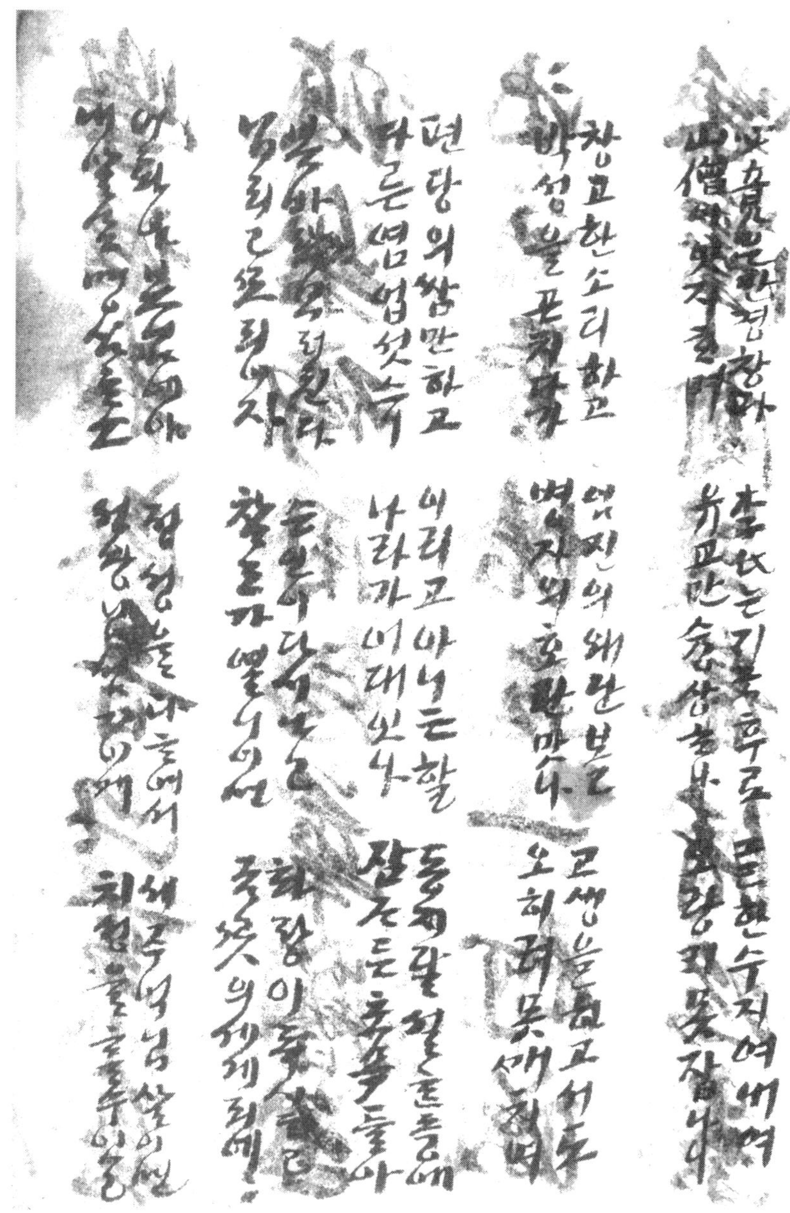

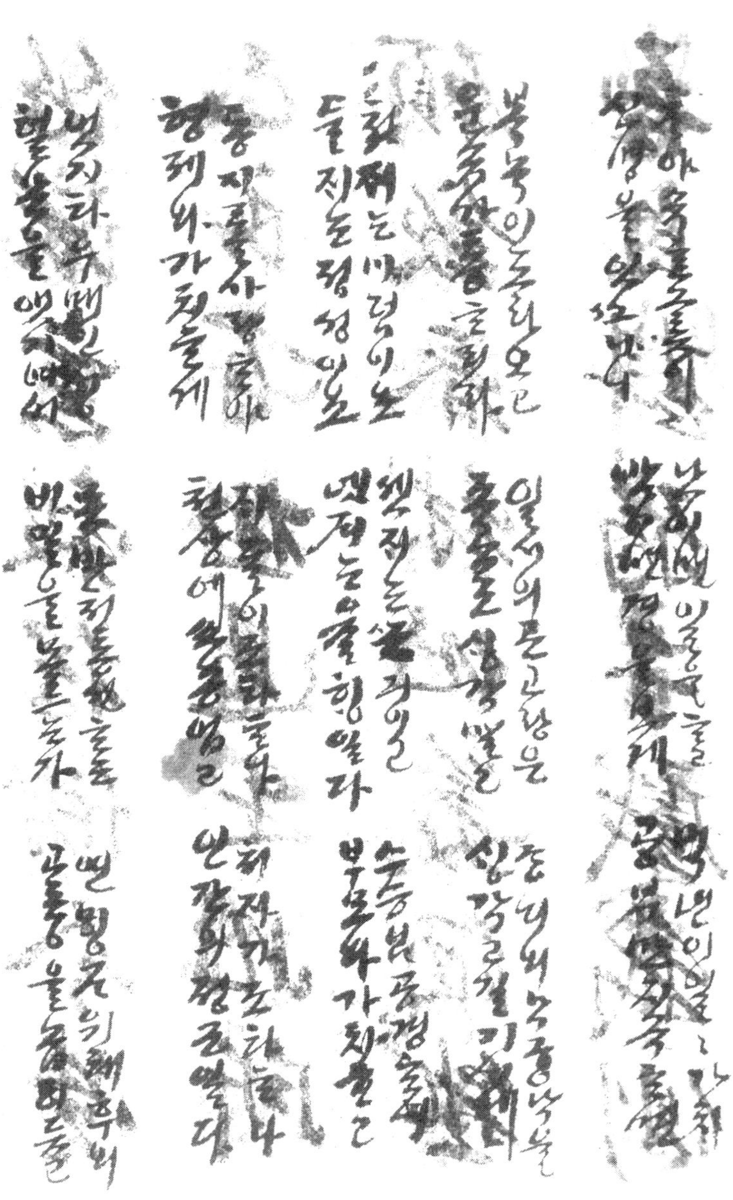

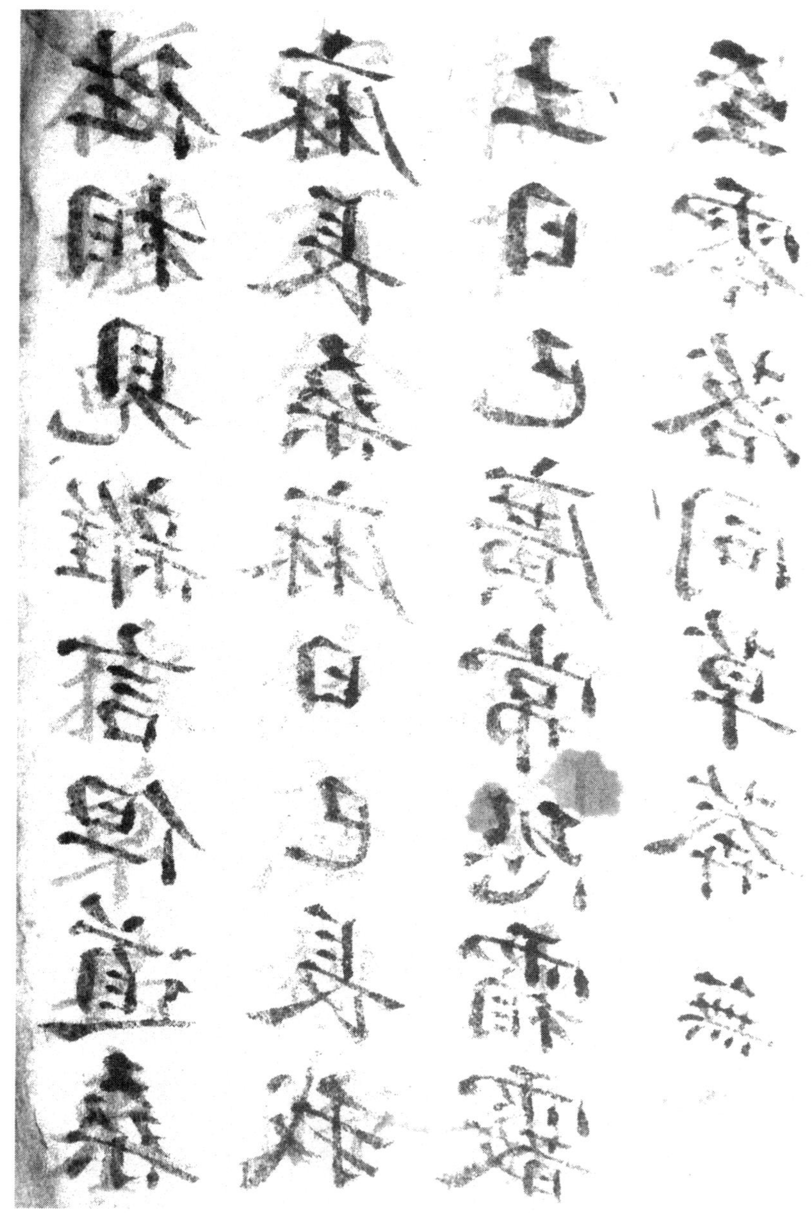

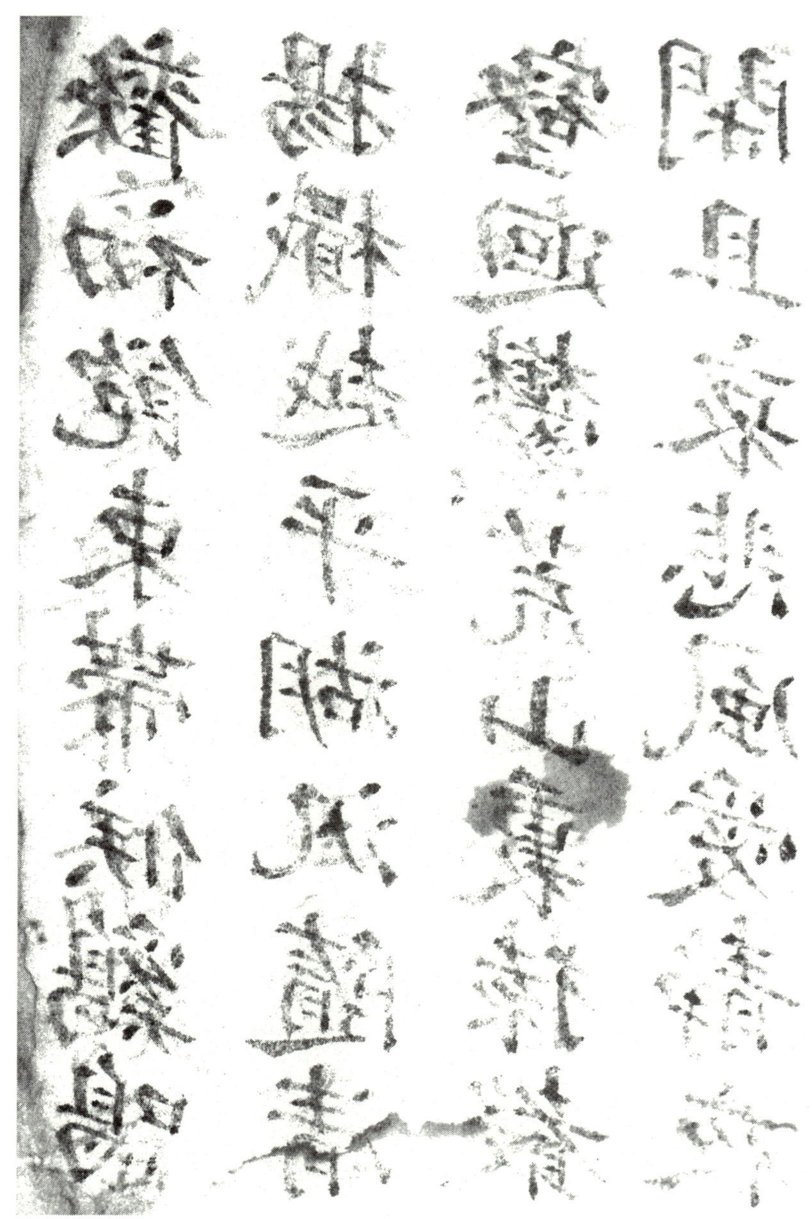

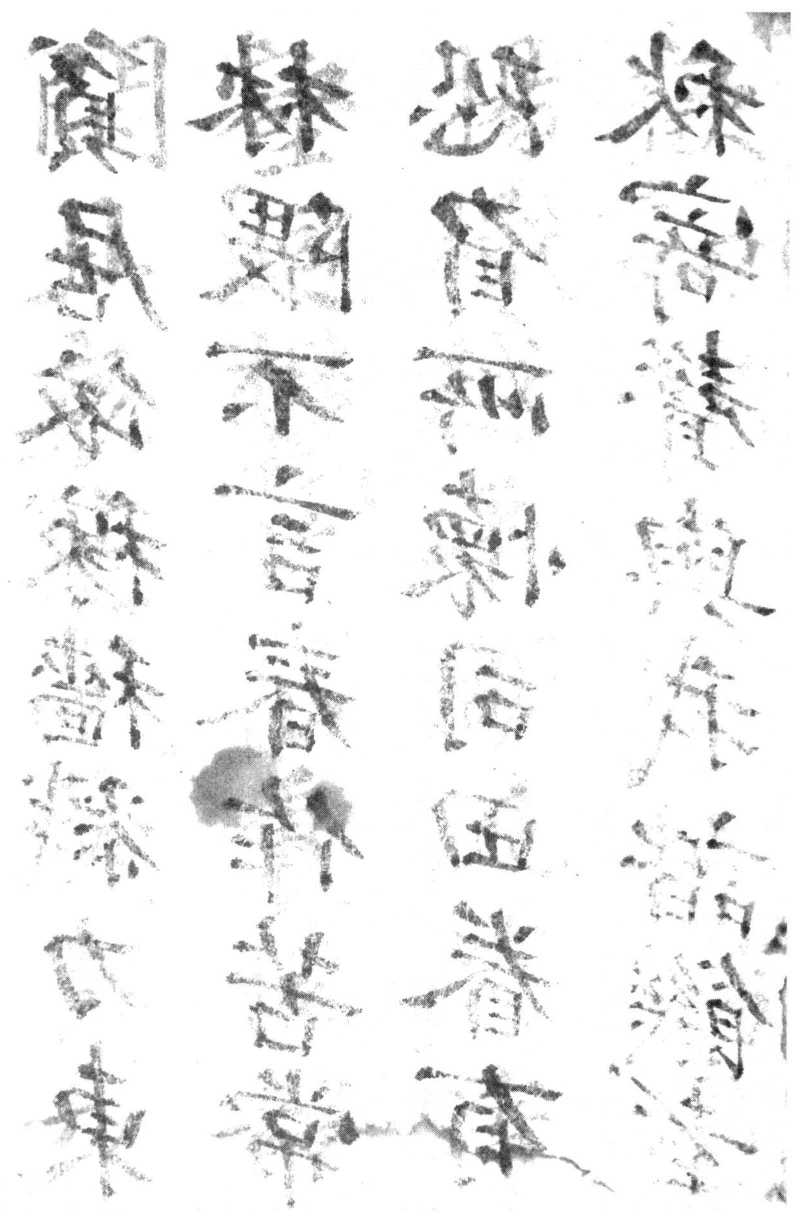

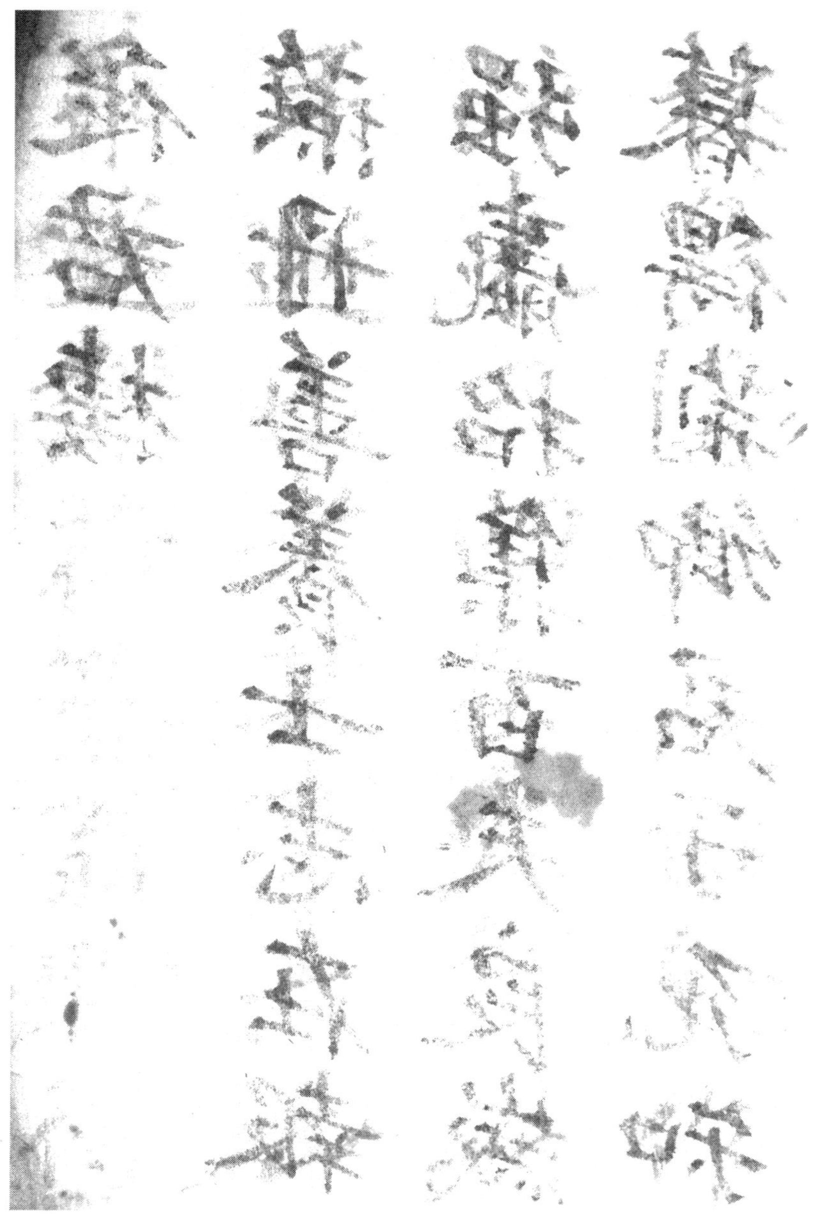

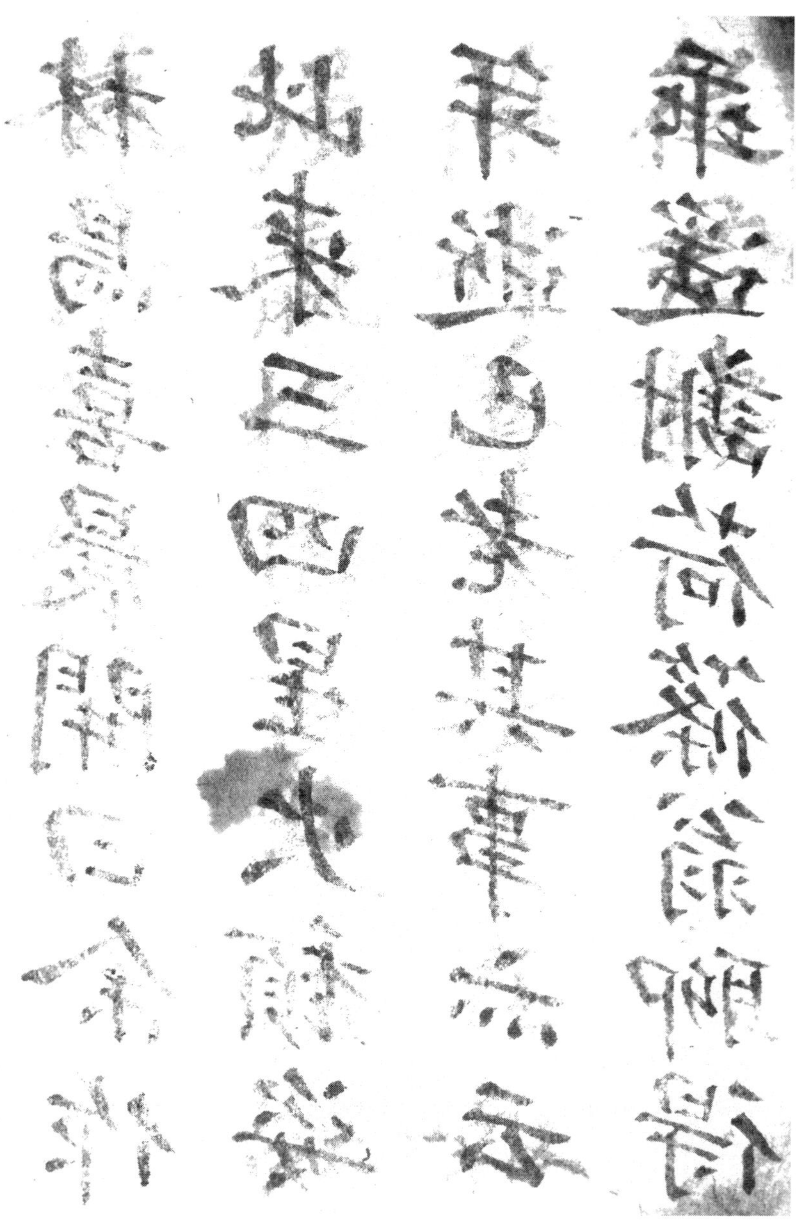

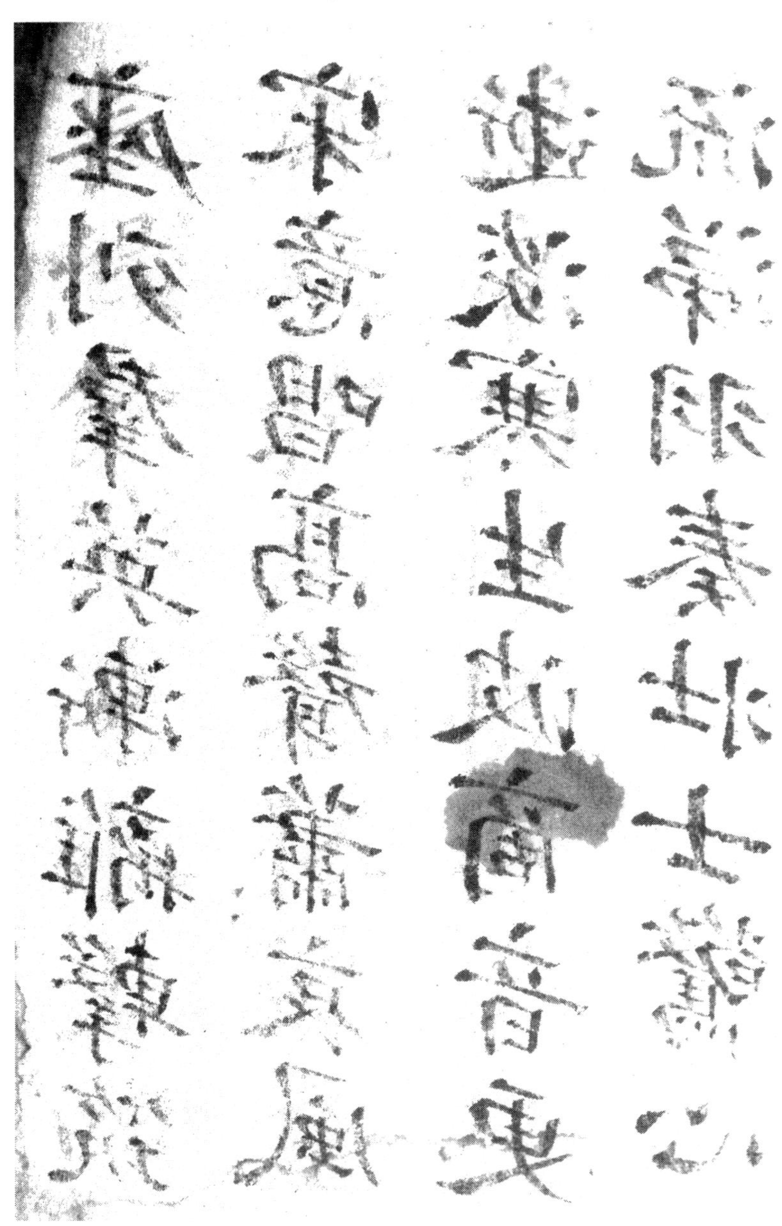

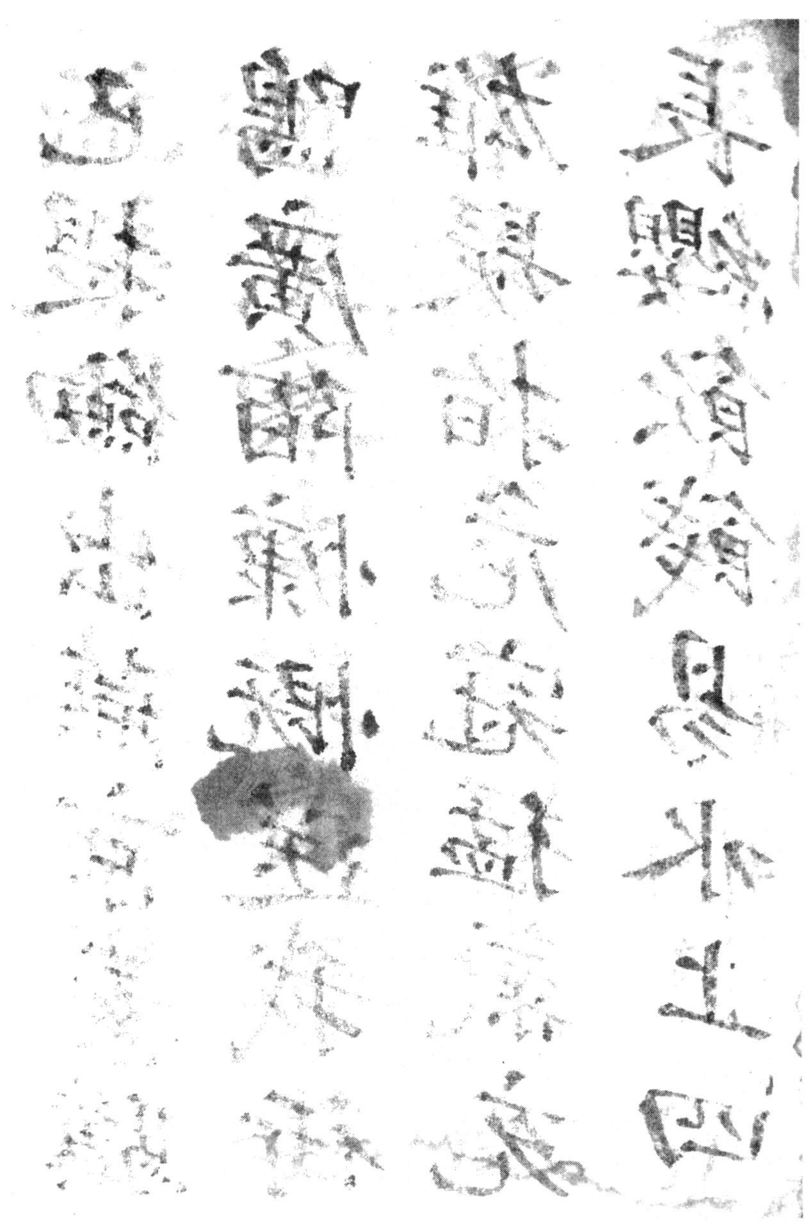

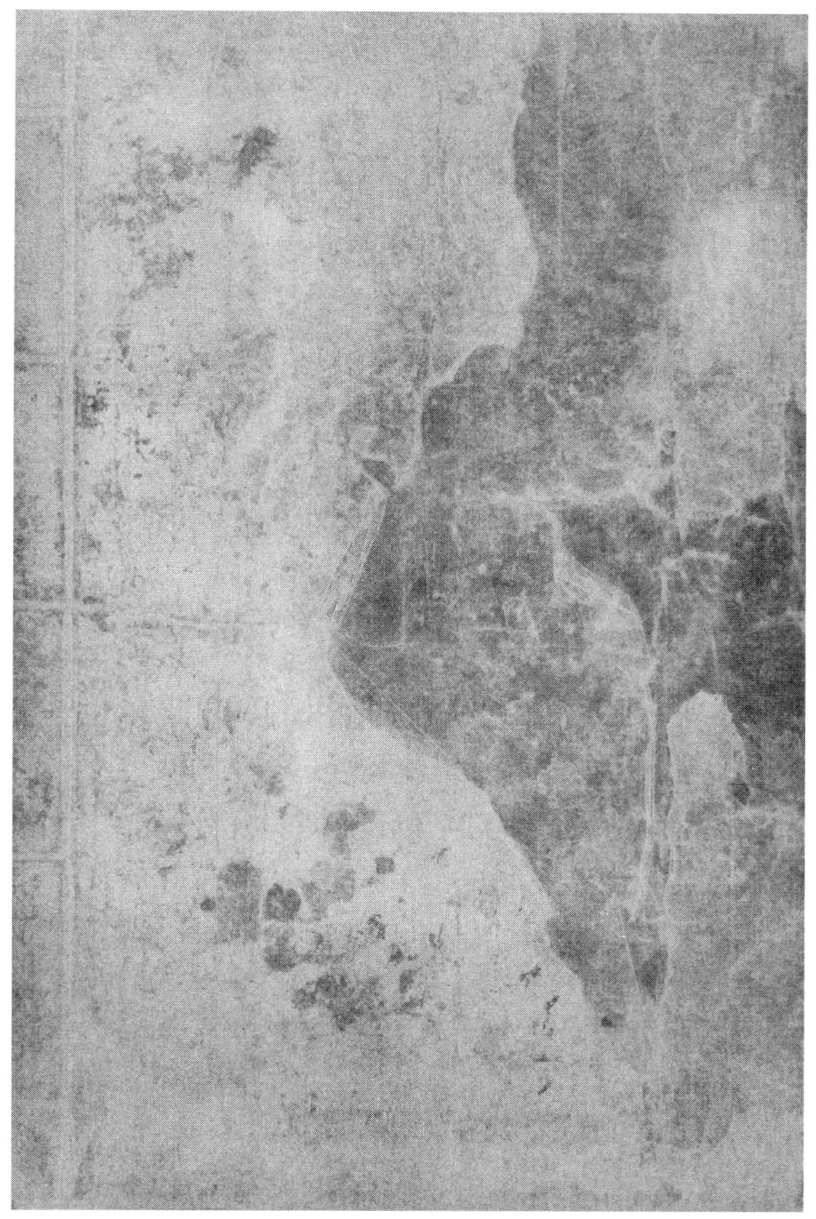

書名　　玉楼宴歌

内容

員数　　　　　枚数　　　コマ数

刊　写

形状　　　　cm　×　　cm　装丁

所蔵者　　　　　　　函号　**300-163**

宮内庁書陵部

撮影　　高橋情報システム株式会社

平成16年11月29日

제3부
원전 영인

가사육종(歌辭六種) : 국립중앙도서관 소장 마이크로필름본

찾아보기

▌이상원

1964년 경북 의성에서 태어났다. 경북대학교 국어국문학과를 졸업하고 고려대학교 대학원 국어국문학과에서 석사학위와 박사학위를 받았다. 현재는 조선대학교 국어국문학과 교수로서 학생들에게 고전문학을 가르치고 있다. 연구서로『17세기 시조사의 구도』·『조선시대 시가사의 구도와 시각』(학술원 우수학술도서) 등이 있고, 자료집으로『주해 고가요기초』(공저)·『고시조 대전』(공저, 학술원 우수학술도서) 등이 있으며, 번역서로『국역 고산유고』(공저)가 있다.

가사육종 歌辭六種

2013년 10월 29일 초판 1쇄 펴냄

저 자 이상원
펴낸이 김흥국
펴낸곳 도서출판 보고사

책임편집 이경민
표지디자인 윤인희

등록 1990년 12월 13일 제6-0429호
주소 서울특별시 성북구 보문동7가 11번지 2층
전화 922-5120~1(편집), 922-2246(영업)
팩스 922-6990
메일 kanapub3@naver.com
http://www.bogosabooks.co.kr

ISBN 979-11-5516-089-3 93810
ⓒ이상원, 2013

정가 23,000원
사전 동의 없는 무단 전재 및 복제를 금합니다.
잘못 만들어진 책은 바꾸어 드립니다.

이 도서의 국립중앙도서관 출판시도서목록(CIP)은 서지정보유통지원시스템 홈페이지 (http://seoji.nl.go.kr)와 국가자료공동목록시스템(http://www.nl.go.kr/kolisnet)에서 이용하실 수 있습니다. (CIP제어번호: CIP2013020900)